# 폭포는 돼지가 다 먹었지요

# 폭포는 돼지가 다 먹었지요

유몽인, 정재륜 외 씀
김찬순 옮김

보리

# 겨레고전문학선집을 펴내며

우리 겨레가 갈라진 지 반백년이 넘어서고 있습니다. 그러나 함께 산 세월은 수천, 수만 년입니다. 겨레가 다시 함께 살 그날을 위해, 우리가 함께 한 세월을 기억해야 합니다.

예부터 우리 겨레가 즐겨 온 노래와 시, 일기, 문집 들은 지난 삶의 알맹이들이 잘 갈무리된 보물단지입니다.

그동안 남과 북 양쪽에서 고전 문학을 되살리려고 줄곧 애써 왔으나, 이제껏 북녘 성과들은 남녘에서 좀처럼 보기 어려웠습니다.

북녘에서는 오래 전부터 우리 고전에 깊은 관심과 사랑을 보여 왔고 연구와 출판도 활발히 해 오고 있습니다. 그 가운데 〈조선고전문학선집〉은 북녘이 이루어 놓은 학문 연구와 출판의 큰 성과입니다. 〈조선고전문학선집〉은 가요, 가사, 한시, 패설, 소설, 기행문, 민간극, 개인 문집 들을 100권으로 묶어 내어, 고전을 연구하는 사람들과 일반 대중 모두 보게 한 뜻깊은 책들입니다. 한문으로 된 원문을 현대문으로 옮기거나 옛글을 오늘의 것으로 바꾼 성과도 놀랍고 작품을 고른 눈도 참 좋습니다. 〈조선고전문학선집〉은 남녘에도 잘 알려진 홍기문, 리상호, 김하명, 김찬순, 오희복, 김상훈, 권택무 같은 뛰어난 학자분들이 머리를 맞대고 연구한 성과를 1983년부터 펴내기 시작하여 지금도 이어 가고 있습니다.

보리 출판사는, 조선민주주의인민공화국 문예 출판사가 펴낸 〈조선고전문학선집〉을 〈겨레고전문학선집〉이란 이름으로 다시 펴내면서, 북녘 학자와 편집진의 뜻을 존중하여 크게 고치지 않고 그대로 내는 것을 원칙으로 삼았습니다. 다만, 남과 북의 표기법이 얼마쯤 차이가 있어 남녘 사람들이 읽기 쉽게 조금씩 손질했습니다.

이 선집이, 겨레가 하나 되는 밑거름이 되고, 우리 후손들이 민족 문화 유산의 알맹이인 고전 문학이 지니고 있는 아름다움을 제대로 맛보고 이어받는 징검다리가 되기 바랍니다. 아울러 남과 북의 학자들이 자유롭게 오고 가면서 남북 학문 공동체가 이루어지는 날이 하루라도 앞당겨지기 바랍니다. 그리고 이 자리를 빌려 어려운 처지에서도 이 선집을 펴내 왔고 지금도 그 작업에 몰두하고 있는 북녘의 학자와 출판 관계자들에게 고마운 마음을 전합니다.

2004년 11월 15일

보리 출판사 대표 정낙묵

차례

# 폭포는 돼지가 다 먹었지요

## 선비의 배움과 농사꾼의 일은 한가지 — 해동잡록



## 백성의 눈은 밝다 — 죽창한화

## 옥가락지로 맺은 인연 — 자해필담, 동야휘집, 송도기이



## 풍년은 광해의 원수 — 공사견문록

## 빈 서재를 지키다가 — 해동방어



## 폭포는 돼지가 다 먹었지요 — 견첩록

## 첫날밤의 약속 — 금계필담



## 용산강의 낚시꾼 — 청구야담

## 안질로 눈을 씻다가 사형 — 소한세설 외

▪ 일러두기

1. 《폭포는 돼지가 다 먹었지요》는 북의 문예 출판사에서 1987년에 펴낸 《패설집 2》를 보리 출판사가 다시 펴내는 것이다.
보리 편집부에서 글 차례를 바꾸고 부를 다시 나누었으며, 몇몇 글은 제목도 다시 달았다.

2. 맞춤법과 띄어쓰기는 '한글 맞춤법'을 따랐다.
ㄱ. 한자어들은 두음법칙을 적용했고, 모음과 ㄴ 받침 뒤에 오는 한자 '렬'은 '열'로 '률'은 '율'로 고쳤다. 단모음으로 적은 '계'나 '폐' 자를 '한글 맞춤법' 대로 했다.
예 : 령광→영광, 리용→이용, 군률→군율, 치렬→치열, 혜음령→혜음령

ㄴ. 'ㅣ' 모음동화, 사이시옷, 된소리 따위의 표기도 '한글 맞춤법' 대로 했다.
예 : 되였다→되었다, 비소리→빗소리, 잠간→잠깐

3. 남에서는 흔히 쓰지 않는 표현이지만, 북에서 흔히 쓰는 입말들은 다 살려 두어 우리말의 풍부한 모습을 살필 수 있게 했다.
예 : 곁집, 고아대다, 날과(나와), 땅뙈, 뜸지붕, 모두다, 사로잡, 아랫도리, 암엄지, 일되다, 일떠서다, 저마끔, 풋낯

# 자의적인 해석은 삼가야 한다

## 필원잡기

《필원잡기筆苑雜記》는 조선 성종 때 서거정(徐居正, 1420~1488)이 쓴 책으로, 역사에 누락된 사실과 예부터 전해 내려오는 이야기, 한담 중에서 전할 만한 것을 추려 엮었다. 조선 전기의 사람살이와 풍물을 이해하는 데 귀중한 자료이다.

# 세종의 문물 창제

세종이 아악을 처음으로 제정할 적에 박연朴堧이 사업에 참가하여 완성하였다. 그는 앉으나 누우나 언제든지 이에 골똘하여 손을 가슴 언저리에 대고 박자 치는 시늉을 하며 입속으로는 가만히 소리를 내어 음악의 음향, 고저, 장단을 세밀히 연구하였다. 이렇게 십여 년 동안 공을 쌓아 비로소 성공을 보게 된 것이다. 세종은 그의 재능과 지성 어린 노력을 높이 평가하여 그를 깊이 신뢰하였다.

세종은 또 자격루[1], 간의대[2], 흠경각[3], 앙부일구[4]를 만들게 하였는데, 그 제작이 매우 정밀하였다. 이것이 모두 세종이 고심하여 연구한 산물로, 기술을 가진 수많은 사람들도 세종의 창발적인 제안을 따를 수 있는 사람이 없었는데, 오직 호군[5] 장영실蔣英實이 세종의

1) 자격루自擊漏는 자동 장치를 단 물시계.

2) 간의대簡儀臺는 운문 의기儀器를 설치하고 천체 운행을 측량하는 곳.

3) 흠경각欽敬閣은 종합 천문대.

4) 앙부일구仰釜日晷는 햇빛의 그림자로 시간을 측정하는 장치.

5) 호군護軍은 벼슬 이름.

지혜를 받들어 기발한 재능과 창발성을 발휘함으로써 세종의 뜻에 완전히 맞으니 세종이 그를 또한 매우 중히 여겼다.

사람들은 박연과 장영실이 모두 세종의 문물 제정과 창작이 왕성하던 시기에 때마침 나서 공헌이 많았다고 말하였다.

## 정몽주의 세 가지 흠

문충공文忠公 정몽주는 평생 지조와 절개가 특출하여 아무도 그를 흠잡는 사람이 없었다.

어떤 이가 농으로 그에게 이런 말을 했다.

"남들이 말하기를 공에게는 세 가지 흠이 있다는데 공은 이것을 아시오?"

공이 말하였다.

"어디 말해 보구려."

"공이 벗들과 술자리에 들 때면 먼저 들어 가지고는 나중까지 남아 있어 밑자리가 너무 무겁다고 하더군요."

"실로 그런 일이 있었소. 내가 젊어서 시골 있을 때 탁주 한 동이가 생기면 친척, 친구들과 더불어 한번 실컷 놀기를 원하였더니, 지금 나는 이미 부귀하여 자리 위에는 객이 늘 그득하고 술동이에는 술이 비지 않게 되었으니 이제 구태여 조급할 필요가 있겠소?"

"또 공은 색에도 담담하지 않다고들 하는데 그런가요?"

공은 웃으면서 말하였다.

"색을 좋아하는 것은 인지상정이 아니겠소. 공자의 말 가운데도 색을 좋아하듯이 선한 일을 좋아하라는 말이 있으니 공자도 색을 좋아할 줄 모른 것이 아니라오."

"그는 그렇다 치고, 공은 중국 물건을 무역하는 데도 관심을 가졌다고들 합디다그려."

공은 이 말에는 얼굴빛이 조금 변하면서,

"늙은 사람이 집은 가난하고 자녀는 많아 혼인 예식에 중국 물건이 필요케 되니 내가 시속을 벗어나지 못했구려. 그러나 서로 있고 없는 것을 교역하는 것은 옛날 성현이 끼친 제도이니 낸들 못할 것이야 있겠소."

하니, 말하던 사람은 여태 말한 것이 모두 농담이라고 웃어 버렸다.

## 최윤덕의 용맹과 그 아버지

정렬공貞烈公 최윤덕崔潤德은 나서 곧 어머니를 여의었다. 아버지 최운해崔雲海는 당시 변방을 지키는 큰일을 맡고 있는 무관으로, 그를 거둘 수 없어 이웃에 사는 양수척[1]의 집에다 길러 달라고 부탁하였다. 윤덕은 점점 자라 체력이 남보다 뛰어났다. 능히 센 활로 굳은 물건을 잘 쏘아 뚫었다. 가끔 양수척을 따라 사냥을 나가면 윤덕이 잡은 것이 늘 많았다.

하루는 윤덕이 혼자 산속에 가축을 몰고 가서 풀을 먹이고 있었는데, 숲 속에서 별안간 범이 내달아 가축들이 모두 흩어졌다. 공은 얼른 말을 타고 이를 쏘아 단살에 죽여 넘어뜨리고는 양수척에게 와서 말하였다.

"얼룩얼룩한 것이 크기가 여간이 아닌데 도대체 이것이 무슨 짐승인지는 모르겠으나 내가 이미 쏘아 죽였소."

1) 양수척楊水尺은 버들로 고리를 만드는 자, 가죽신 만드는 자 또는 백정 노릇하는 자 등 천인을 이른다.

곧 산으로 달려간 양수척은 큰 범이 쓰러져 있는 것을 보고 다시금 윤덕의 무예가 뛰어난 것을 보고 경탄하였다.

그리하여 양수척은 그때 합포에 있던 윤덕의 아버지를 일부러 찾아가서 윤덕의 비범함을 칭찬하여 마지않았다.

윤덕의 아버지는,

"그 애가 그래? 어디 내가 한번 시험해 보지."

하고, 윤덕을 데리고 사냥을 나갔다. 윤덕은 말을 타고 이리저리 질풍같이 달리면서 짐승을 보는 대로 활을 쏘아 맞히니 구경꾼들이 경탄하여 마지않았다.

윤덕의 아버지는 웃으면서 말하였다.

"아이의 수법이 비록 민첩하긴 하지마는 아직 무예의 규범을 알지 못하니 이 애가 지금 하고 있는 동작은 한낱 산지기의 기술에 지나지 않는다. 그것쯤이야 무슨 장기라 하겠는가."

그러고는 윤덕에게 쏘는 기술과 방어하는 방법 들을 가르쳐 주었더니, 최윤덕은 마침내 명장이 되었다.

## 최항의 성품과 학문

문정공文靖公 최항崔恒은 성질이 겸손하고 소탈하며 정직하였다. 그러므로 일상생활에서 단정하고 고결하여 겉치레가 없었으며, 남과 이야기할 때에도 겸손하여 스스로 자기 학문을 자랑하는 태도라고는 조금도 없었다. 또 자기를 나타내고 남과 달리 보이려는 티도 없었다.

글을 짓는 데는 옛사람이 쓰던 형식을 그대로 좇지는 않았다. 그래서 문장 구조는 도무지 부자연스러운 데가 없이 스스로 솟아 나온 것이니 거침없고 웅건하고 화려함이 마치 큰 강물이 도도히 흘러 백 번 꺾이고 구불고 하여 그 형세를 멈출 수 없는 것과도 같았다. 더욱이 변려문[1]에 능숙하였다.

조정의 외교 문서가 모두 그 손에서 나왔는데, 중국 사람이 우리나라 문장을 매우 정연하고 진실하다고 일컫게 된 것이 다 공이 썼

1) 옛날 한문 문장의 한 형식. 넉 자나 여섯 자로 흔히는 운을 달고 대를 놓아 구를 만든다. 미사여구로 구성하는 것이 특징이다.

기 때문이다.

그는 평생에 비록 추운 겨울, 더운 여름일지라도 반드시 의관을 바로 하고 종일토록 단정하게 앉아 있어 조금도 게으른 빛을 보이지 않았으며 일찍이 급한 어조나 서두는 태도라고는 없었으니 이것이 모두 다 그의 천성을 드러내는 것이었다.

세조는 일찍이 우리 나라 학자들이 한문의 어음을 바로 알지 못하고 구두점을 분명히 못하는 것을 유감으로 여겼다. 비록 옛날 선비 권근權近, 정몽주의 구결[2]이 있으나 잘못이 많아 고루하고 속된 선비들이 그 잘못을 그대로 잇고 있음을 그대로 둘 수 없는 일이라 하여 세조는 드디어 한학에 조예 깊은 노숙한 신하와 이름 있는 선비들에게 사서오경을 나눠 주어 옳고 그름을 고증하여 구결을 바로잡으라고 명하였고, 또 선비들을 모아 맞는 것과 틀린 것을 강론케 하였다. 여기서 세조는 친히 자기 견해를 덧붙이곤 하였는데, 최항이 항상 옆에서 세조의 질문에 응하며 세세히 분석하여 응대함이 거침없으니 세조는 이를 듣고 만족하여 좌우 신하들에게 최항은 참으로 천재라고 찬탄하였다.

2) 한문에 토를 붙인 것.

## 솥을 두고 내린 판결

동원공東原公 함우치咸禹治가 일찍이 전라 감사로 있을 때 일이다. 어떤 이름 있는 집 형제가 분가를 하는데 솥 두 개가 크고 작아 서로 큰 것을 가지겠다고 다투다가 관가에 소송을 하러 왔다. 이 꼴을 본 함 감사는 노하여 아전에게 일렀다.

"그 솥 두 개를 빨리 들어다가 깨뜨려서 중량을 달아 똑같이 나눠 주라."

형제는 감복하고 소송을 거두어들였다.

## 자의적인 해석은 삼가야 한다

내가 젊었을 적에 같이 공부하는 동무 두세 사람과 더불어 절에 놀러 갔다가 부처를 그린 그림 한 폭을 보았는데, 그 그림에는 "공자가 찬하고, 오도자가 그리고, 소식이 쓰다."[1]라고 쓰여 있었다.

동무 중 한 사람이 말하였다.

"야, 옛날 그림이로군, 이는 반드시 명화일 거야. 소매 속에 넣어 가지고 가세!"

그러자 곁에 있던 또 한 사람이 말하였다.

"에이 이 사람, 사리를 좀 생각해 보게. 공자는 노나라 사람이 아닌가. 한나라 명제 때 비로소 불교가 중국에 들어왔으니 공자가 찬한다는 게 멀쩡한 소리이겠는가? 또 오도자는 당나라 사람인데 오도자의 그림에 공자가 어떻게 찬한단 말인가? 그리고 소식은 천백 년 뒤에 난 사람으로 공자와 더불어 때를 같이하여 그가 찬

1) 오도자吳道子는 당나라 때 유명한 화가, 소식蘇軾은 송나라 때 글 잘하던 사람. 찬贊은 서화에 글제로 쓰는 말이다.

한 것을 썼겠는가? 이는 반드시 후세의 어느 실없는 사람이 한 짓 일세. 내 말이 옳지 않은가 생각해 보게."

하고 가장 추리에 밝은 듯이 말하였다. 우리는 어려서 더 생각 못 하고 그렇다고 믿었다.

나중에 어떤 귀공자 집에서 이 그림을 보았다. 고금에 제일로 치는 명화라 하여 화첩의 첫머리에 간직하여 두었다. 이때에 나는 다시금 살펴보며 생각하였다. 열자列子는 이렇게 말하였다.

"공자가 이르기를 서방에 큰 성인이 있으니 부처라고 한다. 부처는 말하지 않아도 사람들이 그를 믿으며, 하는 것이 없어도 사람들이 깨우친다."

소식이 이것을 인용하여 쓴 것이다. 이렇게 나는 생각하고 지난날 절에서 제멋대로 풀이한 자의 말을 웃어넘기고 말았다.

지나간 일의 옳고 그른 것을 알지 못하고 주관에만 흘러 억지로 해석을 붙이는 자는 모두 이런 부류의 사람이다.

## 중의 꾀에 넘어간 허성

공간공恭簡公 허성許誠은 성품이 고집스러웠다. 일찍이 이조 판서가 되었을 때 공무에 충실하며 정직하게 일하여 개인 사정이나 협잡 수단을 결코 용납하지 않았다. 사람들의 사사로운 부탁을 미워하여 누구의 청이 있으면 반드시 그의 요구와는 정반대로 처리하였다.

내직으로 있던 어떤 관리가 관례대로 외직으로 나가게 되었는데 남도로 가기를 청하였더니 반대로 평안도 변방으로 내보냈다. 또 어떤 문사가 문관의 빛나는 자리를 청하였더니 일부러 지방의 교수로 내보냈다.

홍덕사의 일운一雲이라는 중은 꾀가 많고 약은 자라 단속사의 주지가 되고자 하였는데, 그런 눈치를 보이지 않고 허 공에게 거짓 청하였다.

"듣건대 서도[1]의 영명사는 산수가 좋다는데 거기에 한 번 가 있기가 평생의 바람이오며 만일 단속사에 가게 된다면 소승은 일이 아

1) 서도西道는 평양을 이른다.

주 잘못되는 것이오니 고려해 주시기를 바라옵니다."

며칠 뒤 일운에게 단속사로 가라는 비준이 내렸다. 일운은 크게 웃으면서 말하였다.

"이 늙은 도둑놈이 결국 내 꾀에 떨어지고야 말았구나!"

## 문과와 무과의 합격자 발표

옛날에는 무관의 과거 제도가 없었는데 태종 때에 와서 비로소 정식으로 제도가 설치되었다. 문과와 무과의 합격자를 발표하는 날에는 합격자들에게 홍패[1)]와 함께 어사화와 법주[2)]를 내주었으며, 특히 문무 양 과의 일등 각 세 명에게는 따로 검은 일산日傘을 주어 이것을 받고 유가[3)]함으로써 그들을 빛나게 하였다.

세조 때에 와서는 문과에는 일산을 주었으나 무과에는 기를 주어 유가하는 날에 아이들과 부녀들까지도 모두 문무과를 갈라 보게 되었으니, 이에 대한 무반의 불만이 자못 적지 않았다. 그래서 이어 그 구별을 없애고 다시 옛 제도를 회복하였다.

1) 붉은 종이에 쓴 합격증.

2) 궁중에서 특별한 방법으로 만든 술.

3) 유가遊街는 과거 합격자가 풍악을 잡히고 거리를 도는 것.

## 사간원과 사헌부

사간원의 직책이란 왕에게 간쟁하는 일이 있을 뿐 다른 소송 사건을 취급하거나 형사 사건을 심리 판결하는 등 복잡한 일은 없다. 그래서 날마다 술 마시는 것으로 일을 삼으니 조운흘趙云仡의 시에 이런 풍자가 있다.

> 한 잔 한 잔 또 한 잔
> 아니 취코 무엇 하리.
> 대간 나리 사시춘풍
> 보기 좋게 쓰러졌네.
> 一杯一杯復一杯　大諫醉倒春風前

사간원에 전해 오는 일로는, 당직을 선 관리가 아침에 아직 일어나기 전에 원리[1]가 창밖에서 "연리 배알![2]" 하고 큰소리로 외치는

1) 원리院吏는 사간원의 하급 관리.

것이다. 이리하여 당직관이 잠을 깨어 일어나 관대를 갖추고 앉으면 아전들이 유밀과 등을 차려 놓은 교자상을 드린다. 반찬이 또한 갖가지로 풍부하고 깨끗한 것은 물론이다. 큰 거위 알 모양의 큰 잔으로 술을 두어 순배 권하고야 치운다. 관원들이 모두 출근하여 모이는 날에도 또한 교자상에 유밀과를 비롯한 안주를 차려 내어 종일토록 마시며 즐긴다. 이런 일들이 매우 잦았다.

내가 대사간이 되었을 적에는 유밀과 상을 드리는 일은 이미 폐지되었으나 연리 배알은 여전하였으며, 또 미원 계음회[3]가 있어 술 마시며 즐길 기회가 있으니 선비들이 모두 부러워하였다.

사헌부는 문무백관의 정치적, 사적 생활을 모두 살펴야 하니 공무가 바쁠 뿐 아니라 모든 사무에 다 엄정하고 엄숙해야 한다. 그러나 그 예의와 법도는 자못 특이한 바가 있어 다른 부서와는 같지 않으니 차를 마실 때와 관원이 모두 출근하여 모일 때의 예의가 특히 그렇다. 집의[4]가 출입할 적에는 서리가 겨드랑을 거들어 부축하고 다니니 이는 고려 때 늙은 집의를 부축하던 옛 법을 그대로 좇은 것이다. 내가 두 번 대사헌이 되어 소소한 절차는 상당히 없앴지만 지금도 폐지 못 한 것은 대장이 곧 퇴근할 때 서리 한 사람이 꿇어 엎디어 "신시!"[5] 하고 세 번을 크게 외치고 또 조금 있다가는 "도청 봉궤, 대장 가출!"[6] 하고 큰 소리로 외친 뒤에야 관원들이 차례대로

---

2) 연리 배알椽吏拜謁은 아랫사람이 절하고 뵌다는 뜻.

3) 미원薇垣은 사간원의 딴 이름. 계음회禊飮會는 사간원에서 계를 무어 술 마시며 노는 모임.

4) 집의執義는 대사헌 다음 자리의 벼슬 이름.

5) 지금 시간으로 오후 네 시경.

6) 도청 봉궤都廳封櫃, 대장 가출臺長可出이란 청사의 궤들은 봉인하고 대장은 나갈 것이라는 뜻.

순서를 따라가는 그것이다.

주금령酒禁令이 내렸을 때에는 사헌부 관리들은 일반과 마찬가지로 술을 마시지 못하지만 사간원 관리들은 주금에서 제외되는 특전이 있어 여전히 마음대로 마시며 논다. 사간원 관리는 붉은 옷을 입고 사헌부 관리는 검은 옷을 입는데, 일찍이 금주 때에 붉은 옷 입은 관리가 잔뜩 취하여 검은 옷 입은 관리를 놀리기 일쑤였다.

"나는 해와 달이 져도 취한 얼굴 불그레하니 옷도 또한 붉구나! 오죽이나 좋으냐. 야, 대관아! 너는 쓸쓸하고 촐촐해서 술을 못 마셔 낯짝만 기다랗게 거무접접하니 옷도 또한 검구나!"

그러니 듣는 자들이 모두 웃었다.

# 늙었어도 원대한 마음으로

## 어우야담

《어우야담於于野譚》은 조선 광해군 때 유몽인(柳夢寅, 1559~1623)이 쓴 야담집. 제목은 저자의 호 어우당에서 온 것으로, 《장자》의 "쓸데없는 소리로 뭇사람을 현혹시킨다.〔於于以蓋衆〕"에서 따왔다. 세태를 풍자한 설화와 기지가 번뜩이는 이야기를 적되, 풍부한 구상을 하여 깊이 있게 쓰면서도 참신하고 생동감 넘치는 표현을 썼다. 왕실부터 상인, 천민, 기녀에 이르기까지 다양한 사람들의 삶과 풍속, 문학, 꿈, 귀신, 성에 관한 이야기가 들어 있어 조선 중기를 볼 수 있는 좋은 자료이다.

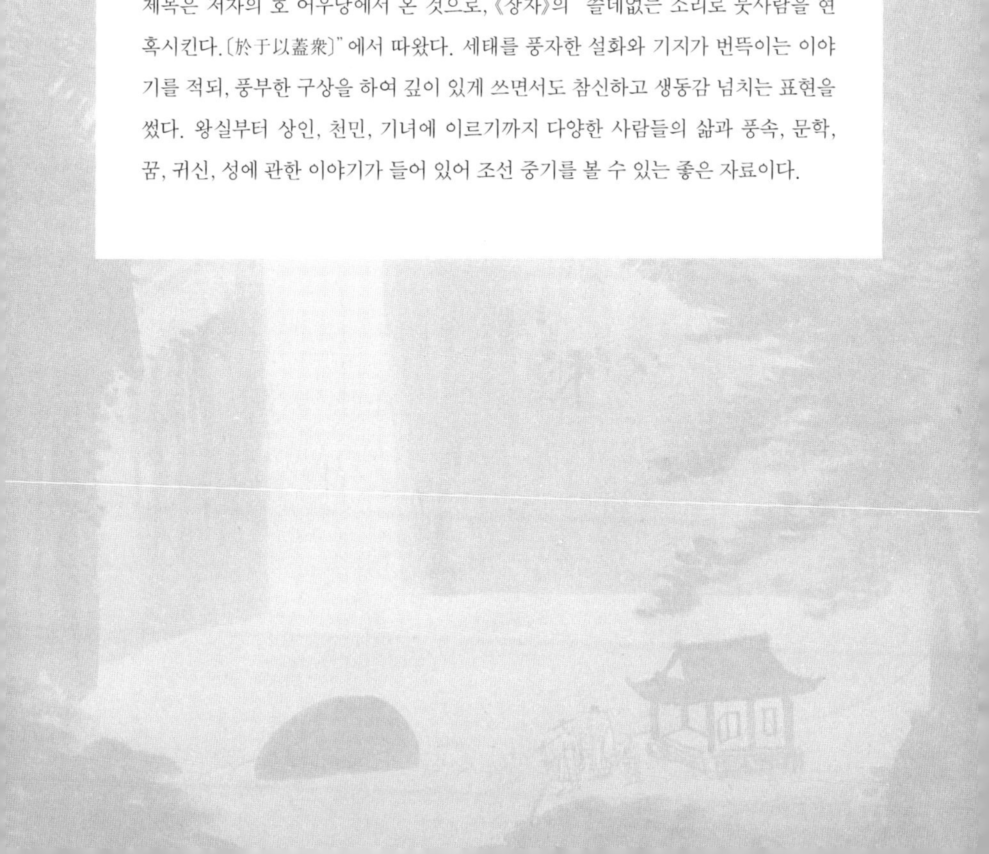

## 김시습의 풍자시

한명회가 '위천수조도'[1] 한 폭을 얻었는데 참으로 명화였다. 이 그림의 제목을 달기 위해 명인의 시를 구하고 있던 중에, 사람들이 말하기를 '오세'[2]의 시가 아니면 이 그림에 어울릴 수 없으리라 하였다.

그리하여 한명회는 김시습을 자기 집으로 초청하였다.

서울 어느 산중에서 내려온 김시습은 붓을 당겨 곧 시 한 수를 지었다.

---

1) '위천수조도渭川垂釣圖'는 옛날 중국의 강태공이 출세하기 전 섬서성 위수 가에서 낚시질하고 있던 것을 그린 그림이다. 나중에 강태공은 무왕을 도와 은을 멸하고 주나라 창건에 성공하였다. 김시습은 이 그림을 이용하여, 한명회가 세조를 도와 허다한 인재를 죽이고 단종을 쫓아내고 세조가 왕위에 앉게 한 결과, 마치 은나라가 망할 적에 백이숙제가 고사리를 캐 먹다가 죽은 것처럼 많은 충신열사가 죽음이 아니면 세상을 버리게 한 것을 풍자하였다.

2) 김시습이 다섯 살에 능히 글을 지었다 하여 세상에서 '오세문장'이라고 하였다. 또 일설에는 세상을 우습게 본다는 오세傲世와 음이 같은 까닭에 스스로 호를 '오세五歲'라 하였다고도 한다.

바람이 오소소
낚시터에 나릴 제
위천어조[3] 벗을 삼아
세월을 잊었더니

어찌하여 늘그막에[4]
새매 같은 장수 되어
부질없이 백이숙제
고사리 캐게 한고.

風雨蕭蕭拂釣磯　渭川魚鳥却忘機
如何老作鷹揚將　空使夷齊餓采薇

이 시는 구절마다 풍자를 품고 있어 읊어 보면 저절로 구슬픔을 금할 수 없다.

---

3) 위수 가의 고기와 새들.
4) 낚시질하던 강태공이 여든 살에 비로소 문왕을 만나 나중에 무왕의 장수가 된 것을 의미한다.

## 시인의 느낌은 한가지인가

내가 지나간 해에 송천정사松泉精舍에서 자다가 잠이 깨어 들으니 빗소리 같은 것이 들렸다.

나는 놀라 중에게 물었다.

"이게 빗소린가?"

"폭포 소리지 비가 아닙니다."

나는 이윽고 시 한 수를 읊었다.

춘삼월 깊은 산에
두견이 울고 있다.
구름 속에 누운 은사
꿈조차 한가쿠나.

밤중만치 잠을 깨어
빗소리만 여겼더니
아니라네, 중의 말이

쏟아지는 폭포라고.

三月山寒杜宇稀　幽人雲臥靜無機

中宵錯認千林雨　僧道飛泉灑石磯

그 뒤 어떤 손님이 와서 송강 정철의 시 한 수를 들려주었다.

공산에 우수수

잎 지는 소리를,

나는 들었구나

성긴 빗소리로만.

넌지시 중을 불러

산문에 나갔더니

달이 또한 걸렸구나

시내 저쪽 나무에.

空山落木聲　錯認爲疎雨

呼僧出門看　月掛溪南樹

시인들의 느낌은 한가지라더니 과연 옳은 말이로다.

## 김종직의 작품과 김수온

점필재佔畢齋 김종직金宗直은 영남 사람이다.

열여섯에 서울에 올라가서 과거에 응시하여 '백룡부白龍賦'를 지었으나 뽑히지 못하였다. 김수온金守溫이 대제학이 되어 낙방된 시험지를 인계받을 적에 그중에 들어 있는 김종직의 시를 보고 기이하게 여겼다.

"이는 진실로 훗날 문형[1]을 잡을 수 있는 수법인데 어찌하여 낙방했을까?"

그는 높은 재주로 낙방한 것을 애석히 생각하고 그것을 뽑아 왕에게 올렸다. 왕도 이를 보고 기특히 여겨 김종직에게 영산 훈도[2]를 내렸다.

그때 김종직은 한강에 있는 제천정濟川亭 기둥 위에 시를 썼다.

---

1) 문형文衡은 문장을 저울질하는 시험관. 홍문관 대제학의 딴 이름이다.

2) 훈도訓導는 고을의 시학관.

눈 속에 매화꽃과
비 걷은 뒤 산빛일랑
볼 때는 쉬웠건만
그릴 때는 어려웠네.

시속 눈에 안 들 줄을
내 벌써 알았던들
차라리 연지로
모란이나 그릴 것을.
雪裡寒梅雨後山　看時容易畵時難
早知不入時人眼　寧把臙脂寫牧丹

나중에 김수온이 제천정에서 놀다가 그 시를 보고 감탄하여 말하였다.

"이는 진실로 전날 '백룡부'의 수법이로구나! 앞으로 나를 대신하여 문형을 맡을 사람은 반드시 이 사람이로다."

알아보니 과연 김종직이 쓴 것이었다. 김수온이 문장을 식별하는 재간이 또한 귀신같았다.

## 파쟁을 증오한 유극신의 시

유극신柳克新은 유몽학柳夢鶴의 아들이다. 유몽학이 음관으로 사헌부 지평이 되었다가 외직으로 양양 부사가 되어 부임할 적에 극신이 부친을 따라가게 되었다.

당시 정계가 이른바 동인과 서인 두 당파로 갈려 정계와 선비들이 파쟁으로 혹은 득세, 혹은 실각하여 서로 물고 뜯고 하였다. 유극신은 동인에 속한다고 지목되면서 항상 분파가 끼치는 해독을 개탄하더니 미수파彌須坡[1]를 지날 때에 다음과 같은 시를 지었다.

미수파 동쪽 서쪽
흐르누나, 두 갈래 물
동은 동해로 서는 서해로.

들어 보라 그 물소리

1) 강원도 인제군 북쪽에 있는 지방 이름.

흑흑 느껴 목이 메어
그 울음 끝없으니
뉘라서 여기 와서
눈물을 안 뿌리리.

나는 장차 하오리라
궁씨[2] 삼 형제 청해다가
좋은 술 만 종[3]에
용볶이[4] 천 가마로
큰 잔치 베풀고서

천후산 천길만길
봉우리 몇몇이건
손톱으로 한꺼번에
하늘 밖에 튀겨 낸 뒤

두 갈래 물 한데 모아
서쪽으로 돌려 대면
한강의 성 머리에
천만년 길이길이

---

2) 궁씨穹氏는 초인간적 힘을 가진 통치자로 중국 신화에 나온다.
3) 종鍾은 옛날 용량을 헤아리는 데 쓰던 용기. 한 종은 일 석一石 사 두四斗, 만 종이란 말은 아주 많은 양을 뜻한다.
4) 꼭 용을 볶은 것이란 말이 아니라 아주 귀한 요리를 말한 것이다.

질펀히 흐르리라.

坡東坡西二流水　東流東海西流西
嗚嗚咽咽鳴不已　誰人到此不垂淚
吾將邀於穹氏三兄弟
旨酒萬鍾烹龍千鼎以爲禮
天吼山千丈萬丈　幾個峯巒
指爪一彈青天外　乃使二水爲一流
西注漢江之城頭　浩浩蕩蕩萬萬秋

장계 황정욱黃廷彧은 문장을 잘하는 사람이다. 그는 유극신이 쓴 이 시를 보고 크게 찬탄하여 "이 시야말로 참 명작이다." 하였다.

# 정지승의 시 재주

정지승鄭之升이 아직 장가들기 전에 사랑하는 기생이 있었다. 부모가 학업에 방해될까 걱정하여 그의 옷과 신발을 빼앗고는 골방에 가두고 출입을 금하였다.

정지승의 동무가 몰래 기생의 편지를 전했더니, 그는 애끓는 마음을 시로 화답하였다.

배꽃은 흩날리고
겹대문 닫혔는데[1)]
청조[2)]야 너 왔느냐
눈물 자국 분명쿠나.

---

1) 정지승이 부모의 간섭으로 사랑하는 여인을 만나지 못하던 때 마침 바람에 흩날리는 배꽃은 사랑하는 사람을 보지 못하는 정지승의 애를 더 끓었다. 아름다운 꽃이 비바람에 떨어지니 자기와 애인이 헤어짐을 암시한다고 그는 느꼈다. 겹대문 닫혔다는 것은 부모의 감시를 뜻한다.
2) '청조'는 편지를 가리킨다.

한번 죽어 잊는다면
오히려 좋으련만
저승 가도 애끓일걸
내 어이하잔 말고.
梨花風雨掩重門　青鳥飛時見淚痕
一死可能忘此別　九原猶作斷腸魂

정지승이 외삼촌을 따라 덕천에 갔을 때 덕천 찰방을 처음으로 사귀었는데, 그와 문안 편지를 주고받으면서 늘 적은 말이 곧 시로 되었다.

편지 문안 받자옵고
한없이 기쁩니다.
나도 변함없사오니
염려하심 아니리까.

세류영서 초면 얼굴
다시금 사모하여
생양관 등잔불만
시름없이 돋웁니다.

조각구름 해 질 녘엔
우정 더욱 그립건만
큰 술잔 긴 시편을

같이 못 해 병이외다.

끝으로 건강 빌며
서린 회포 못다 하니
바라건대 존형이여
정지승을 아소서.

謹承書問慰難勝　保拙無非下念仍
細柳營中初識面　生陽館裡更挑燈
孤雲落日情相憶　大酒長篇病不能
餘祝萬安懷縷縷　伏惟尊照鄭之升

그가 말을 내치면 곧 시가 되어 재주가 넘쳐흐르기 이와 같았다.

묘향산을 구경하고 돌아가는 소요산 중을 덕천으로 오는 도중에서 만나 동행하면서 정지승은 시를 지어 주었다.

그대 서쪽서 오고
나도 서쪽서 오도다.
봄바람에 지팡이 끌며
높낮은 길 같이 건네.

어느 해 달 밝은 밤
소요사에서 다시 만나
동림의 두견 소리
같이 들어 볼 것인고.

爾自西來我亦西　春風一杖路高低
何年明月逍遙寺　共聽東林杜宇啼

이렇듯 재능이 뛰어난 사람이 일찍 죽었으니 안타깝구나!

## 어려운 것은 구상이다

찬성 박충원朴忠元은 글을 지을 적에 일찍이 초안이라고는 잡지 않았다.

오랫동안 말이 없다가 구상이 다 된 뒤에는 종이를 펼쳐 놓고 종이 위에 자기 복안에 비추어 여기저기 적당한 곳에 혹은 점 하나를 찍어 놓으며 혹은 동그라미를 치기도 하며 혹은 꺾은 획을 지르기도 하고 또 가다가 '비록 그러나〔雖然〕', '아아〔嗚呼〕' 같은 글자를 써 놓기도 하였다. 이렇게 준비 작업이 끝난 뒤에는 단번에 종이에 곧바로 썼는데, 한 자도 고쳐 본 일이 없었다.

어떤 사람이 그 방법을 물었더니 그는 이렇게 말하였다.

"무릇 글을 짓는 데 가장 어려운 것은 구상이다. 구상만 다 되면 글귀와 글자를 엮는 것쯤이야 붓끝에 있을 뿐이다."

사간이셨던 우리 할아버지도 글을 지을 적에 초고 쓰는 일이 없었다. 다만 소재의 대소 곡절을 세심히 사색하고 구상한 다음 종이에 단숨에 쓰고는 조금 고칠 뿐이었다.

신숙申熟은 책문을 초 잡을 때 베개를 높직이 하고 누워 관을 벗어 얼굴을 덮고 취한 듯 조는 듯하다가 문득 일어나서 단번에 절반쯤 써 놓았다. 그러고는 또 그와 같이 하여 한 편을 완성하였다.

이 세 분의 글 짓는 방법을 나는 다 시험해 보았는데, 글의 대소곡절을 낱낱이 속으로 구상한 뒤에 비로소 붓을 대었다는 점에서 일치하였다. 그러나 아까운 것은 혹 잊고 빠뜨린 것이 있을 수 있는 것이었다. 다만 명제와 구상이 이미 되었으면 문장 쓰는 것은 과연 붓끝에 있는 것이니 박충원의 방법이 좋을 것이다. 나는 여러 번 그 방법을 과거 시험장에서 시험해 보았더니 보는 사람들이 모두 탄복하였다.

정승 이준경李浚慶의 아들이 시험장에 들어가 책문을 써 들이고 나왔을 적에 이 정승이 말하였다.

"시험장에서 쓴 초안을 내게 보이려무나."

아들이 말하였다.

"초안 없이 시지에 바로 써 들였사온데 잊어서 잘 기억하고 있지 못하옵니다."

정승이 웃으면서 말하였다.

"네 재주야말로 훌륭하구나! 나는 젊을 적에 시험장에서 책문이 탈고되면 딴 종이에 써 가지고 두 번 세 번 읽어 본 뒤에야 시험지에 써서 바쳤는데 너는 초안을 하지 않았다니 과연 네 재주가 훌륭하다."

## 임종시 두 편

종실 사람 강양군江陽君은 성품이 소탈하고 고결하였으며 시를 잘하였는데, 특히 매화를 사랑하였다. 그가 병을 앓다가 위급한 순간에 창문을 열고 갓 핀 매화를 보더니 계집종에게 한 가지 꺾어 오라 하여 책상 위에 놓았다. 그러고는 종이와 붓을 찾아 시 한 수를 썼다.

나이 곧 오십인데
병은 되우 재촉하네.
창밖에 비낀 가지
다시 보니 애처로워.

매화야 네야 어이
가는 나를 알랴마는
한 가지 먼저 피어
향기를 보내누나.

年將知命病相催　屋角悠悠楚些哀

梅萼不知人事改　一枝先發送香來

쓰기를 다 하고는 세상을 떠났다.

한순韓恂은 뜻과 기질이 맑고 깨끗하여 마음을 항상 세속 밖에 두었다. 그는 나이 서른셋에 세상을 떠났는데, 임종 때 처자를 불러 종이를 펼치고 붓에 먹을 찍어 달라 하여 시를 썼다.

세상에 떨어진 지
서른이요 세 봄 만에
우주를 어루만지며
영원히 나는 가네.
落烟火三十三春　撫宇宙而長逝

이렇게 쓰고는 붓을 던지고 운명하였다.

## 황진이와 시조 한 수

황진이黃眞伊는 송도 기생이었다. 일찍이 그가 송도의 옛날 활 쏘던 사장에서 자고 있었는데 달빛은 흐릿하고 행인도 없어 사방이 고요한 때였다. 어떤 백마 탄 장군이 말을 멈추고 거닐다가 소매로 눈물을 씻으며 노래를 불렀다.

오백 년 도읍지를
필마로 돌아오니
산천은 의구한데
인걸은 어데 간고.
두어라 고국 흥망을
물어 무엇 하리.
五百年都邑地匹馬歸來兮
山川依舊人傑何所之兮
已矣哉古國興亡問之何爲兮

노래를 마치고는 말에 채를 치며 어디론지 가 버렸다. 그는 사람이 아니었다고 전설은 전하고 있다.

노래가 비장하여 아마도 여인이 지은 것이 아닐 텐데 세상 사람들이 황진이가 지은 것으로 잘못 전하였다고 송도 사람들은 말하고 있다.

## 안견의 참대 그림

성종 때 중국 사신 김식金湜이란 사람이 우리 나라에 들어왔다. 그는 참대를 잘 그리는 명수로 세상에 그와 겨룰 자가 없었다.

그는 우리 나라 참대의 명화를 보여 달라고 하였다. 왕은 널리 온 나라를 뒤져 참대의 명작이란 것을 전부 거두어 그중에서도 우수한 것을 그에게 보였으나 김식은 모두 참대가 아니라 삼대나 갈대 같다고 하면서 참다운 참대를 보여 달라고 거듭 간청하였다.

이때 안견의 그림은 중국에서도 신묘하다고 평하고 있었으므로 왕이 안견에게 평생의 필력을 다하여 그림 몇 폭을 그려 보이게 하였다. 그러나 김식은 이것이 비록 묘하기는 하지만 참대가 아니요, 역시 갈대라고 하였다.

왕은 본디 그림의 품격을 알므로 참대 화분 하나를 들이라 하여 촘촘한 잎을 솎아서 성글게 한 다음 그것을 높은 마루 위에 올려놓고 저녁볕을 받았을 적에 안견에게 그대로 그리게 하여 김식에게 보였다. 김식이 한 번 보고 크게 놀라 이야말로 진정한 참대라고 하며 중국의 명화도 이에 짝할 자 드물다고 찬탄하였다.

## 천하에 이름난 점쟁이

옛날에 돌이라는 아명을 가진 상국이 있었다. 어렸을 때 두타비頭他非라는 곁집 아이와 말놀이를 하면서 아주 정답게 놀았는데, 어른이 된 뒤 돌은 상국이 되었건만, 두타비는 눈이 멀어 신세가 가여웠다. 점술을 배웠지만 재주가 부족하여 이름이 나지 못하니 점치러 오는 이도 없어 구걸질을 해도 살아나갈 수가 없었다.

돌은 이를 불쌍히 여겨 살길을 열어 주기 위한 약속을 남모르게 하였다.

"두타비야, 내가 거짓으로 말을 잃었다 하고 말을 동문 밖 도장골 몇 번째 소나무에 매어 둔 뒤 너에게 점을 치게 할 테니, 너는 도장골 몇 번째 소나무에 말이 매여 있다고 해라. 나는 마땅히 사람 수십 명을 보내서 말을 찾아올 것이다. 이렇게 하면 네 이름이 온 나라에 퍼지며 장안에 점을 치려는 자들이 네게로 막 몰려올 것이 아니냐."

약속대로 하여 잃은 말을 찾아내니 이 일로 크게 이름을 떨쳤다.

마침 왕이 옥대를 잃은 때였다. 왕은 두타비가 점치는 재간이 귀신같다는 소문을 듣고 특사를 보내어 급히 불렀다. 두타비는 본디 무능한 사람인데 왕이 특사로 부르게까지 되었으니 왕 앞에서 대답을 잘 못하고 죄에 걸릴 것이 두려웠다.

한편 옥대를 훔친 도둑은 가만히 사람을 시켜 길에서 엿보고 있던 차였다. 두타비는 말에 올라 안장에 의지하여 한탄 끝에 혼잣말로 "불가설이"라 하였다. 이는 왕 앞에서 '아무 말도 할 수 없다.'는 걱정을 한문 음으로 한 말이다. 옥대를 훔친 자의 이름이 불개이며 그의 직업은 서리인데, 발음이 '불가설이'와 비슷하여 자기를 지적한 줄로 알았다. 이를 들은 도둑은 크게 놀라 두타비에게 많은 뇌물을 주고 부탁하였다.

"불가설이라고는 제발 하지 말고 다만 옥대가 대궐 뜰의 서쪽 층계 아래에 있다고만 말하여 내가 극형을 받지 않게 해 주시오."

두타비는 그 말대로 왕에게 고해 층계 밑을 팠더니 옥대가 나왔다.

왕은 신기하여 크게 칭찬하면서 말하였다.

"이는 옛날에 점치기로 유명하였던 무함巫咸과 영분靈氛 같은 사람이다. 과인이 장차 다시 시험하리라."

왕은 마침 변소에 갔다가 큰 두꺼비를 보고 내시를 시켜 돌로 이것을 지질러 놓은 뒤 두타비에게 말하였다.

"내가 지금 어떤 물건을 얻었는가 알아내라. 점이 맞지 않으면 마땅히 너를 죽이겠고, 맞으면 상을 주리라."

이때 상국은 왕의 곁에 있었는데, 두타비는 창졸간에 딱하고 답답하여 땅에 엎드려 상국을 향하여 말하였다.

"돌 때문에 두타비가 죽누나!"

'돌'은 상국의 아명이다. 상국이 헛된 소문을 꾸며 낸 까닭으로 두타비가 죽는다는 것을 한탄한 말이었다. 그 까닭을 모르는 왕은 '돌'이 두꺼비를 지지른 돌로 알고 '두타비'는 두꺼비의 방언이라 하여 크게 경탄하면서 말하였다.

"과인이 과연 두꺼비 한 마리를 돌로 지질러 놓았다. 진실로 천하의 이름난 점쟁이로구나!"

그러고는 마침내 여러 천금 상을 주었다.

아, 헛된 이름이 우연히 맞아 복이 돌아왔으니 한 번도 요행이거든 하물며 두 번까지 맞는단 말인가.

## 수염잡이의 술 대접

근래에 수염을 잘 기른 사람이 있었는데, 집안이 좀 넉넉하였다. 술과 안줏거리도 준비되어 있어 손님이 가면 접대하였는데, 안해와 몰래 약속한 바가 있었다.

"여보, 손님이라고 다 똑같이 접대할 수는 없으니 상객이 왔을 적에는 내가 윗수염을 쥐겠고, 중객이 왔을 적에는 가운데 수염을 쥐겠고, 하객이 왔을 적에는 아랫수염을 쥐겠소. 당신은 그것을 보고 세 등급으로 구별하여 상을 차려 내시오."

이러한 약속을 혹 아는 밖의 사람도 있었다.

하루는 하객이 왔다. 주인이 아랫수염을 잡았더니 처가 하등으로 술과 안주를 차려 냈다. 술이 서너 잔 지났는데, 주인은 집이 가난하여 술과 안주가 약소하다고 하면서 곧 상을 물렸다. 나중에 그런 줄을 아는 손이 왔다. 주인은 아랫수염을 잡는 것이었다. 객이 말했다.

"여보, 그 손을 좀 올리구려."

주인은 부끄러워 어쩔 줄을 몰랐다. 그래서 지금 사람들이 술 마신다는 것을 '수염잡이' 라고도 한다.

## 수염 좋은 사나이와 중국 사신

옛날 어떤 중국 사신이 우리 나라에 들어올 적에 '조선은 예의지국이니 반드시 뛰어난 인물이 있으리라.' 생각하면서 지나오는 길에 나타나는 사람들을 살펴보았다.

이 중국 사신 행차가 평양 지방을 지날 때였다. 길가에 어떤 건장한 사나이 하나가 서 있는데 키가 팔 척이나 되었고 수염은 배까지 길게 드리웠으며 풍채가 매우 늠름하였다. 중국 사신은 첫눈에 자못 이상히 여겨 말을 나누어 보고 싶으나 말이 통하지 않았으므로 몸짓으로 서로 의사를 통코저 하였다.

그래 중국 사신은 손가락을 둥그렇게 만들어 사나이에게 보였더니 사나이는 서슴지 않고 곧 손을 들어 손가락으로 모를 지어 네모를 만들어 대답하였다. 사신은 머리를 끄덕이고 흥미를 느끼면서 이번에는 세 손가락을 꼽아 보였다. 사나이는 곧 다섯 손가락을 꼽아서 대답하는 것이었다. 사신은 사나이의 응대에 더욱 놀라움을 느끼면서 이번에는 옷자락을 들어 보였다. 사나이는 곧 자기 입을 가리켰다. 사신은 이를 보고 더 깊이 감탄하였다.

수염 좋은 사나이와 이렇게 말 대신 몸짓으로 문답을 주고받은 중국 사신은 그 사나이와 헤어지고 서울로 올라가서 관반[1]에게 말하였다.

"내가 중국에서 일찍이 귀국이 예의지국이란 말을 들었더니 과연 빈말이 아니라고 감탄한 일이 있습니다. 내가 평양 부근 어느 길가에서 한 장부를 만났는데, 풍모가 매우 준수하기에 나는 시험 삼아 손가락을 둥그렇게 꼬부려 하늘이 둥글다는 뜻을 표시하였습니다. 그랬더니 그 장부는 서슴없이 곧 자기 손가락을 모지게 꼬부려 땅은 모가 났다는 뜻으로 나에게 대답하는 것입니다. 나는 다시 세 손가락을 굽혀 하늘과 땅과 사람 삼재[2]를 나타냈는데 이에 대하여 그 장부는 곧 다섯 손가락을 굽혔으니 이는 인, 의, 예, 지, 신 오상을 뜻한 것입니다. 나는 이번에는 내 옷자락을 들어 그에게 보였는데 이는 옛날에는 옷을 드리우고 편히 앉아서도 천하를 능히 다스렸다는 것을 의미함이었소이다. 그 장부는 얼른 자기 입을 가리키는 것이었으니 이는 말세에는 구설, 곧 공리공담으로 일을 삼는다는 뜻입니다. 길가의 지나가는 한낱 이름 없는 사나이도 이와 같이 사리에 명철하니 하물며 교양 많은 사대부야 어떠하랴 하였습니다."

이 말을 들은 관반은 기이한 일이라 생각하고 평안도에 급히 연락하여 그 수염 좋은 사나이를 불러들여 후히 상을 주고 그 전말을 물어보았다.

1) 관반館伴은 외국 사신을 접대하던 벼슬아치.
2) 하늘, 땅, 사람 셋이 만물을 창조한다 하여 삼재三才라 한다.

"사신이 손가락을 둥글게 한 것은 절편을 먹고 싶다는 뜻이옵고 소인이 손가락을 모지게 한 것은 나는 인절미를 좋아한다는 것이오며, 사신이 세 손가락을 굽힌 것은 하루에 세 끼 밥을 먹는다는 뜻이옵고 소인이 다섯 손가락을 굽힌 것은 다섯 끼 밥을 먹고 싶다고 한 것이오며, 사신이 옷을 들어 보인 것은 입는 것이 걱정된다는 뜻이옵고 소인이 입을 가리킨 것은 먹는 것이 걱정이라고 한 것이었습니다."

수염 좋은 사나이의 대답은 이러하였다. 듣는 이들이 모두 크게 웃었으며 사신은 이것을 모르고 기이한 사람이라 하여 경의를 표하였다.

이와 같이 수염 좋은 사나이가 중국 사신에게 존경받게 된 까닭이 어찌 다만 그의 늠름한 풍채에 사신의 눈이 끌린 데 있다고만 하겠는가. 조선이 예의지국이라고 익히 들은 사신은 선입견을 갖게 되어 대상을 자기 마음대로 높이 평가한 것이다. 그리하여 수염 좋은 사나이가 하는 몸짓이 의미심장하게 해석된 것이다.

# 서울에서 제일가는 말솜씨

김인복金仁福은 말재주가 능란하고 농담 잘하기로 서울에서도 유명했다.

젊었을 때 길가에서 어떤 초라한 시골 선비를 만났다. 그가 쓰고 있는 갓에 달린, 수정으로 만든 갓끈이 아주 볼품없이 짧아 겨우 턱을 둘렀을 뿐이었다.[1)]

이것을 본 김인복은 그 꼴이 너무 우스워서 타고 가던 말을 멈추고 채찍을 들어 읍하고 나서 말을 걸었다.

"과연 아름답소이다. 우리 선비님의 갓끈이 진실로 천하의 보물이로소이다. 청컨대 저의 가산을 기울여 그 갓끈을 사겠나이다."

이 말을 들은 선비는 만족해하며 물었다.

"그대의 집이 어디 있느뇨?"

"저희 집은 숭례문 밖 청파리로소이다. 원컨대 선생은 내일 새벽에 배다리로 찾아오셔서 김인복의 집이 어디냐고 물으시면 모를

1) 갓끈은 대체로 턱을 돌려 매는데, 끈이 턱 아래로 길게 드리워져 있는 것이 보통이다.

이가 없사오니 꼭 찾아와 주소서."

이렇게 서로 만나기를 약속하고 헤어졌다.

이튿날 아침 김인복이 아직 잠도 깨기 전에 선비는 이미 대문 밖에 와 있었다. 김인복이 나가서 손님을 맞아들여 마당 가 밭머리에 멍석을 펴고 앉힌 뒤 말주머니를 풀어 놓았다.

"제 논이 성 동쪽 홍인문 밖에 있사온데 한 마지기에 추수를 석 섬씩 하옵니다. 또 우리 집에 크고도 건장한 소 한 마리가 있사온데 크기가 남산 더미 같습지요. 봄철이 돌아와 바야흐로 땅이 풀리고 물이 흐르기 시작할 적에 보습을 메워 갈고 써레질하고 물 대고 상례대로 올벼 종자 열닷 말을 이 모판 저 모판에 뿌립니다. 일찍 모내고 제때에 김매면 팔월 추석쯤 가서는 황금같이 익은 벼가 온 논벌을 가득 덮어 물결칩니다. 이럴 때에 달 같은 낫을 들고 차곡차곡 베어 들여 정밀히 탈곡한 뒤 찧고 쓸고 불어 내면, 옥인 양 구슬인 양 이것으로 밥 지어 한 숟갈 푹 뜨면 반들반들 기름기 온 숟갈에 엉기고, 한 입에 떠 넣으면 매끈매끈 그 진기 혀끝에 감깁니다.

그리고 선생께서 지금 보시는 바로 저 밭은 땅이 기름지고 걸어서 상추가 잘됩니다. 삼사월에 갈고 다뤄 씨를 홀홀 뿌려 두면, 싹이 트고 잎이 나서 비이슬 달게 받고 이들이들 퍼져 자라 파초같이 넓은 잎이 연하고, 살졌을 제 이 잎 저 잎 뜯어다가 깨끗한 물에 활활 씻어, 큼직한 백자기에 듬뿍 담아 붉은 소반 위에 덩그렇게 올려놓으면 빛이 영롱하옵지요.

봄볕이 바야흐로 따뜻할 제 구슬 같은 항아리에 담아 놓은 고추장은 달기가 꿀과 같고 그 빛은 말의 간처럼 곱고도 진하온데, 인천, 안산 포구에서 첫 그물에 걸린 송어가 저자에 나올 적에 그놈 사다 구워 내어 기름, 고추장 발라 놓으면 그 향기 코에 풍겨 입맛 버쩍 돋웁니다. 그런 다음에는 상추 잎 손바닥에 척 펴 들고 올벼 밥 한 숟갈 떠 올린 뒤 달고 빨간 고추장을 떠 얹고 고소하게 구운 송어 한 점 그 위에 덧놓고 나서, 부산포 왜놈이 보화 꾸러미 싸듯 두 손으로 움켜 싸서 혜음령[2] 장사 바리 붙들듯이 쥐어 들고는 입술을 펴고 입을 벌리되 새벽 파루[3] 후 숭례문 열듯이 썩 벌립지요.

이렇게 되고 보면 너무도 짧은 그 갓끈은 속절없이 끊어지고 거기에 꿴 수정 알은 땅에 솨르르 쏟아져 떨어질 것이니 비록 영안의 세포[4]와 양호의 종면[5]과 관서의 분주[6]와 남경의 팽금[7]과 요동의 모단[8]이 일곱 칸 창고에 그득 쌓여 있어도 저는 그 갓끈을 살 수 없사옵니다."

선비는 상추쌈 이야기에 저도 모르게 입을 헤벌리고 침을 흘리다가 돌아가 버렸다.

김인복이 어느 날 돈피 휘항[9]을 쓰고 시가를 지나다가 사헌부 금리[10]에게 걸렸다. 그리하여 곧 그 금리에게 검속되어 사헌부로 넘어

2) 혜음령惠音嶺은 서울에서 북으로 사십 리쯤 되는 곳에 있는 고개. 북으로 통하는 큰길이라 많은 짐바리가 이 고개를 넘는다.

3) 파루罷漏는 종루에서 오전 네 시를 알리는 종소리.

4) 영안永安의 세포란 경상북도 영천과 안동에서 짠 고운 베를 말한다.

5) 양호兩湖는 충청도와 전라도 지방, 종면綜綿은 촘촘하게 짠 무명.

6) 관서의 분주粉紬는 평안도, 황해도에서 나는 명주.

7) 팽금彭錦은 비단 이름.

8) 모단毛緞은 털로 짠 요.

9) 휘항은 지금의 모자 비슷이 만든 방한구. 돈피는 귀한 피물로서 그것으로 지은 휘항은 높은 사람 말고는 사용하는 것이 법으로 금지되어 있었다.

가게 될 형편에 이르렀다. 김인복은 팔을 뽐내고 주먹을 내두르면서 호통하였다.

"내 장차 너를 죽이리라."

금리가 호령하였다.

"나는 곧 사헌부 금리다. 나를 죽이고도 견딜 수 있겠느냐?"

그러자 김인복은 청산유수로 내리엮었다.

"너희 사헌부 스물네 감찰[11]을 나는 보기를 개잘량[12]같이 안다. 쌍지평, 양장령, 독집의, 단사헌[13]이 모두 우리 조카뻘이야, 이 자식! 심지어 개국공신, 정사공신[14], 좌명공신[15], 좌리공신[16]이 다 내 집 훈벌들이다. 내 지금 한주먹으로 네 머리를 바수면 너는 길에 쓰러져 죽을 것이로다. 네 일가붙이가 나를 고소하여 가두면 서울에 널린 친구와 친척 들이 각기 술과 안주를 가지고 나를 찾아 위로해 줄 것이며 나는 이때 복당[17]에 곤드레 취해 누워 시름없이 잠이 들어 우레처럼 코를 골 뿐 법관이 법에 비춰 논죄한들 나는 곧 훈신의 종가라 사형은 당치 않고 기껏해야 삼수나 갑산에 귀양 보낼 것이 아니겠는가? 그렇게 되는 때엔 서울 장안 친구와

10) 사헌부 금리禁吏는 사법 관리.

11) 감찰監察은 금리의 상관이다.

12) 털이 있는 채로 이긴 개가죽. 곧 너절한 것을 뜻한다.

13) 지평持平은 감찰의 상관, 장령掌令은 지평의 상관, 집의執義는 장령의 상관, 사헌司憲은 집의의 상관으로 사헌부의 최고 책임자이다. 지평, 장령은 두 사람, 집의, 사헌은 한 사람이다.

14) 정사공신定社功臣은 조선 정종 때 이방석의 난을 치는 데 공훈이 있던 신하.

15) 좌명공신佐命功臣은 태종 때 박포의 난을 치는 데 공훈을 세운 신하.

16) 좌리공신佐理功臣은 성종 때 보좌의 공신.

17) 복당福堂은 감옥의 딴 이름.

친척 들이 기생과 악공들을 불러내어 나를 동쪽 교외 밖에 배웅한 뒤 비호같은 말을 달려 가지각색 다 보내렷다. 이때 나는 여우와 낙타의 털옷도 입으며 잣죽에 장백산 사슴의 포와 압록강 생선회 등 갖가지로 먹으면서 철 가는 줄 모를 게라. 나라에 경사 있어 왕세자 탄생으로 팔도에 사면령 내려 석방되어 돌아올 제 동쪽 교외에 이르러 길가의 많은 무덤 이것저것 돌아보면 처량할손 너의 무덤 그중에서 볼 것이다.

그러면 사헌부 금리인 너는 죽었고 나는 살았으니 그 얻고 잃음이 과연 어떠한고?"

이 말을 들은 금리는 입이 벌어져,

"지금 내가 헌부에 고발을 않겠으니 다만 그대의 말솜씨를 다시 한 번 더 듣기 바라노라."

하고 웃었다.

## 승정원 이야기

승정원의 옛일로, 승지는 도승지를 존경하여 감히 농담을 못하였으며, 만일 불손한 자가 있으면 그 벌풀이로 잔치를 차리고 사죄케 하였다.

홍섬洪暹이 명기 유희兪姬를 사랑할 적에 유생인 송강宋康도 유희와 깊이 정을 통하고 있었다. 그러다가 홍섬은 도승지가 되고 이준경은 동부승지가 되었을 때에 송강이 죽었다. 홍섬은 그를 슬퍼하여 말하였다.

"송강은 나와 더불어 한날한시에 났는데 궁달이 같지 못하니 이것도 알 수 없는 일이 아닌가."

이 말에 이준경은 곧 동을 달아 말하였다.

"도승지도 유희를 사랑하시고 송강도 유희를 사랑하였으니 생일만 같을 뿐 아니라 행실도 같았습니다."

뜻밖에 이 불손한 언사에 놀란 여러 승지들은 얼굴빛을 잃고 서로 쳐다보았으며, 아전들도 모두 놀라 눈이 둥그레졌다. 예나 지금이나 예가 없는 말버릇이라고들 하였다.

이리하여 벌풀이로 이준경의 집에서 잔치를 차리게 되었는데 무릇 일곱 차례나 한 뒤에야 그쳤다. 그때 이준경은 이런 말을 하였다.

"비록 이 말 때문에 가산을 탕진한다 한들 그렇게 좋은 화젯거리를 놓칠 수 있겠소?"

지금은 그 관례가 없어졌으니 또한 세태가 변한 것을 알 수 있다.

## 늙었어도 원대한 마음으로

황린黃璘은 판서 황림黃琳의 형이다. 그는 논문을 잘 지어서 과거 시험장에서 이름이 있었으나 과거에는 실패하였다.

그가 양주에 집이 있어 작은 정자 하나를 짓고 뜰에 잣나무를 손수 심을 때 나이가 벌써 쉰 살이 넘었다.

곁에 사람들이 보고 말하였다.

"잣나무는 오래 자랍니다. 수십 년이 되어도 열매를 못 볼 텐데 무엇 하러 나이 자신 분이 손수 심습니까? 그만두세요."

황린이 말하였다.

"옛날 타사陀師는 바늘을 만들겠다고 쇠공이를 갈았고, 우공愚公은 산을 옮기겠다고 괭이질을 하지 않았소? 늙었어도 원대한 생각을 가지고 일에 소홀하여서는 안 됩니다. 또 사람 일은 알 수 없는 것이니 늙었다고 구태여 앞날을 위한 일을 스스로 한정하는 것은 옳지 않습니다. 자신이 결실을 못 본다 해도 다른 날 자손을 위한 계획으로도 좋은 것이 아니겠소."

그러더니 그는 나이 여든이 지나 마침내 잣나무가 커서 아름드리로 되었으며, 잣을 여러 해 동안 먹었다.

지금 사람들이 채 늙기도 전에 의기부터 먼저 떨어뜨리니 자기 앞날이 길지 못할 뿐 아니라 일하는 데서 힘든 일을 이겨 내며 계속 꾸준히 노력해 나가는 힘을 스스로 잃어 활동의 길을 막는다. 황린의 일은 세상 사람들에게도 경계로 될 것이다.

## 잔칫집에 간 임제

임제林悌는 호협한 선비이다. 젊을 적에 벗과 더불어 골목을 지나가는데 어떤 재상집에서 잔치를 크게 베풀고 손님을 대접하는 것이었다. 그러나 임제는 그집 주인과는 평소에 풋낯도 없었다.

임제는 벗에게 엉뚱하게도 이렇게 말하였다.

"내가 이 집 주인과 옛날에 교분이 매우 두터웠는데 그냥 지나갈 수 없으니 그대도 나를 좇아 이 잔치에 참석하겠는가?"

벗이 답하였다.

"그러세나."

"그러면 그대는 대문 밖에서 기다리게, 내가 먼저 들어가 부를 것이니."

이리하여 벗은 대문 밖에 서 있고 임제는 안으로 들어가 주인과 객에게 인사를 하고는 끝자리에 말없이 앉아 있었다.

술이 서너 순배 돌았는데 어떤 객이 주인에게 귓속말로 물었다.

"저이가 주인의 벗입니까?"

주인은,

"아닌데요."

대답하고 또한 여러 객들에게 귓속말로 물었다.

"저이가 손님의 벗입니까?"

"아닙니다."

이렇게 서로서로 알아보고는 별사람도 다 있다는 듯이 주인과 객들이 서로 보며 비웃는 것이었다. 임제는 비로소 입을 열었다.

"여러분이 나만 보고 웃는구려. 나를 그렇게 웃을 것은 없습니다. 나보다 더 우스운 사람이 있습니다. 저기 대문 밖에 오래 서서 내 입만 바라보며 행여나 먹게 될까 하고 기다리는 사람이 있다는 것을 공들은 모르시는구려."

이 말에 주객이 모두 크게 웃고 이야기가 오고 가고 하다가 벌써 호걸스러운 선비인 것을 알고 곧 대문 밖에 서 있는 객을 불러 밤이 새도록 즐겁게 놀았다.

문밖에 있던 객은 임제가 정말 주인과 더불어 친분이 있는 줄만 알고 자기가 팔린 줄은 끝내 깨닫지 못하였다.

## 자라탕의 진미를 모르고

청강淸江 이제신李濟臣은 김행金行, 김덕연金德淵과 더불어 어려서부터 동무로 공부도 같이 하고 과거도 함께 하였으며, 또 세 사람이 지은 책문을 모아 한 책으로 편찬하여 이름을 《분주탑시책焚舟榻試策》이라 한 것이 세상에 돌았다. 이렇게 절친한 사이이므로 같이 놀며 재미있는 농담도 가끔 하였다.

김행과 김덕연은 특히 자라탕을 즐겨 먹었다. 이제신은 그것을 보고 침을 투투 뱉으면서 말하였다.

"선비가 저런 징그럽고 추한 물건을 어찌 입에 가까이 한단 말인가. 자라를 먹는 자는 어떤 사람이고 간에 나는 오랑캐로밖에 생각지 않네. 아무리 먹고 싶어도 이제부터는 그 추물일랑 아예 그만두게."

김행과 김덕연은 눈을 끔적거리며 가만히 서로 말했다.

"저 사람이 늘 저런 소리를 하고 있으니 우리 한번 몰래 자라탕을 먹여 보세. 그때에 어쩌는지 그 꼴을 보세."

김덕연의 살림집은 따로 성산 호숫가에 있었다. 아무 날에 성산에서 낚시질도 하고 연꽃도 구경하며 하루 잘 놀자고 셋이 약속을 하고 그날에 모였다. 다른 객들도 청하여 한자리에 많은 사람들이 앉았다.

김덕연이 점심상을 차려 냈는데 닭에 자라를 안겨 탕을 친 데다가 생강, 후추 등 갖은 양념을 잘하여 코에 풍기는 향기가 견딜 수 없이 구미를 끌었다. 세 사람이 큰 사발에 각각 떠 놓은 자라탕을 어느덧 다 먹었다.

김덕연은 이제신에게 말했다.

"집이 가난하여 별다른 찬거리가 없어서 요새 기장을 먹고 살찐 암탉을 잡았더니 두 형이 맛없다 하지 않고 잘 자시니 주인 마음에 얼마나 기쁜지 모르겠네."

이제신이 말하였다.

"내 평생에 닭국을 먹어도 이렇게 맛있는 것은 처음이야."

"더 들여올까?"

하는 김덕연의 말에 이제신이 말하였다.

"정말이지 맛이 희한해. 한 그릇 더 주면 좋겠네."

한 사발을 더 주었더니 제신은,

"어쩌면 닭국이 이렇게 좋을까."

하면서 또 훌쿡 마시더니 빈 그릇만 상에 놓았다.

김행과 김덕연이 웃으면서 말하였다.

"이 국 맛이 자라탕이라면 어떨까?"

이제신은 손을 내저으면서 말하였다.

"좋은 음식을 먹고 이미 배불렀는데 무슨 추한 소리를 하는가?"

김덕연이 말하였다.

"자네 먹은 두 그릇이 자라탕일세, 이 사람아!"

앉은 사람이 모두 손뼉을 치며 한바탕 크게 웃으니, 이제신은 그제야 속은 줄 알고 거짓으로 땅에 대고 구역질을 하였다.

## 정자당의 호방함

우리 나라에 사화가 거듭 일어나고 있을 때, 선비들이 흔히 자포자기하여 방종과 허탄에 흐르거나 몸을 지키기 위한 방책으로 미친 체하는 자도 드물지 않았다.

정자당鄭子唐은 본시 선비였다. 그는 성품이 호방하였으며 글 잘하고 시 잘 짓기로 이름이 높았는데, 그도 거짓 미친 사람이었다.

어떤 재상집 뒤뜰에 유명한 배나무가 있었는데, 가을이 되어 배가 바야흐로 주렁주렁 황금빛을 띠고 익어 늘어진 모양이 매우 소담하였다. 정자당이 달 밝은 어느 날 밤 친구들과 함께 그 재상집 뒤뜰 밖에서 놀 때였다. 누군가 이런 말을 하였다.

"누가 저 배를 따올 수 있겠는가?"

이때 정자당이 썩 나서며 흰소리를 쳤다.

"내가 따 오리라."

여러 사람들은 이렇게 말하며 믿지 않았다.

"이 집 재상이 성품이 사나워 하인들이 잘못하면 때려죽인다는데 들키면 큰 욕을 당할 것이니 어찌할 것인고?"

정자당은 한바탕 껄껄 웃고 나서 말하였다.

"내 어찌 그를 꺼리리오."

그러고는 옷을 활활 벗고서는 알몸으로 자루 하나를 차고 몸을 날려 담을 넘어가 배나무로 기어오르더니 자연스럽게 배를 뚝뚝 따서 자루에 그득히 담고 있었다.

달빛은 낮같이 밝았다. 재상집에 귀한 손이 와 있어 달빛을 구경하려고 때마침 배나무 아래에 자리를 베풀었다. 이윽고 술상이 나왔는데, 기생이 손님 앞에 와서 술을 권하다 말고 갑자기 깔깔거리며 웃음을 터뜨리는 것이었다. 재상이 시퍼렇게 성이 나서 종을 불러 그 기생을 끌어내게 하고 꿇어앉혀 준엄하게 꾸짖었다.

"귀하신 분 앞에서 어찌 감히 소리 내어 웃는고!"

기생은 사죄하였다.

"예의에 벗어난 죄는 죽어도 마땅하겠사오나 배나무 위에서 무슨 이상한 기척이 있사와 쳐다보았더니 벌거벗은 남자가 올라가 있기에 미처 말씀을 여쭐 사이도 없이 경박한 웃음이 먼저 터져 나왔나이다."

배나무 위를 쳐다본 재상은 크게 놀라 나무 위에 있는 자에게 내려오라고 호령하였다. 정자당은 나무에서 내려와 길게 읍하고 방약무인한 태도로 서 있었다. 재상은 성명을 물어 정자당임을 알게 되었다. 당시 정자당이 글 잘한다는 소문이 온 세상에 자자하던 터라 재상이 말하였다.

"밤중에 남의 담을 넘어들어 과실을 훔치다니 그 무법함이 어찌 그럴 수 있는고? 네가 선비일진대 마땅히 글로 속죄하라."

이렇게 질책과 함께 명령하고 다음과 같은 글제를 주어 글을 짓게 하였다.

"가을바람이 들에 들다."

글제가 떨어지자 정자당은 곧 시를 연달아 지어 불러 한 편을 이루었다. 재상과 손이 크게 칭찬하고는 정자당을 윗자리에 맞아 앉히고 술을 나누며 밤이 다하도록 즐겼다.

그의 시편 중에는 다음과 같은 구절이 있었다.

소자첨이 창가에서
글 읽고 앉았을 땐
솔바람 쏴, 산비 우수수
밤 기분 시원했고

백낙천이 뱃머리서
객을 보낼 그때에는
단풍 들고 갈꽃 피어
가을 회포 처량터라.

蘇子瞻讀書窓畔　松風山雨夜浪浪
白樂天送客船頭　楓葉荻花秋瑟瑟

그다음 것은 잊어 생각나지 않는다.

정자당의 작품들은 우리 나라 사람들이 즐겨 불렀고 많은 책들에 실렸다.

정자당이 일찍 과거하고 홍문관 정자[1]가 되었을 때인데 서울 거리를 지나다가 어떤 집에서 여자가 창 안에서 녹두지짐을 지져 창밖에 놓은 소반 위에 내놓고 팔고 있는 것을 보았다. 그것을 본 정자당은 입맛이 부쩍 당기었다. 정자당은 말에서 내려 슬금슬금 그 문께로 다가가서 문에 친 발에서 갈대 하나를 가만히 뽑아 가지고 그것으로 몰래 녹두지짐을 낚아 먹고는 시침을 딱 떼고 섰노라니 지짐질을 마치고 밖으로 나온 주인 여자가 빈 소반만 있는 것을 보자 깜짝 놀라 곁집 사람을 의심하는 것이었다. 곁집 사람이 문밖에 갈대 가진 손이 의심스럽다고 말하니 주인 여자가 정자당의 옷자락을 잡아끌며 꾸짖었다.

정자당은 천연스럽게 말하였다.

"내 식성이 다만 떡을 좋아할 뿐이고 술은 즐기지 않는데 술을 또 주려나 보구려! 술은 싫으니 놓으시오."

그의 호방함이 대개 이와 같았다.

정자당이 귀양 가게 되어 어느 강가 집에서 잘 적에 꿈에 임금을 보았다. 느끼는 바 있어 시를 읊었다.

그립던 가인을
꿈속에서 만났더니
옛날 얼굴 파리하여
서로 보고 놀랐어라.

깨어 보니 이 몸은
다락에 누웠는데

1) 정자正字는 구품 벼슬.

바람은 빈 강물을 치고
달은 멧부리에 숨누나.
情裡佳人夢裡逢　相見憔悴舊時容
覺來身在高樓上　風打空江月隱峰

그 뒤 얼마 안 되어서 그는 세상을 떠났다.

## 맑은 하늘에 벼락을 맞은 며느리

역관 신응주申應澍는 역관 판사 신연申涎의 아들이다. 여러 차례 중국에 가는 사신을 따라 다녀와서 벼슬이 정이품에 이르고 또 무역 내속도 어지간하여 가산도 넉넉하였다.

아버지 신연은 여든 고령으로 따로 살면서 하는 일 없이 여러 아들에게 의탁할 수밖에 없었다. 신응주는 본디 효성이 부족하였으며 그 안해는 간악하기 비길 데 없었다. 그래도 신응주는 매양 새로 나온 음식이 있으면 안해에게 한 상 차려 아버지에게 보내라 하였으나, 안해는 종과 더불어 짜고 딸만 먹이고는 남편을 속여 빈 그릇만 내보이면서 말하였다.

"아버님이 남김없이 달게 잡수셨어요."

신응주는 그대로 믿었다.

또 사철 첫 달에 흰쌀로 봉록을 받을 적마다 그것을 나누어 아버지에게 보내라 하였는데 안해는 흰쌀을 덜고 한 말에 모래 두어 되씩 섞어 보냈다. 모든 일이 다 그러했건만 신응주는 살피지 못하였다.

신연이 하루는 아들네 집에 들렀다. 때는 해가 길고 끼니때는 아직 멀어 아버지가 시장할 듯하였다. 신응주는 마침 어디를 가면서 안해에게 일렀다.

"오늘 해가 이미 늦었소. 나는 어디를 나가는데 아버지 시장하실 테니 빨리 진지와 주안을 차려 드리오."

신응주가 나간 뒤에 신연은 음식이 나올까 기다렸으나 저물도록 나오지 않았다. 그래서 며느리가 먹이기를 싫어하는 줄 알고 신연은 할 수 없이 지팡이를 짚고 돌아왔는데 몹시 시장하였다.

신응주가 이것을 알고 나무랐더니 안해는 팔짓을 하면서 짜증을 냈다.

"내가 어떻게 그럴 수가 있겠어요? 만일에 그랬다면 맑은 하늘에 벼락을 맞겠소."

다음 날 신응주는 외출하고 안해와 딸, 몸종 셋이 함께 있었는데 갑자기 검은 구름이 사방에서 모여들더니 큰비가 쏟아지며 대낮에 마을이 밤처럼 캄캄하여졌다. 뇌성벽력이 시작되어 기세 험악하더니 벼락불이 떨어졌다. 바로 신응주네 집이었다. 하늘이 찢어지는지 땅이 터지는지 된소리 세 번이 나고는 날이 싹 개어 맑아졌다. 곁에 사는 사람들이 그 집에 들어가 보니 안해, 딸, 몸종 셋이 머리를 가지런히 하고 다 죽었다. 지붕의 기왓장은 걷혀 포개어졌을 뿐 한 장도 깨지지 않았다.

왁자한 여론이 모두 신응주가 불효하여 처자를 단속하지 못한 탓이라고 하여 결국 조정에서 죄로 다스려 신응주는 형장 아래 죽었다.

## 서천령의 장기 수

종실 서천령西川令은 장기두기로 동방의 제일이라 하며 세상에는 적수가 없다고 스스로 내세웠다.

시골에서 서울 병영에 훈련 받으러 올라온 웬 늙은 병졸이 좋은 말 한 필을 끌고 서천령을 찾아와서 말하였다.

"공자께서 장기를 잘 두신다니 청컨대 시험하여 소인이 지면 이 말을 바치겠습니다."

그리하여 장기를 두었다. 병졸은 세 번 두어 두 번 지고 선뜻 말을 내주면서 말하였다.

"말을 잘 먹여 주소서. 뒷날 훈련 기간이 끝나면 다시 찾아와 뵙고 장기를 두어 말을 도로 찾겠습니다."

서천은 웃으면서,

"좋도록 하게."

하고 흔연히 승낙하였다.

서천은 그 말을 다른 말보다 배나 더 잘 먹여 매우 살찌웠다.

병졸은 과연 기한이 다 되어 다시 와서 장기를 두자고 청하였다. 그리하여 장기를 두었는데 병졸이 세 번 내리 이기고는 말하였다.

"소인은 이 말을 극진히 사랑합니다. 그러나 병영에 들어가면 객지에서 잘 먹일 수 없겠기에 공자 댁에 잠시 부탁했던 것입니다. 이제 공자께서 잘 길러 말이 저렇듯 살쪘으니 기쁨을 이길 수 없습니다."

그러고는 말을 찾아가 버렸다.

## 성자항의 말 관상 보기

성자항成子沆은 문관이었는데, 말의 관상을 잘 보았다. 그의 사위인 판관 안진安溱이 일찍이 좋은 말 하나를 사서 매우 사랑하여 특별히 잘 먹였다. 살이 쪄서 기름이 번지르르하여 마냥 날뛰었다. 마침 말을 끌고 지나가는데 성자항이 얼핏 보더니 사위를 불러 일렀다.

"이 말은 척추의 털이 곤두섰으니 내장의 격막에 이상이 생겼다. 넉 달이 못 가서 반드시 죽을 것이니 속히 장에 내다 팔되 반값만 받아라. 제값을 받으면 사람을 속이는 것이니 옳지 못한 일이다. 또 그대로 기른다면 본값만 손실일 뿐 아니라 기른 공이 허사가 아니냐."

안진은 믿지 않고 괴이하게 생각했다.

'내 말이 이렇게 살찌고 윤택하며 걸음걸이도 좋고 아침저녁으로 먹성도 좋아 안팎으로 아무 탈도 없는데 반값을 받고 팔다니.'

그 뒤 넉 달 만에 말은 정말 앓지도 않고 넘어져 죽었다.

또 한번은 성자항이 자기 집에 있다가 담 밖에서 들리는 어떤 말의 소리를 듣고 주인에게 일러 주었다.

"이 말이 무슨 병이 있어 몇 달이 못 가서 반드시 죽을 것이다."

얼마 안 되어 그 말이 정말로 죽었다.

종실 누구는 좋은 말을 사서 성자항에게 보이러 왔는데 마침 성자항이 별실에 있어 대문이 좁아 말을 대문 밖에 세워 두었다. 성자항은 두어 마디 말 소리만 듣고 말하였다.

"말의 상은 볼 필요도 없습니다. 소리를 들으니 오래지 않아 죽을 것입니다. 말을 얼른 원래 있던 곳으로 돌려 공연히 값을 물지 않는 것이 좋을 것입니다."

종실은 웃고 믿지 않더니 며칠 못 되어 죽었다.

그가 말을 보는 감식이 이렇게 신통하니 세상 사람들이 옛날에 말을 잘 보기로 유명한 백락佰樂에 비겼다.

## 명기 성산월과 고루한 서생

성산월星山月은 성주 기생으로, 서울 장안에 뽑혀 들어가 으뜸으로 꼽히는 명기로 되었다. 재능과 기예가 뛰어날 뿐 아니라 날씬한 몸매에 살빛이 맑고 아름다워 귀족들의 놀이와 화려한 잔치는 성산월의 독판으로 되었다. 장안의 풍류객들이 모두 한번 보기를 원하지 않는 자 없으나 좀처럼 볼 수가 없었다.

하루는 성산월이 양반과 선비들에게 불려 가 한강에서 뱃놀이를 하다가 좌중이 취한 틈을 타서 피하여 돌아오던 길이었다. 도중에 큰 비를 만나 옷은 젖고 춥기도 하고 날도 저물었다. 숭례문에 이르렀을 때는 벌써 문이 걸렸다. 하룻밤 들어가 잘 집이 없을까 하고 사방을 돌아보았다. 연당 서쪽 언덕에 불이 반짝거리는 조그만 창이 보이고 안에서 글 읽는 소리가 들렸다. 성산월은 창 앞으로 가서 창구멍을 뚫고 안을 엿보았다. 젊은 서생이 글을 읽고 있었다. 성산월은 나직이 기침을 하고 가볍게 문을 두드렸다. 서생은 조용히 귀를 기울였다. 성산월은 조용히 호소하듯 청하였다.

"나는 성안 기생이온데 술을 피하여 돌아오다가 비를 만나 하룻밤

쉬어갈 곳이 없으니 청컨대 방 한구석만 빌려 주시면 이 밤을 지내겠나이다."

서생은 문을 열었다. 뜻밖에도 아리따운 젊은 여인이 서 있는 것을 본 서생은 놀라며, 이와 같이 고운 여자가 스스로 나 같은 가난한 선비를 찾아올 리가 없는데 이는 요망한 귀신이 틀림없다 생각하고, 굳이 거절한 뒤 손가락을 튀기면서 귀신 쫓는다는 주문을 외우고는 호통을 쳤다.

"어떤 괴이한 귀신이 감히 와서 사람을 호리려 하느냐!"

성산월은 사정하였다.

"나는 사람이요, 귀신이 아니외다. 젊으신 공자는 풍류를 이해하심이 적을 것이나 어찌 사람 박대함이 이리 심하오니까."

그러나 서생은 더욱 겁을 내어 정신을 진정 못 하고 이십팔수[1]를 거듭 외우고 있었다.

성산월은 할 수 없이 문밖에 앉아 밤을 새우고 날이 밝기를 기다려 창문을 열어젖히고 서생을 비웃으며 맞대 놓고 나무랐다.

"가엾은 서생이로다. 아마도 장안 명창 성산월이란 말도 듣지 못한 게로다. 그대같이 고루한 서생이 나를 청천명월 하에 청한다면 내 그대 따위를 돌아보기나 하리오? 불행히 비를 만나 하룻밤 신세지기를 그처럼 애걸하되 허락지 않으니 그대 참으로 답답한 남자로다. 그대는 나를 자세히 보라. 내 과연 귀신인가?"

서생은 낯빛이 붉어지고 부끄러워 감히 성산월을 바로 보지 못하였다. 서생은 바로 문과 첨정 김예종金禮宗이었다.

1) 스물여덟 개의 별 이름. 이것을 외우면 귀신이 물러간다고 하였다.

## 석개가 명창이 되기까지

석개石介는 여성위礪城尉 송인宋寅의 계집종이었다. 얼굴은 늙은 원숭이 같고 눈은 화등잔 같았다. 아이 적에 지방에서 들어와 잔심부름을 하고 있었다.

송 공의 집은 왕실의 친척으로 호화롭게 잘사는지라 곱게 차린 꽃다운 여자들이 좌우에 그득하여 응대가 물 흐르듯 하였으며, 수효를 이루 다 알 수 없으리만치 많으니 석개 같은 것이야 곁에 둘 필요가 없었다.

그래서 석개에게는 물통을 이고 물이나 길어 들이게 하였는데, 물 길러 나간 석개는 물통을 우물 귀틀에 걸어 두고 온종일 노래만 불렀다. 그러나 그 노래조차 곡이 제대로 되지 않아 시골에서 나무꾼 아이나 나물 캐는 처녀들이 막 부르는 소리만도 못하였다. 그러다가 저물녘에야 빈 통만 가지고 돌아오니 늘 매를 맞으면서도 오히려 고치지 않고 다음 날도 또 다음 날도 그러하였다.

그래서 물은 그만두고 벌에 나가 나물이나 해 오라고 했더니 석개는 광주리를 가지고 벌판 밭 가운데 나가 조약돌을 많이 주워 놓고 노래 한 곡을 부르고는 돌 한 개씩 광주리에 던지곤 하였다. 광주리가 다 차면 곡이 끝날 적마다 돌 한 개씩 집어내어 밭에 놓았다. 이렇게 하기를 두세 번 되풀이하면 날이 저물었다. 빈 광주리를 들고 돌아와서 또 매를 맞았다. 그래도 고치지 않고 다음 날도 다음 날도 여전하였다.

송인이 듣고 기이하게 생각하여 노래를 배우게 하였더니 마침내 석개가 장안에서 제일가는 명창으로 되었다. 뿐만 아니라 과거 백 년 이래 일찍이 있어 보지 못한 명창이라고 떠받들렸다.

아, 세상일이 모두 부지런히 노력을 쌓은 뒤에야 이룩되나니 어찌 홀로 석개의 노래만이랴! 나약하여 뜻을 확고히 세우지 못한다면 이룰 일은 하나도 없는 것이다.

## 학 둥지에서 나온 신기한 돌

아산현에 있는 한 마을 근처 큰 나무에 학이 한 쌍 깃들이고 알을 품었다. 아직 껍질을 뚫고 새끼가 나오기 전에 장난꾸러기 아이들이 알을 하나 끄집어내었다. 부수고 보니 털이 이미 나서 새끼가 막 나오려고 하는지라 촌 늙은이들이 이것을 보고 꾸짖어 도로 둥지 속에 넣어 두게 하였으나 새끼는 죽고 말았다.

엄지들이 새끼가 죽은 것을 보고 슬피 울어 마지않더니 암엄지는 둥지를 지키고 수엄지는 멀리 어디인지 갔다가 사나흘 뒤에야 돌아왔는데, 이상하게도 수엄지가 돌아온 뒤 한참 만에 죽었던 그 새끼가 살아나서 다른 알에서 까나온 여러 새끼들과 같이 울고 있었다.

한 늙은이가 가서 그 둥지를 엿보았다. 둥지 한가운데 맑고 깨끗한 청석 한 개가 놓여 있었다. 늙은이는 이상하여 그것을 가져다가 상자에 넣어 두었다.

그 뒤 그의 아들이 무관으로 중국 가는 사신을 따라 연경을 갈 때 그 돌을 가지고 가서 저자에 나가 달아매 놓고 여러 사람에게 구경을 시켰더니 어떤 상인 한 사람이 그것을 자세히 보고 나서 물었다.

"이것을 어데서 얻었소?"

무관이 대답하였다.

"학 둥지에서 얻었소."

상인은 머리를 끄덕이고 나서 그 돌을 천 금으로 사겠다고 하였다.

"돈을 준비해 가지고 올 터이니 첩첩이 싸서 귀중히 간직하고 기다려 주시오."

상인은 이렇게 당부하고 가 버렸다.

무관은 그제야 비로소 그것이 희귀한 보물인 줄 알고 크게 기뻐하며 돌을 맑은 물로 깨끗이 씻고 모래로 때를 닦고 구욕새 눈처럼 오목 들어간 데는 굳은돌로 갈아 지운 다음 비단으로 싸고 문양 있는 나무로 상자를 짜서 넣어 두었다. 상인은 돈을 준비해 가지고 와서 그것을 헤쳐 보고 깜짝 놀라 탄식하였다.

"이 돌이 며칠 동안에 정기를 잃어 지금은 아무짝에도 쓸데없는 것으로 되었으니 조약돌과 무엇이 다르리오. 아깝도다."

무관이 까닭을 물었더니 상인이 말하였다.

"이 돌이 서쪽 유사 지방에서 나온 것인데 환혼석還魂石이라고 하는 돌이외다. 죽은 사람의 품속에 넣어 두면 그이가 살아나는 것인데, 모래로 갈고 그 눈을 지워 정기를 잃었으니 장차 무엇에 쓸 것인가. 아까워라. 그러나 먼 나라에서 나온 보물로, 사람의 힘으로 된 것이 아니니 쓸데는 없으나 가져다가 구경거리로나 삼겠소."

그러고서 값으로 십 금을 주었다. 그리하여 무관은 천 금을 잃고 십 금을 받았다. 사물의 본질과 실정을 알지 못하고 적절하지 않게 다루다가 마침내 실패하는 일이 어찌 이뿐이랴.

## 허 부인의 초례상

첨지 유충홍柳忠弘의 부인 허 씨는 승지 허관許寬의 딸인데, 나주에 살았으며, 평소부터 규중의 생활 규범이 매우 엄하였다.

이렇게 자란 허 씨라 유충홍에게 시집와서는 남편을 예로 극진히 섬겨 언제나 마치 귀빈을 접대하듯이 존경과 정성을 다하였으니 의복 범절이 단정하고 음식도 정갈하였다. 일찍이 남편을 향하여 눈썹을 찡그린 일이라고는 한 번도 없었다.

그런데 유충홍은 아들이 적은 것을 걱정하여 몰래 밖에 첩을 골라 두었는데, 부인도 몰래 그것을 알아내어 첩한테 가기로 약속된 잔칫날까지 알았다. 그리하여 부인은 신혼 예식에 쓰는 옷과 음식 등 제반 준비를 남편 모르게 갖추어 두었다.

그날이 왔다. 유충홍은 말을 대령시키고 곧 떠날 채비를 하였다. 이때 부인은 계집종에게 시켜 옷장 속에 준비해 두었던 새 옷을 내다가 유충홍에게 입히고 또 신랑상과 꼭 같이 큰상에 성찬을 차려 내놓은 다음 부인도 좋은 옷을 차려입고 나왔으니 바로 혼례 때 차림이었다.

유충홍이 괴이하여 웬일인가 물었더니 부인은 웃으면서 말하였다.
"처음 당신과 혼인할 적에 이런 예를 행하였습니다. 지금 당신이 곧 나를 떠나가시는데 어찌 그 예가 없으오리까. 그래서 혼인 잔칫상을 차리는 것이외다."
유충홍은 마침내 첩 얻기를 그만두었다.

## 이옥견의 신 삼는 솜씨

이옥견李玉堅은 왕족이다. 아버지는 흥안군興安君, 할아버지는 한남군漢南君이었으나 모두 박탈되어 이옥견 대에 와서는 매우 가난하게 되었다.

이옥견은 사람이 매우 순박하고 성실하였으나, 생계를 세울 만한 일이 없었다. 그래서 곁집에 가서 신 삼는 법을 배워서 근근이 살아나갔는데, 나중에는 신 삼는 솜씨가 매우 정교해져 어찌나 곱게 삼았던지 장안의 발 맵시 보는 치레꾼들이나 젊은 자제로 기생에게 맵시 있는 신을 구해 주려는 자들은 반드시 이옥견에게 맞추었다. 그래서 '옥견의 신 솜씨' 라면 모르는 사람이 없었고 특별히 일러 주었다.

그 뒤 조정에서 옥견의 아버지와 할아버지의 작위를 예전대로 회복시키고, 이옥견을 우대하여 회천정懷川正을 삼았다. 옥견은 이렇게 종실 품직을 받았으니 좋은 말을 타고 담비 가죽 모자를 쓰고 날마다 대궐 출입을 하게 되었다.

그러나 그는 지난날에 함께 신 삼던 신 장수를 만나면 말에서 내려 반가이 손을 잡고 오막살이에 들어가서 술을 나누는 데 조금도 주저함이 없었다. 이를 보는 딸린 사람과 길가 사람들이 그의 의리에 감탄하였다.

이옥견의 자손으로 의성군義城君이 있었는데 학문을 좋아하고 효행이 있어 남들이 많이 칭찬했다. 그가 일찍이 바둑을 둘 적에 수법이 심히 묘하였다. 구경꾼들이 칭찬하여,

"좋구나, 그 솜씨 과연 이옥견이 신 삼던 솜씨로다!"

하니, 여럿이 모두 손뼉을 치며 한바탕 크게 웃었다.

## 들쥐의 혼인

무릇 혼인을 높이 쳐다보고 하려다가는 실패하는 법이다.

옛날 어떤 들쥐 부부가 제 새끼를 지극히 사랑하였는데 곧 장가를 보내려고 혼처를 구하였다.

아비 쥐가 어미 쥐를 보고 말하였다.

"여보 마누라, 우리가 아들을 낳아 금이야 옥이야 세상에 둘도 없이 고이 길러 지금 저만치 자랐으니 장가를 보내야 하지 않겠소. 그래 나는 세상에 둘도 없이 귀한 우리 아들이니 반드시 둘도 없는 명문거족과 혼인을 시키기로 작정했소."

그리하여 아비 쥐는 청혼하러 떠났다. 세상에 둘도 없는 거족이 하늘만 한 이 없으니 하늘과 혼사하리라 생각하고 아비 쥐는 하늘에게 청혼하였다.

"제가 자식 하나를 두었사온데 세상에 둘도 없는 보물처럼 애지중지 길렀소이다. 그래서 세상에서 둘도 없는 거족과 혼사를 하겠사온데 아마도 둘도 없는 거족이 하느님 당신밖에 또 있사오리까. 청컨대 당신과 혼인을 맺고저 하나이다."

하늘은 대답하였다.

"대지를 덮고 만물을 길러 내는 데는 내 위에 또 없지만 구름이 내 앞을 가릴 때에는 구름을 못 당하노라."

그리하여 들쥐는 구름한테 갔다.

"제가 자식 하나를 두었삽는데 세상에 둘도 없는 보물로 여겨 애지중지 고이 길렀소이다. 그래서 지금 세상에서 둘도 없는 거족과 혼인을 해야겠사온데 아마도 당신만 한 이 없사올까 하오니 청컨대 우리와 혼인해 주시길 청하나이다."

구름은 대답하였다.

"내 우주를 가득 채워 해와 달을 가릴 때에는 대지의 만물을 모두 암흑 속에 묻을 수 있노라. 그러나 오직 바람이 있어 나를 헤쳐 내니 내가 바람만 못하노라."

들쥐는 다시 바람을 찾아갔다.

"세상에 다시없이 사랑하는 제 자식을 위하여 세상에 둘도 없는 거족과 혼인을 해야겠사온데 천하의 거족이 바람 당신만 한 이 없으리라 생각하옵고 감히 청혼하나이다."

바람은 대답하였다.

"내 큰 나무를 분지르고 큰 집을 날리며 산을 까불고 바다를 흔들어 내가 지나는 곳마다 휩쓸지 못할 것이 없으되 오직 과천벌에 서 있는 돌부처를 내 힘으로는 감히 넘어뜨릴 수 없으니 나는 과천 돌부처만 못하노라."

들쥐는 또한 그럴듯하게 생각하여 과천 돌부처를 찾아가서 같은 말로 혼인을 청하였다. 돌부처는 대답하였다.

"내 들 가운데 서서 천만년이 지나도록 확고부동할 수 있으나 오직 꺼리는 것은 들쥐로다. 들쥐가 내 발밑을 파게 되면 내가 쓰러지지 않을 수 없으니 내 어찌 들쥐만 하리오."

이 말 듣고 들쥐는 문득 자기 집으로 돌아와서,

"천하에 둘도 없는 거족으로 과연 우리 족속만 한 것이 어디 있으리오."

하고, 드디어 같은 들쥐와 더불어 혼인하였다.

분수에 넘치는 일을 부질없이 요구하기 쉬운 것이 또한 인생이니 모름지기 사람들은 이 들쥐의 혼인을 거울삼을 바가 없겠는가.

## 여우 고개

한강에서는 남쪽이며 청계에서는 북쪽에 과천 관사가 있고, 관사 뒤로 큰길이 나서 산 위로 올라가 고개가 있는데, 이것을 '여우 고개'라 한다.

옛날 어떤 길손이 이곳을 지나다가 두어 칸 되는 오막살이 안에서 무엇인지 딱딱 두드리는 소리가 나므로 무엇을 하나 하고 들여다보았더니 백발노인이 나무를 깎아 소 대가리를 만들고 있었다. 길손이 물었다.

"그것은 만들어 무엇 하오?"

"쓸데가 있지요."

노인은 대답하였다.

이윽고 노인은 다 된 소 대가리를 길손에게 주면서 말하였다.

"자, 손님 심심한데 장난삼아 이것을 써 보시려오?"

또 소가죽을 갖다가 주면서 말하였다.

"이것도 입어 보시구려."

길손은 웃음거리 장난으로 생각하고 갓을 벗고 소 대가리를 썼으며 옷을 벗고 벌거숭이로 소가죽을 입었다.

노인은 웃고 말하였다.

"그만 벗으시오."

하지만 길손은 아무리 벗으려 해도 벗지 못하고 그냥 한 마리 큰 소가 되고 말았다. 그리하여 노인은 이 소를 외양간에 매 두었다가 이튿날 아침에 타고 시장에 들어갔다. 마침 봄갈이가 다가온 때라 농민들이 비싼 값으로 다투어 사고 싶어 했다.

길손은 시장에 모인 군중을 향하여,

"나는 소가 아니라 사람이오!"

하고 큰 소리로 거듭 외쳤으나 사람들이 도무지 알아듣지를 못하였다.

어떤 사람들은 이렇게 말할 뿐이었다.

"이 소가 집에 새끼를 떼어두었나, 뱃속에 우황이 들었나. 왜 그렇게 자꾸 소리를 지를까?"

노인은 값을 잔뜩 높여 베 오십 필을 받고 팔면서 말하였다.

"이 소를 끌고 다닐 적에 무밭에는 가까이 가지 말아야 합니다. 무를 먹이면 곧 죽을 것이니 주의하시오."

소를 사 간 사람은 무거운 짐을 싣고 멀리 가기도 하고 연장을 메워 밭을 갈기도 하였다. 피로가 심하여 헐떡거리면 곧 채찍이 따랐다. 고통을 이기지 못하여 주인에게 하소연해도 주인은 역시 알아듣지 못하였다.

천지간 만물 중에 가장 귀하다는 사람으로 본바탕을 잃고 짐승이 되어 마음대로 죽지도 못하게 되었으니 이 일을 장차 어찌한단 말인가. 스스로 슬픔을 금치 못하고 날마다 혹독한 부림에 허덕이고 있었다.

그러던 중 외양간이 대문과 가까웠는데, 하루는 그 집 아이가 무를 씻어 바가지에 담아 가지고 들어오는 것이었다. 길손은 무를 먹이면 반드시 죽는다는 노인의 말을 생각하고 죽을 작정으로 입으로 바가지를 쿡 받았더니 무가 땅바닥에 쏟아졌다. 길손은 얼른 두어 밑을 먹었다. 다 먹자마자 소 대가리는 절로 떨어지고 소가죽은 절로 벗겨져 완연히 본래대로 벌거숭이 사람이 되었다.

주인이 놀랍고 괴이하여 어찌 된 일인지 묻자, 길손은 자초지종을 이야기한 뒤 그곳을 떠났다. 다시 여우 고개로 가서 노인을 찾으려 했으나 오막살이와 사람은 없고 바위 밑에 베 두어 필이 남아 있을 뿐이었다. 여우 고개라는 이름이 이에서 시작되었다 한다.

식자들은 이렇게 말한다.

"이 말이 비록 미덥지는 않지만 현실을 잘 풍자하고 인간 생활의 원리를 보여 주고 있다. 사람들이 세상이 혼란해지자 마땅히 나가야 할 길을 잃고 못된 길에 빠지는 자가 심히 많다. 결국 불의한 사람에게 팔려 부림을 받아 잘못되면 길손이 소 된 것과 같아서 비록 천 마디 만 마디로 사실을 밝히려고 하나 사람들은 믿지 않나니 슬프구나."

## 선조 을미년 흉년에 있은 일들

선조 을미년에 우리 나라에는 큰 흉년이 들어 굶어 죽은 시체가 한길에 널려 있었다.

중 다섯 명이 물건을 사러 저자에 들어갔다. 그들은 새벽에 절에서 떠나왔기 때문에 아침밥을 먹지 못했고 흉년이라 음식 파는 곳도 없고 해서 어떤 집에 쌀을 주고 밥을 지어 달라고 부탁을 할 수밖에 없었다. 저자 밖에 있는 어떤 큰 집을 찾아갔는데 옆방들도 텅 비었고 바깥 행랑도 괴괴한 게 사람이 없었다.

중이 대문을 여러 번 두드리고 나서야 비로소 안에서 어렴풋이 사람 소리가 들려 나왔다. 그리하여 중이 들어가 밥을 지어 달라는 뜻을 말하고 다섯 명 먹을 양식을 주었다. 문 안에서는 얼굴은 내놓지 않고 손만 내밀어 쌀을 받아 들여갔다.

해도 기울고 장도 곧 파할 무렵에 중들은 볼일을 마치고 그 집에 다시 와서 밥을 재촉하였다. 대문 안에서는 초록빛 비단옷을 내보내면서 하소연하였다.

"우리 집은 선비의 집이로다. 옆채에 있던 종들은 혹은 굶어 죽고 혹은 떠나가기도 해 지금 안해와 아이들 일곱 명이 남아 있는데, 쌀을 구경 못 한 지가 엿새째 되어 모두 누워 있었더니 밥을 보고는 식욕을 억제할 수 없어 염치를 차리지 못하고 이미 다 먹어 버렸으니 미안하지만 이 옷으로 보상하노라."

중들은 서로 바라보며 측은히 여겨 그 옷을 돌려주었으나 안에서 굳이 거절하는 것이다. 그리하여 중들은 장에 다시 나가 그 옷을 팔아 겨우 쌀 닷 되를 샀는데, 그중 두 되로 밥을 지어 다섯 사람이 먹었다. 밥을 먹고 나서 한 중이 말하였다.

"비단옷 값으로 우리 다섯 명이 먹고 남지 않았나. 우리 남은 쌀 서 되를 저기 그 선비네 집에 돌려줌이 어떻겠는가? 굶고 있는 형편이 너무 참혹하니 말일세."

그러자 여럿은 모두 옳다고 하였다.

그리하여 다시 그 집에 찾아가 문을 두드렸다. 그러나 아무 응답이 없었다. 중들이 들어가서 보니 늙은이와 어린이들 일곱 식구가 모두 머리를 모으고 죽었다. 가엾은 일이었다. 그들은 여러 날 굶다가 갑자기 밥을 먹은 까닭으로 죽은 것이다.

이해 서울 사는 어떤 선비가 서울에는 쌀이 퍽 귀하므로 수백 리 밖 시골에 가서 쌀 한 바리를 사 왔다. 쌀 바리를 앞세우고 고갯길을 넘어오고 있었는데, 긴 칼을 허리에 찬 웬 사나이가 말 앞으로 썩 나서더니 절을 하는 것이었다.

선비는 그를 이상히 여겨 물었다.

"그대는 누구인고?"

"길 가던 사람이외다."

"길 가던 사람이 무슨 까닭으로 내게 절을 하는고?"

칼 찬 사나이가 말하였다.

"우리는 흉년이어서 굶주린 지 이미 오래됐소이다. 먹을 것이 없사오니 원컨대 쌀을 좀 얻고저 하나이다."

선비는 머리를 끄덕이고 하인에게 다 주라고 하였다. 사나이는 다시 청하였다.

"쌀이 무거워 져 갈 수는 없사오니 청컨대 쌀 실은 말까지 빌려 주오이다."

선비는 그의 요구대로 말 바리째 내주었다. 그리하여 그 사람은 쌀 바리를 몰고 산을 돌아 어디인지 가서 짐을 부려 두고 와서 말을 다시 돌려주면서,

"쌀을 주신 그 은혜 진실로 감격하나이다. 청컨대 도중에서 혹시 일이 없으시도록 호위하여 드리오리다."

하고 동행을 청하였다.

두어 마장 갔을 적에 또 어떤 사람 수십 명이 무기와 몽둥이를 가지고 길을 막는 것이었다. 먼저 사람이 나서며 말하였다.

"이 양반이 우리에게 쌀 한 바리를 돌려주셔서 우리 장군이 나에게 호송케 하였노라."

그리하여 선비 일행은 드디어 무사히 돌아왔다.

대개 흉년 들고 백성이 궁핍과 주림을 이길 수 없게 되면 양민들이 서로 모여 도적이 되는 것이므로 사람은 해치지 않고 물건만 가지는 것이다.

그 뒤에 어떤 행상은 길에서 도적을 만나자 도적에게 대항하니 도

적이 도리어 쫓겨 갔다고 한다. 듣건대 행상은 배부르고 도적은 주려 기운을 차리지 못한 까닭으로 땅에 쓰러져서 행상에게 목숨을 빌었다 하니 또한 가여운 일이 아닌가.

# 강남덕 어머니

강남덕江南德의 어머니는 서울 서강의 뱃사공 황봉黃鳳의 안해다. 황봉의 집은 남산에 있으며 배를 가지고 장사를 하였다.

선조 때에 황봉은 바다에 나갔다가 태풍을 만나 돌아오지 못하였다. 그의 안해는 그때부터 남편이 죽은 줄로만 생각하고 소복을 하고 삼년상을 치렀는데, 자식도 없어 오직 혼자 고생살이하며 고독한 세월을 보낸 지 여러 해 되었다.

하루는 천만 뜻밖에 중국에서 황봉이 보낸 편지 한 장이 왔다. 편지 내용은 이랬다.

"그때 배가 태풍에 불려 떠돌다 중국 아무 땅에 닿아 민가에서 고용살이를 하고 있노라."

그의 안해는 이 편지를 받고 꿈인가 생시인가 놀랍고 반가워 한참 동안 울고 웃고 하여 꼭 미친 사람 같았다. 남편이 바다에서 죽은 줄만 알고 있었는데 살아서 중국에 있다는 것을 확실히 알았으니 장차 바가지를 들고 마을마다 빌어먹으면서라도 기어코 남편을 찾아가리라, 가다가 불행히 도중에서 쓰러져 죽을지언정 반드시 가리라고 단호한 결심을 하고 나서게 되었다. 이것을 안 친척들은 힘껏 말리면서 타일렀다.

"우리 나라와 중국 국경 사이에는 자유 통행을 금지하는 관문이 있어서 말이 다르고 복색이 다른 자는 감히 들어갈 수 없다. 만일에 이것을 범하는 자에게는 규정된 엄벌이 따르나니 부녀자가 홀로 이 관문을 뚫고 머나먼 남의 나라에 간다는 것은 불가능한 일이다. 목적지에 가지도 못하고 길에서 주인 없는 송장이 될 것이 틀림없으니 단념하여라."

이미 움직일 수 없는 뜻을 굳힌 황봉의 안해는 이 말을 들은 체도 않고 결연히 집을 떠났다.

압록강을 몰래 건너 마침내 중국 땅에 들어갔다. 옷은 누더기가 되고, 머리는 헝클어지고, 얼굴에는 주절주절 땟국이 흐르고, 붉은 종아리를 가리지 못한 채로 빌어먹으면서 머나먼 남의 땅에서 헤매다가 해가 바뀌어서야 강남 땅에 이르렀다.

먼저 바닷가 고을과 부락들을 날마다 나돌며 또 찾고 하다가 드디어 어느 한 고을에서 남편을 찾았다. 그리하여 두 사람은 강남을 떠나 정든 고국으로 돌아오게 되었다.

돌아오는 길에 임신하여 시집에 들어와서 딸을 낳았다. 이름을 강남덕이라 지어 마을 사람들이 황봉의 안해를 '강남덕 어머니'라고 부르게 되었나니, 이런 일이란 이야기책에서나 볼 수 있는 일이라 하겠다.

난리 중이라 중국과 조선 간에는 국경선의 수비가 엄하였는데도 한낱 부녀가 홀몸으로 중국에 갔다 오기를 마치 이웃 마을 갔다 오듯 하여 남편을 아득한 남의 나라에서 찾았으니 이는 천하에 일찍이 들어보지 못한 일로서 그 과감하고도 정렬함이 고금을 통한 삼강의 모범이 아닐 수 없다.

강남덕의 어머니는 여든의 고령으로 세상을 떠났다. 광해 13년 여름에 기록하노라.

# 정생 일가의 기이한 만남

이름은 잊었으나 남원에 정생이라는 사람이 있었다. 그는 소년 적부터 퉁소 잘 불고 노래 잘하고 의기도 호방하였으나 학문에는 등한하였다.

읍내의 행세하는 집에 구혼하여 약혼하였는데, 처녀의 이름은 홍도紅桃라 하였다. 혼례 날이 이미 가까웠다. 그런데 홍도의 아버지는 정생이 글공부도 아니하고 착실치 못하다고 파혼하려 하였다. 홍도는 자기 부모에게 말하였다.

"혼인이란 하늘이 정한 것이옵거늘 이미 혼례 날까지 정하여 놓고 중도에 배반함이 어찌 의리에 용납되오리까."

아버지는 그 말에 감동되어 드디어 혼인을 시켰다. 그 뒤 이 년째 되는 해에는 벌써 아들을 낳아서 이름을 몽석夢錫이라고 지었다.

임진왜란에 정생이 출전하여 왜군을 막게 되었다. 정유년에 중국 구원병을 이끈 양 총병[1]이 남원을 지킬 적에 정생은 그 성에 있었

1) 총병總兵은 군사 직위. 총병 양호楊鎬를 이른다.

다. 홍도는 남자 옷을 입고 남편을 따라 역시 입대하였는데 군에서 홍도를 여자인 줄 알지 못하였다.

아들 몽석은 할아버지를 따라 지리산에 들어가 전화를 피하고 있었다.

결국 남원성이 적에게 함락되었다. 정생은 양 총병을 따라 빠져나오기는 했으나 혼란 중에 홍도와 흩어져 간 곳을 알 길이 없었다. 그 뒤 정생은 안해가 귀환하는 중국 군대를 따라간 것이 아닐까 하여 안해를 기어코 찾겠다는 생각에 귀환군을 따라 중국으로 들어갔다. 빌어먹으면서 절강 땅에 가서 두루 찾던 중 하루는 절강의 지방 장관과 함께 배를 탔는데 달도 밝고 마음도 심란하여 퉁소를 꺼내어 불었다. 곁에 떠 있던 배에서 문득 말소리가 들려왔다.

"웬일일까, 이 퉁소 소리! 어쩌면 조선에서 듣던 곡조와 그렇게도 같을까?"

정생은 문득 놀라 몸을 소스라치며 생각하였다.

'저 말하는 사람이 누굴까? 내 안해가 아닐까? 만일 내 안해가 아니라면 이 곡조를 어찌 알리.'

그는 다시 옛날에 안해와 더불어 서로 화답하던 가사를 읊었더니 저쪽에서 크게 외쳐 말하였다.

"이는 내 남편일시 분명하구나!"

정생은 거듭 놀라고 한편 반겨 곧 그 배로 쫓아가려 하였으나 장관이 굳이 말렸다.

"저 배는 남만南蠻 상선으로서 왜와 더불어 섞여 있으니 그대 그 배로 가면 이롭기는커녕 도리어 해가 있을까 하오. 다음 날 내가 적당한 방법을 취하여 줄 터이니 참으시오."

이튿날 새벽에 장관이 수십 냥 은자를 주며 자기 사람 몇 명을 시켜 잘 교섭하여 여자를 구해 냈는데 정말 그의 안해였다. 그들이 서로 손목을 잡고 우는 정경은 보는 자를 모두 눈물짓게 하였다.

처음 남원이 함락될 때 홍도는 왜군에게 포로가 되어 일본으로 붙들려 갔다. 남자 옷을 입었기 때문에 왜군은 홍도를 남자로만 알고 남정들 속에 끼어 있다가 몸이 팔려 이리저리 상선을 따라 사공의 일을 잘 도왔다. 일본에서 남만으로, 남만에서 다시 절강으로 오게 된 기회를 이용하여 조국에 돌아갈 것을 갈망하였다.

정생은 안해 홍도와 함께 우선 절강에서 살게 되었는데, 절강 사람들이 모두 그들을 가엾이 여겨 각기 은자와 양곡을 주어 살아갈 수 있게 되었다.

아들을 낳아 이름을 몽진夢眞이라 하였는데 나이 이미 열일곱이 되어 구혼하여도 조선 사람이라고 응하는 자가 없었다. 그러던 차 한 처녀가 시집오기를 자원하고 나섰다.

"저희 아버지가 임진년 난리 때 조선에 구원병으로 나간 뒤 소식이 없으니 저는 이 조선 사람에게 시집가서 장차 조선에 나가 아버지가 돌아가셨으면 그 장소를 찾아 아버지의 영혼이라도 모셔다가 제사를 드리겠고, 천행으로 살아 계신다면 다시 만나보는 것이 평생 소원입니다."

마침내 몽진과 혼인하였다.

무오년에 중국 동북 지방에 있던 노아합적[2]의 군대가 당시 명나라 본토에 침범할 적에 정생은 또 명나라 좌도독 유정劉綎의 군대에

2) 노아합적奴兒哈赤은 청나라를 세운 누루하치.

편입되어 출전하였다. 그런데 유정은 크게 패하여 죽고 노아합적의 군대가 명군의 패잔병을 모조리 무찔렀다. 이때에 정생은 자기는 명나라 사람이 아니고 조선 사람이라고 큰소리로 부르짖어 다행히 구사일생으로 고국으로 빠져나왔다.

충청도 이산현까지 왔을 때에는 길독으로 발병이 나서 의원을 청하였더니 그 의원은 임진년 난리에 명나라에서 구원병으로 왔다가 돌아갈 때 떨어진 사람이었다. 이름과 본적을 물어보니 그는 곧 자기 며느리의 아버지였다. 서로 붙잡고 통곡한 뒤 함께 고향인 남원으로 갔다. 정생은 맏아들 몽석을 거기서 만났다. 몽석은 이미 장가를 들어 아들까지 낳았다.

정생은 몽석과 몽진의 장인과 더불어 살게 되었으니 우선 반갑고 외로운 마음도 위로할 수 있었으나 다만 안해를 찾았다가 다시 잃어 살았는지 죽었는지 알 길이 없으니 자나 깨나 우울한 생각이 가실 길이 없었다.

벌써 일 년이 흘렀다. 절강에서 홍도는 남편의 소식을 몰라 애가 타고 또 고향도 그리울 뿐 아니라 아버지 종적을 찾으려는 며느리의 심정도 간절하여, 가산을 팔아 배 한 척을 사서 아들과 며느리를 데리고 절강을 떠나 조선으로 향하였다.

중국 옷, 왜 옷, 조선 옷 세 가지 옷을 준비하여 중국 사람을 상대할 때에는 중국 사람으로, 왜를 상대하게 되면 왜국 사람으로 행세하면서 한 달 스무닷새 만에 제주 추자도 바깥 바다에 있는 가가도에 배를 대었을 적에는 양식이 단 여섯 홉이 남았을 뿐이었다.

홍도는 아들에게 비통하게 말하였다.

"여섯 홉의 양식을 가지고서야 더 어찌 갈 수 있겠느냐. 온갖 고생

끝에 여기까지 와서 결국 우리가 이 배 안에서 죽는다면 장차 고기밥이 되고 말 것이니 그럴 바에야 차라리 물에 나가 죽는 것만 못하지 않느냐."

이 말을 들은 며느리는 굳이 말렸다.

"우리가 쌀 한 홉으로 죽을 쑤어 하루씩 목숨을 이어 나간다면 앞으로 엿새 동안을 버틸 수 있을 것이며, 또 동쪽이 희끄무레한 것으로 보아 육지가 가까움을 짐작할 수 있사오니 주림을 참고 삶을 구하여야 하옵니다. 또 다행히 지나가는 배를 만날 수도 있사오니 희망이 있지 않사오니까."

몽진 모자가 그 말에 다시 기운을 얻어 배를 타고 가다가 마침 대엿새 만에 통제사의 배를 만났다. 홍도가 임진년 난리에 남원에서 남편과 흩어진 일, 절강에서 만났던 남편이 또다시 북쪽 전쟁에 나가 생사를 몰라 맏아들을 찾아 고향으로 온다는 기나긴 사연을 말하였다. 그 배 사람들이 이 말을 듣고 동정하여 홍도의 배를 자기 배에 달고 순천 땅에 가서 배를 대었다.

홍도는 아들 며느리를 데리고 고향 남원을 찾았다. 이것이 생시런가 꿈이런가! 남편과 맏아들 몽석 또 몽진의 장인이 함께 살고 있는 것이 아닌가. 온 가족이 갖추 모였을 뿐 아니라 사돈까지 같이 모여 그 즐거움이 봄바람 따뜻한 기운으로 가득 찼다.

정생은 조선 사람으로 난리에 사랑하는 안해를 잃고 멀리 중국에 가서 찾았으며, 홍도는 남편을 두 번 전란 속에서 잃고 세 나라에 굴러다니며 남자로 변장도 하고 갖은 풍상을 다 겪으면서도 몸을 온전히 하여 남편을 다시 만났으며, 몽진의 안해는 다른 나라 사람에게 자진 혼인하여 아버지가 죽은 곳이라도 보기를 바라다가 마침내 살아 있는 아버지를 만나, 모두 한곳 한집안에 여섯 사람이 모였다. 난리 풍랑에 흩어졌던 사람들로서 만에 하나도 있기 어려운 행운이라 하겠으니 이 어찌 부인들의 지성과 한결같은 노력의 결과가 아니겠는가. 천고에 드문 기이한 일이다.

## 재상의 딸 진복의 말로

진복珍福은 재상의 첩이 낳은 딸이다. 치신머리가 없어서 누구 딸이라고는 이름을 밝혀 말하지 않겠다. 진복이 아직 기저귀에 싸였을 때 진복의 어머니는 진복을 사랑하여 늘 품에 안고 있었다. 재상은 진복이 귀여워 점쟁이를 불러 앞날의 길흉을 물어보았더니 점쟁이가 말하였다.

"그 아기는 부모가 기르면 불길할 것이오니 다른 사람에게 양딸로 주어 딴 집에서 기르게 하소서."

당시 장안 직조리에 한 노파가 있어 살림은 아주 넉넉하였지만 자녀가 없었다. 그는 진복의 어머니, 곧 재상의 첩과 친밀하였다. 명절 때면 새로 나온 물건들을 구하여 재상집에 보내기도 하며 서로 자주 오고 갔다. 재상집 첩이 점쟁이가 한 말을 노파에게 자세히 전하고 진복의 앞날을 위하여 맡아 길러 주면 어떠겠냐고 물었다. 노파는 흔연히 허락하고 자기 수양딸로 삼아 장차 가산을 물려주겠다고 하였다. 재상집 첩은 퍽 만족하여 진복을 노파에게 양딸로 주었다.

그 뒤 진복의 나이 열여섯 살에 이르니 얼굴이 피어 꽃답고 자태가 아름다워 노파는 친딸같이 사랑하며 극진히 가꾸었다.

그러나 노파의 많은 친척들은 이를 시기하였다. 자식 없고 살림이 부유한 노파라 친척의 자녀 중에서 고를 줄 알고 제가끔 은근히 희망을 걸고 있었던 것인데 권세를 좇아 노파가 생판 남의 딸을 기르고 보니 모두들 입을 비죽거리며 은근히 진복과 노파의 관계를 깨려고 백방으로 꾀하는 것이었다. 이미 달콤한 말로 노파의 마음을 건드려 보았으나 노파는 듣지 않으므로 이번에는 진복을 꾀기로 하였다. 그리하여 친척 중에서 말재주 있는 자를 내놓아 진복을 꾀었다.

"근일에 승정원 주서로 있는 젊은 문관이 낭자의 집 앞을 지나다가 우연히 낭자가 대문에 기대어 서 있는 것을 넋을 잃고 바라보고 있다가 하는 말이 '누구의 딸인지 세상에도 드문 미인이로다.' 찬탄하고 '천금을 기울여 부실[1] 삼기를 원하노라.' 하면서 '만일 허락만 한다면 마땅히 빠른 시일에 가마를 보내어 맞으리라.' 하니 이런 자리는 다시 찾으려 해도 얻지 못할 것이로다. 노파는 천성이 재물만 탐하여 인재를 가리려 하지 않고 낭자를 장차 장사치의 아들에게 시집을 보내려고 한창 혼담을 하고 있으니 낭자는 본시 재상의 딸로 어찌 장사치의 자식과 혼인한단 말이냐. 지금 낭자의 나이 이미 열다섯 살이 지났으니 마땅히 자기 앞날을 위하여 조속히 생각해야 하느니라."

이 말을 들은 진복은 부끄러워 대답은 없었으나 순진한 처녀로서 속으로 그럴듯하게 들었다.

그 뒤부터 그 말재간 있는 자는 가끔 처녀에게 와서 거듭 꾀었다.

---

1) 둘째 부인.

진복의 어린 마음은 흔들리기 시작하였다. 생모가 재상의 첩으로 부귀를 누리고 있는 것을 보아 자기도 그 길을 택하는 것이 좋으리라 하였다. 이렇게 진복의 생각이 기울어져 마침내 그 말재간 있는 자의 말을 믿게 되었다.

그리하여 어느 날 주서 집 가마가 문 앞 골목에 와서 기다린다 하여 진복은 새로 단장하고 새 옷을 갈아입고 밤을 타서 나가 말에 올랐다. 오불꼬불 한참이나 골목을 지나 거리로 나가 어떤 곳에 이르니 높은 대문이 활짝 열려 있었다. 진복은 판장 앞에서 말을 내려 그 자의 안내로 넓은 뜰을 지나니 거기는 큰 연못에 연이 푸르고 드높은 대청에 붉은 난간이 둘러 있었다. 휑하니 인적은 없는데 대청 위에는 병풍이 둘러 있었다. 그자가 이끄는 대로 병풍을 둘러친 안으로 들어갔다. 거기에 처녀를 앉혀 놓고 그자는 나가 버렸다. 이슥고 말갈기처럼 수염이 길고 머리가 흐트러진 놈이 베옷에 뻘건 맨다리 바람으로 뛰어 들어와서 진복을 껴안더니 마음대로 욕보이고는 가 버렸다. 진복은 발버둥치며 그자를 불렀으나 간 곳이 없었다.

진복은 깊은 규중 비단 속에서 자란 처녀로 일찍이 대문 밖을 나서 본 일이 없었으니 장안의 천 갈래 만 갈래로 갈라진 골목골목이 어디서 어디로 통하는지 어떻게 알 수 있으랴. 물어보자 해도 사람이 없고 혼자 집을 찾아가자 해도 방향을 알 수 없다. 갈팡질팡하다가 길바닥에서 울었다.

날이 새어 곁집 사람에게 자기를 욕보인 집이 뉘 집인가를 물어보았더니 사헌부라고 하였다. 머리 흐트러진 놈은 사헌부 시중꾼이라고 하였다.

집을 찾아 돌아간 때에는 해가 벌써 낮이 되었다. 양어머니는 크게 놀라고 낙심하였다.

"내가 우리 상공에게 무어라고 고하랴."

그 뒤 재상이 이 소문을 듣고 그 딸을 딸로 여기지 않고 쫓아내고 말았다. 진복은 이미 몸을 더럽혔고 부모에게 쫓겨나서 궁지에 빠졌으니 갈 길이 어디랴. 마침내 돌이킬 수 없는 버린 몸이라 창부가 되어 죽을 때까지 일정한 짝이 없이 이리저리 떠돌아다니며 가난에 헤매다가 죽었다.

슬프다, 진복은 몸을 파는 계집으로 일생을 마치고 말았다. 마음을 한번 잘못 가져 죽을 때까지 욕을 당하는 것은 당연하다고도 하겠지마는 시속 인심이 사나워 시기와 속임이 사람을 이와 같이 헤아릴 수 없는 불행에 빠뜨리니 과연 두렵지 않은가.

# 동방의 갑부, 정사룡

청원위淸原尉 한경록韓景祿은 선왕조 부마였는데, 장안에서 손꼽는 부자였다. 부마가, 예조 판서 정사룡鄭士龍이 동방의 갑부라는 소문을 듣고 한번 그의 생활 범절을 구경하리라 하고 찾아갔다.

바깥 대문 밖에 종 두 사람이 마주 서 있는데 실안개가 펄펄 도는 칠사립[1]에 말쑥한 모시옷, 파랗고 넓은 돌띠로 차린 그 치레와 풍채가 실로 화려하였다. 그들은 바삐 명함을 받아 작은 대문 안에 서 있는 두 종에게 전하였다. 두 종도 옷차림이 화려하고 깨끗한데 역시 명함을 받아 합문[2] 안 두 여종에게 전하였다. 두 여종은 구슬과 비취로 찬란하게 차렸는데 명함을 두 손으로 받들어 방 안에 들였다.

아직 판서는 나오기 전이었다. 뒤뜰에 긴 행랑으로 된 삼십여 칸의 헛간이 보이는데, 배의 뜸지붕을 잇듯이 삿으로 이었다.

부마가 물었다.

---

1) 칠사립漆紗笠은 생사로 만들고 옻을 칠한 갓.

2) 합문閤門은 내실로 들어가는 작은 대문.

"저것이 무슨 집인가?"

종이 대답하였다.

"다락 창고는 습기와 곰팡이가 끼고 쥐가 많아 헛간을 저렇게 짓고 무명천을 옮겨 거풍을 하고 있사옵니다."

"몇 동[3]이나 되는가?"

하고 부마가 물었다. 종이 대답하였다.

"우선 이 헛간에 옮긴 것만 육백여 동이옵니다."

"다락 곳간에 있는 것은 얼마나 되는고?"

"삼분의 일도 옮기지 못하였사온데 다 알 수는 없사옵니다."

부마는 종과 계집종 등 문지기의 행색부터 자기 따위의 규모가 아닌 것을 보았는데 또 무명천의 수량을 들으니 놀람을 금치 못하였다.

이윽고 판서가 나와 맞아 대청에 올랐다. 좌우에 계집종들이 수건을 받들며 청소를 맡아 수십 명씩 두 줄로 나뉘어 있었다.

판서가 말하였다.

"합하께옵서 황송하옵게도 왕림하셨사오니 삼가 박주로 좌우에 받들어 작은 정성을 표할까 하옵니다."

이윽고 선녀 같은 여종이 진수를 받들어 공손히 내왔는데 넓은 자리에 그득 찼다. 또 사내종들이 악기를 가지고 바깥 행랑에서 들어오더니 동서로 나누어 대청 아래 벌여 앉았다. 또 비단으로 지은 고은 옷을 입은 꽃다운 여자들이 비파와 생황을 가지고 안에서 대청 아래 벌여 앉았다. 그러고는 산해진미가 술잔을 따라 매양 다른 것이 나오며 상에 가득한 그릇들이 죄다 금과 은이 아니면 당화기[4]였

3) 한 동은 50필이다.

다. 부마가 비록 잔을 다 들지는 못하였지만 일부러 오래 앉아 들어오는 음식이 다할 때까지 보려 하였으나 날 저물기까지 셋도 어우르고 넷도 곁들인 것이 계속 나와 갈수록 놀라웠다. 그래서 자기네는 당치 못할 바라 생각하고는 사양하고 돌아왔다.

나중에 사암思菴 박순朴淳이 낭관이 되어 공무로 정 판서 집에 명함을 드렸더니, 판서는 곁사랑에서 그를 맞이하였다. 담요와 비단 장막과 병풍, 서화 등 눈에 보이는 것이 모두 찬란하였다.

박순이 공문서를 내놓았더니 판서는 그것을 치워 두고는,

"아직 이것은 치워 두세. 내가 그대를 보기 원한 지 이미 오래되었으니 조용히 이야기나 하세."

하고는, 계집종을 불러 말하였다.

"박주 소찬이나마 간단히 차려오너라."

곧 진찬과 별미를 각각 따로 내왔는데 채비 없이 갖춘 것이 모두 세상에서 일찍이 보지 못한 것들이었다.

판서는 잔을 들어 권하면서 말하였다.

"오늘은 공무는 그만두고 벗을 만나 시로 즐기는 좋은 기회로 삼으세. 청컨대 요즈음 지으신 주옥같은 시를 들려주게."

박순은 시골 사람인지라 세간붙이와 생활 범절이 모두 눈에 새로운 것이었다. 그래 그는 말하였다.

"이 시골 사람이 비록 다행히 과거는 하였사오나 한마디인들 무슨 변변한 것이 있어 감히 대감의 맑으신 눈앞에 내놓을 수 있겠사오리까."

---

4) 당화기唐畵器는 중국에서 들어온, 그림 있는 화려한 사기그릇.

그러고는 은근히 그가 그만두자고 하기를 기다리고 있었더니 더욱더 성의로 간청하는 것이었다. 비로소 박순이 시 두어 편을 들려주니 판서는 칭송함을 마지않았다.

박순은 본디 술을 좋아하지 않아 두어 잔 마시고는 치우기를 청하였다. 판서는,

"지금 계속하여 음식을 조금씩 내오기 시작하네."

하면서, 웃음을 섞어 가며 말하였다.

계집종에게 먹을 갈게 하고 종이를 펼쳐 놓더니 판서는 박순의 시에 운을 달아 시 한 수를 지어 붓에 먹을 흠씬 먹여 가지고 써 주고는 말하였다.

"그대는 다시 한잔 들게."

박순은 취하여 사양하고 돌아왔다.

그 뒤 박순은 다시 공무로 판서를 찾아가 별실에서 만나 보게 되었다. 방 안의 모든 세간들이 전에 본 것보다 더욱 선명하고 화려하며 음식과 그릇들도 특이하였다고 한다.

# 기술의 독점

무릇 사람이 크나 작으나 기술을 가진 자는 그것을 자기 혼자 이용하려 하고 남에게 전하지 않는 옳지 않은 습성을 가지고 있다. 재경[1]의 거[2]나 윤편[3]의 수레 만드는 기술이나 대마의 추구[4]나 송나라 사람의 살 안 트는 약[5]들이 모두 이런 것들이다.

우리 나라 서울의 국수와 송도의 메밀국수, 전주의 백산자[6], 안동의 다식, 성주의 백자병[7], 인동의 기름 먹인 가죽 말다래, 의주의 누철 등자[8]가 다 그 묘방을 혼자 가지고는 다른 고을에 전하기를 좋아

1) 재경梓慶은 중국 춘추시대 노나라의 유명한 목수.
2) 거簴는 악기에 속하는 종鍾이나 경磬을 달아 놓는 틀의 기둥. 거기에는 정교한 조각을 한다.
3) 윤편輪扁은 옛날 수레바퀴를 잘 깎던 유명한 목수.
4) 대마大馬의 추구捶鉤는 누구의 무엇을 말하는지 알 수 없다.
5) 살 안 트는 약〔不龜手之藥〕은 옛날 중국 송나라의 어떤 사람이 대대로 전해 오는 비방으로 겨울에 찬물을 다루어도 살이 트지 않는 약을 만들어 겨울에도 찬물에서 빨래하는 것으로 업을 삼았다.
6) 백산자白散子는 밥풀과자.
7) 백자병柏子餠은 잣으로 만든 떡.
8) 누철 등자鏤鐵鐙子는 철판을 새겨 만든 말등자로 말을 탈 때 디디고 올라가는 것.

하지 않았다.

옛날 용인현 관노는 오이지를 잘 담그는 기술을 가지고 대대로 자손에게 물려주면서 이웃 고을에서 본받으려 해도 전하지 않았다. 그리하여 금천 현감이 용인 현령에게 특사를 보내어 가르쳐 달라고 하였더니, 용인 관노가 뜰에 엎디어 말하였다.

"우리 고을에는 다른 특이한 반찬이 없고 오직 오이지로 유명한데, 지금 그것을 다른 고을에 전하라고 하시니 청컨대 죽음으로 사절하겠나이다."

현령의 명령으로도 어찌할 수 없었다.

평산 사는 어느 사람은 말을 잘 고치는 비방을 가지고 전하지 않으므로 태수 박엽朴燁이 엄격하게 그를 위협하여 보았으나 묘방을 끝내 가르쳐 주지 않았다.

여산에는 호산춘壺山春이라는 유명한 술이 있어 맛이 독특하였으나 이웃 고을에도 전해지지 않았다. 그런데 그 고을의 한 관비가 무관 나준룡羅俊龍의 첩이 되어, 나준룡이 삭주 태수로 있을 적에 호산춘 빚는 법을 삭주에 전하였다. 그리하여 지금 삭주 술이 향기롭고 독하여 호산춘과 같다.

아, 십 리도 떨어지지 않은 가까운 고을에서도 묘법의 비슷한 점도 전수하지 못하였는데 이천 리 밖의 삭주에서 빚는 술이 비결을 찾았으니, 이로 미루어 보면 적송자의 신선술을 가까운 시대의 장량[9]이 전수받지 못하고 여동빈[10]이 천 년 지난 뒤에 비로소 배웠으며, 공

9) 장량張良은 중국 한 고조의 모사로, 나중에 신선술을 터득하였다고 한다.
10) 여동빈呂洞賓은 중국 전설에 당나라 때에 신선이 되었다는 사람.

자의 도를 제자 유약有若이 계승치 못하였으되 정자와 주자가 천 년 뒤에 얻었으니 귀중한 것은 스스로 연구하여 마음으로 알게 되는 것이다. 어찌 지리와 세월을 가지고 말할 것이랴.

## 죄 없는 이를 고발하는 일

이위빈李渭濱은 코가 세고 소박한 사람으로, 글재간이 없고 그렇다고 해서 무술에도 볼 것이 없었다. 그러나 당시 이름 있는 사람들과 섞여 놀아 협기는 있었다. 그러다가 임진년 난리 뒤에 호남 해안지방 맹곶에 가 살면서 그 지방 사업에 발 벗고 나서서 잘 꾸려 나가므로 그를 따르는 사람이 백여 호나 되어 엄연히 마을의 호걸로 되었다. 큰 부역이 있을 때마다 그의 호소에 호응하여 궐기하는 자 구름 모이듯 하니 온 고을이 그를 찬양하여 맹곶 왕이라 하였다.

그런데 이위빈과 척진 자가 있어 그가 반역을 꾀한다고 고변하였다. 그래서 서울로 잡혀가 혹독한 심문을 받았으나 드러난 사실이 없어 즉결 처분을 받고 평안도 증산으로 쫓겨났다.

그 뒤 신세가 궁하게 되어 해진 옷, 여윈 말로 걸객이 되어 함종군수 민여임閔汝任에게 만나기를 청하였더니, 민여임은 그의 얼굴이 수척하고 의기가 소침하며 행장이 더러운 것을 보고 농담으로 말하였다.

"옛날의 맹곶 왕이 지금 어찌 그렇게 초라한고."

이위빈은 분한 기색으로 탄식하였다.

"아, 인심이 하도 사나워 영화를 꿈꾸고 나라의 녹을 탐하는 자들이 많아 남의 밥술이 좀 큰 것을 보면 곧 고변한다네."

선조 갑오년에 고변자가 있어 진사 이철광李哲光이 반역한다고 군사軍司에 잡혀간 것을 본 오성鰲城 이항복李恒福은 이철광의 결백을 이렇게 보증하였다.

"내가, 이철광이 모반할 재목이 아닌 것을 익히 안다."

과연 사실 무근하였으므로 고변자가 거짓으로 고발한 죄를 쓰게 되었다.

이질수李質粹란 자는 온양 군수가 되어 반역 혐의로 체포된 자가 있으면 보습을 새빨갛게 달궈다가 두 겨드랑이에 끼우는 방법으로 거짓 자백을 받고야 말았다. 그리하여 체포된 자는 관청 뜰 안에 들어서기도 전에 먼저 반역했다고 자백하는 지경에 이르게 되었으니 반역죄로 억울하게 잡혀 올라간 자가 이루 수를 알 수 없었다. 그래서 이질수는 그 공로로 벼슬이 고관까지 올랐으니 어질지 못한 자들이 이를 부러워 본받았으며 배웠다는 자도 계속 죄 없는 사람을 고발하였다.

# 남의 눈알을 뺐다가

한준겸韓浚謙이 양화 나루를 건널 적이었다. 건너갈 사람들이 서로 배를 다투어 몸이 약한 자는 오를 수가 없었는데, 어떤 심술궂은 무관이 말채찍을 짚고 서서 오르고 내리는 것을 제 맘대로 하고 있었다. 어떤 나이 어린 천인 하나가 무관의 통제를 받지 않고 배에 올랐더니 무관은 말채찍으로 휘갈겨, 왼쪽 눈알이 빠져 떨어졌다. 그 천인은 대항하지도 않고 나무라는 말 한마디 없이 눈알만 강물에 씻어 눈에 도로 집어넣었다. 심술궂은 무관이지만 무안하여 사과하기를 마지않았다.

배가 저편 언덕에 닿았다. 천인이 먼저 내려 언덕에 서고 무관은 나중에 내려 막 말을 타려고 할 즈음에 천인은 무관의 끄덩이를 잡아 자빠뜨리고 그 가슴을 타고 앉더니 왼쪽 눈알을 뽑았다. 무관은 반항코저 했지만 원체 힘이 미치지 못하였다.

한준겸이 이것을 목격하고 말하였다.

"아, 제멋대로 날뛰는 자의 화가 어찌 눈알 빠지는 데 그치랴. 이는 마땅히 세상 사람들이 경계로 삼아야 할 것이로다."

# 전복을 따는 자와 먹는 자

우리 집에 계집종이 있었는데 이름을 관매官梅라 하였다. 순천順天에서 왔는데 바닷가에서 나고 자라 헤엄을 잘 쳤으며 동무와 함께 바다 속으로 드나들면서 전복을 쉽게 땄다.

바닷물은 깊이 들어가면 겨울에는 따뜻하고 여름에는 차기 때문에 비록 한겨울이라도 발가벗고 바다 속에 뛰어들 수 있는 것이다.

물에 들어갈 때에 뒤웅박을 차고 칼을 가지고 바다 속에 들어갔다가 오래 숨을 쉬지 못하여 갑갑해지면 물 위로 솟아올라 뒤웅박을 가슴이나 배에 대고 숨을 돌리곤 한다. 이때에 코로 내쉬는 숨소리는 마치 휘파람 소리 같다.

전복 따는 도구인 칼에는 동그란 방울을 달았는데 바다에는 흉악한 물고기도 있어서 사람이 물속에 들어오는 것을 보면 날카로운 이빨을 드러내고 달려드는데 이 위급한 때에 칼을 번뜩이며 방울 소리를 내면 그 소리에 놀라고 쇠가 무서워 달아난다고 한다.

관매의 한 동무는 깊은 바다에 잘 들어가 큰 전복을 따기 때문에 값을 배나 받으며 관가의 요구에도 잘 맞추어 책벌이 없었다. 무릇 전복은 따서 열 개가 차야 한 꼬치가 되고 열 꼬치를 묶어 한 첩을 이룬다. 그 수에 차지 못하면 관가에는 물론 개인 매매에도 잡힐 손이 없는 것이다.

어느 날 바다에 들어갔다가 큰 고기가 입을 벌리고 달려드는 것을 방울을 흔들어 쫓기는 하였으나 따 가졌던 전복 아홉 개만 들고 물 밖으로 나와서는 감히 다시 들어가지 못하고 있었다. 이것을 본 그 부모가 책망하였다.

"한 개 더 따야 한 꼬치가 찰 터인데 네가 추워서 다시 들어가기를 싫어하니 한 꼬치가 차지 않는 것을 어디다 쓰겠느냐? 네가 이렇게 게으르니 어떻게 살아 나간단 말이냐?"

딸은 성을 내어 말하였다.

"아까 바다에 들어갔을 적에 무서운 것을 보아서 감히 들어갈 생각이 나지 않는 것인데 추위를 꺼린다고 하시며 나를 게으르다고 나무라시니 죽을지언정 들어가오리다."

그러더니 방울을 울리면서 뛰어 들어갔다. 이윽고 바닷물이 팽팽 돌며 거품이 떠올랐다. 그 여자는 마침내 큰 고기의 밥이 되고 만 것이다.

권준權俊이 순천 부사가 되어 전복을 따 오라고 어부를 바다에 들여보냈더니 큰 악어가 어부의 옆구리를 물어뜯어 창자가 터져 나왔다. 그러나 어부는 악어와 더불어 바다 밑에서 싸우다가 간신히 뱃전을 더위잡고 올라 나왔으나 며칠 뒤 죽었다.

옛날 어떤 어사가 바닷가를 순시할 적에 수군절도사가 잔치를 베풀었다. 자맥질꾼을 시켜 전복을 따서 소반에 그득히 차려 놓고 즐겁게 노는 판인데, 바다에 들어갔던 자맥질꾼이 겁에 질려 물 위에 떠올라 뱃전을 붙잡은 채 미처 오르지도 못하고 "하하." 하며 웃는 것이다. 뱃사람들이 살펴보니 허리 아래는 고기가 잘라 먹어 마치 도끼로 찍어 끊은 것처럼 되었다.

아, 바다는 헤아릴 수 없이 위험한 데로구나. 바다 속에 있는 어룡의 재난이 산중에 있는 범과 표범들의 근심보다 더 심하므로 월나라 사람들이 살 속에 먹물을 넣어 얼룩덜룩하게 여러 문양을 그린 것은 결코 보기 좋으라고 한 것이 아니요, 그것으로 어룡에게 겁을 주기 위한 것이다.

무릇 상 하나를 차리기 위하여 사람을 헤아릴 수 없는 위험 속에 몰아넣어 죽이니 전복을 따는 저 사람이야 무슨 죄가 있으랴. 그에게 전복을 따게 하는 자의 죄라 할 것이다. 가련도 하여라.

## 영광 태수의 고기잡이

영광에 큰 못이 있는데 아득히 넓은 들에 그뜩 차서 그 둘레가 몇 리인지, 깊이가 몇 길인지 알 수 없었다. 해마다 여름에서 가을로 바뀔 때에는 모여드는 장마물이 크게 흘러넘쳐 바다와 더불어 물결이 서로 통하니 바다의 물고기들이 많이 들어오게 된다. 그러다가 장마가 걷고 물이 끊어지면, 못은 도로 못이 되고 고기는 결국 그 안에 들게 된다. 그러므로 고을 사람들이 배를 가지고 그물을 놓으면 바닷고기가 많이 잡힌다.

태수로 와 있던 김외천金畏天은 무반 출신이었다. 그 못에서 한번 고기잡이를 크게 차려 전에 보지 못한 장쾌하고 기이한 구경거리를 삼아 보려고 하였다.

무릇 고기를 잡는 데 맛이 쓴 나무 열매를 짓찧어 상류에서 풀면 고기들이 다 물 위에 떠올라 죽나니 이 방법으로 한다면 꼭 그물을 쓰지 않고도 고기를 많이 잡는 것이다.

태수는 고을에 영을 내려 관가에 상소하러 오는 자는 반드시 그 나무 열매를 따다가 바쳐야 한다고 하였더니 얼마 뒤에 수백 석이 모였다.

이리하여 태수는 꽃 피고 버들잎 돋는 좋은 봄철에 못 위에 장막을 치고 여러 빈객들을 청하여 큰 잔치를 베풀었다. 한편으로는 어부들을 모아 물놀이도 벌이고 한편으로는 상류에서 쓴 나무 열매를 잔뜩 쌓아 놓고는 짓찧고 비벼 풀고 야단법석을 하였다.

식자들은 다 말하였다.

“생명 가진 물건을 한꺼번에 독살하는 것은 상서로운 일이 아닙니다. 원컨대 태수께서는 그물과 낚시로 잡게 하셔도 만족할 것이오니 너무 잔인한 일은 않는 것이 좋을까 합니다.”

태수는 듣지 않았다. 상류에서 쓴 물이 사뭇 흘러내렸다. 못의 물은 어느덧 빛을 바꾸었다.

이윽고 알에서 갓 깬 가장 작은 고기 새끼들이 아글아글 뜨기 시작하더니 점차로 손가락만 한 것이 뜨고, 손바닥만 한 것이 뜨고, 한 자나 될 놈, 열 자나 될 놈, 수레에 찰 놈, 더 엄청나게 커서 초헌[1]에 찰 놈 이렇게 계속 떠올랐다. 구경꾼들은 끔찍스럽고 놀라워 서로 보며 눈이 둥그레졌다. 마지막으로 무엇인지 또 하나가 나왔다. 사람보다는 크며 발가벗었는데 여자같이 눈처럼 흰 것이 머리카락을 헤치고 떴다. 이제는 그 큰 못에 생명 가진 것이라고는 온통 씨도 남지 않았다.

이때부터 비바람 벼락 소리로 온 못이 캄캄해져서 수십 일 동안 내려 개지 않았다.

그해에 태수는 군에서 죽었다. 영남 고향에 갖다 묻으려고 영구를

1) 고관이 타고 다니는 교자처럼 만든 수레.

운반하던 도중 문득 비바람이 심해지며 천지가 캄캄하여 길을 알아보기 어렵더니 집에 돌아갔을 때에는 영구가 매우 가벼웠다. 태수의 아버지가 의아하여 열어 보니 시체가 없었다. 이렇게 전설은 전하고 있다.

## 고생하느니 쌀을 지고 빠져 죽어

내가 금천 시골집에서 글 읽을 적이었다. 때는 이른 봄이라 겨울 동안 얼어붙었던 한강 한복판에는 얼음이 풀리기 시작하여 꺼지기 쉬운 위험이 있는데도 얼음을 타고 건너다가 빠져 죽는 사람이 많았다.

의금부에서 천한 일을 하는 조례[1] 한 사람이 봉록으로 주는 쌀을 타서 등에 걸머지고 강을 건너가다가 얼음이 펑덩 꺼져 빠졌는데 아직 상반신은 얼음 위에 걸렸다.

이 위기일발의 급한 순간 함께 가던 사람이 외쳤다.

"등의 짐을 빨리 풀면 산다."

조례가 말하였다.

"내가 이 짐을 풀어 버렸다가는 사는 고생이 죽는 것만 같지 못한 줄을 모르느냐?"

그러더니 그대로 빠져 죽었다.

아, 쌀이 중하여 죽음을 가볍게 하니 옛날 영릉에서 불쌍하게 빠

1) 조례皂隸는 관청에서 허드렛일을 하는 사람.

져 죽은 빈민의 사정과 비슷하지 않은가! 그의 어리석고 좁은 생각은 말할 나위도 없고 의금부의 조례라는 일이 사람에게 살 의욕을 못 가지게 하고 있으니 진실로 통탄할 일이 아닌가.

# 그림과 문장

옛날에 명화로 세상에 전하는 그림이 있었다. 낙락장송 아래에서 사람이 얼굴을 젖히고 솔을 쳐다보고 있는 그림이었는데, 형상이 살아 있는 것 같으니 사람마다 천하의 명화라고들 하였다.

처사 안견安堅이 이것을 보더니 말하였다.

"잘 그리기는 하였으나 사람이 얼굴을 젖히면 목 뒤에 반드시 주름이 잡히는 법인데 그게 없으니 큰 실수로군."

이래서 그 그림은 마침내 버려지게 되었다.

또 옛 그림으로 이름난 것이 있었는데, 노인이 손자를 안고 숟갈로 밥을 먹이고 있는 그림이다. 역시 형상이 생동하였다.

성종이 그림을 보더니 말하였다.

"이 그림이 좋기는 하지만 무릇 사람들이 어린애를 먹일 적에는 반드시 자기 입도 절로 벌어진다. 이 그림은 입을 다물고 있으니 전혀 격에 맞지 않구나."

이래서 이 그림도 버려지게 되었다.

그림과 문장이 무엇이 다르랴. 조금이라도 진실과 어긋나면 비단

결 같은 문장이라도 문장을 아는 자는 취하지 않는다. 안목이 있는 자는 이것을 안다.

# 가소로운 열녀문

서울에 어떤 무인이 밀성에 농장이 있어서 가끔 성주와 상주 사이를 오갔는데, 지나는 길에 친한 선비 집에 들러 늘 자고 다녔다. 그러다가 네다섯 해 동안 집안일 때문에 겨를이 없어 들르지 않다가 다시 밀성에 내려가게 되어 그 선비를 찾았더니 이미 죽은 지 삼 년이었다. 날이 저물었으므로 다른 데는 갈 수 없어 우선 행장을 풀어놓고 잠시 쉬고 있었는데 안에서 선비의 안해가 죽은 남편의 친구가 찾아왔단 말을 듣고 슬피 울더니 하인에게 시켜 손님방을 청소하고 자게 하는 것이었다.

무인은 옛 친구를 생각하고 마음이 어수선하여 밤이 깊도록 잠을 이루지 못하였다. 객실의 북쪽 담은 매우 높고, 뜰 저편에는 참대들이 무성하여 밀림을 이루었다. 달빛은 어스름하였다. 참대 사이로 무엇이 엉금엉금 기는 발자국 소리가 났다. 무인은 범이나 삵이 아닌가 의심하고 몸을 감추고 주시하고 있었는데 참대 사이로 웬 중이 머리를 넌지시 내밀고 사방을 살피다가 이윽고 몸을 뛰어 곧바로 들어오더니 안방으로 향하였다.

무인은 발소리를 죽이고 따라 들어갔다. 안방 창문에 등불이 발갛게 비치고 있었다. 무인은 손가락 끝에 침을 묻혀 창을 뚫고 엿보니, 젊은 여자가 단장하고 고운 옷을 차려입고 숯불이 이글이글한 청동화로에 고기를 굽고 술을 데워 교태를 부리며 중에게 권하고 있었다. 그것을 먹고 난 중은 등불 아래에서 맘 놓고 즐겁게 희롱하고 있었다.

이때 무인은 의분을 못 이겨 살을 뽑아 활에 먹여 버썩 당겨 창구멍에서 들이쏘았다. 중은 외마디 신음 소리를 지르고 쓰러져 죽었다. 무인은 손님방으로 나가서 자는 척하고 생코를 골았다.

얼마 뒤에 안에서 부인이 노비들을 급히 부르는 소리가 들리고 노비들이 이웃을 불러 떠들어 대는 것이었다. 무인이 놀라는 척하면서 까닭을 물었더니 이렇게 답하였다.

"주인집은 양반 가문으로서 부인이 과부 되어 수절하고 있었는데 어떤 미친 중놈이 뛰어 들어왔으므로 부인이 칼을 빼어 중놈을 죽이고 분을 참지 못하여 온몸을 갈라 낸 뒤 부인도 자살코저 하는 것을 집안사람들이 애써 구출하였습니다."

무인은 웃음을 참고 탄식하면서 떠나갔다.

이듬해 다시 그 마을을 지날 적에는 열녀문이 서 있었다.

## 벼슬길과 사화

상국 홍섬이 새로 벼슬에 오르고 나서 사화에 걸려 궁전 뜰 앞에서 형장 백오십 개를 맞고 남황에 유배되어 공주 지방에 있는 금강 가까이에 이르렀을 때였다. 서울로 과거 보러 가던 선비들이, 독한 형벌을 받고 사경에 이른 홍섬을 메고 귀양지로 간다는 소문을 듣고 모두 모여들어 그를 찾아보게 되었다.

남쪽에서 온 한 선비는 소매를 벌겋게 반쯤 걷었는데 보기에 퍽 호방한 사람인 듯하였다. 그는 홍섬의 참혹한 광경을 보고 눈물을 흘리면서 말하였다.

"내 들으니 서울에 홍섬이란 이가 당대의 유명한 선비라 하였는데 무슨 죄로 이 지경이 되었는고. 이 어찌 군자가 과거 볼 때이랴."

그는 비분을 금치 못하여 마침내 과거를 단념하고 말 머리를 돌려 돌아가고 말았다. 그는 다른 사람이 아닌 곧 임형수林亨秀였다.

딱한 일이다. 사람이 공명과 이욕에 미련을 떼지 못함이 마치 고기가 향기로운 미끼를 못 잊어 하는 것과 무엇이 다르리오. 낚시꾼이 미끼를 던지면 고기들이 모두 놀라 흩어진다. 처음에는 흠칫 물려갔던 고기가 나중에는 태연히 다시 와서 마침내 낚시에 걸리고 마니 이것은 바로 미끼의 향기 때문이다.

거듭되는 사화 속에서 홍섬이 스스로 공명에 끌려 마침내 정승 자리에 앉았고 임형수 또한 끝내 자중하지 못하여 뒤에 과거를 보아 화를 입었으니, 공명과 이욕이 사람을 속이는 것이 어찌 향기로운 미끼가 고기를 속이는 것과 다르겠는가.

## 원님 아들의 음식 투정

어떤 한미한 자가 있었는데, 내력을 알고 보면 전 홍주 목사의 아들이었다. 그의 아버지는 여러 고을에서 원님 노릇을 했는데, 그는 어려서부터 글공부는 아니하고 고을마다 원님의 아들이라고 금이야 옥이야 떠받들려 지내 왔기 때문에, 뜻이 교만해지고 입이 높아져서 가는 곳마다 하인들을 못 견디게 굴어 자기만 위해 달라고 떼를 썼고, 특히 음식 투정에 버릇이 나빴다.

새로 홍주에 왔을 때는 바다 산물, 육지 산물 가지각색의 진수성찬을 앞에 그득히 차려 놓았는데도 찬방 관리자를 뜰아래 꿇려 놓고 호통하였다.

"이런 음식을 내놓고 나더러 어디다가 젓가락을 대란 말이냐?"

"이밖에야 무슨 특별한 것이 있으리까? 바다의 백 가지 생선들과 산간의 노루, 사슴, 돼지, 꿩 등 갖추지 않은 것이 없습니다. 소인이 어찌 감히 신관 자제께 올리는 찬품을 소홀히 하오리까."

이러한 아전의 말은 아랑곳하지 않고 그는 집장 사령을 시켜 볼기 오십 대를 쳤다.

그 뒤 아버지는 죽고, 그는 볼 데 없이 가난해져서 굴러다니게 되었다. 해진 옷에 여윈 말을 타고 동자 하나를 데리고 먼 길을 가다가 마침 비가 오고 길이 질어 말이 진흙탕에 빠졌다. 어린 동자의 힘으로는 건잡을 힘이 없어 그는 곧 감탕물에 떨어지게 되었을 즈음이었다. 문득 길 가던 사람 하나가 자갈 먹인 말고삐를 잡고 뽑아내어 주었다. 그는 몹시 고마웠다.

그러나 그 사람의 얼굴을 살펴보니 다른 사람이 아니요, 지난날 홍주 관청 앞뜰에서 자기에게 볼기 맞은 아전이었다. 그는 마음으로는 치사코저 하였으나 면목이 없어 모르는 척하고 사례도 없이 가버렸다.

아, 무릇 사람들이 자기 수양에 스스로 힘쓰지 않고 눈앞의 부모 권세만 믿어 자만하다가 마침내 진흙탕에 빠지지 않는 자 거의 없나니 반성할지어다.

## 한 정승의 벼농사

영의정 한응인韓應寅이 신천에서 시묘살이할 적에 있었던 일이다.

때는 임진년 난리로 왜병의 만행이 매우 심하던 때라 양반들이 서로 저만 살겠다고 외진 곳으로 피난하기에 여념이 없었다. 한응인은 마침 시골에 있었으므로 그럴 필요가 없고 하여 그곳에서 하인을 시켜 논농사를 짓게 하였다.

남보다 논을 잘 보살피게 하고 사오월쯤에는 이미 두벌김까지 매어 무럭무럭 자란 벼가 벌써 푸른 구름바다처럼 물결치고 있었다. 한응인은 지팡이를 끌고 논둑으로 거닐며 아침저녁으로 달라지는 벼를 살피다가 온 얼굴에 희색을 띠고 돌아와서 여러 마을 농군들 앞에서 뽐내었다.

"우리 벼는 벌써 두벌 김매기를 끝내서 저렇게 부쩍부쩍 자라니 우리 벼를 당할 것이 이 들판에서 또 어데 있겠는고. 나는 아침저녁으로 나가 보고 이것으로 즐거움을 삼노라."

한 정승이 하도 뽐내니 마을 농군들이 그의 논에 나가 보았다. 아, 이 일을 어쩌나! 논에 무성하게 자란 것은 벼가 아니라 모두 돌피뿐이었다.

하인들이 모조리 서울서 나고 자라 일찍이 농사일은 구경도 못하였고 날마다 하는 일이라고는 비단에 싸여 거문고, 비파와 노래, 춤으로 향락에 도취하여 있는 양반들 시중드는 것뿐이었다. 그러다가 하루아침에 시골로 몰아넣어 아주 낯선 농사를 시키니 김이라고 매어 버린 것은 모두 벼 포기였고 가꾸는 것은 돌피뿐이었으나 이것을 보고도 온 집안은 어리석어 그런 줄을 모르고 마침내 세상 사람들의 웃음거리가 된 것이다. 매양 일이 잘못되면 '한 정승의 벼농사' 라고 하는 것은 여기에서 유래한 것이다.

말세에 사람 쓰는 것이 또한 이와 같았다.

## 남모르게 선을 베푼다

명종 을축년에 참혹한 사화가 일어났다. 그 사건에 체포되어 반역죄를 쓰게 된 자라면 부모 형제라 할지라도 감히 돌볼 수 없거든 하물며 남이야 누가 알은체나 하겠는가. 사람들이 모두 겁에 질린지라 숨을 못 쉬고 어깨가 들썩 올라가 흘금흘금 서로 바라보며 피하는 판이었다.

대간 이림李霖도 그 사화에 걸려 원통하게 죽었다. 얼고 주린 그 처자가 사는 형편은 이를 데가 없었다. 곁집에서라도 찾는 이가 있을 리 없었고 찾아갈 수도 없었다. 문전은 죽은 듯이 쓸쓸했다.

그런데 무슨 영문인지 이 궁액에 빠진 집 뜰에 절기마다 녹을 주는 날이 되면 반드시 녹미 닷 말과 김치 한 항아리가 밤중에 아무도 모르게 들어와 있었다. 보낸 사람이 누구인지 아무런 표적도 없으니 주인인들 누가 보낸 것인 줄 알 수 있으랴. 이렇게 해 온 지 이미 오래되었으되 변함이 없었다.

세월이 흐르고 일도 구명되었다. 그러나 주고받은 두 집에서는 아직도 서로 알지도 못하고 말하지도 않았다.

옛날 사람이 이른바 '남모르게 선한 일을 한다.' 고 한 것이 곧 이것이로구나. 이 일을 한 사람은 그 장래가 밝을지어다.

# 삼년상에 죽는 효자

삼년상까지 거친 반찬에 물을 마시라고 《예경》에 쓰여 있다. 우리 나라 상례가 모두 《예경》을 기준으로 하였으니 예부터 삼년 거상에 예를 지켜 죽을 마시며 건강을 해치고도 죽지 않은 자는 흔히 《삼강행실도三綱行實圖》의 '효자전'에 올랐다.

무릇 효자의 애통한 마음이 충심에서 우러나와 불같이 오장을 태우면 마치 큰 병을 앓는 사람같이 된다. 그리하여 여러 달 동안 식음을 전폐하고도 죽지 않는 것은 그 열의 힘으로 목숨이 붙어 있기 때문이다.

그런데 우리 나라는 바다와 육지가 함께 모인 곳이라 잘살고 못살고를 떠나 사람들이 물뭍 고기를 많이 먹는다. 서울은 더욱이 팔방의 물산이 모이는 데라 몸에 좋은 물건이 더욱 많아 백성들의 영양 섭취가 중국 사람에 미칠 바가 아니다. 보통 때 여러 가지 음식을 먹다가 하루아침에 상례를 좇아 '쌀 한 움큼'으로 입에 풀칠이나 하게 되면 삼 년까지 미치지도 못하여 탈상 못 한 채 죽는 자가 많았다.

《삼강행실도》를 쭉 훑어보면 우리 나라 사람으로 죽을 마시며 삼년상을 마친 자는 대개 시골에서 궁하게 지내던 선비가 많았고 서울 사람은 드물었다.

상국 홍섬은 모친의 나이 아흔이었을 때 기름진 것을 거의 먹지 않고 이렇게 말하곤 하였다.

"어머니께서 돌아가실 때가 가까웠는데 자식으로서 마땅히 거친 음식 먹는 습관을 가져야 한다."

그러더니 어머니가 돌아가시고 삼년상을 마치고는 오래지 않아 죽었다.

유극신은 유몽학의 아들이다. 거상 중에 삼 년 동안 죽을 마시면서 이렇게 말하였다.

"나는 남보다 기력이 세며 술과 음식에 상한 일이 없다. 내 이 건강한 몸으로도 상례대로 삼년상을 마칠 수 없으니 천하에 예를 지켜 거상한 자는 아마 없을 것이라."

그러더니 삼년상이 거의 끝나갈 무렵에 몸이 야위어 병이 든 그는 마침내 일어나지 못하였다.

우리 아버지는 돌제사 전까지는 채소와 과일을 드시지 않았으나 돌제사 뒤에는 몸이 너무 야위어서 비로소 채소를 드셨다.

사위 최현崔衒은 기질이 약한 사람으로 모친상을 당해 날마다 멀건 미음만 가지고 견디더니 석 달이 지나서 건강을 해쳐 다시 일어나지 못하였다.

어느 누가 효자가 아니겠는가. 허나 체질이 강하고 약함에 따라 사생이 결정되기까지 이르는 것이다.

상국 정광필鄭光弼은 일찍이 이런 말을 했다.

"우리 집에서는 효자를 원치 않는다."

사람들은 정광필의 말이 속되다고 허물을 삼았다. 아들 된 자로는 차마 듣기 어려운 바라 할지언정 부모 된 처지로는 무슨 괴이할 것이 있겠는가. 나는 사위가 그렇게 죽은 것을 보았기에 자식들을 위하여 이 글을 남기노라.

## 김계휘의 총명

황강黃岡 김계휘金繼輝는 고금에 드물게 총명했다. 독서할 때 열 줄을 함께 내려보며, 한 번 눈을 거친 것은 글자와 뜻을 모두 기억하였다.

호남 방백이 되었을 적에 통보와 소장訴狀이 수천 장이나 몰려들었다. 잘 읽는 아전 수십 명을 불러 그것을 읽히니 뭇 매미 울듯, 뭇 벌이 웅웅거리듯 하였다. 그들은 소장들을 한번에 수천 장을 다 읽고 덮어 놓았다. 읽기가 끝나자 김계휘는 다시 더 묻지도 않고 일일이 판결을 내렸다. 논리가 모두 맞아 하나도 틀리는 것이 없었다.

한 번 소송을 하였던 사람이면 그 사람을 낱낱이 기억하고 있어 만일 거듭 고소할 때에는 이름만 듣고도 곧 그 간사함을 적발하니 백성들이 크게 놀라 모두 귀신같은 사람이라 하였다.

일찍이 중국에 갈 적에 통주 길에서 어떤 사람을 만나 십구전사[1] 육백 권을 사서 한 번 훑어보고는 환하게 기억하였다. 그 책에서 아무

---

1) 십구전사十九全史는 중국의 역대 열아홉 나라의 역사를 나라별로 기록한 것.

것이나 뽑아 시험 삼아 물어보아도 하나도 틀리지 않고 응답하였다.

또 상인에게 시장의 좋은 책들을 모두 사겠다고 선언하였더니 책을 실은 뭇 사람들의 수레가 여관으로 연달아 들어왔다. 김계휘는 하룻밤에 그 책들을 다 읽고 나서 이튿날 상인들에게 돈이 떨어져 살 수 없다고 하며 돌려보냈다. 이렇게 시장의 모든 책을 단 열흘에 다 읽고 나서 사람들과 그 책들의 내용을 세세히 토론하였다.

## 유성룡의 군사 훈련

서애西厓 유성룡柳成龍이 도체찰사가 되어 각 고을에 통첩을 보낼 일이 있었다. 문서가 이미 작성되어 역리에게 각 고을에 급히 전달할 것을 지시하였다. 그런데 사흘이 지난 뒤 그 문서의 내용을 꼭 고쳐야 해서 문서를 다시 거두어들이라 하였더니, 역리가 문서를 입때껏 그냥 가지고 있다가 내놓았다.

체찰사는 게으름을 추궁하고 죄를 주려 하였다.

"너는 어째서 공문을 받은 지 사흘이 되도록 아직도 각 고을에 전달치 않았느냐?"

역리가 말하였다.

"최근에 '삼 일 공사'라는 속담이 유행하고 있습니다. 소인은 사흘 뒤에 반드시 고치게 될 줄 알고 문서를 지금까지 가지고 있었습니다."

이 말을 듣고 다시 생각한 체찰사가 말하였다.

"옳다, 이 말이 오늘 일을 깨우쳐 주는구나. 과연 내 잘못이다."

그러고는 역리를 용서하고 글을 고쳐 보냈다.

당시 왜군이 아직 고을 안에 있었고 팔도가 날마다 군사 훈련을 명령하고 있었는데, 유성룡은 정승으로 훈련도감의 일을 겸임하고 있었다.

소년 대포 사수들의 훈련을 진행할 적이었다. 어떤 무관이 훈련도감에 와서 말하였다.

"무명천 백 필만 주시면 준마 백 필을 사 오겠나이다."

유성룡은 괴이하여 까닭을 물었더니 무관은 이렇게 대답했다.

"무명 한 필이면 갓 난 망아지 한 필을 살 수 있습니다. 삼사 년만 잘 기르면 소년 군대가 성장한 후에 쓰게 될 것입니다."

이 말을 들은 유성룡은 낯빛이 좋지 않았다. 우리 땅 안에서 왜적과 맞서고 있는 당시 정세에서 소년을 가르쳐 창검 쓰는 기술을 익히게 한다는 것은 아이들 장난이라 하여 속으로 비웃는 자들이 많았기 때문이었다.

그 뒤 지금까지 수십 년간 무과 인재를 선발하는 과거 제도를 확장하고 무예를 장려한 보람으로 근래에 중국을 도와 북방 오랑캐를 칠 적에 우리 군대가 모두 화포에 능숙하여 오랑캐 병사가 우리를 두려워하고 중국이 우리 도움을 받았으니 월나라 왕 구천의 태교[1]의 법은 실로 병가의 법칙으로 될 만한 것이다.

일찍이 선조의 행차가 영유에 머물렀을 적에 과거를 배풀고 무관 이백 명을 선출하였다. 그때 조총 사용법이 시험 과목에 들어 있었는데, 응시자들이 총을 잡고도 사용법을 알지 못하였다. 그래서 군

1) 월나라 왕 구천의 태교〔越王句踐胎教〕란 옛날 중국의 전국시대에 오나라에 진 월나라 왕 구천이 복수전을 하려고 십 년간 군사를 기른 사실을 말한다.

인을 시켜 점화구에 불을 댔더니 문득 포성이 일어났다. 총을 잡고 있던 응시자 가운데 놀라 총을 떨어뜨린 자도 있었다. 당시 감시관이었던 사헌부 지평 김 아무개가 이것을 보고 비웃으며 말하였다.

"중대한 나라 시험에 어찌 군인을 시켜 총에 불을 질러 인재를 뽑는단 말인가?"

대장 이일李溢은 시관으로 이런 말을 했다.

"오늘 나라가 조총으로 인재를 선발하는 것이 가장 시기적절한 것이다. 이것을 계기로 십 년 안에 나라의 위세를 이루게 되리라."

지금 우리 나라가 군사 정책은 시야 밖에 두고 있으나 조총 기술은 쏘아서 헛손질이 없으니 이 대장의 말이 실증되었다고 하리로다.

## 박응남의 공정함

나중에 우의정까지 된 정지연鄭芝衍이 나이 마흔다섯에 과거에 올랐다. 그의 벗 박응남朴應男은 이미 대사헌이 되었는데, 과거에 급제했다는 소식을 듣고 정지연을 찾아갔다. 초헌을 탄 재상이 일부러 축하를 왔다 하여 정지연 집 사람들은 기뻐하며 창틈으로 엿보았다. 박응남은 인사도 아니하고 아무 축하의 말도 없이 다만 책상 위에 놓인 책 한 권을 들고 책 가운데 있는 몇 개의 어구들을 가지고 정지연과 더불어 한참 동안 논쟁 끝에 돌연히 말을 건네었다.

"자네가 지금 급제하였는데, 나라를 위해 목숨 바칠 수 있겠나?"

정지연이 말하였다.

"재주 없이 늘그막에 나온 사람이 나라에 무슨 도움이 되겠는가?"

박응남은 눈을 바로 뜨고 정지연을 보면서 엄숙한 태도로 다시 말하는 것이었다.

"그게 무슨 소린가? 조정이 선비를 뽑을 때 그 뜻이 어데 있는지를 자네는 명심해야 하네. 자네가 나라를 위해 죽기를 각오하지 않는다면 목숨 바쳐 나랏일을 할 사람이 누구란 말인가? 생각해야 하네."

그는 다른 말은 없이 다만 이 말을 하고는 가 버렸다.

박응남은 또 신진 정탁鄭琢이 쓸 만한 인재라는 말을 듣고 추천하여 한림을 삼았다. 다른 날 어떤 벗의 집에서 정탁을 만났더니, 정탁은 박응남에게 은근히 치사를 하였다. 그러나 박응남은 한마디도 응하지 않고 서로 모르는 사람같이 하여 정탁은 매우 섭섭하였다. 이렇게 범연한 듯해도 많은 사람을 주선해 준 것이 박응남이었다.

박응남은 항상 독서하기를 좋아하였는데 벽에 큰 글자로 이렇게 써 두었다.

"십 년을 독서하지 않을지언정 간사한 자와는 하루도 가까이하지 말 것이다."

박응남은 평범한 사람이 아니었다. 때로는 성미도 부리고 결도 내어 사람들이 모두 그를 꺼리고 심하다고도 하였다. 그러나 일하는 것이 옛날 훌륭한 사람과 비슷한 것이 많았으니 또한 예사로운 사람이 아니었다.

## 절약과 이재에 밝은 윤현

윤현尹鉉은 특히 재물을 잘 관리하였다. 못쓰게 된 해진 돗자리와 그 바닥을 받쳤던 천과 돗자리에 선을 둘렀던 푸른 베 조각 등 폐물들을 모조리 주워 모아 창고에 간직하는 윤현을 보고 여러 사람들은 모두 그를 손가락질하며 웃었다.

그 뒤 해진 돗자리는 조지서[1]에 보내어 갈아서 종이를 만들게 하였더니 종이 품질이 가장 좋았고, 선 둘렀던 푸른 베 조각은 예조에 보내어 옷 단추[2]를 만들게 했다. 이렇게 한 토막 폐물도 버리지 않고 모두 알맞게 썼다.

태창에 묵고 변질된 나머지 쌀에는 쥐똥이 절반이나 되었다. 윤현은 이것을 모아 두었다가 관사[3]를 도배할 때 풀을 쑤어 쓰게 하였더니 쥐똥이 섞여 더욱 잘 붙었다. 쥐똥에는 찰기가 있기 때문이다.

윤현은 자기 살림살이에도 치밀하였다.

---

1) 조지서造紙署는 종이를 만드는 기관.
2) 옛날에는 주로 천을 가늘게 접어서 단추를 맺었다.
3) 관사館舍는 외국 사신의 숙소.

집 앞에 밭 삼십 이랑이 있었는데 채소는 심지 않고 모두 피를 심었다. 여러 사람들이 모두 괴이하게 여겼다. 윤현은 이것을 마졸에게 하루 한 이랑씩 차례로 베어 말꼴로 하라고 일러 주었다. 삼십 이랑은 한 달 쓸 말꼴로 되었다. 피는 쉽게 자라는 것이므로 다음 달에 가서는 먼저 베어 낸 데가 벌써 몇 척으로 자라났다. 마졸들은 멀리 나가지 않고 집 앞에서 깨끗한 말꼴로 넉넉하게 뒤를 댔다.

## 곽지원과 홍순언의 의협심

곽지원郭之元과 홍순언洪純彦은 역관 중에서 뛰어난 사람이다. 다 중국 말을 잘하여 여러 번 중국에 들어갔다.

한번은 곽지원이, 길가에서 어떤 사람이 빚에 몰려 살림을 모두 넘겨주고 여러 식구들이 떠돌며 빌어먹게 되어 울고 있는 것을 보았다. 곽지원은 서슴없이 자기 주머니를 뒤져 백은 삼백 냥을 주고도 이름도 묻지 않고 가 버렸다. 이러한 기풍은 중국 사람의 존경을 받아 그의 이름을 부르지 않고 '곽 영공'이라 하며 그가 지나는 길에서는 음식을 차려 놓고 맞이하였다.

홍순언은 나와 한마을 사람이다. 인품이 호걸스럽고 용모도 점잖았다. 그가 중국에 갔을 적에 아는 사람을 만났는데 불행히도 집안이 망해 처자를 팔 참이었다. 이를 본 홍순언은 그 자리에서 오백 냥 백은을 주어 처자와 세간을 도로 찾게 하였다. 이부터 이름이 중국에 널리 퍼져 가는 곳마다 '홍 노야'라고 존대하였다.

내가 일찍이 세 번 중국에 들어가서 역관들의 실태를 다 알았는데 그들은 머나먼 남의 땅에 나가 나라를 위하여 또는 공명을 위하여 일하는 것이 아니라 다만 물자 교역의 이익만을 좇았다. 두 사람은 그와 달리 자기 일을 하는 데 충실하고 보통 사람으로는 하지 못할 의협한 일을 하여 멀리 남의 나라에 이름을 떨치게 되었으니 어찌 역관 중의 걸출이라고만 하랴.

# 정인지의 지조

하동 부원군 정인지는 어려서 아버지를 여의고 홀어머니 밑에서 가난하게 지내 왔는데, 품성도 단정하고 글재주도 뛰어나 일찍이 학문을 깨달았으며 얼굴은 옥같이 맑았다. 소년 때 학업에 열중한 그는 항상 바깥사랑에서 혼자 지내면서 밤이 깊도록 글을 읽었다.

담 하나를 사이에 둔 곁집에는 꽃다운 나이의 처녀가 있었는데, 얼굴과 자태가 유달리 아름답고 문벌도 좋고 살림도 넉넉한 집 딸이었다. 밤마다 밖에서 들려오는 이웃 총각의 글 읽는 소리를 들은 그 처녀는 마음이 부질없이 끌려 마침내 담을 뚫고 엿보았다. 잘생긴 소년이 낭랑히 글을 읽고 있었다. 처녀는 날이 갈수록 소년을 사모하였다. 마침내 처녀는 담을 넘어 정인지 앞에 나타났다. 흥분한 처녀는 자기 애정을 받아 달라고 하였다. 정인지가 정색하고 처녀의 청을 거절하자 처녀는 최후를 각오하였다. 정인지는 이에 거절할 수 없음을 알고 좋은 말로 타일렀다.

"그대는 양반집 딸이요, 나는 아직 혼인하지 않은 청년이요. 우리는 집이 가난하고 어머니는 과부이니 여기저기 중매를 내놓아도 응하는 자가 없으며 설사 혼처가 있다 해도 그대와 같이 아름다운 여자를 구하기는 어려울 것입니다. 내가 만약 어머니께 고하여 그대와 혼인하기를 의논하면 어머니께서는 기뻐 허락하실 것이니 이렇게 정당한 절차를 밟아 백 년의 즐거운 인연을 맺는 것이 옳지 않겠습니까? 지금 한때의 감정을 이기지 못하여 도리에 벗어난 일을 한다면, 그대는 행실 그른 여자가 될 것이고 나 역시 떳떳지 못한 사람이 될 것이며, 또 만일에 일이 잘못되어 다른 곳에 시집이라도 가게 된다면 평생의 한이 될 것이니 다음날을 기다려 어머니께 고하고 두 집이 정식으로 혼사를 맺는 것만 못합니다."

이 말을 들은 처녀는 기뻐하며 돌아갔다. 이튿날 정인지는 어머니께 고하여 다른 곳으로 옮기고 사이를 끊어 버렸다.

## 이율곡과 유성룡

율곡 선생이 병조 판서로 있을 때 북쪽 변방에 여진족 니탕개尼湯介의 난이 있었다. 서울에서 군사를 출동시켜 평정한 뒤 경연[1]에서 선생은 왕에게 제의하였다.

"예부터 나라에 한번 병란이 일어나면 계속 일어나기 쉬웠사옵니다. 지금 우리 나라가 백 년간이나 태평세월을 누려 백성들이 전쟁을 모르다가 처음으로 군사 행동이 있었사오니 앞날의 위급을 또한 미리 고려해야 하옵니다. 청컨대 팔도의 정병 십만을 미리 뽑아 뜻밖에 생기는 변을 대비해야 할 줄로 아뢰옵니다."

그러나 이때의 좌우 신하들은 그 말에 찬동은커녕 어떤 사람은 심지어 선생을 비겁하다 하며 변변치 않은 적을 보고 십만 군대를 준비코저 하느냐고 반박까지 하였다.

그 뒤 임진년에 큰 난리가 있어 칠팔 년 동안 전쟁이 계속되니 그제야 유성룡은 탄식하며 말하였다.

1) 왕의 학문 연구를 돕기 위하여 임금 앞에서 경전을 토론하던 자리.

"후세에 나는 소인이란 이름을 면할 수 없겠구나. 평시에 율곡의 양병 십만의 청을 나는 바르지 않다고 하였더니 오늘에 와서 크게 후회한들 무엇 하리. 율곡은 과연 성인이었구나. 생각할수록 부끄러워 죽겠다. 안타깝다! 당시 나도 또한 경연에 같이 앉아 그의 말에 찬동치 않았으니……."

## 담이 큰 소년 홍섬

홍언필洪彦弼이 그의 아버지 묘에서 시묘를 하고 있었을 때, 아직 열 살도 못 되는 아들 홍섬이 따라와 있었다. 어느 여름날 날씨는 덥고 해서 홍언필이 나무 그늘 밑에서 낮잠을 한숨 자고 깨서 눈을 뜨려니까 어린 섬도 옷을 벗고 곁에서 낮잠을 자고 있었다. 그런데 갑자기 큰 뱀 한 마리가 혀를 나불거리면서 벌거숭이 알몸으로 자고 있는 섬의 배 위로 기어오르는 것이었다. 갑작스러운 일이라 홍언필은 어찌할 바를 모르고 겁에 질린 눈으로 그대로 보고 있는 수밖에 없었다.

섬은 몸이 선뜻해서인지 잠에서 깨었다. 그러나 섬은 몸을 꼼짝하지 않고 배 위를 타고 넘어가는 뱀을 태연히 눈을 내려뜨고 바라보고 있더니 뱀이 다 지나간 뒤에야 천연덕스럽게 일어나 앉는 것이었다. 그제야 겨우 숨을 내쉰 홍언필은 아들의 너무도 담차고 의젓한 행동에 속으로 적잖이 감탄하여 물었다.

"섬아, 너 뱀이 무섭지 않던? 벌거숭이 배 위에 뱀이 지나가는데 그렇게 천연스럽게 보고 있었느냐?"

"그것을 보고 놀라서 몸이라도 움칫했다간 야단이 아니겠어요? 고놈이 저를 사람이라고 생각지 않고 나무나 돌로 알고 넘어가는 판이니 저도 나무나 돌인 척 움직이지 않으면 뱀도 의심 없이 저 갈 데로 갈 것 아니겠어요, 아버지."

홍언필은 섬이 보통 아이가 아니며 앞으로 크게 성공할 줄 짐작하였다. 섬은 과연 나중에 영의정이 되었다.

## 황수신의 용단

황수신黃守身은 정승 황희의 아들이다. 젊었을 때 사랑하는 기생이 있었는데, 정이 매우 깊이 들었다. 그것을 안 아버지 황희가 일찍이 아들을 엄히 나무란 일이 있었다. 그러나 살뜰한 애정을 하루아침에 베어 버리기는 쉽지 않아 황수신은 잘못인 줄 알면서도 여전히 기생집에 발을 끊지 못하였다.

하루는 황수신이 보통날과 같이 밖에서 집으로 돌아오던 때였다. 아버지가 의관을 차리고 아들 수신을 맞아들이는 양이 마치 귀한 손님을 영접하는 것과 같았다. 웬일인지 모르는 황수신은 너무도 놀랍고 송구하여 땅에 엎디어 까닭을 물었더니 아비지가 말하였다.

"내가 아들로 너를 대하였더니 너는 듣지 않는구나. 이는 나를 아비로 여기지 않음이니 지금 나는 손님에 대한 예로써 너를 맞이할 수밖에 없지 않느냐."

황수신은 머리를 다시금 땅에 조아리면서 사죄하였다. 그 뒤부터는 기생에게 소식을 끊었다.

어느 날은 황수신이 술에 크게 취하여 정신없이 말을 타기는 했으나 그 뒤 일은 전혀 몰랐다. 밤중에 술이 좀 깨어 눈을 떠 보았다. 촛불 아래 자기 곁에서 방긋이 웃음을 띠고 갖은 교태를 보이는 미인은 지난날 정들었던 그 기생이었다. 황수신은 놀라 물었다.

"너는 어찌하여 여기 왔느냐?"

이렇게 말한 황수신은 아직도 정신이 몽롱하여 자기 집에 누운 줄로 안 것이었다. 기생은 상글상글 웃으면서 대답하였다.

"제 집을 버리고 어디를 가 있겠어요?"

그는 비로소 정신을 차려 살펴보았다. 그제야 자기 몸이 기생집에 누워 있음을 깨달았다.

"아무리 취중일지라도 기생집에 오자고 하지는 않았을 텐데, 이는 필시 하인 놈의 짓이리라."

이렇게 생각한 황수신은 크게 노하여 하인을 꾸짖으며 죽이려 하였다. 하인이 말하였다.

"어제 돌아오실 적에 말 머리가 이 집을 향하옵기에 소인 생각에는 아마 대인께옵서 고삐를 돌리셨나 보다 하였사옵고 다른 뜻은 없었나이다."

이는 지난날 이 기생집에 자주 다닐 적에 이 집에서 말을 알뜰히 먹여 주었고 또 그 길에 익은지라 말이 스스로 이 집에 온 것이요 하인의 잘못이 아니었다. 이것을 깨달은 황수신은 마침내 칼을 빼어 말 머리를 베었다.

## 김종서의 육진 개척

절재節齋 김종서金宗瑞가 육진[1]을 개척할 적에 국방을 위한 중대 사업이라 부역이 많으니 백성들의 원망도 많았다.

북방 백성들의 성품은 원래 급하고 사나워서 원망도 하기 쉽고 돌발 사태도 일으키기 쉽다. 그러나 김종서는 나라를 위하여 죽음을 무릅쓰고 몸으로 이 일을 맡았다. 그가 밤에도 불을 돋우고 앉아 사업을 생각하고 있을 때 화살이 날아와서 벽을 뚫었다. 그러나 그는 얼굴빛도 변치 않고 불굴의 정신을 지켰다. 끼니마다 음식에는 벌레 독을 섞어 들였다. 이것을 알게 된 그는 먼저 도수 높은 소주 서너 되를 마시고 나서 식사를 하였더니 벌레 독도 그를 해치지 못하였다.

육진이 이룩되고 국경이 안정되자 백성들이 비로소 그의 공을 알게 되고 그의 성과를 누렸다.

---

1) 육진六鎭은 여진족이 쳐들어오는 것을 대비하기 위해 두만강 아래 설치한 회령, 부령, 경흥, 경원, 종성, 온성 여섯 고을의 요새.

## 죽어서도 썩지 못한 김응하 장군

김응하金應河 장군의 자는 경희景羲였다.

김응하 장군은 선조 을사년에 무관 시험에 합격하여 선전관을 지내고 단번에 경원 판관으로 승진하였다. 육진을 관할할 사명을 받고 떠날 적에 부인과 가족을 데리고 갈 수 없어 홀몸으로 부임하게 되었다. 그때 어떤 자가 그에게 은근히 권유하였다.

"귀한 가문의 여자 중에서 나이도 젊고 자색도 고운 사람을 골라 첩을 삼는 것이 어떠하오니까? 그러하면 앞으로 출세에도 도움이 될 것입니다."

그러나 김응하 장군은 전혀 마음을 두지 않았다.

"내가 집이 가난하니 귀한 집 여자를 첩으로 삼는 것이 쉬운 일도 아니거니와 만약 귀한 집 여자를 첩으로 데려다가 그 지체에 얽혀 안해와 같이 우대하면 이는 명분을 문란케 함이요, 첩으로 천대하면 그가 불만을 품을 것이 아니겠소. 무릇 사람의 생활이 베나 비단과 같소이다. 베와 비단은 모두 규격이 있나니 사람도 저마다 지위와 행동의 한계가 있어야 할 것이오. 또 귀한 집 딸을 첩으로 맞아들이고 그것을 인연으로 하여 자기가 귀해지기를 바라는 것은 장부의 아름다운 일이 아니오."

이와 같이 정중한 말로 거절하였다.

정사년에 김응하 장군이 열병에 걸려 곧 죽을 참이었다. 그의 벗이 냉약을 가지고 와서 혼수상태에 빠진 김응하 장군을 크게 불러 마지막 말로 이렇게 격려하였다.

"그대 일찍이 국사를 위하여 값있게 죽을 것이라고 자부하였거늘 지금 병마에 걸려 적막하게 방 안에 누워 죽으면 그대의 뜻을 알 사람이 누구이며 그대는 한이 없겠는가."

정신을 잃고 절망 상태에 빠져 있던 김응하 장군은 과연 이 말에 마음이 크게 움직여 눈을 번쩍 뜨고 그 약 세 사발을 들이마시고는 다시 살아났다.

무오년에 병조 판서 박승종朴承宗이 친상을 당하였는데, 박승종과 인척 관계가 있었기 때문에 김응하 장군도 고향에 가서 장례에 참례하였다. 조정에서는 특히 환관을 보내어 장례를 보살피게 하였다. 어떤 사람이 김응하 장군에게 은근히 권하였다.

"특사로 오신 환관이 궐내에 들어가 그대를 칭찬하도록 접대를 잘 하십시오."

김응하 장군이 대답하였다.

"바라는 바 있어 내시를 일부러 환대한다면 사대부의 떳떳한 일이 아닙니다. 그런 일을 한다면 어찌 부끄럽지 않겠소."

그의 엄정한 기풍에 좌중이 모두 감복하였다.

그해 가을에 노아합적이 중국 명나라 건주를 침범할 때 명나라 조정에서 우리 나라에 구원병을 청하였다. 우리 나라에서는 이에 응하여 강홍립姜弘立을 도원수로, 김경서[1]를 부원수로 하여 구원병을 보내었는데, 당시 김응하 장군은 선천 군수의 직첩을 받은 채 조방장으로 구원군에 동원되었다.

그리하여 기미년 이월 출발할 때 김응하 장군은 군관 오헌吳憲에게 말하였다.

"어젯밤 꿈에 내 머리가 적에게 찍혔는데, 내 장차 헛되이 죽지는 않겠소!"

이렇게 자기 결의를 보이고는 활 두 장과 화살 백 개를 갖고 힘차게 떠났다.

그해 삼월 삼일에 명나라 군대 삼만 명이 적의 근거지인 심하 마을에 이르러 전군이 패하였고 우리 나라 군대도 좌우영이 또한 계속 졌다.

그러나 김응하 장군은 영웅적 기개를 조금도 떨어뜨리지 않고 부하들의 사기를 높이고 격려하면서 의연히 싸움을 계속하고 있었다. 멀리 강홍립의 진벽 위에서 이것을 바라본 중국 군대의 지휘관인 유격 교일기喬一琦는 찬탄하기 마지않았다.

"평지에서 보병으로 기병에 저항하는 것이 저와 같으니 귀국 병사는 과연 용감무쌍하도다."

그런데 문득 큰 바람이 일어나며 우리 군대 총의 화약을 날려 버리니 총을 놓을 수 없었다. 적병이 이때를 타서 우리 군대를 크게 격파하였다.

김응하 장군은 돌이킬 수 없는 사태에 맞닥뜨렸으나 그의 장렬한

1) 김경서金景瑞는 김응서金應瑞라고도 한다.

기개는 더 한층 높아졌다. 김응하 장군은 급히 말에서 뛰어내려 홀로 가까이 서 있는 버드나무 아래로 가서 등을 의지하고 적병을 노리고 섰다.

"마지막 순간까지 적을 한 놈이라도 더 무찌르기 위하여 이 버드나무를 이용하자."

이리하여 김응하 장군의 팔뚝에서는 활줄이 쉴 사이 없이 울었다. 활 소리가 울 적마다 적은 반드시 명중되어 쓰러졌다. 적의 화살은 김응하 장군의 한 몸에 총집중되고 있었건만 김응하 장군은 조금도 흔들리지 않았다.

그러나 김응하 장군의 백발백중의 활도 화살이 다 떨어졌다. 오직 남은 것은 장검뿐이었다. 그는 온몸의 힘을 한 자루 장검에 붙여 이리 번쩍 저리 번쩍 질풍같이 두르고 찌르고 하여 적을 무수히 베었다. 그러던 차에 이번에는 칼자루가 부러졌다. 주위의 아군은 전멸된 지 오래였고, 적병의 포위는 빠르게 압축되고 있었다. 김응하 장군은 세 번 칼을 바꾸면서 앞에 다가 들어오는 적을 무찌르고 있는 순간 뒤에서 틈을 엿보던 적의 창이 김응하 장군의 등을 찔렀다. 아, 희세의 영웅 김응하 장군은 칼을 손에 굳게 쥔 채 두 눈을 부릅뜨고 땅에 쓰러졌다. 적병들은 서로 혀를 두르며 말하였다.

"이 장군의 비길 데 없는 기개로 보아 조선군에 이런 용사가 몇 명 더 있었다면 우리는 대처할 수 없었을 것이다."

오랜 시일이 지난 뒤 적병들은 또 이렇게 말하였다.

"명나라 군사와 조선군 전사자들을 많이 보았지만 이미 오래되어 시체가 모두 썩었는데 오직 버드나무 아래 한 시체만은 얼굴빛이 살아 있는 것 같고 오른손에 칼 쥔 것을 펼 수 없었다."

이는 곧 김응하 장군의 시체를 말한 것이다.

그런데 이에 앞서 김응하 장군이 전사하기 전 일이다. 도원수 강홍립은 일찍이 통역 하세국河世國을 통하여 적병에게 항복을 교섭하였다. 적병은 통역을 불러 싸움을 그치게 하고 강홍립의 항복을 받아들였다. 김응하 장군은 이것을 알고 더욱 노하여 적병을 공격하기에 힘썼다.

조정에서는 그의 절의를 가상히 여겨 병조 판서를 추증하고 사당을, 명나라를 오가는 한길 가에 세웠다.

김응하 장군의 장렬한 충성은 처음부터 큰 적병을 능히 제압하였다. 적과 아군의 수가 그처럼 큰 차가 있었으나 침착하게 진을 벌이고 기를 날려 전투를 고무하였으니 이는 첫째 놀라운 일이요, 적이 와서 통역을 불러 강화의 뜻을 보였으되 이를 일축하고 최후까지 혈전하였으니 이는 둘째 놀라운 일이요, 말에서 내려 나무에 의지하여 수천수만의 적들에게 홀몸으로 힘을 다하여 싸우면서 끝내 투항하지 않았으니 이는 셋째 놀라운 일이요, 손에 들었던 칼을 죽었어도 오히려 놓지 않고 다시 일어나 적을 섬멸코저 하는 기개를 지니고 있었으니 이는 넷째 놀라운 일이요, 봄날이 따뜻하였는데도 시체가 썩지 않고 노기가 등등하여 살아 있는 사람 같았으니 이는 다섯째 놀라운 일이었다.

영상 박승종은 김응하 장군의 전을 지어 그를 표창하였다.

## 사명당의 행적

유정惟政 사명당은 우리 나라 승려 중의 호걸이다. 호를 송운松雲이라 하였고, 서산대사 휴정休靜의 제자였다. 그는 오대산 월정사에 있다가 선조 임진년에는 금강산 유점사에 와 있었다.

당시 우리 나라를 쳐들어온 왜병의 대부대가 유점사에도 몰려 들어오므로 유정은 함께 살던 중들을 데리고 잠깐 깊은 골짜기로 피난하였다. 그런데 왜군의 행동을 살펴보고 온 중이 말하기를, 왜병이 유점사에 들어와서 여남은 명의 중들을 묶어 놓고 금은보화를 내놓지 않으면 죽이겠다고 하면서 욕을 보이고 있다는 것이었다.

이 말을 듣자 유정은 곧 가서 중들을 구출해야겠다고 일어섰다. 그러자 같이 있던 중들이 모두 붙잡고 말렸다.

"스님께서 다른 스님들을 죽음에서 구출코저 하심은 진실로 크신 자비심이오나 범의 수염을 건드리며 범의 아가리를 더듬는 것은 이롭지 않을 뿐 아니라 도리어 화를 입게 될 것이오니 가시지 마소서."

유정은 듣지 않고 유점사로 향하였다. 그는 당당한 태도로 삼대같이 널려 있는 왜군 무리 속으로 들어갔다. 왜병은 괴이하게 여겼을 뿐 제지하는 자도 없었다. 절 문에 이르니 여러 왜병들이 혹은 앉았고 혹은 누웠으며 창검들을 엇걸어 놓았다. 유정은 그들을 아랑곳도 하지 않고 걸음도 멈추지 않고 지팡이를 끌며 활개를 치면서 들어갔다. 왜병은 익히 보면서도 막지 않았다. 산영루를 지나 법당 아래 이르렀더니 좌우 행랑 아래 묶여 있던 중들이 유정을 보고 울었다. 유정은 이를 돌아보지 않았다. 왜병은 선당禪堂 밖에서 군사 목록 같은 것을 정리하고 있었다. 이것을 보고 서 있는 유정을 왜병은 막지도 않았다. 글자를 보아도 알 수가 없었다. 유정이 바로 법당에 올라갔더니 여러 왜장들이 의자에 죽 늘어앉았다. 유정은 손을 늘어뜨린 채 인사도 하지 않고 어정거리는 것이 마치 정신없는 사람 같기도 하였다.

왜장 하나가 글자를 써서 물었다.

"너는 글자를 아는가?"

유정이 답하였다.

"대강 안다."

왜장은 또 물었다.

"너희 나라에서도 칠조七祖를 위하는가?"

"육조[1]는 있지만 칠조란 것이 어데 있단 말인가?"

"한번 들려주기를 원하노라."

이렇게 말이 진행되어 유정은 육조에 관해 간단한 설명을 써 주었

1) 육조六祖는 불교의 한 종파인 선종의 전통을 전승한 달마, 혜가, 승찬, 도신, 홍인, 혜능 여섯 사람을 말한다.

더니 왜장은 신통하게 생각하는 모양이었으나 다시 금은보화를 요구하였다.

"이 절에 있는 금은보화를 있는 대로 다 내놓아라. 그렇지 않으면 너를 죽이겠다."

"우리 나라에서는 금이나 은을 보물로 치지 않으며 다만 쌀과 피륙을 쓸 뿐이다. 금과 은은 온 나라에서도 매우 드문 것인데 어찌 절에 있겠는가. 중은 다만 불공이나 일삼으며 나물이나 캐어 먹고 풀로 몸을 꾸리는 형편이라 어떤 때는 쌀이 떨어져 솔잎도 먹으며 더러는 마을에 가서 빌어먹으며 연명해 가나니 어찌 금은을 쌓아 두었겠는가? 또 장군은 능히 불가의 육조 있는 줄을 알고 있으니, 불법에서는 오로지 생명을 죽이지 않는 자비심으로 기본을 삼는다는 것을 알 것이다. 지금 죄 없는 중을 행랑 아래 묶어 두고 보물을 내놓으라고 다짐하는 것은 무슨 일인가? 지팡이 하나로 천산을 넘나들며 민간에 밥을 빌어 조석을 이어가는 자가 비록 살을 베어 내고 뼈를 바순다기로 어찌 한 가지 보물인들 내놓을 것이 있겠는가? 원컨대 장군은 중들을 살리라."

유정은 정중한 태도로 글을 써 보였다. 여러 왜장들은 글을 돌려보며 하졸에게 무어라고 일렀다. 하졸은 곧 행랑 아래로 가더니 여남은 명 중을 다 풀어 주었다.

이를 본 유정은 또 활개를 치며 휘적휘적 지팡이를 끌고 나갔다.

유정이 다녀간 후 왜장은 큰 판에 큰 글자로,

"이 절에는 도승이 있으니, 여러 병사들이여, 다시는 들어오지 말지어다."

하고 써서 문에 내걸어 놓고 곧 군대를 철수하였다. 이리하여 왜병이 다시는 유점사에 들어오지 않았다.

조정에서는 유정을 승려 군대의 대장을 삼아 팔도 승군을 거느리게 하였다. 이리하여 유정은 왜 진에 출입하여 유세를 많이 하였다.

일찍이 적진에 들어가서 왜장과 회담할 때 가등청정(加藤淸正, 가토 기요마사)은 갑자기 이런 말을 물었다.

"너희 나라에서는 어떤 보물이 제일 귀중한가?"

"우리 나라에서는 보물로 여기는 것이 별로 없고 지금은 청정 네 머리를 가장 보물로 친다."

유정이 능청스럽게 대답하였더니, 가등청정은 억지로 웃었으나 실은 마음이 섬뜩하였다.

전란이 평정된 후 유정은 왕명을 받들고 일본에 들어갔다. 귀국할 때 덕천가강(德川家康, 도쿠가와 이에야스)이 설면자[2] 이만 근을 주었다. 사양하지 못하여 대마 도주 귤지정橘智正에게 모두 주고 돌아왔다.

조정에서 종묘와 대궐을 중수할 적에는 유정이 온 나라의 승려를 모아 공사를 도왔다.

내가 묘향산 보현사에서 그를 만났을 때에는 머리는 밀었으나 수염은 그대로 두어 수염이 허리까지 내려왔다. 당시 가선대부로 되어 있었다.

나중에 치악산에서 죽었는데, 일흔이 못 되었다. 유정은 문집을 남겼다.

---

2) 설면자雪綿子는 풀솜을 이른다.

## 신말주의 용력

신말주申末舟는 신숙주申叔舟의 아우인데 우리 아버지에게는 외할아버지였다. 그는 과거하고 이름난 벼슬을 두루 지내다가 신숙주가 혜장 대왕(세조)을 도와 첫째가는 공신으로 되자 벼슬에서 스스로 물러나 고향인 순창에 돌아와서 자기 처소를 귀래정歸來亭이라 이름하고 거기서 여생을 보내었다.

젊을 적에는 날래고 용맹하기가 세상에 짝할 이 없었다. 아홉 척이나 되는 긴 병풍을 자기 몸 둘레로 바싹 둘러쳐서 겨우 몸 하나 용납될 정도로 해 놓고 몸을 솟구쳐 그 병풍을 뛰어넘었다. 그의 종 사작이란 사람도 용력이 있어 병풍 밖에서 병풍 안으로 뛰어들었다. 보는 사람마다 경탄하지 않는 이가 없었다. 당시 용맹으로 이름난 자들이 아무도 이 장난을 못 하였다.

신말주의 현손 신응담申應澹의 용맹 또한 대적할 사람이 없었다. 그는 키가 팔 척인데 머리에 한 자가 넘는 높은 관을 쓰고 서서 그 관 위로 한 자가 넘는 높이로 장목을 가로로 설치해 놓은 뒤 그 앞에 꼼짝 않고 서서 한 번 몸을 솟구쳐 그 나무를 뛰어넘었다. 세상에서 용맹을 날리는 자들이 모두 그를 따르지 못하였다.

신응담이 젊었을 때 모화관에서 기우제를 지낸 적이 있다. 그때 장안의 무녀들 중에서 젊은 무당들만을 뽑아 화려하게 차려입히고 무대를 높이 매고 색색 비단으로 꾸미고 줄을 나누어 곧 행사가 시작하게 되었다. 장안의 숱한 사람들이 구경하러 나왔다. 이때 날래고 용맹하고 젊고 호협한 자 수십 명이 창기 여럿을 불러 놓고 못가에서 놀이를 하고 있다가 신응담의 소문을 듣고 맞아들였다. 높은 상에 진수성찬을 차려 내고 큰 잔으로 술을 권한 뒤 각각 뛰기 재주를 시험하기로 하였다. 석옹[1] 둘을 뛰어넘은 자도 있었는데 그 거리가 수십 척이었다. 어떤 자는 소 세 마리 또는 다섯 마리를 뛰어넘었는데 날래고 가볍기가 나는 것 같았다.

이제는 신응담에게 청하였다.

"그대는 소 몇 마리나 뛰어넘을 수 있겠소?"

"여덟 마리야 뛰어넘지!"

이리하여 소 여덟 마리를 가지런히 세워 놓았다. 신응담은 몸을 한 번 솟구쳐 일곱 마리를 지나 여덟째 가서는 등을 차고 나갔다. 소는 등골뼈가 부러져 땅에 쓰러졌다. 이를 보고 눈이 둥그레진 젊은 협객들은 벌여 서더니 신응담에게 절하고 윗자리에 맞아들인 뒤 얼굴이 가장 아름답고 몸가짐이 제일 고운 기생 두 명을 골라 신응담을 받들게 하며 밤놀이를 계속할 것을 청하였다. 신응담이 말하였다.

"내가 우연히 여기 왔으나 원래 너희 동무가 아니다."

---

1) 석옹石甕은 돌을 쪼아 만들어 놓은 독.

그러더니 마침내 크게 취하여 돌아갔다.

이튿날 조보[2]에는 불량배들이 남의 집을 뛰어넘어 미인을 채 가다가 대장에게 체포되었다는 기사가 나왔으나 신응담에게는 누가 미치지 않았다.

신응담은 경학을 공부하여 사서삼경을 다 읽었으나 내던지고 무예를 숭상하여 과거에 올라 사품이 되었다.

2) 조보朝報는 승정원에서 처리한 사항을 아침에 알리던 통보.

## 조막종과 안경무의 뛰어난 용력

조막종趙莫從은 장안의 협객이었다. 그의 용맹은 세상에 짝이 없었다.

어떤 집 이층에 창 하나가 있었는데 어찌나 좁은지 가까스로 몸 하나 들어갈 만하였으며 높이는 두어 길이 넘었다. 조막종은 밖에서 뛰어올라 허공에서 몸을 눕혀 그 창구멍 안으로 쏜살같이 들어갔다.

숭례문 남쪽으로 벽돌 층계 수백 계단이 있고 맨 위에는 붉은 문이 있었다. 조막종은 아래서 문 안으로 바로 뛰어 들어갔다. 문 안의 성 위에는 작은 돌로 두꺼의 머리를 만들어 성벽 밖으로 쑥 나오게 한 것이 있다. 이것은 문루에서 흐르는 물이 빠져나가는 데로서 두꺼의 머리처럼 조각하여 장식한 것인데 사람의 발바닥이 한 절반이나 겨우 디딜 수 있을까 말까 한 것이다. 성벽 위에는 벽돌로 담을 두어 길 쌓았으니 아래로는 깎아 세운 석벽이 수십 길이요, 위로는 담이 두어 길 되는 아슬아슬한 곳인데, 조막종은 담에 붙어 몸을 축 늘여 두꺼의 머리를 밟고는 길 가는 사람을 불러 사람 살리라고 야단을 쳤다. 이것을 본 나무장수는 큰일 났다고 서둘러 그 밑에 섶나무를 쌓아 놓고 떨어져 내리기를 기다렸다. 조막종은 문득 외마디 소리와 함께 몸을 날려 다락 안으로 들어갔다. 가슴을 조이며 모여섰던 행인들이 한꺼번에 "야!" 하며 혀를 뽑고 경탄하였다.

또 안경무安景務라는 사람이 있었는데 세상에 드문 용맹을 가지고도 남에게 작은 용맹은 더러 보였으나 큰 용맹은 일찍이 자랑해 본 일이 없었다.

하루는 큰 냇가에서 손님과 더불어 놀게 되었다. 손님은 바둑을 두다가 농으로 냇물 한가운데 작은 돌이 비죽 나온 것을 가리키면서 말하였다.

"모두들 자네 용맹이 대단하다고 하는데 저 돌 위에 뛰어가 앉을 수 있겠나?"

돌은 거리가 수십 장 떨어진 곳에 있으며, 깊은 못에 잠긴 것이었다. 안경무는 웃으면서 천연히 대답했다.

"여보게, 내가 날개가 돋은 줄 아나? 어떻게 거기를 가서 앉는단 말인가. 실없는 소리 말게."

손이 바둑을 다 두고 나자 별안간 안경무가 보이지 않았다. 찾다가 돌아보니 그 돌 위에 이미 올라앉아 있었다.

또 한번은 이런 일이 있었다. 깊은 못가에 높은 누각이 있었는데, 누각 아래는 깊이를 모르는 검푸른 물이 핑핑 돌아 무시무시하였다. 어데서 화살 하나가 날아와서 누각의 서까래 끝에 박혔다. 여러 사람들이 어찌하면 저것을 뽑을 수 있을까 하던 차에 마침 안경무가 누각 안에 방석을 깔고 앉아 있다가 선뜻 일어나 어느덧 서까래를 더위잡고 살대를 뽑아 들고는 다시 누각 안의 방석 위로 몸을 날려 사뿐 내려앉았다. 마치 나는 새를 보는 것 같아서 사람들이 모두 넋을 잃었다.

큰 눈이 온 때였다. 어떤 사람이 새벽에 종루 거리를 향해 가다가 사람 발자국이 난 것을 보았는데, 소광통교 위까지 가서는 발자국이 끊어졌다. 웬일인가 하고 둘러보았더니 종루 지붕 꼭대기에 사람 앉았던 흔적이 있었다. 그때 사람들이 모두 안경무의 흔적이라고 하였는데 정말 그러한지는 알지 못한다.

# 김여물의 기개

김여물金汝岉은 용력이 매우 뛰어났다. 개암이나 잣을 먹을 때 껍질을 손바닥으로 비벼 까지 이로 까지 않았다. 알성과[1]에 장원으로 급제하고 아침마다 관아에 들어가기 전에 도포와 신발을 차리고 반드시 세 번을 뛰었는데 두 발을 모으고 두 손길을 모아 잡고 정한 거리를 뛰어넘은 뒤에야 말을 타고 들어갔다.

그는 병조 승여사乘輿司의 좌랑으로 있을 적에 늘 준마들을 살폈다. 또 하인들을 많이 거느리고는 이렇게 일렀다.

"갑일에는 학익진鶴翼陣으로 행군을 하겠고, 을일에는 장사진長蛇陣으로 행군할 터이다. 너희들은 훈련을 잘 받아야 한다."

이렇게 그는 군사 훈련에 늘 힘썼다.

채찍을 날려 말을 달릴 때마다 길바닥에서 일어나는 먼지가 뒤를 덮었다. 어떤 늙은 졸병 하나가 따라가다 못하여 비지땀을 흘리며 숨이 차서 가슴을 부여잡고 담에 기대섰다가 네 굽을 안고 뛰는 말

1) 알성과謁聖科는 왕이 몸소 참여하여 보이던 과거.

이 아득히 멀어져 바라볼 수도 없게 되었다. 드디어 맘 놓고 서서 땀을 씻고 손을 들어 가리키면서 말하였다.

"어리석어라, 저 관원. 무엇 때문에 저리도 뛰누. 에, 우둔도 하지, 저 관원."

그러니 지나던 사람이 듣고 손뼉 치며 웃었다.

김여물이 의주 목사가 되었을 적에 새깃 부채를 들고 한번 지휘하면 보병, 기병이 진을 치고 군사 훈련을 하였다. 마침 압록강 저편에 와서 진 치고 있던 중국의 유격장을 만나 배를 같이 타고 술을 마시며 놀게 되었다. 여물이 새깃 부채를 한 번 휘둘렀더니 수백 병마가 강을 좇아 진을 쳐 유격장에게 시위하였다. 유격장은 그 엄숙한 위세에 겁이 나서 술을 든 손이 떨려 술잔을 상에 부딪쳐 소리가 나기까지 하였다. 그래서 유격장은 돌아간 뒤 유언비어를 꾸며 가지고 요동 장군에게 힐문케 한 사실도 있었다.

임진년 난리가 났을 때 김여물은 백의로 도원수 신립申砬에게 종군하였다. 단계의 배수진에서 적에게 크게 져서 신립은 죽음을 결의하고 말을 채서 강물에 뛰어들 때 김여물을 돌아보면서 말하였다.

"영공도 장부인데 어찌 구차히 살겠는가!"

김여물은 웃으면서 말하였다.

"영공은 내가 죽음을 무서워하는 줄 아시오?"

그러더니 등자를 치며 말에 채찍을 더하여 스스로 물에 빠져 죽었다. 이 사실이 《삼강행실도》의 '충신전'에 올라 있다.

# 활 잘 쏘는 방법

사간이었던 우리 할아버지는 활을 잘 쏘았다. 온종일 과녁을 쏘아도 한 살도 빗나가 땅에 떨어지는 일이 없었다. 할아버지가 금산에 있을 때였다. 제비보다도 작은 파랑새 한 마리가 지붕 위에 앉았는데, 무관들이 말하였다.

"이 새는 쏘면 살짝 날아올랐다가 살이 배 아래로 지난 다음 도로 그 자리에 앉곤 해서 쏘아도 맞힐 수가 없소. 그래서 이름을 '도전복倒箭服'이라 하오."

그 이름의 뜻은 활집을 거꾸로 쏟아 있는 화살을 다 쏘아도 못 맞힌다는 것이다. 이 말을 들은 할아버지는 당돌한 새라고 생각하고 시험으로 한 번 쏘았더니 새는 과연 슬쩍 날아 화살을 피하고는 그 자리에 다시 앉았다. 할아버지는 다시 쏘았다. 그 새는 문득 날아오르다가 "쉭!" 하는 소리와 함께 살에 맞아 떨어졌다.

보는 사람들이 이상히 여겨 어떻게 쏘았느냐고 물었더니 이렇게 말하였다.

"날치를 쏠 때 목적한 물건보다 앞서 나가 허공을 겨누고 쏘나니 나는 이 방법을 이용하였소."

모두 감복하였다.

할아버지는 활쏘기를 좋아하는 까닭에 남도에서 아름다운 참대를 구해 두었는데 모두 절품이었다. 다락 안에 간직해 둔 지가 칠팔십 년이 지났다. 참대가 오래 묵으니 그 품이 더욱 아름다워졌다. 그러나 어머니는 일찍 과부 되고 여러 형들이 다 무예를 숭상치 않았으므로 그 참대는 붓대나 베 짜는 도구로 많이 쓰이게 되었다.

우리 마을에서 그 참대를 얻어 간 무인 가운데 무과에 합격하지 못한 자가 없었다. 그러므로 넉넉한 대가를 주고 이것을 다투어 구하였다. 종의 아들들이 일 보는 종을 통하여 몰래 참대를 훔쳐 내어 화살을 만들어 가지고 훈련원에 나가 쏘았는데 바람세를 불문하고 남소문동을 지나갔으며 더러는 남산까지 날아갔다.

우리 마을의 무인 가운데 무과 장원이 잇달아 나온 것은 모두 이 살대에 힘입음이 많건만 우리 집에서는 귀중함을 몰랐다.

# 소나무 옮겨 심는 법

내가 선왕조에서 춘방[1] 시강 벼슬로 있을 때였다. 임진년 난리 때 나왔던 중국 군대의 장군이 동관왕묘[2]를 지어 놓고 돌아가려는데, 왕이 경운궁에서 그를 불러 만났다. 나는 왕의 통역으로 입궐하였다.

그때 중국 장군이 부탁을 하였다.

"제가 돌아갈 길이 바빠서 왕묘 뜰에 나무를 심지 못하오니 제가 떠난 뒤 아름이 차는 큰 소나무를 심어 주시기 바랍니다."

왕이 물었다.

"아름드리 큰 솔을 심는다면 살 수가 있겠는가?"

"중국에서는 아름차는 큰 솔을 잘 옮겨 심사옵니다. 심는 방법이 있사오니 참으로 그대로만 한다면 백에 하나도 죽지 않사옵니다."

"그 방법이란 어떤 것이오?"

"옛날부터 정송오죽[3]이라 하여 솔은 정월에 심는다고 하였사오

1) 춘방春坊은 세자가 있는 동궁.

2) 동관왕묘東關王廟는 중국의 삼국 시대 촉한의 명장이었던 관운장을 모신 사당.

3) 정송오죽正松五竹은 솔은 정월에, 참대는 오월에 심는다는 말.

나, 정월은 너무 이르니 이월 초나 중순경이 좋습니다. 먼저 사방으로 뻗은 가지에 표를 붙여 방위가 바뀌지 않게 해야 합니다. 그러고는 나무 둘레를 조심해 가며 파되 큰 뿌리나 작은 뿌리나 상하지 않게 해야 하오며, 옮길 장소에는 땅을 깊고 넓게 파내어 앉을 자리를 편안케 한 뒤 먼저 밀 두어 말을 폅니다. 그다음에 솔을 본래 섰던 방위대로 구덩이에 들여세우고 뿌리가 꺾이거나 끊이지 않도록 본 흙에 있던 대로 잘 펴놓습니다.

그러고는 본 흙을 많이 갖다가 메우되 새 흙을 섞어서는 안 됩니다. 한꺼번에 메우는 것이 아니라 다져 가면서 수차에 걸쳐 하되 맨 처음에는 흙을 좀 많이 넣고 좀 가볍게 다져야 합니다. 그것은 뿌리가 상할 염려가 있기 때문입니다. 두 번째, 세 번째부터는 흙을 얇게 덮고 다지기는 단단히 해야 하며, 주의해야 할 것은 흙이 본래 묻혔던 흔적보다 더 올라가게 하지 말고 반드시 본래 묻혔던 자리까지만 묻어야 합니다. 본래 땅 위에 드러났던 뿌리가 묻히면 반드시 죽습니다. 이것이 다 끝나면 네 귀에 큰 기둥을 세우고 밧줄로 매어 큰 바람이 불어도 흔들리지 않게 합니다. 그 뒤에는 새벽과 저녁마다 잊지 않고 물을 주면 백이면 백 다 삽니다."
왕은 주서에게 명하여 이것을 기록하게 하였다.

## 우리 나라 음식 몇 가지

《예기》 '내칙' 편에 진미로 여덟 가지 반찬거리가 쓰여 있는데, 이것은 옛날에 특히 노인들을 대접하기 위한 좋은 찬거리였다. 그러나 지금 시험해 보면 진미가 아니다.

지금 우리 나라의 바다와 땅에서 나는 것을 재료로 한 다종다양한 찬거리를 이루 다 기록할 수 없으니 특별한 몇 가지만 든다.

산사람인 중들은 담백한 음식을 먹지만 거기에도 기막힌 진미가 있다. 두류산 중은 참대 열매를 따서 밥을 짓되 밤 가루와 곶감 조각을 섞어 짓고, 팔미차를 마시면서 먹는다. 팔미란 것은 오미자에다가 인삼, 천문동, 꿀을 더한 것이다.

개골산 중은 당귀의 줄기와 잎, 머루, 바위에서 길러 낸 흰 꿀을 나무통 속에 함께 담가 두었다가 목이 마르고 기분이 흐릴 때 실컷 마신다.

묘향산, 개골산 등 여러 산사람들은 팔월이 되면 참기름, 간장, 밀가루 등을 가지고 깊은 골짜기에 들어가 송이버섯을 캐서 지져 먹는다. 송이는 '송심' 또는 '송지'라고도 한다. 소나무 아래 묵은 낙엽

속에서 나서 주먹같이 커지는데 어린 것이 더욱 좋다. 중들 여럿이 함께 송이를 따 집채같이 몇 더미씩 쌓아 둔다. 송이 줄기를 십자꼴로 가르고 그 속에 밀가루와 양념장을 넣고 띠를 동인 다음 진흙을 바른다. 필요한 만큼 이렇게 해서 땅바닥에 깔고 그 위에 섶나무를 쌓은 뒤 불을 놓아두면 무르익는다. 불이 꺼진 뒤 헤쳐 내어 흙을 뜯고 먹으면 향기가 온 경내에 퍼지며 맛이 천하일품이다.

## 중국 사신 행차와 타루악

옛적에는 중국에 오가는 것을 물길로 하였다. 물길은 위험하기 때문에 사신이 갈 때에는 상사, 부사, 서장관 등이 각각 딴 배에 타고 문건들도 통을 여럿 만들어 제가끔 한 통씩 몸에 지녀서 만일에 대처하였다. 고려 때 상사 홍사범洪師範이 빠져 죽고 서장관 정몽주가 홀로 중국에 이르게 된 것도 한 예다.

중국에 가는 사신 행차가 풍천 나루에서 떠나면 가는 동안에 적해, 백해, 흑해 등으로 물빛이 변하며 허다한 포구와 섬들을 지나게 되는데, 바람세와 조수 관계를 보아 길을 잡아 나간다. 이렇게 물길 수천 리를 가야 하므로 배 안에서 필요한 물자 준비도 여간이 아니며, 또 중국 가서 무역할 물건들도 상당히 많으니 각기 가산을 기울여 준비해 가지고 꾸러미로, 상자로, 묶고 동이고 하여 배에 그득히 싣는다.

풍천의 읍주는 사신 행차를 위하여 '타루악柁樓樂'을 크게 베풀고 전송을 하는데 배가 떠날 적에는 친구들이 뱃전을 붙잡고 울며 부르짖으며 보내었다. 지금도 기악妓樂에 타루악의 곡이 있다.

## 용의 성냄인가, 악어의 장난인가

홍양 풍안동은 바로 내가 새로 개척한 농촌이다.

선조 계축년 7월 13일 마을 사람 지석동池石同, 우좌수禹佐守 두 사람이 들에서 곡식을 지키려고 제가끔 원두막 위에 앉아 있었다. 황혼이 들 무렵에 갑자기 폭우가 쏟아지고 천둥소리가 천지를 울리며 번개가 바로 하늘을 갈라낼 듯이 불줄기를 몰아내는데, 무섭게 번쩍이는 번개 불꽃 속에 무슨 검은 괴물 하나가 나타나더니 하늘을 가로지르면서 회오리바람을 몰아가는 것이었다.

이 서슬에 두 원두막이 기둥째 뽑혀 회오리바람을 따라 아득히 허공으로 팽팽 돌며 떠올랐다. 이윽고 바람이 자기 시작하자 두 원두막이 하늘에서 빙글빙글 돌아 천등산 꼭대기 우거진 숲 속에 떨어졌다. 거기는 원두막이 있던 데서 수십 리 거리나 되었다. 우좌수는 바른팔을 다쳤는데, 다른 원두막에 있던 지석동은 몸에 아무런 상처도 입지 않았다.

이튿날 아침에 나가 보니 바다 쪽에서 서쪽으로 산과 골짜기를 긁어 놓았는데 넓이는 오륙십 척이요, 길이는 수십, 수백 리를 거쳐 서해로 들어갔다. 지나간 곳마다 몇 아름 되는 큰 나무이건 작은 나무이건 할 것 없이 모두 한결같이 잘 드는 칼로 아욱이나 콩잎을 쳐낸 듯이 하나도 남지 않았다.

바닷가에 사는 늙은이들도 무슨 변고인지를 알지 못하였다. 용이 성을 내어 자리를 옮길 때면 땅으로 가지 하늘로는 가지 않는데 이것이 바로 그것이라는 이도 있고, 용이 자리를 떠날 때에는 반드시 하늘에 오르는 법이니 이는 용이 아니라 악어의 장난이라는 이도 있었다.

## 매가 새끼 기르는 법

솔개, 매, 난추니 등은 사나운 새이다. 매는 깊은 산 낭벼랑의 인적이 미치지 못하는 곳에 깃들이고 산다. 매는 꿩이나 토끼를 잡아다가 털을 뜯어 버리고 바위틈에서 나오는 차디찬 시냇물에 담가 두나니 삼복 때라도 썩지 않는다. 그랬다가 새끼를 먹이곤 하는데 바야흐로 새끼들의 발톱과 부리가 돋아나면 어미가 고기를 직접 새끼에게 주다가는 도리어 뭇 새끼들 발톱에 다치므로 반드시 떠돌면서 둥지 위에 고기를 떨어뜨려 준다. 새끼 중에서 가장 날래고 건장한 놈이 고기를 유독 많이 받아먹고 먼저 날아 뜬다. 그러므로 새끼 중에서 일된 놈이 좋다는 것이다.

나무꾼이 가까이 가서 매가 멀리 가고 아직 돌아오지 않은 틈을 엿보아 시냇물에 담가 둔 고기를 훔쳐 온다. 그러다가 매한테 들키면 얼굴을 다칠 수도 있다.

매 새끼를 꺼내려는 자 역시 어미 없는 틈을 타서 벼랑에 사다리를 놓고 둥지를 더듬어 잡아서 행전[1]으로 묶어 온다. 매가 돌아와서 둥지에 새끼가 없으면 구렁이나 삵의 해를 받았나 의심하여 둥지를 옮기고 다시 오지 않지만, 신을 나뭇가지에 걸어 두면 사람이 갖다가 기르는 줄 알고 이듬해에 또 와서 깃들이니 사람이 해마다 새끼를 얻을 수 있다고 한다.

1) 바지를 입을 때 발목에서 무릎 아래까지 둘러 싸매는 헝겊.

# 족제비와 뱀

족제비는 '황서黃鼠'라고도 한다. 구멍 속에 새끼를 치고 암컷 수컷이 다 먹이를 구하러 나간 사이에 큰 뱀이 구멍에 들어와서 새끼 여럿을 몽땅 먹고 배가 불러 숲 속에 서리고 있었다. 두 족제비는 몹시도 원통하여 섧게 울다가 얼마 뒤에 큰 두꺼비를 몰아 덥적덥적 뱀 앞으로 왔다. 그리고 족제비는 양쪽에 갈라 서서 나뭇가지 두 개를 잘라 두꺼비의 배와 등에 마주 대고 두꺼비의 밑구멍을 뱀의 아가리 쪽에 똑바로 향하게 한 뒤 두 나무 끝을 양쪽에서 동시에 힘껏 깨물었다. 이리하여 두꺼비는 배가 바싹 눌리며 뱀의 아가리에 오줌을 두세 번 싸 갈겼다. 뱀은 꿈틀꿈틀하다가 죽어 버리는 것이었다. 족제비는 달려들어 뱀의 배를 가르고 새끼를 꺼내어 핥았다.

아, 미물도 원수를 갚음으로써 눈앞의 원한을 시원히 풀 줄 아는구나! 족제비는 애정의 본능뿐만이 아니라 사물 성질의 상극을 알고 그것을 잘 이용하였으니 어찌 신기하지 않은가.

사람들이 꿩 사냥을 하다가 꿩을 잡아 보면 꿩이 일찍이 상처를 입고 송진으로 상처를 메워 나은 것을 더러 본다고 한다. 또 물고기도 작살에 상한 자리를 송진으로 메우고 살아 있는 것을 볼 수 있으며, 멧돼지도 화살 맞은 자리에 송진을 발라 아문 것을 볼 수 있다고 한다.

## 개장 추렴과 독수리 사냥

마을 사람들이 친구들을 모아 개장 추렴을 하였다. 개를 잡아 놓고 반만 먹으려고 바삐 다루고 있을 즈음에 문득 고기에 주린 독수리 한 마리가 날아 내려와서 개고기 다루는 사람의 얼굴을 할퀴었다. 한 사람이 의견을 내어,

"이 독수리 잡기는 퍽 쉬운 일이라."

하고, 잔자갈을 주어다가 개 창자에 마치 순대 넣듯이 쓸어 넣고 맞춤한 길이로 잘라 한 삼태기 담아 밭 가운데 가져다 두고 기다리고 있었다. 욕심 많은 독수리는 다시 날아와서 밭에 놓은 자갈 순대를 고기로 알고 목을 추어 가며 다 먹었다.

이때를 기다려 건장한 사람이 큰 지팡이를 들고 쫓아갔다. 독수리는 날개를 치며 날아가려 하였으나 몸이 무거워 한 길도 떠오르지 못하고 둥실거리고 있어, 드디어 후려치는 지팡이 아래 떨어져 죽으니 좌중이 모두 통쾌해하였다.

# 모진 매 아래 억울한 죄가 없으랴

## 해동악부, 오산설림, 장빈거사호찬, 송계만록

《해동악부海東樂府》는 조선 광해군 때 심광세沈光世가 쓴 책으로, 삼국 시대부터 연산군 때까지의 역사에서 사건 44편을 뽑아서 읊었고, 《오산설림五山說林》은 조선 선조 때 차천로車天輅가 조선 초부터 선조 때까지의 일화와 전설, 시평 들을 모아 적었다. 《장빈거사호찬長貧居士胡撰》은 조선 선조 때 윤기헌尹耆獻이 쓴 책으로, 시화와 설화 등을 자유롭게 적었다. 《송계만록松溪漫錄》은 조선 명종 때 권응인權應仁이 주로 시화를 모아 쓴 책이다. 야담과 설화 들도 들어 있다.

## 정몽주의 충절

고려 말기의 정몽주는 뛰어난 유학자이며 왕을 도와 정치를 잘하는 인재였다. 태조도 왕이 되기 전에 그의 인격을 잘 알고 자주 만나보기도 하였으며 그와 함께 고려 말기 정승 일을 하면서 나랏일을 서로 의논하기도 하여 매우 친하였다.

그런데 정몽주가 김진양金震陽 등 몇몇 신하와 더불어 사사로운 영욕은 돌아보지 않고 오직 몸을 나라에 바쳐 기울어 가는 나라를 바로잡으려고 충성을 다하고 있을 때, 이성계李成桂가 공훈과 위신이 날로 높아감에 따라, 사람들이 이성계에게 쏠려 고려 왕실의 신하 자리에 그대로 머물러 있지 않을 것만 같았다. 차차 그런 기미를 알게 된 정몽주는 이성계의 지반을 숙청해야겠다고 생각하고 있었다.

이러한 정몽주의 생각을 눈치 챈 이성계의 셋째 아들 이방원李芳遠은 일찍이 태조에게 고하였다.

"정몽주가 혹시 우리를 반대하여 나설는지 모르겠나이다."

이 말에 태조도 동감인 듯이 말하였다.

"내가 일찍이 남의 모함을 받았을 때 정몽주는 나를 위하여 한사코 해명해 주었다. 그러나 나랏일에서는 그의 심중을 아직 알 수 가 없구나."

그 뒤 태조는 정몽주의 태도가 달라진 것을 알게 되자 잔치를 열고 정몽주를 청하였다. 술이 몇 순배 돌았을 적에 다시 정몽주에게 술을 부어 권하며 노래를 불렀다.[1)]

이런들 어떠하며 저런들 어떠하리.
성황당 헐어진 담 무너진들 어떠하리.
우리는 이렇게 삶이 그도 또한 어떠하리.
此亦何如　彼亦何如
城隍堂後垣　頹落亦何如
我輩若此爲　不死亦何如

정몽주는 술을 부어 돌리면서 다음과 같은 시로 대답하였다.

이 몸이 죽고 죽어 일백 번 고쳐 죽어
백골이 진토 되어 넋이야 있고 없고
님 향한 일편단심이야 가실 줄이 있으리.
此身死了死了　一百番更死了
白骨爲塵土　魂魄有也無
向主一片丹心　寧有改理也歟

1) 다른 책에는 이방원이 술을 권하며 노래를 불렀다고 한다.

이리하여 정몽주는 이 시로 고려 왕조에 대한 충의와 절개를 죽음으로도 움직일 수 없다는 것을 엄숙히 보여 주었다. 태종은 마침내 정몽주를 없애기로 작정하였다.

정몽주가 하루는 태조의 기맥도 살필 겸 태조에게 문병을 갔다가 돌아오던 길이었다. 전부터 알던 술집에 들렀는데, 주인은 외출하고 화단의 꽃이 흐드러지게 피어 있었다. 들어가 술을 청하여 마시고 화단 사이에서 춤을 둥실둥실 추었다. 그러나 그는 이상하게도 혼잣말로,

"오늘은 어쩐지 바람새가 괴이한걸, 괴이해……."

하면서 큰 잔에 술을 그득 따라 연거푸 마시고 나가는 것이었다. 그 집 사람들은 이상히 여겼다.

조금 뒤에 정몽주가 선죽교에서 맞아 죽었다는 소문이 돌았다.

정몽주가 태조의 집에서 돌아올 적에 어떤 건장한 무사가 그의 앞을 질러 지나갔다. 정몽주는 자기 종자를 돌아보고 일렀다.

"너는 나를 따르지 말고 떨어져라."

"소인은 대감님을 끝까지 모시겠나이다. 어찌 떨어져 다른 데를 가오리까."

종자도 무엇을 예감한 듯 비장하게 대답하였다. 정몽주는 거듭 떨어지라고 꾸짖었으나, 종자는 끝내 듣지 않고 따라갔다. 정몽주가 선죽교에서 불의의 철퇴를 맞을 때 종자는 주인인 정몽주를 싸안고 같이 맞아 죽었다. 당시 급작스러운 일이라 그 이름을 기록한 사람이 없어 후세에 전하지 못하고 말았다.

—《해동악부》

## 이색의 울음

고려 말년, 목은 이색에게 아들이 둘 있었는데, 모두 학문도 잘하고 도덕도 원숙하였으며 벼슬도 높았다. 그러나 고려가 망하고 태조가 정권을 잡은 뒤에도 고려에 대한 충절이 변치 않은 까닭으로 두 아들이 모두 독한 형장 아래 죽었다.

목은은 은퇴하여 경기도 여주의 어느 시골 마을에 있었다. 하루는 문생門生이 목은을 찾아왔다. 목은은 문생을 이끌고 깊은 산골짜기로 들어갔다. 문생은 까닭을 알 수 없었는데, 한참 골을 따라 올라가 인적이 미치지 못하는 곳까지 가자 목은이 목을 놓고 종일 통곡하였다. 그러고 나서야 문생과 더불어 돌아 나오면서 말하였다.

"오늘에야 가슴이 좀 시원해졌다."

두 아들의 죽음을 슬퍼한 것이었다.

목은은 일찍이 시를 썼다.

송헌은 나라 얻고
나는 떠도는 몸 된단 말가.

꿈엔들 알았으리,
설마 이 일 있을 줄.
松軒當國我流離 夢裡何曾有此事

송헌은 태조의 호다. 목은은 태조와 가장 친하였고 우정이 두터워 평생 목은의 추천과 도움이 많았던 까닭에 두 아들이 그리 될 줄은 몰랐다는 것이다.

—《해동악부》

## 명나라에 갔다가

고려 말년에 농암籠巖 김주金澍는 사신으로 명나라에 들어갔다가 돌아오는 중 압록강 가에 이르렀을 때, 이성계가 고려 왕의 자리를 물려받아 왕이 되었다는 소식을 듣고는 곧 귀국을 단념하고 다시 명나라로 갔다. 갈 적에 하인 편에 신었던 신발 한 켤레를 벗어 자기 집으로 보내면서 오늘로 죽은 날을 삼으라고 일러 보냈다 한다.

공이 명 태조를 다시 가 보았을 제 명 태조는 공에게 물어 본국에서 예조 판서였다는 말을 듣고 공에게 상서[1]의 녹을 주었다. 그리하여 공은 죽을 때까지 형초 지방에서 살았다.

그가 그곳에서 딸 둘을 낳았는데 임진년 난리 때 구원병으로 나왔던 허許 유격遊擊이 스스로를 공의 외손이라 하였다 한다.

—《해동악부》

1) 상서尙書는 옛날 중국의 대신 벼슬 이름.

## 원천석의 식견

원천석元天錫은 원주 사람이다. 고려 말년에 벼슬하지 않고 고향에 숨어 살았다.

원천석은 태종이 왕 되기 전에 친구였다. 태종이 즉위한 직후 특별히 원천석을 불렀다. 원천석은 흰옷[1]을 입고 와서 태종에게 보였다. 궐내에서 원천석을 만난 태종은 옛날과 같은 두터운 우정으로 그를 환대하였다. 태종은 여러 손자들을 불러 원천석에게 보이며 자랑 삼아 물었다.

"우리 손자들이 어떠한가?"

원천석은 수양 대군을 가리키면서 말하였다.

"몹시도 대왕을 닮았소이다."[2]

---

1) 고려조가 망한 것을 슬퍼하는 뜻이다.

2) 수양 대군은 조카인 단종을 폐위시키고 왕위를 앗아 앉은 후 반대 세력을 죄다 없애려고 아우 안평 대군과 금성 대군을 죽였으며 끝내 단종도 죽였다. 원천석이 수양을 보고 할아버지인 태종을 닮았다는 뜻은 일찍이 태종이 정권을 빼앗기 위하여 아우 이방석을 비롯한 많은 사람을 죽인 것처럼 수양도 그러리라는 것이다.

그러고는 수양 대군을 다시금 훑어보고 시름이 깊은 듯이 한숨을 지으며 수양 대군에게 부탁하였다.

"모름지기 형제를 사랑하시옵소서."

원천석은 평생 자기가 쓴 책을 상자 속에 감추고 단단히 봉해 두었는데 임종 당시 자손들에게 유언하였다.

"후세 자손으로서 성인이 아니어든 결코 열어 보지 말라."

자손들은 유언대로 그 상자를 소중히 사당 안에 깊이 간직하고 열어 보지 않았다.

증손 대에 가서 하루는 제사를 지내려고 온 일가붙이가 모였다. 어떤 사람이 말하였다.

"선조께서 비록 유언이 있었으나 세월이 이미 오래되었으니 지금은 열어 보아도 좋지 않을까?"

여러 사람들도 찬성하여 상자를 열었다. 그것은 바로 고려 말기의 야사였다. 많은 부분이 국사와 같지 않았다.

다 본 뒤에 그것이 장차 발로된다면 죄를 입을까 두려워 불에 태워 버리고 남긴 것은 시 두 권뿐이었다.

그 시는 시사를 많이 읊은 것인데 나중에 주해도 하였다. 그 시에서는 고려 말년 우왕 이전을 국가라 하고, 공양왕 이후는 국인이라 하고, 조선은 다만 신국이라 하였다고 한다.

—《해동악부》

## 윤결의 시 감식

윤결尹潔 선생은 우리 돌아가신 아버지와 동갑이요, 과거도 한 해에 올라 교분이 가장 두터웠다.

우리 아버지가 송도에 가 있을 적에 윤 선생이 안수安璲와 더불어 천성산에 놀러 왔다가 아버지를 찾아왔다. 정다운 이야기들이 오고 가던 끝에 화제가 시로 옮았다.

윤 선생이 오언 절구 한 수를 들려주고는 물었다.

"이 시가 어떤가?"

우리 아버지가 대답하였다.

"틀림없이 귀신의 시로구먼그래."

윤 선생은 놀라 눈이 둥그레지며 말했다.

"그대는 무엇으로 귀신의 시인 줄 아는가? 내가 꿈에 어딘지 깊은 산골로 놀러 갔네그려. 백사장은 십여 리나 되겠고 달빛은 대낮 같은데 꾀꼬리조차 울지를 않나. 그래 그 골 이름을 물으니 석문동이라고 하더구먼. 나는 그래서 시를 지었네."

우연히 들어오니
석문동이라네.
외로이 시 읊으며
밤에 나는 거니노라.

달빛은 한낮이고
시냇가엔 모래 흰데
빈산의 꾀꼬리여
너 혼자 우는구나.

偶入石門洞　吟詩孤夜行
月午澗沙白　空山啼一鶯

—《오산설림》

## 서경덕의 유람

화담花潭 선생이 젊어서 금강산을 유람할 때 있던 일이다. 바다를 끼고 가다가 도중에서 양식이 떨어져 고성 태수에게 쌀을 빌리러 갔다. 태수는 무관 출신이라 선생을 하찮게 보고 누운 채로 대하였다.

"그래 산놀이에서 무슨 볼만한 것이 있었던고?"

태수가 물었다.

"불정대佛頂臺에 올라 해 뜨는 것을 보았는데, 그것이 가장 볼만하였소이다."

선생은 대답하였다.

"그래 그것이 어떻던고?"

"새벽께 산꼭대기를 나는 듯이 걸어 올라 만 리를 굽어보니 구름과 안개가 자욱이 덮여 하늘과 바다가 맞붙었지요. 그야말로 태곳적에 혼돈이 아직 갈리지 않았을 상태를 방불케 하였습니다. 이윽고 새벽빛이 점차로 열려 상하사방이 걷어들리니 가볍고 맑은 것은 하늘이 되고 무겁고 흐린 것은 땅이 되었다는 말 그대로 하늘 땅이 제자리에 놓이고 만물이 제가끔 분별되었습니다. 이윽고 오색구름은 바다를 누르고, 붉은 기운은 하늘을 쏘고, 겹겹이 일어나는 파도는 흔들거리더니 장엄한 불바퀴 하나가 떠들려 나왔습니다. 이리하여 바다는 밝아지고 구름은 흩어지며 불바퀴의 휘황한 빛이 아물아물하니 눈이 부셔 잘 볼 수가 없더군요. 그것이 구르며 점점 높이 오르니 우주가 광명하여 먼 봉우리와 가까운 산들이 알쑹달쑹, 수놓은 듯 선명해졌습니다. 이것을 붓으로 그려 낼 재주도 없고 입으로 형용할 말도 없습니다. 이것이 으뜸가는 볼만한 것이 아니고 무엇이겠습니까?"

선생의 말에 태수는 정신이 버쩍 들어 냉큼 일어앉으면서,

"그대의 말이 정말 장하오. 나에게 세상을 잊고 천지간에 우뚝 솟는 감을 주오그려."

하고 넉넉히 대접하여 보냈다.

화담 선생이 또 남으로 지리산 구경을 갔는데, 산에 들어간 지 오래되어 양식이 떨어졌다.

하루는 마침 호남 방백의 행차를 만났다. 만나 보려 하였더니 종자가 막아서서 통해 주지 않았다. 선생은 거기를 단번에 뛰어올랐다. 방백은 놀라서 누구냐고 물었다.

"생은 한날 서생입니다. 천성이 산수를 좋아하여 사방으로 구름처럼 떠돌아 지금 여기 왔사온데 절박한 사정으로 입에 풀칠할 거리가 없사와 사또님이 배려하여 주심을 빌고저 하나이다."

종자가 나서더니 나무랐다.

"어찌 감히 이렇게 당돌한 행동을 한단 말이오?"

선생은 태연히 방백을 향하여 말하였다.

"원컨대 잠시 뵈옵게 하여 주소서."

감사는 앉으라 하여 서로 더불어 이야기를 나누더니 그가 비범한 사람임을 알고 양식과 어물 들을 넉넉히 주어 보냈다.

—《오산설림》

# 성종 이야기

성종이 밤중에 미복을 하고 다니다가 멀리 삼각산에 불빛이 반득이는 것을 보았다. 종자를 시켜 가 보라고 하였더니 한 서생이 등불을 달고 글 읽는 데 열중하고 있었다.

"남은 다 자는 밤중에 너는 왜 글만 읽는가?"

하고 물었더니,

"저는 과거에 꼭 급제할 결심을 하였으니 남 다 자는 밤 시각이 제게는 매우 귀중합니다."

하고 서생은 대답하였다.

성종은 시 한 수를 지으라고 하여 그 비범함을 보고는 급제를 주었다.

성종이 왕자 한 사람에게 너무 정이 쏠려 정상을 잃는 일이 퍽 많았다. 사헌부에서 이를 논란하였더니, 성종이 장령을 불러들여 시 한 구를 써 주었다.

세상 사람 다 함께
서리 국화 사랑하네.
이 꽃이 핀 뒤에는
다시 필 꽃 또 없으니.
世人共愛霜後菊　此花開後更無花

이 시를 본 장령은 왕의 마음에 감동되어 눈물을 씻으며 나왔다. 얼마 안 되어 왕은 세상을 떠났다.

한 내시가 관서 지방을 다녀왔다. 성종이 물었다.

"여러 고을에서 대우를 어떻게 하던고?"

"음식 접대가 매우 사치하고 풍성하였사옵니다."

내시가 대답하자 왕은 좋아하지 않았다.

이윽고 내시는 말을 또 계속하였다.

"신이 어떤 고을에 갔더니 손님들이 자리에 가득한데 아침 밥상 그대로 술을 권하고 있으며, 해가 벌써 낮이 되었어도 다시 상을 들이지 않아, 취한 객들은 산만하고 상에 놓인 그릇들에는 모두 먼지가 앉았사옵더이다."

왕이 말하였다.

"어, 그래야지, 백성들 생각을 해야 해……. 반드시 성찬을 차릴 게 있나. 그렇게 하면 그만이지."

어떤 사람이 방백으로 있다가 승지가 되어 들어왔다.

성종이 물었다.

"들으니 감사로 있을 때 음식 솜씨로 수령들을 평가하였다더니 정말 그랬던가?"

승지가 대답하였다.

"과연 그랬사옵니다."

왕은 좋지 않은 기색으로 반문하였다.

"어찌 배를 채우기 위한 음식 솜씨로 관리들을 평가한단 말인가?"

"음식을 차리는 것조차 입에 맞게 못 한다면 하물며 다른 일에야 더 무능하지 않사오리까?"

승지의 말을 듣고 왕은 다시 수긍하였다.

"그 말도 옳소!"

세조가 문선왕묘[1]를 참배하고 돌아와서 곧 병이 났다. 정희 왕후가 이를 걱정하여 무당들에게 물었더니 모두 묘신의 탈이라 하였다.

그리하여 정희 왕후는 궁녀에게 명하여 여러 무당을 데리고 대성전 마당에서 음사를 행케 하였다. 여러 무당들과 뭇 광대들이 난잡히 놀아 대는 것이었다.

이때 성균관의 선비 중에서 기골 있는 자들이 앞장을 서서 유생들을 이끌고 무당들을 모조리 쫓아내고 북, 장구, 기악들을 차 바수니 궁녀들도 놀라 흩어져 그 길로 왕비 앞에 들어가 전말을 고하였다. 왕비는 크게 노하여 유생들을 옥에 처넣을 작정이었으며 성균관의 대사성 이하 윗사람들은 큰일을 저질렀다고 당황하여 유생들을 이끌고 궐하에서 명을 기다리고 있었다.

1) 문선왕묘文宣王廟는 성균관에 있는 공자孔子의 묘.

왕비는 성종에게 급히 알렸다.

"전하(세조)께옵서 편치 않으시어 무당 여럿에게 물었더니 모두 탈이 공묘에 있다고 하기에 내가 궁인에게 명하여 기도하던 중 대역무도한 성균관 유생들이 무녀들을 치고 궁인들을 쫓고 제구들을 차 바수었사오니 이는 임금을 모르는 자들이오. 나는 장차 이를 다 베어야 한다고 생각하기에 이를 알리오."

성종은 베개를 밀고 벌떡 일어나면서 말하였다.

"우리 태학 유생들이 이와 같은 기개와 절의가 있었던가! 과연 장하도다!"

곧 사옹원[2]에 명하여 술과 찬을 준비시키고 대사성 이하 유생들을 전부 들어오라 하여 근정전 뜰에서 잔치를 베풀었으며, 유생들에게는 후추 한 되씩 주게 하였다.

종실 가운데 그리 가깝지 않은 사람 하나가 수염이 아름답고 길어 두어 자나 되었는데 얼굴은 못생겼다. 왕이 종실이라 하여 특히 그를 돌봐 주며 시중꾼을 주었다.

하루는 그 사람이 자기 집에 돌아가 안해에게 일렀다.

"내 모양이 이처럼 못생겼어도 왕께서 우대하심이 여러 신하 중에서 더할 자 없으니, 내가 이 긴 수염을 잘라 버린다면 왕께서 돌보아 주시는 은총이 더욱 깊어질 것이야."

그러고는 손으로 가위를 들어 수염을 말끔 자르고 칼로 밀어 버렸다. 그러한 지 얼마 안 되어 그를 불러들인 왕은 수염 자른 그의 내

2) 음식을 차리는 부서 이름.

시 같은 꼴을 보고 괴이하여 물었다. 사실을 안 왕은 크게 노하여 엄명으로 그를 끌어내 쫓았다.

—《오산설림》

## 살구나무와 서경덕

서경덕 선생이 화담에 있을 적에 뜰에 서 있는 살구나무 한 그루가 봄이 되었건만 홀로 생기가 없었다. 선생이 심부름하는 아이를 시켜 살구나무 밑의 흙을 긁어내고 뿌리를 들어내게 한 뒤 물을 주어 깨끗이 씻게 하고 거적을 덮어 두었다. 며칠이 안 되어 살구나무에서 움이 돋아 나왔다. 이를 본 제자들은 모두 이상히 여겼다.

선생은 제자들에게 설명해 주었다.

"무슨 이상할 것이 있는가. 무릇 풀과 나무들의 생장은 저마다 특성과 기능에 알맞은 조건이 요구되는데, 이 나무는, 흙은 점점 높아지고 기운은 점점 통치 못하게 되었다. 그래서 생기를 내지 못한 것이다. 이를 헤쳐 양기가 통케 하였으므로 다시 살아났으니 이는 이치의 당연한 것이언만 사람들이 이것을 아직 모르는구나!"

—《오산설림》

## 공후인과 여옥

최표崔豹의 《고금주古今注》에 '공후인箜篌引'은 조선진朝鮮津의 뱃사공 곽리자고霍里子高의 안해 여옥麗玉이 지은 것이라고 하였다.

곽리자고가 새벽에 일어나 배질을 하고 있는데, 머리가 하얗게 센 미친 남자 하나가 머리를 갈래갈래 풀어 헤뜨리고 병을 들고 흐르는 물결을 질러 강을 건너고 있었다. 그 안해가 황급히 따라오며 건너가지 말라고 소리쳐 불렀으나 그는 마침내 강물에 밀려 빠져 죽었다.

그 안해는 공후를 이끌고 강 언덕에서 '공무도하公無渡河'라는 노래를 지어 타는 것이었다. 그 소리 심히 애달팠는데 곡을 마치고는 문득 몸을 강물에 던져 죽었다.

곽리자고가 집에 돌아가서 자기 안해 여옥에게 이야기했더니, 여옥은 슬퍼하여 또한 공후를 당겨 그 곡조를 탔다. 듣는 사람으로 눈물을 떨어뜨리며 흐느껴 울지 않는 이가 없었다.

여옥이 그 곡을 곁집 여자 여용에게 전하였는데, 곡명을 '공후인'이라 하였다.

조선진은 지금 대동강이다. 이백은 '공무도하'라는 악부시에서 이렇게 노래했다.

황하 물은 곤륜산을 헤치며
서쪽에서 흘러내려
소리치며 만 리 길을 내달아
용문에 와 부딪치누나.
黃河西來決崑崙　咆哮萬里觸龍門

라고 하였다. 이는 비록 시인의 말이지만 사실과 맞지 않으니 믿을 것이 못 된다.

—《오산설림》

## 형제간의 우애

모재 김안국金安國과 사재 김정국金正國 형제[1]가 거듭된 사화 끝에 소인배들의 배척을 받게 되었으므로 정계에서 물러나와 각각 전원생활을 하게 되었다. 김안국은 이천에서, 김정국은 고양에서 살면서 형제간 우애가 지극하여 가끔 서로 왕래하며 달포까지 머무는 적도 있었다.

한번은 서로 헤어지면서 떨어지기 섭섭하여 형 김안국이 아우 김정국의 손을 잡고 말하였다.

"내 이미 늙고 자네 또한 병이 많아 세상살이도 그다지 많이 남은 것 같지 않네. 서로 만나면 기쁘고 이별하면 그리우니, 함께 모여 살면서 여생을 보내는 게 좋지 않겠는가?"

"제 뜻은 형님 말씀과 다릅니다. 형제가 더불어 사는 것은 진실로 즐거운 일이오나 다만 두 집 남녀 하인들이 이간이 있을 수도 있고, 또 여인들이란 성질이 편협하여 서로 의심하기 쉬우며, 화기

1) 중종 때 사람들로, 모재慕齋는 좌찬성, 사재思齋는 병조 참의를 지냈다.

를 잃을 수도 있습니다. 만일에 오해와 반목이 있게 되면 반드시 후회하게 될 것이오니 지금처럼 떨어져 있는 것만 같지 못합니다. 오래 이별하면 그립고 서로 만나면 즐거우니 우애의 정이 항상 변치 않고 날로 더욱 두터워질 것이 아니오리까?"

이것이 김정국의 말이었다. 듣는 자 김정국의 말이 맞는 말이라 하였다.

—《장빈거사호찬》

# 폭군 연산의 만행

내 처조부 성세정成世貞은 청송聽松 성수침成守琛 선생의 숙부이다. 일찍이 경상 감사로 있을 당시 상산 기생을 사랑하여 집에 데려다 살림을 시킨 적이 있다.

연산이 그 기생을 총애하면서 아직 궁중에는 들이기 전의 일인데, 하루는 연산이 기생에게 물었다.

"너는 아직도 성세정이가 보고 싶으냐?"

"어찌 그럴 수 있사오리까? 그가 일찍이 감사로 있을 때 신첩을 좋아하여 집에 데려다 두기는 하였사오나 그 안해의 투기가 심하여 왕래를 못 하였사오니 부질없이 신첩에게 빈방에서 괴로운 세월을 보내게 하였사옵니다. 그러므로 신첩은 항상 원한을 품고 지내 왔을 뿐이옵니다."

기생이 대답하였더니 연산이 말했다.

"그러면 그놈을 죽여 버리면 좋겠구나?"

"곧바로 죽여서는 시원치 않겠사와요. 반드시 형장을 쳐서 사방으로 귀양살이를 두루 시켜 온갖 고생을 갖추 겪게 한 뒤에 죽여야 좋으리라고 생각하옵니다."

기생은 그럴듯한 대답을 하였다. 연산은 웃고 나서 기생 말대로 성세정을 귀양 보냈다.

그리하여 이미 배소를 세 번이나 옮겨 거의 죽게 되었을 때 연산이 폐위되고 중종이 들어앉아 성세정이 돌아오게 되었다. 기생이 궁중에서 나와 성세정에게 뵈었더니 공이 말하였다.

"그대가 나를 살린 은혜를 내 머리칼을 뽑아 신을 삼는대도 갚을 길이 없거든 내 어찌 또 그대를 가까이할 수 있겠는가."

그러고는 살던 집과 노비들을 기생에게 주었으며, 성세정의 아들 참판 성윤成倫은 자기 봉록을 주었고, 기생도 성세정을 위하여 수절하다가 나이 여든이 넘어 세상을 떠났다.

연산이 또 총애하는 기생이 있었다. 그 기생이 어느 날 시중드는 여자에게 말했다.

"전에 같이 살던 사람이 꿈에 보이니 이상한 일이다."

연산이 이 말을 듣고 곧 종이에 무엇인지 써서 밖으로 내보냈다. 한참 뒤에 궁녀가 은 쟁반에 무엇을 놓아 가지고 들어왔다. 매우 단단하게 싼 것이었다. 헤쳐 보라는 연산의 명령을 들은 기생이 그것을 펴 보니 곧 그전 남편의 머리였다. 그것을 보인 후 연산은 기생까지 마저 죽였다.

하루는 내전에서 잔치를 베풀었는데 연산이 자기가 총애하는 내시 주처신朱處臣의 손을 이끌어 함께 춤을 추자고 했다.

"어찌 임금과 신하가 같이 일어나 춤출 수 있사오리까?"

하고 머리를 숙이고 일어나지 않았더니, 연산은 웃으면서 물었다.

"네가 죽고 싶으냐?"

주처신은 대답하였다.

"어찌 죽음이 두렵지 않사오리까마는 성상께옵서 지나치신 분부를 하시오니 감히 받들지 못하는 바이옵니다."

연산은 노하여 눈을 부릅뜨고 쏘아보면서 호통하였다.

"춤을 안 추면 네 다리 하나를 잘라 버리겠다. 이놈, 그래도 안 추겠느냐?"

주처신이 말하였다.

"근래에 바깥에 떠도는 말이 매우 이상하옵니다. 신의 다리야 끊을 수 있사오나 뒤에는 반드시 후회하실 줄 아뢰옵니다."

그러자 연산은 더욱 노하여 곧 다리 하나를 끊고 또 팔 하나를 베어 냈다.

"아직도 춤을 안 추겠느냐, 이놈?"

"다리팔 없는 사람이 어찌 춘단 말입니까."

연산은 또 한 다리를 마저 잘랐다.

"이러고야 어찌 이 나라에 오래 앉아 있을 수 있으랴……."

하고 주저신이 원망하였더니, 연신은 회를 이기지 못하여 마침내 우리에 기르고 있던 범에게 던져 주어 먹게 하였다.

—《장빈거사호찬》

# 신백록의 시평

내가 일찍이 신백록辛白麓을 뵈었을 때, 신백록이 나에게 이런 말을 일러주었다.

"내가 일찍이 영남에 갔을 적에 만등루晩登樓에 올라, 거기에 붙어 있는 모든 사람들의 시운을 달아 나도 시를 한 수 읊으려 하였네. 그래서 뒷짐을 지고 어정거리며 벽에 새겨 건 현판을 고개 들어 보아 나가던 중 글자도 잘고 먼지가 낀 것을 보았네. 살펴보니 그것은 곧 강혼姜渾의 시였지. 그 한 연구聯句는 이러하네.

바람은 버들가지 흔들고
제비는 높이도 날고 있네.
빗발이 온 산을 덮었는데
개구리 요란히도 운다.
紫燕高飛風拂柳　青蛙亂叫雨渾山

내가 바로 이 시를 읽고 있을 때, 새끼 친 제비는 다락에 들고, 뭇 개구리 못에서 울며, 시내에는 바람이요, 산에는 비가 뿌렸으니, 정히 시에 쓰인 그대로였지. 나는 비로소 그의 높은 문장이 그 실제 정경을 생동하게 그려 냈다고 느끼고 붓을 놓고 말았네."

그러면서 다시금 감탄하기를 마지않았다. 또 그는 말하였다.

"공의 집에도 이러한 뛰어난 시구가 있는 것을 아직 모르는가?

강가의 당집 늙은 나무엔
낙조가 걸려 있고
벌판 역사[1] 빈 다락엔
잡새들만 모여드네.
江祠樹老留殘照　野驛樓空集亂禽

이것은 공의 돌아가신 아버지가 지은 시일세. 나는 어느 시가 더 뛰어난지를 모르겠으나 지금은 그 전편을 얻어 볼 수 없으니 아까운 일이야."

—《장빈거사호찬》

1) 관가의 연락소로, 길 가던 나그네가 자도록 지어 둔 집.

## 명필들의 서첩

내 처조부 청성위青城尉 심안의沈安義는 호를 춘대椿臺라 하였다. 평생 서화를 좋아하여 서화첩 하나가 있었는데 '무하람無何覽'이라고 이름을 붙였다. 거기에는 옛날의 유명한 필적들이 많이 수집되어 있었다. 최치원, 김생金生 등의 필적과 성임成任, 김종직, 최흥효崔興孝, 신숙주, 서거정 등의 글씨도 있었으니, 그 밖에 여러 사람의 것을 이루 다 적을 수 없다.

김생의 글씨는 자지咨紙라는 종이에 썼는데, 오래되어 빛이 낡았고, 최치원의 글씨는 비단 빛이 아직도 새로워 혹 어떤 묘한 수법으로 본떠 쓴 것인가 의심하였다.

내가 그 모두를 보물로 간직하여 두었더니, 임오년과 계미년 사이에 율곡 선생 문하에서 말이 나서 선생이 갖다가 일 년 나마 두고 보았는데, 선생의 아우 이계헌李季獻이 이를 보고 몹시 좋아하여 빌려 가고는 돌려주지 않으니 지금도 그 집에 있을 것이다.

—《장빈거사호찬》

## 백마강 시 두 편

관찰사 홍춘경洪春卿의 백마강 시는 다음과 같다.

나라가 패했으니
산하도 변했건만
달 홀로 강에 비쳐
차고 기울기 몇 번인고.

낙화암 그 위에는
꽃이 아직 피는구나.
그해의 모진 풍우도
다 없애진 못했던가.
國破山河異昔時　獨留江月幾盈虧
落花巖上花猶在　風雨當年不盡吹

선비 이강남李江男이 지은 백마강 시는 다음과 같다.

옛 궁터에 오르니
때마침 달이 돋네.
백제의 당시 성패
너는 정녕 보았으리.

용 죽고 꽃 떨어져
풀지 못할 쌓인 원한
봄바람 불어올 제
젓대 소리에 부쳤구나.
故國登臨月上時　濟王家業此成虧
龍亡花落千年恨　分付東風一笛吹

이 두 시에 대한 평론은 사람마다 다르지만 내 생각에는 이강남이 지은 시의 첫 구가 좀 싱거운 듯하다.

—《송계만록》

## 오겸의 비석 처리

지방관으로 업적이 뚜렷한 이에게 백성들은 그 덕을 기록한 비석을 세워, 갈려 간 뒤 길이 기념하며 사모하는 뜻을 표하였다.

그러나 요즈음에는 고을마다 비석 없는 데가 없다. 혹은 한 고을에 비석이 네다섯은 서 있으니 당시 어진 정치를 한 사람이 그렇게 많았다고 볼 수 있을는지?

낙촌駱村 박충원朴忠元 상공이 중국 사신을 영접하려고 원접사[1]로 시골 내려갈 적에, 길가에 비석들이 죽 늘어서 있는 것을 보았다. 파주에서 의주에 이르기까지 여기저기 잇달아 보이며, 없는 곳이 없었다.

이것을 본 공이 말하였다.

"저것이 과연 백성들의 성의에서 나온 진정한 비석이겠는가. 대개 아첨쟁이의 장난에 지나지 않는다. 만일 외국 사신이 이것을 보고 웬 비석이 그리 많느냐고 물으면 무엇이라 대답할 것인가."

1) 원접사遠接使는 외국 사신을 멀리 나아가 맞던 벼슬 이름.

그러더니 사람들에게 비석들을 쓰러 넘기게 하였다. 어떤 통보원이 말을 달려 가다가 말발굽 아래 짓밟히는 돌을 굽어보면서,

"돌이여, 네 홀로 불행하여 비석이 되지 못하고 한길 복판에서 오가는 인마에게 짓밟히고 있단 말인가."

하고 풍자하는 데까지 이르렀다.

재상 오겸吳謙은 전라도 남원 군수로 정사를 잘하였다. 고을 백성들이 그의 은혜를 생각하여 우선 비석을 만들어 두고 군수가 장차 갈려 가는 날을 기다려 업적들을 새겨 넣기로 하고 있었다.

이 말을 들은 공은 내심 자기를 위한 비를 세우지 못하게 하려고 꾀를 내어 비석을 맡은 늙은이들을 꾀었다.

"내게 비를 세울 만한 무슨 공적이 있었겠소? 그러나 기왕 비를 세우기로 준비되어 있다 하니 어쨌든 비에 쓰이는 말이 사적과 서로 맞아야 보는 사람들에게 인정을 받을 것 아니겠소? 내가 가기 전에 비석도 보고 비문 초고도 보아 알맞게 쓰도록 할 터이니 그대들은 비석을 운반하여 오기 바라오."

늙은이들은 그럴듯이 믿고 비석을 가져왔다. 공은 늙은이들을 물리고 석공에게 명하여 '하마'[2]라는 단 두 글자를 새겨 향교 앞에 세웠다. 당시 식자들은 과연 예절을 아는 사람이라고 하였다.

—《송계만록》

2) 하마下馬란 말 탄 자는 말에서 내리라는 뜻. 향교에는 성현들의 위패가 있는 곳이라 하여 어떤 사람이든 반드시 말에서 내렸다. 그래서 여기에 '하마' 비를 세운 것이다.

## 모진 매 아래 억울한 죄가 없으랴

성주[1] 태생인 현감 유예원柳禮源은 집이 대구에 있었다. 아들이 둘 있었는데, 큰아들은 유유柳游, 둘째 아들은 유연柳淵이다. 유가 열댓쯤 되어 하루는 풍병을 앓다가 뛰쳐나가 간 곳을 알 수 없었다. 또 채응규蔡應奎라는 자는 경산현의 관속으로 일찍이 유의 여종을 얻어 살면서 유 씨네 사정을 손금같이 알고 있다가 또한 행방을 감추었다.

그 뒤 채응규는 유를 타향에서 만나 거처를 같이하면서 유의 마음도 떠보고 이야기도 늘 들어 유의 집안일을 시시콜콜 모르는 것이 없었다.

유가 나간 지 팔 년이나 되었을 때, 유의 맏누이 남편인 종실 달성령達成令 아무가 채응규와 공모하여 채응규를 유라고 꾸미고, 장차 채응규에게 연을 죽이고 유 씨네 재산을 나누어 먹기로 하였다. 그리하여 달성령은 연에게 편지로 네 형이 여기 있으니 급히 서울로

1) 성주星州는 경상북도 상주의 옛 지명.

오면 형과 함께 돌아가게 되리라고 하였다.

편지 받은 연은 급히 서울로 올라와서 형이라는 자를 만나 자세히 뜯어보고 속으로는 거짓임을 알았으나 서서히 사정을 알아보려고 그자를 데리고 고향으로 내려왔다. 그리하여 두루 친구들을 청해 놓고 진짜인지를 식별케 하였더니 그를 유라고 하는 사람은 열에 하나도 없었다. 그래 연은 그 사유를 본부에 고발하였다. 그때 태수가 처음에는 채응규를 옥에 가두었다가 채응규가 거짓 병을 핑계 대는 데 넘어가 그만 보석을 하여 개인 집에 두었더니, 채응규는 자기 모략이 들통 날까 두려워 밤을 타서 달아나고 말았다.

이리하여 내막을 알지 못하는 사람들은 연이 형을 죽이고 종적을 없애기 위하여 강물 속에 던진 것이라고 수군댔다. 듣는 자들은 알지도 못하고 이야깃거리를 삼아 가까운 데서부터 먼 데로 소문을 퍼뜨려 마침내 조정에 들어가게 되었다. 그래서 연은 의금부에 잡혀가 호된 국문을 못 이겨 거짓 자백한 결과 마침내 사형을 받았다.

그 뒤 조정에서는 유와 채응규가 해서 지방에 숨어 있다는 소문을 들었다. 유는 이름을 천유라고 고치고 숨어 있었던 것이다. 조정에서는 군현으로 통보하여 두 놈을 체포하였다. 채응규는 스스로 자기 죄가 큰 것을 알고 도중에서 자살하였고, 유는 묶여 서울로 호송되었다. 같은 마을 사람으로 서울 와서 벼슬하는 사람이 그놈이 진짜 유인 것을 확인하였다. 조정이 취조한 결과 마침내 사실의 전말이 드러났다. 그러나 병자라 하여 곧 석방될 참에, 왕은 아비가 죽었으되 가지도 않았으며 아우가 사형을 받았으되 억울한 죄를 풀어 주지 않았으니 아무리 풍병 환자라 한들 어찌 죄가 없으랴 하여 용강현으로 귀양을 보냈다. 그 뒤 석방되어 고향에 돌아와 몇 년 동안 살다가 죽었다.

연의 원한이 이로써 풀리겠는가? 예부터 지금까지 누가 연처럼 홀로 만세의 원한을 품게 된 자가 또 있겠는가? 옛날의 법관들은 삼복과 오주[2]로 형벌의 집행을 신중히 하였나니 법을 맡은 자 마땅히 연을 거울삼아 예로 법을 삼아야 할 것이다. 모진 매 아래 어찌 억울한 죄가 없겠는가.

—《송계만록》

2) '삼복三覆'은 세 번이나 거듭 범죄 사실을 다시금 심리하는 것, '오주五奏'는 법적 처단의 착오가 없도록 다섯 번까지 왕에게 아뢰어 비준을 받는 것을 말한다.

## 남을 놀리다가 망신

남학[1]에 한 선비가 있었는데, 그는 시골서 올라온 서생을 볼 적마다 업신여겨 '포송浦松' 이라고 불렀다.

한산 사람으로 갓 입학한 자가 있었는데, 선비가 물었다.

"이 포송은 어데서 왔는고?"

그는 얼른 머리를 숙이고 땅에 엎디어 대답하는 것이었다.

"천만의 말씀이지, 제가 어떻게 감당하오리까?"

선비가 물었다.

"도대체 감당하지 못한다는 것이 무슨 말인고?"

"제가 시골 있을 적에 남의 종질하는 자들이 자기 의붓아비를 부를 때 포송이라고 하는 것을 보았는데 내가 어떻게 감히 감당하겠소?"

하고 시골 서생이 말하였더니, 선비는 부끄러워 도망쳤다.

---

1) 옛날 서울의 동부, 남부, 서부, 중부에 학교가 하나씩 있었는데 사학四學이라고 했다. 남학은 남부에 있던 사학.

포송이라는 말의 뜻은 잘 모르겠으나, 시골 서생을 놀리는 은어일 것이다.

—《송계만록》

# 벽란도를 건너다가

벽란도碧瀾渡에서 배가 건너갈 때였다. 파도가 험해 배가 키처럼 까불며 뒤집힐 위기에 놓였다.

이때 배 가운데서 중은,

"나무아미타불……."

장님은,

"각항저방[1]……."

무당은,

"아왕 만세[2]……."

한방 의원은,

"이중탕, 이중탕……."

하며, 제가끔 무사하기를 축원하는 소리로 들끓었다.

---

1) 귀신을 쫓는다는 진언. 28수의 별 이름을 외는데, 각 · 항 · 저 · 방은 28수의 처음에 있는 네 별.

2) 글자 뜻으로는 '우리 임금 만세' 지만, 무당은 다만 축원하는 뜻으로 아무 데서나 부른다.

배는 다행히 파선되지 않고 건너편 언덕에 가 닿았다.

한 선비가 언덕 위에 서서 물었다.

"중이나 장님이나 무당의 축원은 각각 그들이 무엇을 빌 때 외던 버릇이지만 한의는 왜 이중탕을 불렀던가?"

한의가 대답하였다.

"배앓이 약으로는 이중탕이 가장 효험이 좋기 때문이오."

사람의 배를 물 건너는 배에 부친 것이니 듣는 사람들이 모두 배를 안고 웃었다.

—《송계만록》

# 선비의 배움과 농사꾼의 일은 한가지

## 해동잡록

《해동잡록海東雜錄》은 조선 인조 때 권별(權鼈, 1589~1671)이 쓴 책으로, 고조선 때부터 조선 전기까지 인물들을 왕조별, 성씨별로 분류하여 사람마다 학문과 일화를 인명사전 방식으로 담았다. 이 책에서 참고한 책 가운데 오늘날 전하지 않는 책들이 많아서 우리 고대사 연구에 도움이 된다.

## 박팽년

평양 사람 박팽년은 자를 인수仁叟라 하였다. 천성이 침착하고 과묵하였으며, 문장은 웅건하고 티 한 점 없었으며, 글씨는 종요와 왕희지의 체를 따랐다.

세종 때 두 번 등과하여 성삼문과 더불어 집현전에 들어가 있다가, 세조 병자년에 형조 참판이 되었으나, 성삼문, 하위지 들과 단종 복위를 꾀하다가 들켜 아우 박대년朴大年과 아들 박헌朴憲과 더불어 다 죽었다.

을해년에 세조가 단종한테 양위를 받았을 때였다. 박팽년은 일을 이미 돌이킬 수 없다고 생각한 끝에 경회루에 올라가 스스로 떨어져 죽으려 하였다. 이를 알게 된 성삼문은 굳이 말리면서 말하였다.

"왕위가 비록 옮겨졌으나 왕이 아직 상왕으로 계시지 않은가. 우리가 살아 있으면 뒤에 다시 기회를 탈 수 있을 것이야. 일을 도모하다가 성사하지 못하면 그때 죽어도 늦지 않을 것일세. 오늘 왜 나라에 아무 이로움도 없이 죽으려 하는가?"

하여, 박팽년은 그 말을 좇아 마침내 성삼문과 더불어 밀모를 하였다.

얼마 안 되어 박팽년은 충청 감사로 나갔다가 다음 해에 형조 참판으로 들어왔다. 성삼문과 삼문의 부친 성승成勝, 무반 유응부兪應孚, 문관 하위지, 이개李塏, 유성원, 김질金礩, 단종의 장인 권자신權自愼 등과 더불어 약속하고 단종 복위의 기회를 노리고 있었다.

때마침 중국 사신이 와서 태평관[1]에 들어 있었는데, 세조는 상왕과 같이 사신을 청하여 창덕궁에서 연회를 하기로 하였다. 박팽년들은 이를 기회로 거사할 계획을 짰다.

이날 성승과 유응부에게 별운검[2]이 되어 연회하는 자리에 들어가 거사를 하게 하는 한편, 성문을 닫고 세조의 우익[3]들을 없애면 상왕 복위는 손바닥 뒤집기라고들 입을 모았다. 유응부는 이렇게 장담하였다.

"왕과 세자는 내가 맡으리! 나머지는 그대들이 처치하게."

이렇게 계획은 결정되었다.

그날은 왔다. 그런데 왕은 별운검을 파하고 들이지 말라고 명하는 것이었다. 세자는 병으로 불참하였다. 유응부는 그래도 들어가 치겠다고 하였다. 성삼문과 박팽년은 굳이 말렸다.

"지금 세자가 본궁에 있고 공을 별운검으로 쓰지 않게 된 것 또한 운명이오. 여기서 거사했다가 세자가 경복궁에서 군사를 일으키면 승패를 알 수 없으니 다른 날 기회를 기다려 거사하는 것만 못

---

1) 중국 사신이 머물도록 정해진 숙소.

2) 별운검別雲劍은 큰 칼을 차고 왕의 행차를 호위하는 것.

3) 우익羽翼은 지지하고 돕는 자들.

하오."

유응부가 주장하였다.

"일은 신속이 중요한 것이오. 다른 날로 미루었다가 일이 누설될까 걱정이오. 세자는 비록 불참하였으나 그의 우익들이 모였으니 오늘 모조리 베 버리고 상왕을 받들어 선포 호령하는 한편, 무신에게 저쪽에 가서 세자를 제거케 하면 될 것 아니오? 천재일우의 기회를 놓쳐서는 아니 되오."

박팽년과 성삼문은,

"만전의 계책이 아니오."

하고 끝내 고집하여 결국 거사를 못 하였다.

김질은 일을 이루지 못할 줄 알고 장인 정창손鄭昌孫한테 달려가서 밀모 내용을 일러 주고 호신책을 강구하였다.

"오늘 세자께서 왕의 행차에 수행치 않으시고 특히 별운검도 없애서 박팽년과 성삼문이 거사를 중지케 된 것은 실로 천운입니다. 먼저 이를 고발하여 요행으로 생명을 보전함만 못하리라 생각합니다."

정창손은 곧 김질을 데리고 대궐로 달려 들어가 왕에게 사실을 고한 뒤 이렇게 말하였다.

"신은 실로 알지 못하였삽고 김질이 저 홀로 참여한 것이오니 질의 죄 만 번 죽어 마땅한 줄로 아뢰옵니다."

왕은 김질의 죄를 특사하고 정창손은 공훈을 등록하였으며 박팽년 등을 잡아들이니 그들은 모두 사실을 시인하였다.

왕은 박팽년의 재주를 아깝게 여겨 비밀리에 사람을 시켜 박팽년에게 일렀다.

"네가 내게 돌아와 첫 밀모에 참가한 사실을 부인한다면 너를 살려 줄 것이다."

박팽년은 이를 비웃어 버리고 대답지 않았으며 왕을 호칭할 때 왕이라 하지 않고 반드시 '나리'[4]라 하니 왕은 그의 입을 치려고 하였다.

"네가 이미 내게 '신'이라 칭하였거늘 지금 와서 신이라 안 한들 무슨 소용이 있느냐, 이놈아!"

왕이 말하자 박팽년이 대답하였다.

"박팽년은 상왕의 신하일 뿐, 충청 감사 일 년간 나리에게 계목할 적에 일찍이 신이라 한 적은 없었소."[5]

4) 나리〔進賜〕는 종실을 가리키는 우리 말이다.

5) 계목啓目은 보고 문건을 말한다. 왕이 사람을 시켜 계목을 조사하니 '신臣'이라 쓴 것은 하나도 없었다 한다.

## 유응부의 기개

유응부는 키가 남보다 훨씬 크고, 용모가 위엄 있고 건장하였으며, 활도 잘 쓰고 무예를 좋아했다. 여간한 집이나 담벼락 같은 것을 훌훌 뛰어넘었다. 그리고 성품은 지극히 효성스러웠다.

무예로 벼슬길에 올랐는데 세종과 문종이 다 그를 신임하여 벼슬이 이품에 이르렀으며, 소생으로 아들은 없고 딸이 둘이었다.

병자년 사건, 곧 단종 복위를 위한 밀모에 참가하여 성승과 더불어 별운검으로서 거사하려다가 발각되어 궁정에서 국문을 받게 되었다.

세조가 물었다.

"너는 무엇을 바라고 어쩌자던 거냐?"

유응부는 대답하였다.

"나는 중국 사신을 위한 잔칫날 일척검一尺劍으로 당신을 없애 버리고 옛 임금을 회복코저 했더니, 불행히 간사한 자에게 고발당했을 뿐이지, 또 무엇을 요구했겠소? 지금 이렇게 되었으니 나를 빨리 죽이시오."

세조는 노하여 말하였다.

"네가 이름은 단종에 걸고 실은 역모를 한 줄 내가 안다. 이놈 바로 아뢰어라!"

그러고는 무관을 시켜 칼로 살을 벗겨 내며 참혹한 고문을 하였다.

그러나 유응부는 끝내 굴복하지 않고 같이 국문을 당하고 있는 성삼문을 돌아보면서 말하였다.

"서생과는 큰일을 도모할 수 없다고 하더니 과연 그렇구나. 잔칫날 내가 칼을 쓰려 할 때 너희들은 만전의 계책이 아니라고 굳이 말리더니 결국 오늘의 화를 불러왔구나. 너희들은 사람으로서 그렇게도 무모하니 짐승과 무엇이 다르랴."

다시 세조를 향하여 말하였다.

"더 물을 것이 있거든 저 더벅머리 선비한테 물어보오."

그러고는 입을 다물고 대답하지 않았다.

세조는 더욱 노발대발하여 엄명을 내려 이글이글하는 숯불에 새빨갛게 달궈 낸 쇳덩이를 유응부의 배 아래 넓적다리 위에 올려놓았다. 살의 기름이 지글지글 끓으며 불이 펄펄 일어났다. 가죽과 뼈가 다 탔지만 유응부는 얼굴빛이 태연하였다. 점차 쇠는 식었다. 유응부는 식은 쇠를 들어 땅바닥에 던지면서 외쳤다.

"옛다! 다시 쇠를 달궈 오너라."

그는 기개가 더욱 높아질 뿐 끝내 굽히지 않다가 죽었다.

그는 천성이 지극히 효성스러워 무릇 어머니의 마음을 위로할 수 있는 일이라면 무엇이나 해 드렸다. 그는 자기 형 유응신兪應信과 더불어 활의 명수로 사냥 잘하기로 세상에 이름이 났다. 날짐승, 길짐승 할 것 없이 만나면 맞히지 못하는 것이 없었다.

집이 가난하여 한 섬 쌀도 모아 두지 못했지만, 어머니를 봉양할 음식거리는 언제나 넉넉히 장만하였다. 어머니가 가끔 포천 농가에 오갈 때에는 형제가 늘 따라다녔다. 하루는 어머니 말 앞에서 몸을 뒤쳐 고개를 돌리고 날아가는 기러기를 쏘았더니 활줄 소리에 뒤미처 기러기가 떨어졌다. 어머니가 크게 기뻐하는 것을 본 유응부는 퍽 만족하였다.

유응부는 재상이 되었으되 방에는 거적을 깔았고, 끼니에는 고기 한 점 오르지 못했으며, 때때로 양식이 떨어져 처자의 원망도 들었다. 죽던 날 그의 안해가 통곡하였다.

"살아서는 몸 가릴 바 없었거늘 죽음에도 큰 화를 입다니……."

길 가던 사람들도 눈물을 뿌리지 않은 이가 없었다.

천성이 원래 용감한 그는 처음 밀모할 때 공모자들에게 주먹을 뽐내 들고 권 아무개, 한 아무개[1]를 없애는 데야 이 주먹이면 그만이지 무슨 긴 창과 큰 칼이 필요하겠느냐고 하였다.

그가 일찍이 함길도[2] 절제사가 되어 가 있을 적에 지은 유명한 시가 있었다.

보아라, 장군 위덕
변방 요새 눌렀구나.
북방의 티끌 맑혀
사졸들은 잠만 자네.

---

1) 세조의 공신 권람權擥과 한명회韓明澮를 이른다.

2) 함길도咸吉道는 함경도의 옛 이름.

온 종일 빈 뜰에서

장난거리 무엇인고.

보라매 삼백 마리

다락 앞에 앉아 있네.

將軍威德鎭戍邊　沙塞塵淸士卒眠

盡日空庭何所玩　良鷹三百坐樓前

# 선비의 배움과 농사꾼의 일은 한가지

신숙주는 고령 사람이다. 자는 범옹泛翁이요, 호는 보한당保閑堂 또는 희현당希賢堂이다. 그는 세종 때 과거에 두 번이나 장원하였다. 일찍이 일본에 사신으로 갔고, 또 요동에 가서 《홍무정운통고》[1]를 편찬하였다. 또 세조가 단종에게 왕위를 물려받을 때와 북방의 여진 토벌 당시 공훈이 있어 네 가지 공신 칭호를 받았으며 두 번이나 영의정이 되었다.

신숙주는 선비의 학문 연구를 농사와 천 짜는 데에 견주어 아래와 같이 '가직설稼織說'을 지었다.

"심고 김매고 그 결과로 낟알을 거두는 것은 농사꾼의 일이요, 누에를 길러 실 뽑고 그것으로 비단을 짜는 것은 천 짜는 사람의 일이다. 심지 않으면 싹이 없으며, 누에를 치지 않으면 고치가 없을 것이니, 따라서 김맬 것도 실 뽑을 것도 없을 것이다. 심어 놓고도 김매기를 하지 않는다면 싹은 가라지로 덮일 것이며, 누에를 쳐서

1) 《홍무정운통고洪武正韻通考》는 한문의 음운音韻을 밝힌 책이다.

고치를 지었다 하더라도 실을 안 뽑고 내버려 둔다면 고치는 나비가 나서 못 쓰게 될 것이다. 그러고서야 어떻게 낟알거두기와 비단짜기를 바랄 수 있겠는가. 끝내는 굶주리고 얼어 떨 수밖에 없을 것이다.

선비들의 배움도 이와 같은 것이다. 학문에 뜻을 두고 배우는 것은 씨를 뿌리는 것이나 누에를 치는 것과 마찬가지이며, 학문 연구에 부지런한 것은 김매는 것이나 실 뽑는 것과 같다. 이리하여 인격도 원숙하고 명망도 높아지는 것이니, 학문의 성과를 실지 사업에 적용하는 것은 낟알을 거두거나 비단을 짜 내는 것과 같은 것이다."

또 신숙주의 정치 도덕적 견해는 이러하였다.

"백성을 괴롭히지 않는 것을 '인仁'이라 하며, 법을 범하지 않는 것을 '의義'라 하며, 게으르지 않는 것을 '근勤'이라 하며, 일에 용감하고 빠른 것을 '민敏'이라 하나니, 인과 의는 덕의 근원이며 사람 호상간 생활의 규범으로 된다. 이에 기초하여 실천하기를 '근'히 하고 '민'히 한다면 무엇을 한들 옳지 않겠는가."

그는 일찍이 이런 말을 했다.

"우리 집 뒤에 샘이 날 만한 맥줄기가 있었다. 그래서 시험으로 우물을 파 보았으나 물줄기는 볼 수 없고 굳은 바위에 부닥쳤다. 그래서 쇠쟁기로 쪼고 뚫고 깨고 하여 여러 날 힘을 들여 바위를 다 깨어 내고 보니, 그 밑에는 또 재가 있었다. 재를 다 파냈더니 이번에는 통나무가 누워 있었고, 또 통나무를 다 파냈더니 그제야 비로소 맑고 찬 샘물이 솟아올랐다. 깊이는 거의 수십 척이 넘는다. 거기에 그렇게 여러 층이 있는 이치를 알 수 없다. 이것이 어찌 겁회[2]가 아니겠는가. 또 이 땅이 어찌 일찍이 천만 길 구렁텅이였던 것이 이러저러한 변천을 겪어 드디어 지금과 같은 평지가 됨이 아니겠는가."

그는 일찍이 서장관으로 일본에 갔다. 일본인들이 다투어 그의 시를 구하였다. 그는 그때마다 붓을 들고 거침없이 시를 지어 주었다. 일본인들은 모두 그의 학문과 문장에 탄복하였다. 일본에 갔다 오는 데 아홉 달밖에 안 걸렸는데 전에 갔던 사신들 가운데는 이와 같이 사절 임무를 완전하고 빠르게 마치고 돌아온 예가 없었다. 그 뒤 사신이 오갈 때마다 일본인들은 반드시 신숙주의 안부를 물었다고 한다.

신숙주는 사절단으로 일본에 갈 적에 항해 중 날씨를 관측하여 바람과 비가 있을 것을 미리 선원들에게 알려 주었다. 바다 생활로 늙은 선원들도 그에게 미치지 못하였다.

일본에서 돌아올 때 바다에서 문득 태풍을 만났다. 미처 언덕에 배를 댈 겨를이 없어 뭇사람들이 모두 어찔 줄 모르고 겁에 질려 있었는데 공은 낯빛이 태연자약하였다.

그 배에 일본에 표류해 있던 사람들도 태워 오고 있었는데 그중에는 아이를 밴 부인이 한 사람 있었다. 여러 사람들이 떠들었다.

"옛날부터 아이 밴 여자를 배에 태우는 것을 크게 꺼리는데, 풍파가 갑자기 일어난 것도 그 때문이니 여자를 마땅히 바다에 던져 재앙을 면해야 한다."

이때 공이 강하게 말렸다.

---

2) 몇만 년 이래 많은 변화를 겪어 물체가 재로 된 것.

"사람을 죽여 자기들이 살기를 꾀하는 것은 도덕에 용납될 수 없는 죄행으로 상서롭지 못한 일이다."

이윽고 바람이 자고 파도가 평온하여졌다.

세조 5년 파저강[3] 야인이 침입하였을 때 왕이 공을 보내어 토벌케 하였다. 적들은 밤을 타서 쳐들어왔다. 병영에서는 사졸들이 크게 떠들며 응전하고 있었다. 그러나 공은 태연히 누워서 조금도 당황하지 않으며 막료를 불러 시 한 수를 읊었다.

오랑캐 설레고 된서리 내려
찬바람도 휘갈길 제
철기[4]는 가로세로
백 리 사이 내닫는다.

밤 싸움 쉴 새 없이
날이 곧 새벽인데
태연히 누웠으니
별이 또한 드문드문.
虜中霜落塞垣寒　鐵騎縱橫百里間
夜戰未休天欲曉　臥看星斗正闌干

장병들은 공의 흔들림 없이 태연한 태도를 보고 신뢰하여 사기가

3) 파저강婆猪江은 평안북도 초산군에 있다.
4) 무장한 강한 기병.

더욱 올라갔다.

공은 요동에 와 있던 명나라 한림학사 황찬黃瓚에게 한문 글자의 음운을 묻기 위하여 무릇 열세 번이나 왕복하였다. 그리하여 한자의 칠음과 사성[5]을 밝혀서 《홍무정운통고》라는 책을 편찬하였다. 이 책은 당시 여러 나라 음운을 대조하여 쉽게 번역하였으므로 당시 중국을 비롯한 여러 나라 말의 이치를 스승 없이도 혼자서 쉽게 공부할 수 있게 되어 있다.

신숙주가 쓴 《해동제국기海東諸國記》는 여러 나라의 국왕, 추장, 두목 들의 종족 계통과 나라들의 강약, 군대의 많고 적음, 영토의 경계, 풍속, 사신들이 배를 이용하여 내왕하는 절차와 우리 나라에서 접대하던 의식 등을 갖추 기록하였다.

5) 칠음七音은 입술소리, 혓소리, 어금닛소리, 잇소리, 목소리, 반혓소리, 반잇소리의 일곱 가지의 음이다. 사성四聲은 한자운의 평성, 상성, 거성, 입성이다.

## 이개의 충절과 절명시

이개는 한산 사람으로 자는 백고伯高 또는 청보淸甫다. 목은의 증손이요, 이종선李種善의 손자이다.

어려서부터 글을 잘하여 사람들이 이르기를 할아버지의 유풍이 있다고들 하였다.

세종 때 두 번 과거에 올라 집현전의 직제학이 되더니, 세조가 왕위를 물려받자 박팽년, 성삼문 등과 더불어 단종 복위를 밀모한 것이 발각되어 처형당하였다.

박팽년, 성삼문 등이 대궐 뜰에서 몸을 지지는 형벌을 받을 때 이개는 비웃었다.

"이것이 무슨 형벌인고. 이런 형벌도 세상에 있었던가?"

그는 몸이 여위고 약한 사람이었으나 혹독한 형장 아래 낯빛이 조금도 변치 않으니, 사람들이 모두 그의 장렬함을 찬탄하였다. 끝까지 그는 굴함 없이 성삼문 등과 더불어 한날에 죽었다.

수레에 실려 형장으로 끌려 나가며 그는 시를 남겼다.

우정[1]이 무거울 땐
삶이 또한 중했더니
홍모[2]가 가벼운 덴
죽음 외려 영화일세.

뜬눈으로 밤새우고
문밖으로 끌려날 제
현릉[3]의 송백들이
꿈속인 양 푸르구나.

禹鼎重時生亦大　鴻毛輕處死猶榮
明發不寐出門去　顯陵松柏夢中青

1) 우정은 우 임금의 솥. 중국 고대의 어진 임금 우가 큰 솥 아홉 개를 만들게 하고 그것으로 나라를 전승하는 상징을 삼았다고 한다. 우정이 무겁다는 것은 국권, 곧 왕권이 공고하고 나라가 태평하다는 것을 뜻한다.
2) 기러기 털. 의를 위하여서는 기러기 털처럼 가벼이 생명을 버려야 한다는 뜻.
3) 단종의 아버지인 문종의 묘가 있는 능. 일찍이 문종에게서 어린 단종을 부탁받은 것을 회상한 것이다.

## 서거정의 저술

서거정은 대구 사람으로 자는 강중剛仲이고, 옛 자는 자원子元이며, 호는 사가정四佳亭이다. 세종 갑자년에 과거에 오르고, 세조 때 또 중시重試, 영시英試, 준시俊試 세 과에 모두 뽑혔다.

시문에서 재주가 넉넉하고 기민하며 쓴 글이 많다. 세종 때부터 다섯 임금을 섬겼는데, 이십팔 년간 대제학을 맡았으며, 사십오 년간 경연에 주된 구실을 하였다.

중국 사신으로 조선에 왔던 기순祈順도 당시 원접사였던 서거정의 풍부한 학문과 재능에 탄복해 마지않았다.

벼슬은 찬성에 이르렀으며, 시호는 문충이고, 저술로는 문집이 세상에 전하고 있으며, 그 밖에 《대동시화大東詩話》, 《필원잡기》, 《태평한화골계전太平閑話滑稽傳》 들이 있다.

서거정은 곧 양촌陽村 권근權近의 생질이다. 나이보다 영특하여 겨우 여섯 살에 글 읽고 글귀 붙일 줄을 알아 문중이 모두 신동이라 하였고, 점점 커 가면서 그의 재능과 기예가 늘 동창 가운데서 뛰어났다. 그리하여 당시 사람들이 권근의 문학 전통이 반드시 생질에게 이어질 것이라고 하였다.

중국의 한림학사 예겸倪謙과 급사중 사마순司馬恂이 사신으로 왔을 때 수찬으로 있던 서거정의 글을 본 두 사신은 감탄해 마지않았다. 그 뒤 또 중국 사신으로 온 기순, 장근張瑾도 당시 원접사이자 관반[1]이었던 서거정과 시를 서로 주고받을 적마다 거침새 없이 시가 우러나오는 공의 비범한 재간에 매양 감탄하였다.

"진실로 기이한 재주로다! 우리는 온밤을 자지 않고 구상해도 겨우 시 한두 편을 얻을 뿐인데, 공은 잠시 이야기할 동안에 붓을 들면 모두 주옥을 이루니 실로 천하를 횡행할 수 있는 탁월한 재주로다."

그 뒤 그들은 사신 왕래가 있을 적마다 반드시 공의 안부를 물었다.

공은 시를 지을 때 손에 붓을 들고 단숨에 거침없이 완성하여 유창하기가 비길 데 없었다. 그가 쓴 비문, 기, 서, 시, 부, 잡문 등은 마치 흐르는 물과 같아 파란과 곡절이 넘쳐 일고 있었다. 그리하여 그의 기묘한 문장과 이야기가 세상에 많이 전해지고 있다.

1) 관반館伴은 조선 시대에 서울에 묵고 있는 외국 사신을 접대하기 위하여 임명하던 임시 벼슬.

## 안견의 '청산백운도'

안견은 어렸을 때 자가 득수得守였다. 성품이 총명하고 기민하였으며, 꼼꼼하고, 해박하였다. 옛 그림을 많이 보고 모두 그 진수를 얻었으며 선배의 장점들을 취하여 이를 절충하였다.

산수화를 특히 잘 그렸는데 궁에서 간직한 '청산백운도靑山白雲圖'는 가장 뛰어난 보물이다.

## 최무선의 화약과 화통

최무선崔茂宣은 영주永州 사람이다. 그는 타고난 성품이 명민하고 중국 말도 잘하였다. 잔심부름하는 사내아이를 시켜 원나라 사람한테 염초 만드는 법을 배우게 하였으며, 또 화통을 만들어 두었다가 심덕부沈德符와 더불어 왜적을 쳐서 왜선 삼십여 척을 불살라 버린 공훈을 세웠다. 그리하여 고려 때 벼슬이 참찬 문하부사에 이르렀으며, 조선에 들어와서는 영성군永城君의 봉작을 받았다.

최무선은 왜구가 날뛰는 것을 늘 염려하여 수전화공의 술책을 연구하였다. 그리하여 염초를 만드는 기술을 알아내서 조정에 건의하여 화통도감火㷁都監을 두게 하였다.

원나라에서 들어온 염초 기술자 이원李元과 더불어 이웃하여 친근히 접촉하면서 은밀히 그 기술을 물어서 잔심부름하는 아이 몇에게 배우게 하여 시험해 본 뒤 조정에 건의하여 비로소 화통도감을 두게 하였다.

## 흠경각과 보루각

세종이 김돈金墩과 김요金銚에게 명하여 흠경각欽敬閣을 세웠다.

궁전 앞에 작은 건물 한 칸을 세우고 그 안에 여러 가지 시설과 장치를 하여 놓은 것이다. 풀과 종이를 이겨 높이 칠 척이나 되는 산을 만들어 놓았으며, '옥루기륜'[1]을 수력으로 움직이게 하였다. 또 '사신四神'과 '십이신十二神'을 만들어 놓아 북 치는 사람, 종 치는 사람, 시간 알리는 옥녀 등 무릇 백 가지 장치가 사람의 힘을 빌리지 않고 스스로 움직여서 운행되어 천체의 운행 도수와 기계의 표시가 조금도 틀림없이 완전히 맞았다. 또 산의 사방에는 〈빈풍〉에 나오는 시 '칠월'[2]에 따라 춘, 하, 추, 동 사계절의 풍경과 나무를 깎아 인물, 짐승, 초목 같은 형상을 만들어 절기에 맞추어 널리 늘어놓아 농군의 농사짓는 어려움을 보여 주고 있다. 이것을 이름 하여 '흠경

---

1) 옥루기륜玉漏機輪은 시간을 알려 주는 자동 기계 장치.

2) 〈빈풍豳風〉은 《시경》의 편명이고, '칠월' 시는 〈빈풍〉 가운데 옛날 농사하는 풍속을 읊은 시이다.

각' 이라 하였다.

궁중에 누기[3]를 설치하고 이름을 '보루각報漏閣' 이라 하였다. 계단을 이층으로 만들어 놓고 그 위에 '삼신三神' 을 장치하였는데, 시[4]를 맡은 신은 종을 울리고, 경更을 맡은 신은 북을 울리고, 점點을 맡은 신은 꽹과리를 울린다.

3) 누기漏機는 물을 떨어지게 하여 시간을 표시하는 장치.

4) 시時는 하루를 십이 시로, 하룻밤을 오경으로 한다.

# 백성의 눈은 밝다

## 죽창한화

《죽창한화竹窓閑話》는 조선 선조에서 인조 연간에 이덕형(李德泂, 1566~1645)이 쓴 책. 이덕형이 보고 들은 풍속, 제도, 풍수, 당쟁, 과거, 인재에 관한 것을 담고 있으며, 저자의 선조 한산 이씨들에 관한 이야기가 많다.

## 방탕한 윤생의 말로

윤생이라는 사람은 부마의 손자이며 재상의 사위이다. 호사스럽고 부귀함이 한때는 세상에서 첫손가락에 꼽혔다.

그는 호사스럽게 자라 글 한 줄 읽지 않았으며 게다가 품성이 교만하고 어리석고 또 망령되어 세상에 궁핍과 곤란이 있는 줄을 알지 못하였다. 날마다 하는 짓이라고는 도박과 주색을 즐길 따름이요, 사귀어 논다는 사람은 모두 무뢰배들뿐이었다. 또 화초와 새, 짐승을 몹시 좋아하였다. 만일 누구에게 색다른 꽃이나 새가 있다면 값이 비싸든 싸든 반드시 사오고야 말았다.

곁집에 사는 서생이 윤생의 집에 임금이 내려 준《자치통감강목資治通鑑綱目》한 질이 있는 것을 보았다. 늘 그것을 얻었으면 하고 있었지만 좀처럼 꾀가 나지 않았다. 마침 서생의 장인이 전라남도 어느 고을로 원살이를 갔는데 거기서 왜철쭉 화분을 얻어왔다. 서생은 이것을 미끼로 윤생의《자치통감강목》을 제 것으로 만들어 보리라 생각하였다.

당시 한다하는 집이라도 이 꽃을 가진 이는 매우 드물었다. 때마침 늦은 봄이었다. 그 화려한 꽃이 가지에 만발하여 고운 빛이 바야흐로 무르녹을 적에 윤생을 불러 보였다.

윤생은 놀라 좋아하며 말했다.

"야, 이거야! 내가 이 꽃을 구하려 한 지 이미 오랬는데 자네는 어데서 이걸 구해 왔나? 여보게, 내게 있는 아무것하고든지 바꾸세그려!"

서생은 슬쩍 골려 주느라고 이렇게 말했다.

"여보게, 말도 말게. 나도 이것을 구하느라고 숱한 돈을 들였어. 내가 이 꽃을 얼마나 사랑하는 줄 아나? 어떻게 남을 주겠나."

"내가 저자에 있는 재산 많은 노비 중에서 젊은 놈으로 한 사람 뽑아 줄 테니 저 꽃은 나를 주게."

서생은 이미 윤생이 속달아하는 것을 알고는 넌지시 말했다.

"자네와 나 사이에 어찌 값을 흥정하겠나. 자네 집에《자치통감강목》이 있다니 그 책이 내게는 그리 필요찮지만 우리 자식 놈을 가르치는 데 필요하겠으니 그것과 맞바꿈이 어떻겠나? 자네가 그렇게 이 꽃을 좋아하니 말일세."

윤생은 크게 기뻐하였다. 드디어《자치통감강목》전질을 주고 꽃을 가져다가 뜰에 놓고는 거저 얻은 것처럼 몹시 좋아하였다.

또 어떤 사람은 사슴 새끼를 길들여 채롱에 담아 가지고 윤생한테 왔다. 윤생은 무명 세 필을 주마고 했다. 사슴 가진 사람이 말했다.

"어느 재상집에서 청동화로를 줄 테니 팔라는 것을 너무 작다고 안 팔았는데 하물며 무명끝이나 받고 내놓을 줄 아시오?"

그러더니 짐짓 가는 체하였다. 윤생은 얼른 큰 청동화로를 내주고 샀다.

윤생의 어리석고 망발함이 대체로 이와 같았다. 노비와 논밭은 창기들 옷가지를 해 주느라고 모조리 팔아 없애고, 그릇과 책들은 꽃과 새 같은 것과 바꾸느라고 다 없애서 살림은 턱없게 되고 방이 텅 비게 되었다. 급기야 노량에 있는 이름난 정자를 팔아 겨우 일 년을 지내고는 또 성 남쪽에 있는 큰 집을 팔았다. 마지막에는 셋집살이를 하면서 그래도 훈신의 직계 장손이라 하여 나라에서 녹을 조금 받아 겨우 살아가는 형편이었다. 찢어진 옷에 풀로 엮은 갓을 쓰고 멀거나 가깝거나 걸어 다녔다.

당시 집안이 망한 자들을 꼽을 때 반드시 윤생을 먼저 꼽았다. 내 처가가 윤생의 곁집이므로 그 일을 갖추 듣게 된 것이다. 그 대강을 기록하여 세돗집 자제들이 부귀만 믿고는 배우지 않고 방탕한 말로가 무엇을 가져왔는가를 보여 주고자 한다.

## 비판에 대한 태도

명종 때 일이다. 대사헌 조사수趙士秀와 영상 심연원沈連源이 경연에 같이 앉아 있을 적이었다.

조 공이 왕에게 아뢰었다.

"영의정 심연원이 요사이 첩의 집을 지었사온데, 갖은 사치를 다 하였사옵니다. 심지어 단청까지 하였사오니 지극히 부당한 일로 아뢰옵니다."

심연원은 곧 말하였다.

"조사수가 과연 신의 잘못을 바로 지적하였사옵니다."

명종은 심연원이 불안해할까 봐 위안하여 주었다.

두 사람이 같이 퇴출할 때 심연원은 웃으면서 조사수에게 말하였다.

"만일 공의 말씀이 없었다면 내 허물이 더욱 커질 수 있었는데 일찍 고치게 된 것을 다행으로 생각합니다."

심연원이 집에 돌아가서 단청한 것을 말끔히 씻게 하니, 사람들이 칭찬하였다.

선조가 경연에 나오고 영상 노수신盧守愼과 수찬 김성일金誠一이 입시하였을 적에 김성일이 왕에게 아뢰었다.

"영상 노수신이 돈피 장의를 뇌물로 받았사오니, 영상으로 이와 같은 범행이 있을 줄 뜻하였사오리까?"

노수신이 자리에서 내려 대죄하고 말했다.

"김성일의 말이 과연 사실이옵니다. 신의 어미가 늙고 병이 많사와 매양 겨울철이 되면 추위를 견디지 못하옵기로 변방에 있는 일갓집에 부탁하여 돈피 옷을 지어 노모에게 주었사옵니다. 원컨대 죄를 주시옵소서."

선조는 두 사람을 다 칭찬하였다.

"대신과 대간이 다 자기 직책과 체면을 잘 고수하는 성실한 태도를 보니 나는 매우 기쁘오."

노수신은 본디 김성일과 친하였는데 이때부터 서로 더욱 존경하였으니 조정의 아름다운 일이었다.

오늘의 대신과 대간들이 심연원과 노수신 두 재상의 사과한 아량과 조사수와 김성일 두 공의 기탄없는 비판을 모범으로 한다면 어찌 나라의 복이 아니겠는가.

## 김상용의 죽음

병자년 난리 때 일이다. 우의정을 지낸 김상용金尙容은 강화성이 적병에게 포위되는 것을 보고 옷을 벗어 노복에게 주면서 말하였다.

"나라가 이 지경이 되었으니 나는 마땅히 죽어야 한다. 너는 이 옷을 가지고 초혼한 뒤 내 아들에게 전해 다오."

그러고는 남문루에 올라 앉아서 화약에 불을 지르고 스스로 타 죽었다.

적병이 물러간 뒤 아들 호조 판서 김광현金光炫 등이 강화에 달려갔더니, 성루는 이미 재가 되어 해골은 찾을 길이 없었고, 남긴 옷으로 초혼하였다.

김상용은 자기 절개를 지켜 의연히 죽음의 길을 택한 것이다.

## 광해 때 백성의 원한

광해 때 그렇게도 백성을 못살게 굴던 토목 공사는 을묘년부터 시작된 것이었다.

내가 전라 감사로 있을 적에 지금의 춘성군春城君 남이웅南以雄 공이 벌목 경차관으로 내려왔다. 변산, 완도 등지의 목재를 다 배로 서울까지 운반한다 하여 백성들의 노력을 턱없이 동원하게 하였다. 기미년께 가서는 그 역사가 아주 커졌다.

내가 또 황해 감사가 되었을 때에는 부임하러 겨우 고을에 당도하자, 가지가지 도감[1]의 독촉장이 사뭇 들이밀려 산같이 쌓였으니 어느 것을 해야 할지 도무지 갈피를 잡을 수 없다고 관속들의 걱정이 대단하였다.

당시는 대개 당상관으로 독운사[2]를 삼았는데, 지금 지사로 있는 이상길李尙吉도 그중 하나로 황해도에 특파되어 일 년 동안이나 머무

1) 일정한 일을 맡아 보는 책임자.

2) 독운사督運使는 운반을 독촉하고 감독하는 특사.

르며 선박 관리와 목재 등 자재 반출을 독촉하고 있었다.

황해도는 지역은 작지만 물산은 매우 많았다. 목재는 장산곶에서, 백토는 해주에서, 청토는 은률에서, 번주홍[3]은 평산에서, 온돌석은 해주 수양산에서 생산되며, 장연의 숯, 재령의 철은 끝없이 많았다. 토목건축에 필요한 온갖 자재들을 모두 다 황해도에 의존하였으며, 또 뱃길이 가까운 탓으로 백성들에게 막대한 폐해로 되었다. 수로와 육로로 운반하는 고역이 다른 도의 백 배였다.

재목, 단청, 철, 숯 등 주관하는 사람이 각각 따로 있어 '별장' 또는 '낭청'이라 하였는데, 그들의 접대와 요구를 감당해 낼 수가 없었다. 각 고을에 배정하여 아무리 거둬들여도 한없는 그들의 요구를 견뎌 낼 수가 없었다. 곳곳에서 사람과 말을 강제로 동원하여 성화같이 채찍질하니 쓰러지고 넘어지고 그 혹사와 고역이란 이루 말할 수 없었다.

천인 출신으로 김순金純이란 자는 이른바 '조도'[4] 일을 맡아 돌아다니며 이런 명목, 저런 명목을 교묘하게 붙여서 민간의 물품을 강제로 거두어 조금치도 남겨 두지 않았으며, 가는 곳마다 이 트집, 저 트집으로 형벌과 죄책이 참혹하였다.

또 노감 관원 중 염치없는 무리들이 이때를 좋은 기회로 삼아 이익을 노리고 못하는 짓이 없었다. 이른바 '방납'[5]이라 하여 현품 가

3) 붉은 빛을 내는 안료.

4) '조도調度'는 나라에서 토목 공사를 벌이거나 난리가 나 재정을 확보해야 할 때 임시로 관리를 각 도에 보내어 재정을 모으게 한 것을 말한다.

5) 방납防納은 물품 대신 값으로 환산하여 바치는 공납. 여기서 탐관오리들이 가격을 올려서 제 배를 채우는 짓을 하였다.

격의 열 배씩이나 받았으니 백성들은 안팎으로 뜯겼다.

황해도 백성들이 끓는 물 솥에 들어 있는 것 같아서 "이 나라는 언제나 망하려나." 하고 원한이 극도에 달하였으니, 어찌 하늘인들 무심하랴? 세상이 어찌 변혁되지 않겠는가?

## 덤비다가 망신

석경일石擎日은 영남 문관이다. 그는 천성이 어리석고 몹시 고지식하였다. 어려서부터 공부에 열중하여 날마다 백 글자로 정하고 반드시 천 번을 읽고야 말았다. 이렇게 십여 년을 하고 나니 사서삼경을 한 자도 빠짐없이 처음부터 끝까지 온통 꿰어 들어 머리와 눈에 거침이 없었다. 그 결과 명경과에 오르고 벼슬도 순조로이 승진하여 성균관 전적典籍이 되었으며 또 일찍이 중학 교수까지 겸하였다.

하루는 새벽쯤 되어 자기가 타고 다니는 말이 달아났다. 석경일은 놀라 일어나서 말을 빨리 붙잡을 생각으로 당황하여 덤비다가 안해의 붉은 상옷으로 바꿔 입고 머리에는 잘 때 쓰는 모사를 쓰고 말을 따라나섰다. 말은 중학으로 뛰어 들어갔다. 석경일이 중학까지 말을 잡으러 갔을 때는 날이 벌써 다 밝았다. 오도 가도 못 하고 창피를 보게 되었다. 그래 문밖에서 어름대고 있는 판에 중학 아전이 우연히 나왔다가 보니 석 교수였다. 몰골이 너무도 뜻밖이어서 놀라며 물었다.

"진사님, 이게 웬일이십니까? 다 밝은 날 남 보기 해괴하오니 제

집에서 관복 오기를 기다려 댁으로 돌아가시게 하오리다."

석경일은 장옷과 침모 바람으로 바지도 벗은 채 맨발로 나왔으니 부끄러워 죽을 지경이라 머리 숙이고 얼굴도 못 들고,

"어, 어."

할 뿐이었다.

벌써 구경꾼은 삥 돌라서서 미치광이라고 손가락질하였다. 아전은 급히 관복을 갖다가 입혀 보냈다. 중학 선비들이 듣고 그의 몰골을 그림으로 그려서 퍼뜨려 웃음거리를 만들었다. 이 때문에 그는 결국 출세하지 못하였다.

## 백성의 눈은 밝다

나는 임진년 난리를 피하여 한때 진안 지방 산골에 들어가 있었다. 거기는 산이 험준하고 계곡이 깊은 곳이라 마을이 드물었다.

곁집에 늙은 영감이 있었는데, 정사년 생으로 그해가 계사년이니 나이가 아흔일곱 살이었다. 아들 하나가 있는데, 전에 하급 병사였다가 늙어서 제대하였고 일흔세 살이었다. 이 늙은 부자가 젊은 아들, 손자 네 명과 남녀 노비 두 명을 데리고 산밭 농사로 겨우 끼니를 이어 나가고 있었다.

그런데 재미있는 것은 백발 된 부자 두 늙은이가 늘 정자나무 아래에서 마주 앉아 바둑을 두고 있는 것이니, 마을 사람들은 이 풍경을 가리켜 한 폭의 그림을 보는 것 같다고 하였다. 마을 사람들이, 그 부자가 나이도 많을 뿐 아니라 가풍과 행실이 순결하고 무던하다 하여 고을 원에게 글을 올렸더니 부역이 면제되었다.

아버지 되는 노인은 더욱 근력이 정정하고 총명이 쇠하지 않았다. 다만 음식이 잘 내리지 않아 하루 세 끼 죽을 먹었는데 한 사발이면 그만이라고 한다.

내가 들어 보니 기이하여 하루는 놀러 가 보았다. 몸놀림이 젊은이처럼 날래며, 눈썹 털은 매우 길고, 눈에 정기가 돌며, 얼굴에는 속된 티가 없고 야위기는 하였으나 영특한 기상이 사라지지 않았다. 실로 속세에 묻힌 사람 같지 않았으니 땅 위의 신선이라고나 할까. 나는 경탄을 금치 못하면서 노인에게 물었다.

"영감님, 지금도 젊었을 적 일을 잊지 않고 계십니까?"

노인은 묻는 말에 얼른 대답하는데 말소리가 명랑하고 말의 가락이 유창하였다.

"나는 나이 겨우 일곱 살 적에 군보軍保에 편입되고, 열세 살에 처음 번을 살러 서울에 올라갔습니다. 그때 연산은 술과 여자에 빠져서 날마다 놀러만 나갔습니다. 내가 연산의 얼굴을 보았는데, 살빛은 희고 수염은 적었으며 키는 크고 눈은 핏발이 서고 흐려 있었습니다. 연산이 전교箭橋로 행차할 때 나는 역꾼으로 좇아갔습니다."

노인은 연산의 일을 말하고, 다시 말을 계속하여 재상들을 똑똑히 지명하며 그들에 대한 평가와 기묘, 을사사화까지 모르는 것이 없이 엮어 내려가더니, 이야기를 마치면서 분하다는 듯이 탄식하였다.

노인은 견문이 많고 기억이 좋으니 의리에 밝고 학문을 잘하는 선비라도 그에게 미치기 어려울 것이었다.

나는 매우 기이하여 물었다.

"글을 배우셨던가요?"

노인이 대답하였다.

"아이 적에 나는 매우 총명하여 하루에 천자를 다 떼었다오. 모두들 신동이라고 칭찬도 많았답니다. 그러나 불행히도 하급 관원에게 고자질한 자가 있어 일찍 군역에 편입되었다가 나중에 《소학》, 《사략》 권이나 배웠을 뿐이지요."

"영감님은 무슨 수련법이 있어서 그렇게 장수를 하십니까?"

"산골에서 나고 자라 먹는 것이 조밥에 나물 따위뿐이며 병에 걸려도 약 먹을 줄을 모르건만 자연히 이렇게 늙도록 죽지를 않으니 까닭을 모르지요. 무슨 별다른 수련이 있겠소?"

아들이 곁에 있다가 말하였다.

"우리 아버지만 나이 많으신 게 아니지요. 우리 현과 가까운 고을에 아흔 된 노인이 드물지 않습니다. 어떤 교생의 어머니는 올해 백둘인걸요."

이듬해 봄에 그 노인이 돌아갔다. 아마도 깊은 산속에서 담백한 음식을 먹는 사람 가운데 장수하는 이가 많은가 보다. 촉의 청성 지방이 또한 그렇다고 한다.

나는 그 노인의 말을 들을 적에 경탄하지 않을 수 없었다. 노인이 번을 설 때에는 존재 없는 한낱 잡역에 지나지 않았으니, 뉘라서 그의 가슴속에 밝은 비판력이 있어 어느 재상은 현명하고 어느 재상은 사특하다고 평가할 줄 알았으리. 백성의 눈을 속일 수 없고 공정한 마음이 스스로 발동되나니 《시경》에 이른바 "백성이 모두 너를 보고 있다."는 말이 과연 옳지 않은가. 백성이란 어리석은 것 같으면서 총명하니 어찌 두렵지 않으랴.

## 목은 선생의 문장

옛사람들의 글을 평가하는 데는 실로 문장에 깊은 조예를 가진 사람이 아니고는 감히 옳은 평론을 한다고 할 수 없다.

내가 과거에 새로 급제하고 간이簡易 최립崔岦에게 인사를 갔더니, 최립이 말하였다.

"목은의 자손에게서 문관이 계속 나오고 있으니 그 유풍이 남아 있어 후손들에 이르기까지 혈통이 통하고 있는 것일세. 이는 실로 다른 집 내력과는 특이한 훌륭한 일이야. 내가 요사이 목은의 문집을 보았는데 그 비명碑銘과 묘지墓誌가 고금을 통하여 뛰어난 문장이니 우리 나라의 문장을 논할 때 마땅히 목은을 으뜸으로 삼아야 할 것일세. 후배들이 하필 중국 한유와 유종원의 글만을 좋다고 연구할 것이 있겠는가. 《목은집》을 잘 읽는 것이 좋을 걸세."

그러니 그가 주장하는 뜻이 시속 선비들 생각보다 멀리 앞서 나아가고 있는 것이었다.

그의 아들 최동망崔東望이 곁에 있다가 물었다.

"상국 이규보의 문장을 목은과 비교하면 누가 나을까요?"

최립이 대답하였다.

"호음 정사룡 공이 일찍이 말하기를 이규보의 작품 중에서 '조강부祖江賦'가 가장 좋다고 하였다. 그러나 어찌 능히 목은을 당할 수야 있겠느냐. 용재慵齋 성현成俔 공도 목은으로 으뜸을 삼았느니라."

또 윤근수尹根壽는 나에게 말하였다.

"중국 사신 허국許國이 우리 나라 사람들의 문집을 보자 하여 고봉高峯 기대승奇大升이 이규보, 이색, 김종직, 서거정 등의 시문집을 주었더니, 허국이 이 저서들을 모두 보고는 다른 것은 다 돌려주면서 오직 《목은집》만은 두고 읽으며 읊으며 놓지를 못하다가 돌아갈 적에 원접사에게 청하여 싸 가지고 갔으며, 또 귀국한 뒤 역관 홍순언을 통하여 《목은집》 여러 질을 구해 갔다네. 이것으로 보아도 목은의 문장이 동방에서 첫째로 꼽힌다는 것을 알 수 있지 않은가."

근년에 일본 사신 현방玄方이 우리 나라에 와서 또한 《목은집》을 청해 갔다. 일본에서도 목은의 문장이 뛰어난 줄을 알아서 그랬는지 아니면 중국 문인들의 말을 듣고 구하게 되었는지는 알 수 없다.

중국의 황홍헌黃洪憲이 사신으로 왔을 때 선조 대왕이 경연에서 신하들에게 물었다.

"우리 나라 문장으로 누구를 첫째로 치겠는가?"

노수신과 이이가 다 목은이라고 대답하였다.

# 조선의 무인들

조선에 들어와서 어질고 훌륭한 신하와 도덕이 높은 이름난 선비들이 언제나 그치지 않았으니, 이는 학문과 법령으로 나라를 다스림이 고려조보다 나은 까닭이다. 그러나 군사에서는 삼국 시대보다 훨씬 못하다. 장수는 더구나 저명한 자가 없다.

다만 김종서가 육진을 개척하고 윤필상尹弼商이 건기[1]를 쫓아냈으니 족히 그것으로 나라의 위력을 떨쳤으나 옛날 명장에 견준다면 아이 놀음에 지나지 않는다. 그러나 두 사람이 다 영웅호걸이니 만일 다른 시대에 태어났다면 그 공명과 훈업을 헤아릴 수 없을 것이다.

권율의 행주대첩과 이순신의 한산도 섬멸전이 공적에서 당시의 으뜸일 뿐 아니라 실로 쇠진한 국면을 다시 일떠서게 한 바탕으로 되어 청사에 길이 빛나고 있으니, 옛사람에 견주어도 못하지 않다.

그리고 곽재우는 애국의 기치를 높이 들고 의병을 일으켜 영남을 지켰으며, 홍계남洪季男은 원군이 오지 않는데도 홀로 적은 군사를

1) 건기建幾는 북쪽에 있던 오랑캐.

이끌고 충청도를 지켰으니, 그 공이 또한 적지 않다.

이 밖에도 반란을 진압하고 반역도를 평정하여 나라의 안전을 지켰다는 자가 있으나, 이는 다 울타리 안의 일이니 장수들의 반열에 놓고 함께 논의할 바는 못 된다.

내가 일찍이 옥성玉城 장만張晩과 더불어 우리 나라 명장들을 평론할 때, 장 공은 이렇게 말하였다.

"이백 년 이래 우리 나라를 쳐들어온 큰 적병을 막아 낸 자가 없었으니 대개 나라에서 인재, 특히 장수감을 양성할 줄 모른 까닭이다. 나라가 위급한 난을 당하여 무관들의 직위를 전공을 따져 승진시키지 않고, 백성들의 고혈을 긁어내어 군량쯤이나 마련한 자가 위계와 규정을 뛰어넘어 일약 존귀한 작록을 얻게 되니, 그들은 지위욕만 채우면 자기 신변을 돌보고 아끼는 것밖에는 바라지 않는다. 지금 나라가 날로 약해지고 있으나 장수 될 인재가 나오지 않는 것은 바로 이 때문이다."

장 공은 원로 훈신이며 노련한 장수라 높은 식견이 있는 분이니 그 말이 어찌 우연이라고 하랴.

# 불공을 파탄시킨 하경청

하경청河景淸은 출신이 보잘것없었으나, 의지가 굳세고 기개가 있어 매사에 대담하여 사람들이 뭐라고 하든 소신대로 하였다.

이미 고인 된 좌랑 송구宋耈와 한동네서 같이 자라난 친구였다. 일찍이 송 공의 할아버지가 안주 목사로 내려갈 적에 하경청도 송구를 따라 안주에 가 있었다. 그리하여 영변 절에 가서 둘이 같이 글공부를 하고 있었다. 이 절은 관서에서 이름 있는 큰 절로 중들도 많았다.

영변 사는 어떤 향리가 재산은 매우 많은데 아들이 없어 아들을 빌겠다고 숱한 물자를 들여 큰 불공으로 무차회[1]를 베푼다고 야단이었다. 도내의 승려들은 물론이요, 가까운 고을의 남녀노소들이 소문을 듣고 큰 구경이 났다고 너도나도 다투어 모여들어 경내가 들끓었다.

무차회를 열기 전날 밤이었다. 모든 준비가 되어 있었다. 아직 어린 총각인 하경청은 미리 불탑 아래 숨어 있다가 밤이 깊어 인적이

1) 무차회無遮會는 불가에서 행하는 큰 불공.

그쳤을 때 가만히 나와 칼을 가지고 불상의 얼굴을 긁고 베고 눈알을 파내었다. 그러고는 자기 처소로 돌아와서 태연히 누워 자고 있으니 곁에 있는 송구조차 이것을 몰랐다.

밤이 이미 자정이나 되었다. 시주와 중들이 목욕하고 옷 갈아입고 바삐 서둘러 대기 시작했다. 종소리, 범패 소리가 산골을 흔들며 등과 촛불이 휘황하여 밝기가 대낮 같았다. 이윽고 불상을 바라보니 긁고 파내어 형체가 없었다. 이목구비는 터져 온통 한 구멍을 이루었다. 무엇인지 알아볼 수 없게 된 쓸데없는 한 덩어리 흙뭉치가 우뚝 서 있을 뿐이었다. 승려들이 서로 보며 몹시 놀라 눈물까지 흘리고 시주하러 온 부부는 목을 놓아 통곡하며 어쩔 줄을 몰랐다.

늙은 중이 말하였다.

"이는 곧 절의 큰 변이다. 이는 부처가 변화하여 그리된 것이니라."

그런데 불공드리러 온 시주가 많은 재물을 허비한 것이 아까워 그 불상은 들어내고 다른 불상을 갖다 놓고는 불공을 우물쭈물 치러 버렸다.

그 뒤에도 하경청은 송구와 더불어 안주에 열 달 나마 같이 있으면서도 자기가 한 일을 전혀 말하지 않다가 서울 가서야 비로소 이야기하였다. 그의 대담하고도 진중함이 이러했다.

# 옥가락지로 맺은 인연

## 자해필담, 동야휘집, 송도기이

《자해필담紫海筆談》은 조선 후기 김시양金時讓이 일화나 고사 들을 모아 쓴 책. 사실에 대해 예리하게 비평했고, 잘못된 기록을 바로잡으려고 노력했다. 《동야휘집東野彙輯》은 조선 후기 이원명李源命이 편찬한 한문 단편집으로,《어우야담》이나 《기문총화》 같은 책이나 민간에서 자료를 모아 고치고 윤색하였으며, 주제별로 분류했다. 《송도기이松都紀異》는 이덕형이 송도(개성)에 얽힌 기이한 이야기를 모은 것으로, 서경덕, 안경창, 최영수, 황진이, 한명회, 차천로 등에 얽힌 일화를 담았다.

## 이정암의 연안성 싸움

이정암李廷馣은 임진년 난리 때 이조 참의였다. 위급한 정세에서 잠시 난리를 피하여 연안으로 갔더니, 부사 이 아무개는 이미 연안성을 버리고 도망쳤고, 적장 풍신장정豐臣長政은 삼천 명 되는 정병을 몰아 갑자기 쳐들어왔다.

연안 백성들은 공이 일찍이 연안 부사로 있을 때 그가 베푼 선정을 아직도 기억하고 있었다. 이 공이 내려왔다는 말을 듣자 백성들은 모두 연안성 사수에 스스로 나섰다. 공은 대오를 조직하고 구역을 갈라 성을 지킬 병략을 세웠다. 포구[1] 정비와 누로[2] 시설을 막 마치자마자 적병이 벌써 성을 둘러쌌다. 공은 이때 가족들을 청사에 모아 넣고 방문을 막은 뒤 말꼴을 쌓게 하였으며, 자기는 성문에 섶을 높이 쌓고 그 위에 올라앉은 뒤 군중에 영을 내렸다.

"적병이 성에 올라오게 되거든 곧 말꼴과 섶에 불을 지르라! 나는

1) 포구礮具는 박격 장치로 적을 공격하는 무기.

2) 누로樓櫓는 적을 살피기 위하여 바깥에 높이 세운, 망보는 시설.

가족과 더불어 적의 칼날로 몸을 더럽히지 않을 것을 맹세한다."

이 비장한 결의를 듣고 군중은 크게 움직였다.

적병은 성에 개미 붙듯 오르고 있었다. 이 공은 천여 가마에 물을 끓여 이를 들씌우게 하였다. 또 적병은 섶을 지고 달라붙었다. 공은 횃불을 묶어 던지게 하였다. 이번에는 적들이 빈 널을 이고 올라왔다. 이들을 돌로 치게 하였더니 치는 대로 맞아 떨어지지 않는 놈이 없었다. 대체로 적들은 제 힘을 다 써서 널을 인 것이니 조금만 쳐도 널은 걷잡을 수 없이 흔들렸기 때문이다. 치열한 싸움 사흘 동안에 적은 갖은 짓을 다 하다가 여지없이 져서 달아나 버렸다. 고립무원한 외로운 성에서 온 힘을 다해 적을 물리치고 장렬한 승리를 거둔 사실이 조정에 알려졌다. 그 논공에서 공은 초토사[3]로 되었다.

—《자해필담》

3) 초토사招討使는 우리 쪽의 사기를 불러일으키며 적을 쳐서 항복시키는 공작 책임을 진 특사.

## 선조와 김성일의 바른말

어느 날 선조가 정사를 마친 뒤 신하들을 향하여,

"나를 옛날 어떤 임금에게 비길 수 있겠는고?"

하고, 자부하는 태도로 물었다.

"요, 순 같은 성인으로 아뢰옵니다."

이렇게 선뜻 대답한 신하는 정이주鄭以周였다.

학봉鶴峯 김성일金誠一은 정이주와 달리 엄숙한 태도로 아뢰었다.

"아뢰옵기 황송하오나 전하께옵서는 요, 순도 되실 수 있사옵고 걸, 주[1]도 되실 수 있사옵나이다."

선조는 그 대답이 뜻밖이어서 불쾌하여 트집을 잡았다.

"경은 어찌하여 요, 순과 걸, 주를 한 반열에 놓고 이리 될 수도, 저리 될 수도 있다고 하느뇨?"

"전하의 높으신 자질은 요, 순 같은 성왕이 되시옵기에 어렵지 않겠사오나, 전하께옵서 스스로 성왕으로 자처하옵시고 신하들이

---

1) 걸桀과 주紂는 중국 고대에 가장 포악무도한 임금으로 나라를 망친 제왕의 전형이다.

충성으로 간하는 말씀을 거부하시는 병집이 계시오니, 충성으로 아뢰는 충고를 거부하고 홀로 천하 일을 다 아는 듯이 자만하시는 것은 걸, 주가 망한 길인 줄로 아뢰옵나이다."

이렇게 김성일은 먼저 한 말을 다시 부연하여 서슴없이 당당하게 대답하였다. 이 말을 듣자 선조는 불쾌하여 얼굴빛이 변하고 용상에서 몸을 추어 한쪽으로 옮겨 앉았다. 좌우 신하들은 갑자기 벼락이 내릴 듯 너무도 황공하여 마음을 조이며 몸을 떨고 있었다. 이때 서애 유성룡이 앞으로 나가 엎드려 아뢰었다.

"두 신하의 말씀이 다 옳은 것으로 아뢰옵나이다. 요, 순에게 비한 것은 임금을 이끌어 올리는 말씀이옵고 걸, 주를 인용한 것은 임금께 충고를 드린 말씀이오니 살피시기 바라옵나이다."

이리하여 선조는 얼굴에 다시 화기를 회복하고 신하들에게 술을 권하였다.

—《자해필담》

## "아, 통제사가 죽었구나!"

임진왜란 때 왜장 소서행장小西行長은 도망치기에 바쁘고, 우리 통제사 이순신은 급히 해군으로 도망하는 왜군을 뒤쫓아 크게 승리할 때였다. 섬멸전이 바야흐로 맹렬하던 시각에 장군은 적탄에 맞아 쓰러졌다.

편장 손문욱孫文稶은 그의 죽음을 비밀에 부치고 여전히 북을 울리며 전투를 지휘하였다.

중국 군대에서 협동 작전을 지도하던 제독 진린陳璘은 본디 이순신 장군의 지략에 감복하여 형제처럼 두터운 우정을 맺었다. 이때 이순신 장군의 배에서 적병의 수급[1]을 다투고 있는 것을 바라보더니 깜짝 놀라,

"아, 통제사가 죽었구나!"

하고 낙심하였다.

곁에 있던 사람들이 물었다.

---

1) 싸움터에서 자른 적군의 목.

"장군께서 어떻게 아십니까?"

"나는 통제사의 군사 규율이 매우 엄한 것을 알고 있다. 지금 그 배에서 적의 수급을 다투어 혼란을 이루고 있으니, 이는 반드시 통제사의 호령이 없는 까닭이다."

전투가 끝난 뒤 알아보니 과연 장군은 전사했다.

—《자해필담》

## 임진년 난리와 권율

권율은 안동 사람이다. 자는 언신彦愼이요, 호는 만취晩翠인데, 영의정 권철權轍의 아들이다. 문벌이 대단했지만 조금도 귀한 티를 내지 않았고, 나이 사십이 되도록 과거에 응시도 하지 않았다. 어떤 이가 음관으로 벼슬을 구하라고 권하자 웃어넘기고 말았다.

그러다가 명경과에 합격하여 벼슬을 하게 되었으나, 십 년 동안이나 낭서에 머물렀다. 차차 조정에서 그의 자질과 재능을 알게 되어 의주 부윤으로 배치하였다.

임진년 난리가 일어나자 선조가 지시하였다.

"권율은 쓸 만한 인재이니 호남과 영남 중에서 군사상 가장 중요한 지역에 배치하라."

그리하여 그날 광주 목사로 임명되어 곧 조정을 하직하고 급히 떠나려고 할 때, 공의 사위 이항복이 승정원에서 숙직을 하다가 물었다.

"왜 이다지 바삐 떠나시려 하십니까?"

공은 단호히 대답했다.

"그게 무슨 소린가? 나랏일이 위급하니 지금이야말로 나라를 위하여 목숨을 바칠 때다. 어찌 감히 잠시라도 주저하여 연약한 아녀자처럼 비겁한 태도를 취할 수 있겠는가."

그 말에는 나라를 염려하는 마음이 넘쳐 있었으며 범할 수 없는 기개가 있었다. 듣는 이들이 모두 그의 정열에 고무되고 탄복하였다.

공은 부임하여 곧 관내에서 장정 오백 명을 모았고, 가까운 다른 군에 격문을 보내어 또 천여 명을 얻었다. 그리하여 이치라는 산에 진을 쳤다. 정보를 들으니 적군이 곳곳에 쳐들어오고 있었다. 공은 고개를 막아 진을 단단히 하고 대기하였다가 적과 만나 급히 진격하였다. 이때 협동 작전을 하던 동복 현감 황진黃進이 탄환을 맞아 그의 군대가 패퇴하게 되었다. 그리하여 아군의 형세가 곤란하게 된 기회를 노려 적이 권율의 진으로 달려들었다.

이때 공은 칼을 빼어 들고 크게 호령하며 내달아 적의 칼날을 무릅쓰고 더욱 용감하게 지휘하니 병사들의 사기가 크게 떨쳐 모두 한 명이 백 명을 당할 수 있었다. 고함 소리는 천지를 진동하고 화살은 빗발처럼 쏟아지니 적병이 드디어 무장을 버리고 시체를 끌고 달아나는 것이었다. 이때부터 적은 호남 지방을 다시 엿보지 못하였다.

공은 왕의 행차가 관서로 떠났다는 소문을 듣고 장수들을 불러 말하였다.

"지금 평양 이남은 다 적이 유린하였으니 먼저 서울을 되찾고 적의 후방을 끊어 적이 서쪽으로 더 나가지 못하게 하면 곳곳에 흩어진 적에게 타격을 줄 수 있을 것이다."

이렇게 작전을 짜고 드디어 수원 독성에 진주하였다.

왕은 권 공이 독성에 진주하였다는 소식을 듣고, 차고 있던 칼을 끌러 공에게 보내 주면서 명령하였다.

"장수들 중에서 혹시 군령을 좇지 않는 자가 있거든 이 칼로 군법을 시행하라."

왜장 가등청정, 종의지宗義智는 공의 기세가 매우 용맹함을 꺼려 수만의 병력을 세 개 부대로 나누어 도전하였다. 공은 성벽을 튼튼히 하고 굳게 지켜 적과 정면으로 겨루지 않고 틈을 엿보아 샛길로 날랜 병사를 내보내서 적의 기세를 꺾었더니, 적은 아무 소득 없이 며칠 만에 군영을 불사르고 달아났다. 이부터 관서 지방의 길이 열려 여러 고을의 의병들이 벌판의 불길처럼 한꺼번에 일어나게 되었다.

전라 병마절도사 선거이宣居怡는 금천에 진을 치고 기세를 떨쳤다. 권 공은 자신이 이천삼백 명을 이끌고 고양에 진군코저 하였는데, 그것은 적의 서쪽을 막고 장차 서울에 진군할 작전이었다.

그리하여 다시 행군하여 양천 강변에 도달했을 때, 해진 도포를 입고 절룩거리는 나귀를 탄 사람이 군대를 앞질러 나가려 하였다. 앞선 군대는 금지하다 못하여 야단을 쳤다.

이것을 본 공이 군관에게 명하여 꾸짖게 하였더니 그 사람은 스스로 인천 어느 촌에 사는 서생이라 하면서 말하였다.

"장군께 아뢸 일이 있어 뵈옵기를 원하옵니다."

공은 그를 불렀다. 공의 앞에 나타난 서생은 정중히 말하였다.

"어리석은 소견이 한 가지 있사와 죄송하옴을 무릅쓰고 감히 장군께 말씀드리고저 하오니 장군께서는 기꺼이 들어주시기 바라옵나이다."

"무슨 일인고?"

"용병하는 방도는 반드시 지리를 얻어야만 하올 줄 믿나이다. 군대를 주둔할 만한 높은 언덕이 한 곳 있으니 그야말로 병법에 이른

바 그대로 구지[1]에 군대를 감추고 구천[2]에서 행동할 수 있는 곳이옵니다. 부디 장군께서는 몸소 살피시고 가부를 결정하소서."

마침내 공은 서생이 말하는 곳에 가서 지형을 보니 과연 진지로 알맞았다. 그리하여 행주에 진을 옮겼다. 공이 서생의 뜻을 가만히 살펴보기도 하고 이야기도 해 보니 매우 좋은 의견이 많았다. 공은 기뻐하여 그를 막중에 있게 하였다.

공이 서생에게 말하였다.

"우리 외로운 군대가 큰 적과 맞서고 있고 또 여기 적을 방어할 만한 시설이 없으니 이것이 흠이로다."

서생이 말하였다.

"진의 책[3]을 설치할 방도가 있사오니 염려 마옵소서."

때마침 체찰사가 양주에서 논의할 일이 있다고 공을 불러 그곳으로 갔는데, 서생은 그동안 모든 병사에게 책을 만들라고 가르쳐 주어 겨우 사흘 만에 완성하여 놓았다. 돌아와서 이것을 본 공은 그의 재능을 칭찬하고 기뻐하였다.

며칠 뒤 동틀 무렵에 척후병이 돌아와서 보고하였다.

"적병이 좌우익으로 나누어 붉은 깃발과 흰 깃발을 가지고 파도처럼 몰려옵니다."

공은 군중에 명령하여 움직이지 말라 하고 높은 곳으로 올라가서 바라보았다. 적은 벌써 우리 진영에서 거리가 오 리쯤 되는 곳까지 물밀듯 쳐들어오더니, 이윽고 수만여 병이 우리 진영을 포위하였다.

1) 구지九地는 적이 모를 깊은 곳을 뜻한다.
2) 구천九天은 가장 높은 곳을 뜻한다.
3) 책柵은 진지 둘레에 설치하는 시설이다.

우리 군대는 이에 대응하여 모두 죽기를 각오하고 용감하게 싸웠다. 적은 군대를 세 집단으로 나누어 번갈아 나와 무릇 세 차례나 싸웠지만, 모두 불리하게 되자 갈대를 묶어 불을 달아 바람을 타서 우리 진의 책에 불을 질렀다. 우리 편에서는 물을 대어 놓고 서북쪽을 지키던 승군에게 조금 물러나게 하였더니, 적군이 크게 고함치며 마구 들어오는 것이었다. 공이 칼을 빼어 들고 싸움을 독려하니 장수들이 한 사람같이 적의 칼날을 무릅쓰고 반격하였다.

이번에는 적이 또 긴 나무로 만든 높은 교자를 수백 명이 메고 와서 그 위에 사격수들이 올라가 책 안을 향하여 총을 쏘는 것이었다. 이때 서생이 병사를 시켜 대포를 내다놓고 포전砲箭에 큰 칼 둘을 달아매고 적의 교자가 가까이 오기를 기다려 쏘았더니 칼 달린 화살이 벼락같은 소리를 내며 지나간 곳마다 교자가 모두 부서지고 교자 위 적의 사지와 몸뚱이가 갈기갈기 날아 떨어졌다. 이리하여 적의 대군이 삼대 쓰러지듯 무너졌다. 적의 시체를 사방에 쌓아 놓고 불태우니 그 냄새가 십 리에 미치고 적은 사기를 잃어 감히 다시 나오지 못하였다. 이것이 곧 '행주대첩'이다.

적은 줄곧 행주의 실패를 보복하려고 대병을 이끌고 왔으나 성벽이 높고 깊은 것을 바라보고는 물러난 적이 여러 번이었다.

하루는 공이 서생과 더불어 장막 가운데에 조용히 앉아 작전 계획을 의논하고 있을 때였다. 군관 한 사람이 붉은 궤짝 두 개를 가지고 와서 들여놓고는 말하였다.

"이 궤짝이 강물 위에 떠 있는 것을 제방을 지키던 병졸이 헤엄쳐 들어가서 건져 왔사온데, 무슨 물건인지 알 수 없사와 장군께 바치옵나이다."

공이 그에게 명하여 궤짝을 여니 찬란한 비단과 진기한 보물이 가득히 들어 있는데, 모두 왜국 물건이었다. 공이 말하였다.

"이것은 적이 물건으로 우리를 유혹하는 것이로다. 다 군졸들에게 나누어 주라."

곁에 보고 있던 서생은 공에게 말하였다.

"다시 또 물건이 떠오를 것이오니 군관에게 미리 이르시와 이번에는 결코 열어 보지 말고 조심하여 가져다가 바치도록 하시되 소홀히 다루지 않도록 하심이 좋을까 하옵니다."

공은 서생의 말대로 영문을 단속하고 수상한 궤짝이 또 들어온다면 각별히 취급하도록 대기케 하였다.

며칠 뒤 군관이 궤짝 두 개를 또 가지고 들어와서 역시 강물에 떠내려 온 것이라고 하며 바쳤다. 붉은 옻칠에 금으로 문양을 놓아 찬란한 광채가 사람의 눈을 어지럽히는 훌륭한 궤짝이었다.

서생은 무엇을 미리 알아차린 듯 곧 사람을 시켜 든든한 쇠줄로 두 궤짝을 여러 겹 얽은 뒤에 섶 더미 위에 올려놓고 섶에 불을 질렀다. 궤짝이 타고 남은 재에는 해골 두개와 보검 둘이 있을 뿐이었다. 이것을 본 공은 궤짝 속에 검객을 숨겨 넣어 우리 영중에 들여보내어 불의의 사변을 일으키려는 간계였음을 비로소 깨닫고 서생의 앞을 내다보는 지혜를 더욱 감탄하였다.

그 뒤 진을 파주산성으로 옮기게 되었을 때 서생이 말하였다.

"행주의 승리가 이미 우리 나라를 다시 일으킬 수 있는 큰 공훈으로 되어 장군의 이름이 역사에 빛날 것이니 다시 더 무엇을 바라오리까. 장군께서는 모름지기 진중에 높이 앉으시고 성벽을 공고히 하시와 다시 접전을 마소서. 머지않아 화의가 성립되어 적이 스스로 물러가게 되리라 생각하옵니다. 오랫동안 저희 가족들 소식이 끊어져 생사를 알 수 없사오니 마음이 불안하옵니다. 청컨대 저는 물러가겠나이다."

공은 그의 뜻을 움직일 수 없음을 깨달았다. 드디어 눈물을 머금고 이별하게 되었다. 금은과 비단을 많이 싸서 주었으나 서생은 하나도 받지 않고 처음 올 때와 같이 절룩거리는 나귀를 타고 섭섭히 떠나갔는데 뒷일은 알 수 없었다.

—《동야휘집》

## 권 씨의 미덕

월사月沙 이정구李廷龜의 부인 권 씨는 판서 권극지權克智의 딸이다. 그는 덕행과 규범이 있어 가정의 질서와 규율이 엄연히 조정과 같았다. 월사는 벼슬이 이미 높았고, 두 아들 백주白洲 이명한李明漢과 현주玄洲 이소한李昭漢도 다 벼슬로 출세하였다. 그러나 권 씨는 검소하고 소박한 생활을 가정 규범으로 삼아 몸에는 화려한 옷을 입지 않고, 입에는 진기한 음식을 가까이하지 않았다. 자녀와 며느리들도 그의 생활 규범을 좇았고 감히 어기는 이가 없었다.

공주의 집에서 며느리를 맞은 날이었는데, 왕의 명령으로 고관의 명부[1]들은 다 잔치에 참석하라 하였다. 그래서 여러 재상집 부녀들은 의복과 패물을 미리부터 준비하여 화려함과 사치함을 서로 다투었으니 그날 연석에는 차리고 앉은 부녀들의 찬란한 능라 주옥이 사람의 눈을 어지럽게 하였다.

얼마 뒤 가마 하나가 들어왔다. 가마에서 나온 늙은 부인은 베옷

1) 고관의 정실부인.

차림으로 지팡이를 짚고 들어왔다. 대청에 오르려 할 적에 공주가 급히 신을 거꾸로 끌며 내려와 맞았다. 젊은 부녀들은 모두,

'누구기에 공주가 저렇게까지 하는고.'

하고 속으로 놀라면서도 그 차림을 보고는 웃음을 참지 못하는 이도 있었다. 주인은 그를 윗자리에 맞아 앉히고는 예절이 매우 공손하였다. 음식이 들어온 뒤 얼마 있다가 그 노부인이 먼저 일어나 돌아가기를 청하니 주인은 아직 해가 이르다고 붙잡는 것이었다.

노부인이 말하였다.

"저희 집 대감은 약원의 도제조로서 일이 바빠 일찌감치 대궐에 나가셨고, 맏아이는 전관으로 정사에 들어가고, 다음 아이는 승지로 당직으로 들어갔사오니, 이 할미는 어서 집에 들어가 저녁을 준비해 보내야겠사옵니다."

좌중은 그제야 비로소 월사 부인인 줄 알고 크게 놀랐다.

이명한이 아이 적에 아우 소한과 더불어 서당에서 글을 배우고 돌아오는 길에 백금 한 봉이 길가에 떨어져 있는 것을 발견하였다. 명한이 이것을 주우려고 하니 소한은 뜻밖이라는 듯이 눈이 둥그레지며 정색하고 말하였다.

"떨어진 것을 줍는 것은 옳은 일이 아니우."

"잠자코 있어. 이것을 갖다가 어머니 아버지의 근심을 덜어 드리면 좋잖니."

명한의 말에 소한이 말하였다.

"옳지 않은 물건을 부모님께 드리다니 말이 되우?"

소한은 벌써 형의 소매 속에 들어간 백금을 꺼내 버리려고 서둘렀다. 명한은 비웃으면서 소매를 뿌리쳤다.

어쩔 수 없다고 생각한 소한은 먼저 집으로 달려가 울었다. 어머니 권 씨가 까닭을 물었다. 소한은 형이 백금 주운 사실을 고하고 말하였다.

"내가 그것을 빼앗아 버리려 하였으나 힘이 부쳐 못 하였습니다."

조금 뒤에 돌아온 명한은 "금을 잃은 이는 찾아가라."고 크게 글을 써서 대문에 붙였다.

이윽고 어떤 하인이 와서 금을 잃었노라고 하여 명한은 형태와 표식이 어떤지를 물어 확인하고는 금을 내주었다.

이를 들은 부인은 속으로 기뻐하여 '진실로 내 자식이로다!' 하고 곧 명한을 불러 타일렀다.

"네가 물건 임자를 찾아 돌려줄 생각이 있었다면 길가에 서서 기다릴 것이지 하필 남의 재물을 소매 속에 넣어 가지고 집에 돌아와 부질없이 네 아우가 의심을 품게 한단 말이냐?"

"괜스레 길에 머뭇거리고 서 있는 것도 선비가 할 일이 아니므로 어쩔 수 없이 가지고 왔습니다."

명한의 대답에 부인은 만족한 웃음을 지으면서 격려하여 주었다.

"과연 그 형에 그 아우로구나!"

형제가 자라서는 서로 뒤를 이어 조정에 뽑혔건만 부인은 오히려 배움을 독려하여 마지않았다. 부인은 항상 하는 말이,

"아이들 방에서 글 소리 나는 것을 들어야만 내 마음이 시원하지 그렇지 않으면 속이 상해 잠잘 수가 없었다."

하였다. 그래서 형제는 밤중까지 글 읽기를 쉬지 않았다.

일을 마치고 나온 여가에 손님이 오면 부인은 곧 아들에게 손님과 더불어 바둑을 놓아 손님이 가야만 치우게 하였다.

어떤 사람이 물었다.

"왜 구태여 손님과 바둑만 놓으라고 하시오? 이야기도 해야지요."

부인이 말하였다.

"사내가 젊어서는 혈기가 왕성하여 반드시 말이 많은 법인데, 벼슬아치의 말은 조정에 어긋나지 않는 것이 적을 것일세. 종일 바둑에만 열중하면 말의 화를 피할 수 있지 않겠는가."

부인의 주도면밀한 관심에 사람들은 모두 감복하였다.

—《동야휘집》

# 첩이 될 뻔한 유 씨의 패기

상서 윤강은 나이 예순에 홀아비가 되어 용인 유 씨의 딸을 첩으로 데려오기로 약혼하였다.

약속한 날이 되어 윤 상서는 유촌에 와 있었는데, 유 씨 처녀가 종을 보내어 상서에게 전하는 말이 있었다.

"생각건대 저는 한미한 집의 보잘것없는 여자로서 외람하게도 존귀하신 행차를 굽히시게 하였사오니 매우 황송하옵니다.

살피지 못하옵건대 늙고 귀하신 몸 먼 길에 시달리시와 혹시 피로가 없으신지요? 말씀드리기 매우 황송하옵니다. 저희 집이 비록 한미하오나 그래도 이 시골에서 양반 가문이온데 한번 재상에게 첩으로 가면 영원히 소실의 이름을 벗지 못하고, 자손을 본다 해도 다시 떨칠 가망이 없사오며, 또 이 불초한 여식으로 말미암아 본가의 문호까지 그르치겠사오니, 생각이 이에 미치매 하염없는 슬픔을 금할 수 없사옵니다.

그윽이 생각하옵건대 대감께서는 지위가 재상에 이르고 춘추 또한 회갑을 지나셨사오니 혼인하는 상대편의 지벌이 좀 떨어져 비록 광채가 적다손 치더라도 대감의 위신에 손상될 것까지는 없사오니 이 어리석은 여자의 딱한 사정을 살피고 고쳐 생각하시와 예를 갖추어 정실의 이름을 빌려 주시오면 우리 가문의 영광으로 감격하겠사옵니다. 규중에서 이 말씀 올리는 것이 진실로 당돌하오나 두렵고 부끄러운 마음을 무릅쓰고 감히 우러러 소회를 올리옵니다."

이 말을 듣고 상서가 말하였다.

"매우 좋은 소견이니 어찌 들어주지 않으리오."

곧 혼서를 써 보내고는 관복을 갖추고 동로근[1]도 차리게 하여 모두 예식대로 하였다.

그러나 하루를 자고 다시 생각한 윤 상서는 매우 불쾌해져 신혼을 즐길 생각이 문득 없어졌다. 그래 곧 서울로 돌아가서는 소식을 끊고 말았다. 유 씨 부부는 딸에게 허물을 돌리면서 가끔 이야기하였다.

"네가 처음 약혼한 대로 소실이 되었더라면 이런 탈이 없었을 것을 당돌한 짓을 하여 스스로 네 형편을 그르쳐 놓았으니 지금에야 누구를 원망하랴."

일 년이 지난 뒤였다. 딸 유 씨는 부모에게 신행을 차려 달라고 청하였다. 부모가 말하였다.

"상서가 너를 소박해 버렸는데, 네가 어떻게 얼굴을 들고 찾아간단 말이냐?"

딸이 말하였다.

"내 이미 윤씨 집안 사람이 된 바에야 그가 나를 돌보지 않는다 해

1) 동로근同牢巹은 첫날 신랑 신부가 상을 같이 받고 술잔을 주고받는 상.

도 나는 그 집에 가서 죽을 것입니다. 다만 비복을 여러 명 딸려 주시기 바랍니다."

이리하여 유 씨는 신행을 차려서 서울로 올라가 윤 상서 집 문 앞에 이르렀다. 이를 본 상서 집 노비들이 어느 곳 내행인가 묻자 유 씨 비복들이 상서 부인의 신행 행차라고 하였다. 윤 상서 집 사람들은 서로 놀라면서 맞아들일 뜻이 없었다. 유 씨는 자기 비복들에게 바깥 행랑방 하나를 청소시키고 가마에서 나와 들어앉았다.

그때 윤 상서의 맏아들 지평은 이미 죽었고, 둘째 아들 승지와 셋째 아들 교리는 다 집에 없었다. 유 씨는 미리 건장한 노복들에게 일러 두 아들이 돌아오거든 곧 행랑으로 불러오라 하였다.

이윽고 두 아들이 돌아와 문 앞에 이르렀다. 그들은 가마와 말이며 비복들이 요란스럽게 문간에 차 있는 것을 보고 웬일인가 물어 용인서 온 내행인 줄은 알았으나 우선 아버지에게 들어가 여쭤 보고 영접할지를 결정하려 하였다. 곧 아버지 있는 사랑으로 향할 즈음에 유 씨의 명령이라 하여 부르니 승지 형제는 하는 수 없이 노복을 따라왔다. 부인이 자기 노복을 호령하여 잡아 끌어들이게 하니, 승지 형제는 뜻밖의 변을 당한지라 당황하여 어쩔 줄 몰라 하는 대로 맡겼더니, 마침내 행랑 뜰에 엎디게 하고는 관을 벗겼다.

유 씨는 문지방에 기대앉더니 날카로운 소리로 엄숙히 꾸짖는 것이었다.

"내 비록 지벌은 너희보다 못하다. 그러나 이미 네 아버지가 나를 육례로 안해를 삼았으니 너희에게는 어미다. 어미가 백 리도 못 되는 땅에 있으나 한 해가 되도록 한 번도 와 보지 않고 연락조차 없었으니 너희 아버지의 천대는 놓아두고라도 너희의 인사는 윤리 도덕에 크게 어긋나는 것이니 진실로 해괴한 일이다. 또 내가 이미 여기 와 앉아 있으니 너희는 마땅히 내게 먼저 와서 뵈어야 할 것이어늘 바로 사랑으로 달려감은 무슨 도리란 말이냐?"

이렇게 또박또박 따져 나가는 유 씨의 말에 승지 형제는 절로 고개가 숙어 고분고분 사죄하였다.

유 씨는 또 말을 계속하였다.

"내가 처음에는 홧김에 너희에게 매를 치려 하였지만 너희가 다 왕의 신하로서 이른바 내사귀인[1]이니 그럴 것까지야 있겠느냐. 특별히 용서하는 터이니 일어나서 관을 쓰고 방 안으로 들어들 오너라."

그러더니 앞으로 가까이 오게 하여 따뜻한 말로 대감의 기력과 자고 먹는 형편을 물었으며, 이야기가 매우 정답고 자상하여 형제의 마음을 흡족하게 어루만지는 것이었다.

윤 상서는 행랑방에 자리 잡고 앉은 유 씨의 거동을 알기 위하여 비복을 시켜 살피고 있었다. 처음에 승지 형제가 유 씨에게 붙잡혀 갔다는 말을 들었을 때 상서는 몹시 불쾌하여 탄식하였다.

"촌 계집이 함부로 장한 척하여 이렇듯 트집 잡고 야단을 치니 장차 집안 망신을 시킬 작정이로군. 에, 괘씸한 계집!"

아들들을 꾸짖고 이르더란 말을 들어 보니 말과 의리가 엄정하고 당당하여 조리가 있었다. 상서는 무릎을 치며 말하였다.

"야, 내 몰랐구나. 그런 어진 부인을 몰라보고 지금까지 소박했으니 후회막급이로다."

---

1) 내사귀인內史貴人은 조정의 귀중한 사람, 곧 고관을 이른다.

곧 안방을 깨끗이 치우게 하고 유 씨를 맞아들인 뒤 온 집안 상하 노소를 일제히 유 씨에게 인사시켰다.

그리하여 부부간 사랑이 지극하였고 가정이 화목하였으며, 부인은 집안을 다스리는 데도 능란하였다.

두 아들을 낳았는데 큰아들 윤지인尹趾仁은 병조 판서이며, 둘째 아들 윤지경의 아들 윤용이 또한 판서를 하였다.

—《동야휘집》

# 옥가락지로 맺은 인연

연산군 때 참판 매계梅溪 조위曺偉는 늘그막에 아들 하나를 낳았다. 아이가 겨우 너덧 살 될 적에 왕 연산이 어리석고 포악하여 정치가 날로 어지러워 민생이 도탄에 빠진 것을 차마 그대로는 볼 수 없었다. 조위는 자기 생명을 희생할 셈 잡고 적극 간하고저 결의를 다졌으나, 아이를 부탁할 데가 없어 걱정하고 있던 즈음에 마침 본디 친하던 북한산 중이 찾아왔다. 조위는 반갑게 맞아들여 몰래 자기 마음을 일러 주고 아들을 거두어 달라고 부탁하였더니, 중도 사정을 이해하고 쾌히 승낙하였다. 그래서 아이를 업혀 보내면서 금품과 비단도 많이 꾸려 주고, 그 어머니는 옥가락지 한 쌍을 아이 주머니 속에 넣어 간직하게 한 뒤 눈물을 흘리며 남모르게 떠나보냈다.

그러고 나서 조위는 연산의 실태에 대하여 피를 뿌려 상소하였다. 물론 연산의 비위에 거슬렸다. 연산은 크게 성내어 독한 형장을 친 후 조위를 의주로 귀양 보냈는데 오래지 않아 죽었으며, 부인은 제주로 보내어 관비로 박았다.

아이를 맡은 중은 절에서 고이 기르며 공부를 시켰다. 아이는 총명하고 인물도 잘났다. 나이 열서넛쯤 되어서는 부모를 찾겠노라고 애원하였다. 중이 앞뒤 사실을 일러 주었더니, 아이는 애통함을 이기지 못하여 부모가 살던 집자리라도 보고 싶어 하였다. 중은 집자리조차 진펄로 되어 찾아볼 것이 없다고 하였으나, 아이는 그래도 거듭 간청하였다. 중은 마침내 아이를 데리고 성안으로 들어가 그 폐허를 가르쳐 주었더니, 아이는 가슴을 치고 통곡하였다. 중이 아무리 달래도 울음을 그치지 않았다. 중은 하도 딱하여 나중에는,

"어디 실컷 울어 보렴. 나는 간다."

하고, 어떤 주막에 은신하고 있었다.

아이는 쓰러져 울다가 얼마 뒤에 일어나 보니 중이 간곳없었다. 돌아갈 길을 찾으려 했으나 방향을 모르겠고, 어느덧 날은 어두웠다. 헐린 담으로 길을 잘못 들어 어떤 곳에 이르렀더니, 여자가 맑은 목소리로 글 읽는 소리가 은은히 들려왔다. 소리를 찾아 앞으로 좀 더 갔더니 자그마한 뒤뜰에 정자가 있었다. 바투 가서 창틈으로 엿보니 처녀가 등불을 돋우고 홀로 앉아《예기》의 '내칙편內則篇'을 읽고 있는데 나이는 열너덧 되어 보이고 선녀같이 아름다웠다. 아이 마음이지만, 애정이 스스로 흘러 주머니에 간직하고 있던 옥가락지 한 짝을 창구멍을 통하여 던졌다.

처녀가 심부름하는 계집애를 불러 문밖을 살펴보았더니, 아이는 곧 뒤뜰 뒤로 도망가고 말았다. 처녀는 혼자 가만히 생각했다.

'고요한 밤에 남모르게 옥가락지를 내게 주고 가는 것은 깊은 뜻이 있지 않을까? 이는 반드시 하늘이 정한 연분일 것이다. 깊이 간직하리라.'

아이는 거리를 찾아 나와 중을 만나서 절로 돌아갔다.

그 처녀는 곧 승지 최부[1]의 딸이었다. 최 공도 또한 연산에게 바른말한 죄로 화를 입었는데, 딸을 무장현 사는 자기 종형에게 부탁하여 기르게 하였던 것이다.

병인년 반정 뒤에 연산 때 간하다가 화를 입은 자손들에게 벼슬을 주라는 특명이 있었다. 그래서 조위의 아들은 곧 과거에 올라 무장현감으로 임명되어 어머니도 모셔다가 효성으로 봉양하였다.

아직 미혼인 조 현감에게는 혼인 문제가 제기되었다. 아무 촌에 사는 상사 최 씨의 딸이 퍽 아름답다고 어떤 사람이 말하였다. 현감은 어린 시절 소녀에게 옥가락지를 던져 준 옛일을 잊을 수 없었다. 중매를 보내어 알아보았더니 최씨 집 처녀는 옥가락지 받은 일을 말하며 옥가락지 준 그이가 아니면 결코 시집가지 않는다는 것이었다. 조 현감이 자기가 지니고 있는 옥가락지 한 짝을 보내어 확인케 하였더니, 비로소 그인 줄 알고 반겼다. 사람들이 모두 놀라운 인연이라고 하였다. 곧 길일을 택하여 예를 이루었다.

최 씨는 자색이 아름다울 뿐 아니라 교양이 원숙하고 성품이 현숙하여 조 현감은 지극히 사랑하고 신임하였다.

그러나 혼인한 지 이미 오래되었지만 아직도 태기가 없음을 걱정하여 최 씨는 조 공에게 첩을 들이라고 권하였다. 조 공은 현처의 마음을 상하게 할까 봐 응낙하지 않았으나, 몇 번에 걸쳐 강권하므로 마침내 태씨 성을 가진 여자를 첩으로 얻어 들였다.

태녀가 들어온 지 얼마 안 되어 최 씨는 태기가 있었고, 조 공은 중

1) 최부崔溥는 조선 전기의 문신으로, 바닷길에서 풍랑을 만나 떠돌다가 명나라에 표류하여 겪은 일을 기록하였는데, 바로 《표해록漂海錄》이다.

국에 사신 행차의 일원으로 떠났다. 태녀는 본디 위인이 교활하고 간사한지라 최 씨가 임신한 것을 질투하여 모해할 뜻을 품고 "최 씨의 임신은 조 공의 혈육이 아니다." 하고 소문을 내며 백 가지 꾀로 최 씨를 없앨 흉계를 꾸미고 있었다. 태녀는 우선 자기 사촌 오라비에게 몰래 부탁하여 밤을 타서 최 씨 침실에 숨어들어 병풍 뒤에 숨었다가 노부인이 방문 앞에 이를 때 튀어나오라고 짜 놓았다. 그러고는 태녀는 노부인에게 무슨 변이 난 듯이 다급히 일러바쳤다.

"마침 최 부인 방에 가다가 웬 남자 그림자가 얼씬거리는 것을 보았사오니 이게 웬일일까요? 너무도 수상합니다."

노부인은 노하여 나무랐다.

"어찌 그럴 리가 있겠느냐? 함부로 그런 말 마라."

그러자 태녀는 발끈하며 거듭 강권하였다.

"제 말씀을 못 믿으시거든 친히 가셔서 살피시죠."

노부인은 어쩔 수 없이 같이 갔다. 방문을 열고 막 들어서려 할 때 어떤 놈이 문득 병풍 뒤에서 튀어나와 달아났다. 노부인은 갑자기 놀라 넘어졌다. 태녀가 노부인을 부축하여 돌아와서는 뇌까렸다.

"어찌 이름난 가문에 도의에 어긋난 짓을 하는 사람이 있을 줄을 뜻하였사오리까. 사람의 일이란 진실로 알기 어려운 것이군요."

그러나 노부인은 본디 최 씨의 덕의와 결백함을 아는지라 끝내 이를 믿지 않았다. 태녀는 몰래 비복을 통하여 그 일을 멀리 퍼뜨리려 하였으나 비복들까지도 최 씨의 현숙함을 알아 마음을 다해 모셔 온 터라 모두,

"어찌 그럴 수 있으랴!"

할 뿐이었다.

태녀는 초조한 끝에 또 한 가지 꾀를 생각하고 마침내 노부인의 필적을 본떴다. 그리하여 중국 간 사행에 편지 보내는 기회를 엿보아 가짜 편지를 써서 그 사촌 오라비에게 이리이리 하라고 부탁하였다. 사촌 오라비는 뇌물을 많이 받고 정작 노부인의 편지를 가지고 떠날 사람을 쫓아가서 도중에서 독주로 그 사람을 정신 모르게 취케 한 뒤 살짝 편지를 바꾸었다. 가짜 편지 사연은 이러했다.

"네가 떠난 뒤 네 처가 입에 담지 못할 행실을 저지른 것을 알았고 아무 날 밤에 현장에서 직접 보기도 했다. 가문을 더럽히고 욕되게 하였으니 어찌 통탄할 일이 아니냐. 이 일을 그대로 덮어 두기 어려우니 곧 내보낼 작정이다."

이 편지를 받은 조 공은 크게 놀랐다. 그러고는 가만히 생각하여 보았다.

'이 글씨가 비록 어머니의 필적 같기는 하지만 이 일은 반드시 곡절이 있을 것이다.'

하여 회답으로,

"이 일은 만 번 고쳐 생각해 보아도 그럴 리가 없을 것만 같사옵니다. 아직 말씀하지 마시옵고 태아를 잘 보호케 하시오며, 제가 돌아가기를 기다려 조처케 하여 주시옵기를 바라옵니다."

하고 신신부탁하였다.

태녀는 또 회답이 올 것을 기다려 가짜 답장을 미리 써 두었다가 역시 도중에서 바꾸게 하였는데 그 가짜 답장에는 이렇게 쓰여 있었다.

"그런 음란한 여자를 잠시도 집에 그대로 둘 수는 없는 것이옵니다. 마땅히 쫓아 보내주소서."

노부인은 답서를 보고 놀라 멍하니 말이 없었고, 태녀는 좋아라고 손뼉을 쳤다.

"때지 않은 굴뚝에 무슨 연기가 나리! 입이 백이 달렸대도 해명할 수가 있나."

그러더니 마침내 그 편지를 가지고 최 씨한테 가서 말하였다.

"조 공의 편지가 이렇게 왔는데 그래 앞으로 어찌할 테요?"

최 씨는 슬프게 말하였다.

"내 스스로 죽을 것을 각오한 지 오래됐거늘 다시 무슨 말을 할 것인가?"

최 씨는 스스로 생각하였다.

'내가 죄 없었고 또 뱃속에는 한 점 혈육이 들어 있지 않는가. 내 어찌 조씨의 후사를 끊으리.'

최 씨는 종 추월을 데리고 밤을 타서 조 씨 집을 빠져나와 무장에 있는 삼촌 집으로 향하였다. 아무도 모르게 밤중에 급히 걷는 길이라 허둥지둥 수없이 넘어지고 쓰러지면서 겨우 직산 땅에 이르렀을 때 최 씨는 해산 기미가 있었다. 그래서 한 촌가를 찾아 들어갔더니, 그 집은 곧 민 과부 집이었다. 사정을 말하였더니 주인 과부가 불쌍히 여겨 관대히 대해 주었다. 그날 밤 최 씨는 순산하여 아들을 낳았다.

결국 그 집에 그냥 있게 되어 최 씨는 주인 과부와 의를 맺어 어머니라 하였다. 최 씨는 바느질품팔이로 끼니를 이어 가면서 조 씨 집과는 소식을 끊고 어린것으로 위안을 삼았다.

조 공이 돌아왔을 때에는 태녀의 전후 죄상이 폭로되었다. 조 공은 분하고 한스러움을 이기지 못하여 마침내 태녀를 처치하였고, 그 사촌 오라비는 잡혀 옥에서 죽었다. 조 공은 곧 최 씨가 간 곳을 힘껏 더듬어 찾아 무장까지 가 보아도 아득히 간 곳이 없었다.

세월은 흘렀다. 최 씨의 아들이 벌써 다섯 살이 되어, 늘 동네 여러 아이들을 따라 문밖 못가에 가서 놀고 있었다. 하루는 한 아이가 못에 빠져 죽었다. 이것을 본 뭇 아이들은 다 달아나 숨고 최 씨의 아이는 그중에서도 가장 나이 어리고 철이 없어 못가에 있었다. 이윽고 죽은 아이 어머니가 최 씨 아이를 붙잡아다가 관가에 고하였다.

고을 태수가 말하였다.

"다섯 살 난 애에게 무슨 문초할 것이 있으랴. 놓아 보내라."

그러나 죽은 애의 어미가 수없이 원통함을 말하여, 태수는 어쩔 수 없이 최 씨 아이를 옥중에 넣어 두었다.

바로 이때였다. 조 공은 충청도 어사가 되어 이곳을 지나다가 고을 사람들이 하는 이야기를 우연히 들었다.

"세상에 별일도 다 있지만 어찌 다섯 살 난 아이 죄수가 있단 말인가?"

은밀히 관민의 실정을 살피기에 예리한 어사는 자세히 물어 그 사실을 알아 가지고 곧 그날 밤으로 고을에 들어가 암행어사의 종적을 드러내 놓았다. 이때 최 씨는 어사가 왔다는 말을 듣고 바삐 사정을 호소하는 글을 써서 종 추월을 시켜 어사에게 바치게 하였다.

어사가 여자를 언뜻언뜻 보니 뜻밖에도 자기 안해 최 씨의 종 추월이었다. 어사는 반겨 추월을 가까이 불러 앞뒤 사실을 들어보니 다섯 살 난 죄수는 곧 자기가 중국 갈 때 태중에 있던 자기 아이인 것을 비로소 알게 되었다. 어사는 크게 놀라 곧 아이를 추월에게 업히고 최 씨 있는 곳으로 가서 서로 껴안고 울며 슬픔과 기쁨이 어우러졌다. 파란 많은 앞뒤 일을 서로 이야기하면서 더욱 한탄을 금치 못하였다.

어사가 관가에 부탁하여 가마와 말을 갖추어 처자를 집으로 보내려 할 적에 최 씨가 정중히 말하였다.

"주인 과부가 아니었더라면 제가 어찌 살아남아 오늘이 있사오리까. 오 년간 돌보아 준 은혜 다만 모녀의 의리일 뿐만이 아니옵니다. 그 은덕을 갚고저 해도 다른 길은 없사온데 주인 과부는 딸 하나가 있어 가난한 탓으로 아직 미혼이옵니다. 공이 용납하여 소실을 삼으신다면 그 은혜의 만분의 하나라도 갚을까 하옵니다."

조 공이 말하였다.

"지난 일이 뼈아픈데 부인은 어찌 아직도 해 입은 것을 경계할 줄 모르오?"

그랬더니 최 씨는 말하였다.

"지난 일은 모두 다 제 액운이옵니다. 세상에 어찌 태녀가 둘이 있사오리까?"

"생각해서 하시오."

조 공의 말이 떨어지니 최 씨는 크게 기뻐하며 민씨 처녀를 데리고 집으로 돌아왔다.

어사는 공무를 마감하고 돌아와서 마침내 민씨 처녀를 소실로 삼았는데 민 씨 또한 현숙하고 지혜 있어 규중이 화목하였다.

최 씨는 자녀를 연달아 낳았고, 민 씨도 두 아들을 낳았다. 조 공은 벼슬을 사양하고 복을 누렸으며 자손들도 번성하였다.

—《동야휘집》

## 화장사의 구렁이

화장사 뒤에 있는 큰 바위에 구멍이 하나 있는데, 그 깊이를 아는 이가 없었다. 날이 흐리면 그 구멍에서 한 줄기 푸른 안개가 휘휘 둘러 올라오며 공중으로 풀려 흩어졌다. 노승들이 전하는 말에 따르면 안에 큰 구렁이가 서리고 있어 입김을 뿜기 때문이라고 하나, 사람들은 그 말을 믿지 않았다.

그랬더니 마침 장마가 걷고 뜨거운 볕이 한창 쏘일 적인데, 그 바위 구멍 언저리로 무엇인가 슬며시 머리를 내밀고 밖을 엿보는 것이 있었다. 생김새는 고양이 대가리같이 생겼는데 비늘이 얼룩얼룩 번쩍거렸다. 뭇 까치가 모여 울고 나는 새들이 주위를 돌면서 야단법석을 하였다. 중들은 무서워 감히 가까이 가 보지도 못하였고, 무엇인지를 알 수도 없었다. 그 괴물의 입에서 날카로운 혀끝이 나불거릴 때에야 비로소 그것이 큰 구렁인 줄을 알게 되었다.

그 뒤부터 중들 중에서 학질을 앓는 자가 있으면 시험 삼아 무서움을 참고 바위 구멍 언저리에 나가 앉았다. 그러면 이상하게도 학질이 떨어지곤 했다. 이리하여 사람들이 모두 구렁이가 영험이 있다고 믿게 되었다. 이 소문이 차차 널리 퍼져 원근의 어리석은 백성들이 병이 나면 여기 와서 기도하게 되었는데, 그럴 때마다 떡과 좋은 음식을 구멍 위에 차려 놓고 북을 둥둥 울리면 구렁이가 나와 먹었다. 이리하여 구렁이도 길이 들고 백성들도 예삿일로 되어 무릇 오십 년 동안을 이어 내려왔다.

장단 사는 박 만호가 준마를 타고 이곳을 지날 때였다. 마침 어떤 촌 할머니가 앓는 아이를 안고 와서 기도를 하고 있었는데, 구렁이가 머리를 내밀어 차려 놓은 음식을 받아먹고 있었다. 이것을 본 박 만호는 놀랍고 가증스러워 갖고 있던 화살을 뽑아 구렁이 머리를 겨누어 쏘아 죽였다. 중들은 이것을 보고 깜짝 놀라 구렁이 앞에 나아가 서로 엎드려 절하며 당황하여 어쩔 줄을 몰라 했다. 만호는 낯빛을 조금도 바꾸지 않고 말에 올라 채찍을 날리면서 가 버렸다. 그때부터 화장사 바위 구멍 폐단은 없어지고 말았다.

그 뒤 십여 년이 지나서 박 만호는 여러 고을살이를 하고 늙어 집에 돌아와 있으면서, 고향 마을 일가들을 데리고 화장사에 온 일이 있었다. 그때 그는 백발이 나부꼈고 위풍이 늠름했다. 여러 중들이 그를 살펴보고 나서,

"저 노인이 그해에 구렁이를 죽인 분이 아닌가?"

하고, 같이 온 하인들에게 물어보자 과연 그렇다고 대답하였다. 그러자 여러 중들은 서로 돌아보며 왕년에 그가 퍽 장하고 통쾌하였다고 칭송하는 것이었다. 이때에 만호는 좌중을 둘러보고 말하였다.

"이 절에 옛날 요망한 구렁이가 있었는데 한 화살에 쏘아 죽였느니라. 당시 중들은 아마 내게 반드시 재앙이 있으려니 생각했을 테지만, 내 지금 나이와 지위가 모두 높으니 미물인 구렁이가 어

찌 사람에게 화복을 줄 수 있으리오. 자고로 사람에게 해를 끼치는 배암을 죽이고 복을 받은 자가 없지 않았으니 지난날 어리석은 중들의 미혹됨은 진실로 우스운 일이니라."

좌중의 객과 중들이 이 말을 듣고 모두 탄복하였다.

박 만호는 어떤 사람인지 내력은 알 수 없으나 지식이 많아서 시속에 흔들리지 않는 훌륭한 사람이었을 것이다. 듣건대 그 자손들이 번성하여 지금은 큰 집안이 되었다고 한다.

—《송도기이》

## 주인의 시체를 지킨 충견

병자호란 때 서울 호현방에 살던 갖바치 김효공金孝恭은 청나라 병사에게 죽었다. 길바닥에 내버린 그 시체를 난리 중이라 치울 사람이 없었다. 그런데 김효공이 기르던 개가 거적을 물어다가 시체를 덮고 옆에서 지키고 있는 것이었다. 뭇 개들이 와서 시체를 뜯어먹지 못하게 하려는 것이었다. 청나라 병사도 이를 보고는 기특히 여겨 그 개에게 밥을 주었다.

이리하여 청나라 병사가 물러간 뒤까지 그 개가 지켜 온 시체를 일가붙이들이 돌아와서 묻어 주었다.

—《송도기이》

## 송악 신사의 폐풍

송악 신사[1]에 영험이 있다고 하여 기도하는 습속이 조선 초기에 생겨서 폐해가 점점 심해졌다.

관아에서도 무당과 휩쓸려 맞장구를 치며 이를 조장하는 자들이 적지 않았다. 성종 때 몇몇 대신들은 이것을 엄금해야 한다고 왕에게 상소까지 하였으나, 왕의 친척들이 계속 지난 습관을 버리지 못하며, 시내의 돈 많은 상인들도 다투어 신사 놀음에 사치를 극심히 하였다. 온갖 화려한 제구와 풍악잡이들이 늘 길을 메웠다. 한 번 놀음에 잘사는 사람의 한 집 살림 몫이 몽땅 들어갔다.

그것이 문정 왕후 때에 와서 가장 심하였다. 내시와 궁녀들이 신사 길에 줄 지어 있었고, 모여드는 남녀들이 늘 산골짝을 메웠다. 이리하여 여러 날 동안 그곳에서 머물렀고 풍기를 문란케 하고 어지럽히는 소문들이 떠돌았다.

부중에 사는 강 생원이 분개하여 유생 사십여 명을 데리고 가서

1) 개성 덕물산에 있는 사당.

신사를 불사르고, 만들어 놓았던 신물과 화상들을 몽땅 부수고 찢어 없애 버렸다. 문정 왕후가 크게 노하여 유생들을 모조리 잡아 가두어 옥이 비좁을 지경이었다. 당시 송도 유수로 있던 심수경沈守慶도 유생들이 벌인 일을 막지 못했다 하여 책망까지 받았다.

이때에 조정이 달포에 걸쳐 글월을 올려 간힌 유생들을 풀어 달라고 거듭 청하였으나, 왕후의 분노는 풀리지 않았다. 틈을 타서 명종에게 여러 번 간하여 비로소 그들은 풀려났다.

유생들이 신사를 태운 사건이 일어났을 때, 무당들은 수군거리며 반드시 죄를 받을 것이라고 저주하였다. 그러나 그 뒤 강 생원은 아무런 재앙도 없이 오래 살았고, 유생들도 문과에 과거한 사람들이 많아지고 보니, 뭇사람들의 불안과 의혹은 점차 풀렸다. 그리하여 수년 동안은 신사가 없어졌다가, 그 뒤 차차 또 신사를 만들어 덕물산 놀이의 폐습이 지금까지 고질로 되었으니 어찌 통탄할 일이 아니겠는가.

—《송도기이》

## 황진이의 무덤을 찾은 임제

임제는 원래 시인이면서도 호걸이라, 일찍이 평안도 평사[1]가 되어 송도를 지나는 길에 닭 한 마리와 술 한 병을 가지고 황진이의 무덤을 찾아 제사하였는데, 그 제문이 호방하고 멋스러워 지금까지 입에서 입으로 전해지며 읊고 있다.

임제는 일찍부터 시문을 잘하였을 뿐만 아니라 의협하여 자잘한 세상일을 우습게 보며 도무지 매이지 않았다. 마침내 예법을 가린다는 까다로운 벼슬아치들의 비난을 받아 벼슬이 겨우 정랑에 이르렀을 뿐, 강개한 뜻을 품은 채 일찍 죽었으니 어찌 아깝지 않은가.

—《송도기이》

1) 평사評事는 감사 다음가는 벼슬.

# 풍년은 광해의 원수

## 공사견문록

《공사견문록公私見聞錄》은 조선 효종의 부마 정재륜(鄭載崙, 1648~1723)이 효종, 현종, 숙종, 경종 때까지 4대에 걸쳐 궁중에 드나들면서 보고 들은 것을 기록한 책이다. 조선조의 임금과 조정에 관한 이야기들부터 서리나 노비들 이야기까지 본받을 만하고 선한 일들은 다 담았다. 직접 보고 들은 것을 기록한 것이라 사료로 가치가 높다.

## 선조에게 돌을 던진 백성

임진년 난리를 당하여 선조가 왕궁을 버리고 의주로 피난하던 길이었다. 행차가 송도에 도착하였을 때 사방에서 백성들이 모여들어 맞았는데 혹은 통곡하며 혹은 눈물을 흘렸다. 그중 일부 사람들은 소리를 높여 이렇게 외쳤다.

"왕이 백성들의 생활은 생각지 않고 오로지 후궁을 부귀케 하는 것으로만 일을 삼았다. 예를 든다면 김공량金公諒을 돌보아 주는 것으로 가장 중요하게 여기지 않았던가. 오늘 나라가 이 지경이 되었으니 왜 김공량에게 적을 물리치게 못 하는가!"

심지어 왕에게 돌을 던지는 자까지 있었다. 호위들도 이것을 금하지 못하였다.

나는 당시 수행자한테 이 일을 들었다. 선조의 총명으로 어찌하여 김공량에게 치우쳐 백성의 원한을 사게 되었던가? 김공량은 당시 왕의 총애를 받던 인빈의 오라비였다.

## 선조의 외증조부 안탄대

안탄대安坦大는 살림이 어려웠으며, 품성은 순결하고 겸허하여 남과 겨루기를 좋아하지 않았다.

딸이 중종 대왕의 후궁이 되어 창빈昌嬪이라고 하였다. 이때부터 안 공은 자기 생활을 더욱 단속하고 행동을 더욱 겸손히 하였다. 곁집 아이가 문간에 와서 나쁜 말과 행동을 하여도 다만 겸손하게 자기반성을 할 뿐 일찍이 한 번도 성낸 일이 없었다. 창빈이 아들을 낳은 뒤부터는 두문불출까지 하였다. 남들에게 '왕자의 외할아버지'라는 소리를 듣기 싫어했기 때문이다.

창빈의 둘째 아들 덕흥 대원군은 선조 대왕을 낳았다. 선조가 대통을 이은 뒤에는 안 공의 처지가 더욱 존귀해졌건만 가난할 때 마음 그대로 몸에 주단을 대지 않았다.

만년에는 그가 늙고 병들어 눈을 못 보게 되었다. 선조는 안 공의 몸을 아무쪼록 영화롭게 하기 위하여 상방[1]에서 바친 담비 털옷을

1) 상방尙方은 왕궁에 필요한 의상, 물자, 도구 등을 공급하는 기관.

보내 주려 하였다. 그러나 안 공의 고결한 뜻을 어길까 하여 사람을 시켜 뜻을 알아보았다.

"이번에 임금께서 담비 털옷을 지었는데 공에게 주실 의향이십니다. 이미 주신 뒤에야 공이 감히 안 입을 수 있겠습니까?"

안 공은 말하였다.

"내가 천인으로 담비 털옷을 입는 것도 죽을죄를 짓는 것이며 임금의 명령을 어기는 것도 죽을죄이니, 죽을 바에는 내 본분을 지키고 죽는 것이 옳은 일일세."

왕은 그의 뜻을 꺾을 수는 없다고 생각하고 공의 집안사람을 통하여 강아지 가죽이라고 하여 주게 하였다. 안 공은 받아 가지고 눈으로 보지는 못하고 손으로 만져 가면서 말하였다.

"상방의 개는 아마 별다른 종자가 있는 게지? 어떻게 이처럼 털이 보드랍고도 가늘까?"

그러더니 마침내 입었다.

선조는 안탄대에게 외증손이 되지만 그의 의식과 거처를 보살펴 줄 뿐이요, 일찍이 관직으로 우대함을 피하였으니, 나라의 규율을 존중한 까닭이었다.

안 공이 받은 적순부위迪順副尉의 직함도 공신의 예에 의한 것이지 결코 사사로이 된 것이 아니었다. 효종 때 와서야 우의정을 추증하였다.

## 풍년은 광해의 원수

광해 때 궁중에서 일을 보던 어떤 늙은 궁녀가 말하였다.

"풍년은 광해의 원수였지요."

"그게 무슨 말인가? 당찮은 소리를!"

하고 내가 나무랐더니 궁녀가 말하였다.

"말씀을 들어 보세요. 광해가 즉위한 뒤 여러 해 동안 풍년이 들어 만 가지 물건이 매우 풍족해진 까닭에, 가까운 자들이 오로지 사치를 숭상하고, 왕의 친척들이 사는 마을에서 날마다 노래와 춤을 일삼아 매양 태평성대라고만 고하니, 광해의 부화방탕이 점점 자라고, 따라서 사대부들의 탐욕 사치가 더욱더 심해졌습니다."

이때 마침 명종 때부터 지금까지 궁중에 있던 늙은 궁인이 이 말을 듣고 탄식하면서 말하였다.

"풍년은 마땅히 백성들의 복이어야 하는데, 오늘에는 우리 왕을 향락 방탕에 빠뜨려 빨리 나라를 잃게 함이 아니었을까요? 이렇게 말할 때 풍년이 어찌 광해의 원수가 아니겠어요."

## 억울한 죄인

광해 때의 일을 직접 본 어떤 노인이 나에게 이야기하였다.

광해 때에 모호하게 잡혀간 사람이 매우 많았다. 어쨌든 반역을 한다고 고발만 하면 공훈으로 등록도 되고 큰 벼슬로 거들먹거리고 출세하는 것이 보통이기 때문에, 공명을 바라는 자들이 반역 음모의 변이 났다고 고발하지 않는 날이 없었다. 한번은 어떤 자가 체포되어 왔는데, 그는 아무것도 모르는 촌 농민이었다.

심문하는 법관이 물었다.

"너는 어찌하여 반역을 꾸몄단 말이냐?"

"반역이란 무엇인가요?"

"이놈아! 모역 말이야, 모역!"

"모역이란 것은 또 무언가요?"

"왕이 되겠다고 음모 꾸미는 것 말이야, 이놈아!"

심문받던 농민은 이 말을 듣자 깜짝 놀라 일어서서 말하였다.

"가난한 산골의 천민이 섶을 팔아 입에 풀칠도 못 하여 벌벌 하는 주제에 어찌 감히 왕이 되어 나라를 얻겠다는 마음을 가질 수 있사오리까? 턱없는 일도 분수가 있지요."

그는 하늘을 우러러 탄식하고 다시 말을 계속하였다.

"내가 그런 마음을 두었다면 개 새끼나 고양이 새끼지 사람이 아닙지요."

듣는 사람들이 모두 슬퍼하였다고 한다.

일찍이 유몽인의 소설을 보니 그때 일을 두고 밥순갈이 좀 남보다 큰 것을 보면 반드시 반역하였다고 썼다. 대개 이 말이 사실이다.

## 싸우지 못할 바엔 물러가라

판서 심정沈貞이 일찍이 청평 심 도위沈都尉한테 한 이야기이다.

"어렸을 때 어떤 빈집 작은 다락 위에서 글을 읽고 있었는데, 그 집의 옛 주인은 광해 때 재상으로 계해반정 뒤에 죄를 받고 죽은 사람이다. 그 벽에 바른 종이에는 당시 유적들이 많이 써 있기에 차츰 긁어 보니 그 가운데 긴 글 한 통이 있었다. 그것은 재상의 친구가 재상에게 경고와 충고를 준 편지였다.

'왕이 여색을 사냥하고 김순의 도배들이 가렴주구로 백성의 고혈을 긁어내고 있으며 궁중 단속이 엄숙지 못하여 요행을 엿보는 자들이 드나드는 문이 크게 열려 있다. 김 상궁, 임 소용의 이름이 서울 밖에 멀리 퍼져 각 고을 수령 자리들이 모두 가격이 붙어 있다. 양반들이 나고 드는 것까지도 김 상궁으로 다리를 놓게 되었으니 사방의 여론이 들끓어 사람마다 이 세상이 망하라는 원망을 품고 있다. 그런데도 토목 공사가 궁궐 안에서 계속되고 있으니 나라의 위태함이 눈앞에 닥쳐왔다. 서인은 이를 갈고 남인은 원한을 머금고 소북은 비난에만 급급하니, 이러고도 부귀를 누린 자는 예부터 있지 못하였다. 아들을 권하여 어머니를 버리게까지 하고[1] 자기 영화를 꿈꾸고 있으니 천지간 용납되지 못할 변괴가 아닌가? 이때에 반드시 나라를 위하여 목숨을 내놓고 싸워 간사한 무리들의 사특한 논의들을 꺾어 분질러서 윤리와 기율을 밝힌 뒤에야 비로소 천지간에 나설 수 있을 것이다. 만일에 그렇게 할 수 없다면 응당 빨리 관을 벗고 깨끗이 물러가는 용단이 있어야 할 것이다.'

이 글이 누구 손에서 나왔는지는 모르지만 구절마다 분석한 바가 모두 절절한 말인 까닭으로 지금까지도 잊히지 않는다."

나는 그 후 청풍공 김 국구에게도 그 집에서 그 글을 보았다는 이야기를 들었다.

1) 광해가 어머니를 내쫓은 것을 뜻한다.

## 늙은 궁녀의 말

광해 때부터 궁중에 있어 온 어떤 늙은 궁녀는 나에게 이런 말을 했다.

"광해 때 궁녀들은 누구든지 재상이나 명사들과 인연을 맺고 각각 자기 주인을 삼지 않는 사람이 없었습니다. 궁녀들이 자기 친족이나 누구를 위하여 무슨 청을 들려면 으레 누구는 어느 재상과 좋아하는데 그를 통하면 된다고 무릇 관작이든 별 관계이든 공공연하게 청을 대면 그 궁녀 역시 기탄없이 주머니 하나만 기워 오라 하여 편지 한 장 넣어 보내면 안 되는 일이 없었습니다. 그때는 정말 예삿일로 보았는데 지금 생각하면 광해가 왕위를 잃게 된 것이 다 우리 죄라고도 생각됩니다. 우리는 소견 없고 지각이 없는 여자이지만 그래도 스스로 뉘우치고 스스로 나무라는 뜻을 가지게 되었는데, 만일 당시 재상 명사가 살아서 오늘 우리 이 말을 듣게 된다면 어떤 회포를 가질는지 모르겠습니다."

늙은 궁녀는 또 말하였다.

"광해가 궁녀 오십여 명을 가까이 했는데 그들의 환심을 얻으려고 궁녀마다 비단 수십 필과 면포 오십 필씩 주었습니다. 그러다 보니 내사[1]가 그 용도를 댈 수가 없어서 벼슬을 재물로 사려는 자의 헌납물을 더 많이 요구하게 되었지요. 만년에 가서는 이 법 외 헌납이 날이 갈수록 더 많아지는 요구로 성행케 되니 벼슬살이하는 자들의 약탈과 탐욕도 다 여기에 원인이 있습니다."

1) 대궐 안에서 쓰는 쌀, 베 잡물과 노비에 관한 일을 맡아보던 부서.

## 광해를 꾸짖는 궁비

광해가 강화로 쫓겨났을 때, 따라가 있던 궁의 계집종이 성질이 사나워서 시중을 제대로 들지 않았다. 광해가 나무라자, 계집종은 야문 소리로 말하였다.

"일찍이 왕위에 있을 때 온 벼슬아치들이 온 나라에서 달마다 진상했는데, 무엇이 모자라서 염치없는 무리들에게 천품을 토색하여 김치 판서니 잡채 참판이니 하는 말까지 나게 하였소? 또 상방에서 시절 따라 비단옷과 털옷을 드렸는데, 무엇이 모자라서 뇌물의 길을 열어 놓아 모리배들의 벼슬길을 통해 주었단 말이오?

또 봅시다, 후궁의 의복감과 음식들은 각기 맡은 관리가 있어서 공급하고 있었는데도, 무엇이 모자라서 벼슬 구하는 자, 송사하는 자, 죄 지은 자들에게 뇌물을 억지로 받아내 민심을 어지럽힌 것이오?

당신이 정사를 삼가 받들지 않아 나라를 이 지경에 이르게 하고는, 이 섬에 들어와서도 도리어 당신을 삼가 받들지 않는다고 나무라시니 부끄럽지 않소이까? 당신이 왕위를 잃은 것은 실로 당신이 취하신 것이지 우리야 무슨 죄로 이 가시덤불 속에 갇혀 있는단 말이오?"

광해는 머리를 수그리고 아무 말 없이 다만 혼자 탄식하였을 뿐이었다.

## 망할 놈은 망할 짓만

내 증조 수죽공[1]의 별장이 남쪽 교외에 있었는데, 곧 임당林塘 정유길鄭惟吉이 살던 데이다. 정유길은 광해 때 서울에 있기가 싫어서 때때로 그곳에 가 있었다.

꽃나무를 많이 심었으므로 꽃이 흐드러지게 피면 마치 비단에 수를 놓은 듯이 화려하였다. 정유길의 외조카 유희분[2]의 별장도 바로 동쪽 담 밖에 있어 집에 딸린 숲이 서로 잇닿아 있었다.

하루는 유희분의 종이 담을 넘어 들어와 꽃나무를 훔쳐다가 유희분의 화원에 심으려 했다. 하인들이 이를 보고 놀라 정유길에게 달려와서 고하였다.

정 공은 말하였다.

"희분이 어찌 종을 시켜 우리 꽃나무를 옮겨 간단 말인고. 지금 부귀가 찰 대로 차서 일이 닥치고야 말 터인데, 그 노비들까지 권세

1) 수죽공水竹公은 광해 때 우의정이었던 정창연鄭昌衍.

2) 유희분柳希奮은 광해군의 처남.

를 믿고 이런 짓을 하니 아마 망할 노릇도 마음대로 막지는 못하나 보다. 이제 한이 더 차면 자연 못 하게 될 걸 꼭 막을 것 없다. 가져가는 대로 내버려 두어라."

얼마 안 가서 유희분은 망하였다.

또 같은 시대 박승종朴承宗은 영의정으로 국사를 좌우하며 왕실과 혼인을 맺어 잠깐 호강하더니 얼마 가지 못했다.

그 첩의 어린 자식이 수락산에 놀러 갔을 적이다. 차린 의복과 탄말이 휘황찬란하여 산골 사람들을 놀랬는데, 그는 벼랑에 지은 산제비의 둥지를 보고 그것을 맞혀 헐겠다며 울산 마른 전복으로 팔매를 자꾸 쳤다. 촌사람들은 팔매 친 전복을 다투어 주웠다. 이것이 유쾌한 구경거리라 하여 그는 전복 팔매를 계속 쳤던 것이다.

울산의 전복은 우리 나라에서 가장 진귀한 수산물이다. 궁핍한 선비와 가난한 서생은 보기도 어렵거늘 그는 깨진 기와 쪽이나 돌자갈처럼 보아 도무지 아낄 줄을 모르고 교만과 사치를 이렇듯 부렸으니 어찌 망하지 않을 것인가.

두 가지 일이 비록 다르지만 종말이 다가오는 줄도 모르고 꿈에서 깨어나지 못하는 왕과 같은 것이다.

## 왕의 며느리 자리를 거부한 처녀

인조가 소현 세자昭顯世子를 위하여 빈을 택할 때였다.

많은 처녀를 선보던 중 한 처녀가 얼굴이 어글어글하고 무던하여 한눈에 성품이 좋아 보였다. 그러나 다만 그 앉음앉음과 서는 동작이 너무도 무례하고, 벙싯벙싯 웃는 것이 도무지 절도가 없으며, 음식을 주면 밥이거나 국이거나 탕친 것이나 저민 것이나 다 손가락으로 집어먹는 것이었다. 이를 보고 있던 궁녀들이 모두 미치광이라고 손가락질이었다. 왕도 역시 아마 풍병이 있는 거라고 생각하여 알아보지도 않았다.

그 뒤 그 처녀는 다른 데로 시집가서 현숙하고 부덕이 있기로 이름이 났다.

인조는 이를 듣고,

"에참, 내가 그 꾀에 넘어가다니……."

하고 혀를 차며 아깝게 여겼다.

내가 일찍이 이 말을 늙은 궁녀에게 듣고 내 친구 유경소에게 이야기했더니 유경소의 말이 그 처녀는 권 씨라고 하였다.

## 덮어놓고 폐지는 금물

인조반정이 있은 직후 여러 훈신들이 광해 때 하던 일은 무어나 모조리 폐지하려 하여, 폐지해서는 안 될 것까지 덮어놓고 폐지하기로 들었다.

영의정 김상용金尙容이 왕에게 이렇게 진언했다.

"머리 잘 빗는 사람이 천백 번 빗질을 하여도 때를 말짱하게 쏙 다 없앨 수는 없사옵니다. 이렇게 하루 천 번 빗질하는 수고로도 한 머리의 때를 다 뽑을 수 없삽거늘 하루아침에 한 나라의 일을 다 바꿀 수 있사오리까. 나라의 정치에서는 선후차를 가려 폐단이 심한 것부터 고쳐 펴 나가는 것이 옳을까 하옵니다. 일의 옳고 그름을 살피지 않고 덮어놓고 뜯어고치는 것을 원칙으로 삼는다면 백성이 그 소란함을 견디지 못할 것이라 생각하옵니다."

왕은 그 말이 옳다고 받아들였다.

## 세자의 바른말

인조 병술년에 강 씨를 죽이라는 왕명이 내렸다. 강 씨는 곧 죽은 소현 세자의 안해였다. 조정 신하들의 반대와 직간이 격렬하였는데, 심지어 자기 진퇴를 내걸고 싸우는 이까지 있었다.

왕은 노하여 말하였다.

"갈 사람은 가거라. 나는 막지 않을 것이다."

이때는 효종이 세자로 있었는데, 틈을 타서 왕에게 진언하였다.

"전하께서 실언하신가 하옵니다. 임금은 마땅히 지위에 급급하지 않고 깨끗이 물러가려는 청렴 강직한 인재들을 모아들여 조정의 주요 위치에 두고 그 말을 받들어야만 나라를 편안히 하리라 생각하옵니다. 전하의 뜻에 거슬린다고 노하셔서 갈 테면 가라 하신다면 조정에는 자기 지위를 잃을까 하여 왕의 비위만 맞추어 나가려는 비루한 무리만이 남게 될 것이오니 이러고 나라를 망치지 않은 자가 예부터 없었나이다."

"내가 과연 실언하였노라."

늙은 내시가 듣고 나에게 전한 이야기의 한 토막이다.

## 유몽인의 상부사

유몽인은 광해조의 이조 판서로 있었다. 인조반정이 있게 되자 동서로 행방을 바꾸어 머무는 곳이 일정치 않았다.

무진년에 반역 음모 사건이 일어나고, 유몽인도 연루 혐의를 받아 체포되었다. 처음에는 유몽인이 있는 곳을 몰랐는데, 벌써 도망했다고 하더니 서산에서 잡혔다. 서산은 양주의 한 마을 이름이다.

심문을 맡아보는 대신이 직접 물었다.

"너는 어찌하여 반역 음모를 하였으며 또 무슨 까닭에 도망하였느냐?"

유몽인은 말하였다.

"광해가 반드시 망할 것은 부녀와 아이들도 다 알았으며 또 새 임금의 성덕이 있음을 노복들도 다 알고 있는 바이오니 내가 어찌 어진 임금을 버리고 어리석은 임금을 회복할 뜻을 가졌으리까. 또 나는 도망을 한 것이 아니옵고 다만 서산에 가서 있었을 뿐이옵니다."

"네 '서산' 이란 말을 나 또한 알아들었다. 만일 무왕이 기자를 세워 천자를 삼았다면 백이숙제가 그래도 서산에 들어갔겠는가?"[1]

대신의 이러한 추궁을 받은 유몽인은 한참 동안 말이 없다가,

"내가 일찍이 '상부사'[2]를 지어 내 뜻을 부친 것이 있는데, 이것으로도 죄가 된다면 죽어도 더 할 말이 없소이다."

하고 이런 시를 외웠다.

칠십 된 늙은 과부
빈 규중 지키면서
단정히 살아왔네.

곁집 사람 나를 보고
착한 장부 그의 얼굴
무궁화의 기상이니
시집가라 권하였네.

내 곰곰 생각해도
여사의 시 익히 읽어
임사[3] 교훈 알았나니
백발에 색시 단장

1) 서산西山은 백이숙제가 숨어 살던 수양산首陽山을 이른다. 은나라 주왕을 친 '발'이 주周나라를 세우지 않고 은의 왕족인 기자를 왕으로 세워 은나라를 잇게 하였다면 백이숙제가 서산에 숨었겠느냐는 뜻으로, 인조반정에 빗댄 것이다.

2) 상부사孀婦詞는 젊은 과부에 대한 노래다.

3) 옛날 중국의 주 문왕의 어머니 태임과 주 무왕의 어머니 태사를 말한 것인데 모두 부덕이 높기로 유명하다.

어찌 아니 창피하리.
부끄러워 못 했어라.
七十老孀婦　端居守空壺
傍人勸之嫁　善男顔如槿
慣誦女史詩　稍知姙姒訓
白首作春容　寧不愧脂粉

여러 대신들이 시를 듣고 살리려 했으나 이런저런 말들이 있다가 결국 어떤 공훈 있는 대신이,

"유몽인을 죽이지 않으면 그의 허물을 본떠 새 조정에 나오기를 피하는 자가 많을 것이니 기강을 엄격히 세워야 하오."

하여, 마침내 역률로 논죄하여 처단되었다.

유몽인의 호는 어우당於于堂인데 그의 문집이 세상에 돌고 있다.

## 훈련대장 이완

효종 대왕이 하루는 우리 아버지 익헌공(翼憲公, 정태화鄭太和)에게 몰래 물었다.

"능천綾川 구인후具仁垕가 지금 훈련대장이 아니오. 그런데 늙어서 일을 감당 못 하니 경은 대신할 인재를 생각해 보았소? 훈척 중에서 누가 할 만하겠소?"

아버지가 아뢰었다.

"나라를 위한 충성이 반드시 훈척에게만 있는 것은 아니라 하옵니다. 대왕께옵서 총명이 거울같이 비치시는 바, 만일 인재만 있다면 원컨대 훈척이 아니라고 소홀히 마시옵소서."

왕은 얼른 알아들었다.

"옳지, 저 이완李浣을 두고 한 말이구려. 알았소."

얼마 안 되어 구인후는 영의정으로 들어가고 이완이 훈련대장으로 되었다. 이 대장은 상벌이 명확하고 호령이 엄숙하였다. 군정이 오랫동안 해이하다가 졸지에 기율의 엄정함을 보게 되니 원망을 하는 자도 많았다. 좋지 못한 글을 대궐 문에 써 붙이기도 하고 성문에

방을 써 걸기도 하여 이 대장을 반대하는 여러 모략이 있었다.

왕은 또 몰래 우리 아버지에게 물었다.

"경이 이완을 천거하기에 원래 훈척을 배치하던 중요한 대장 자리에 이완을 뽑았더니, 지금 전군이 다 원망하니 이를 앞으로 어찌하면 좋겠는고?"

아버지가 대답하였다.

"인후는 원래 부드럽고 착하며 또 나이 늙어 다만 지위와 명망으로 중책을 지닌 자리에 앉아 있었을 뿐이옵고, 일찍이 아전 한 사람, 졸병 한 사람에게도 책임을 물은 일이 없었사옵니다. 그러므로 군사들이 장수를 어려워하지 않은 지 이미 여러 해이옵니다. 오랫동안 안일하다가 갑자기 새 장수의 엄격한 기율을 보니 그들은 스스로 서로 겁을 집어먹고 더불어 중상과 비방을 만들어 내어 안팎으로 퍼뜨리는 데까지 이르게 된 것이라고 신은 아뢰옵니다. 만일 지금부터 오륙 개월 지내어 자리가 잡히면, 군중이 반드시 그가 늦게 배치된 것을 한하게 되오리니, 원컨대 대왕께서는 좀 더 기다리시사 유언비어에 흔들리는 바 없어질 것이옵니다. 이완이 오래 대왕의 군대를 통솔케 되오면, 나라는 반드시 그가 보위할 것이옵니다. 나라의 안전이 여기에 달렸사옵기에 신은 감히 백 번이라도 그를 보증하겠사옵니다."

왕이 말하였다.

"내 뜻이 이미 굳게 결정되었으니 경은 염려치 말지어다."

이 대장이 마침 나라를 위하여 충성을 다함으로써 기대를 저버리지 않아 효종, 현종에 걸쳐 나라 보위의 중요한 기둥으로 되었다.

내가 일찍이 아버지에게 물었다.

"아버님께서 이 공을 추천하신 것은 지금껏 조정에서 으레 있던 일이오나, 비방이 일어나고 왕께서 다시 물으시게 됐을 때에는 왕의 마음이 이미 흔들리고 있었사온데, 아버님께서는 오히려 처음 품은 마음을 바꾸지 않으시고 더욱더 그를 보증하셨사오니 무엇으로 이완을 그렇듯 깊이 믿으셨나이까?"

그러자 아버지가 대답하였다.

"내가 병자년 난리에 이완과 진중에서 밤낮 자리를 같이하고 있었다. 어떤 순간에도 마음 가지는 것을 가만히 살펴본즉 그는 죽을 때까지 나라를 저버릴 사람이 아니었다. 이리하여 내가 그를 아는 것이 깊어졌으며 그를 천거하는 데 확신을 갖게 되었다. 어찌 까닭 없이 그럴 수 있었겠느냐."

## 이완 대장과 말

훈련대장 이완이 말을 창밖에 매어 두고 아침저녁으로 꼴과 콩을 친히 먹이고 있었다.

어떤 사람이 물었다.

"공의 명망과 지위가 이미 높고 또 말을 맡아보는 사람이 있는데, 마부가 할 일을 몸소 하시니 체면에 손상되지 않사오리까?"

이 대장이 대답하였다.

"내가 무예로 출세하여 아침저녁으로 전시 태세를 갖추고 나라를 위하여 죽음으로 충성을 다할 결의를 가지고 있다. 한 몸의 생사가 말에 달려 있나니 평소 말을 치는 데는 인정 어린 마음과 사랑이 없다가 위급한 마당에 닥쳐서야 말이 내 뜻대로 해 주기 바란다면, 비록 짐승이지만 내가 염치없지 않겠는가?"

말하던 사람은 이를 듣고 감복하였다.

## 김신국의 아량

김신국金藎國은 인조 때 호조 판서로 있었다. 그때 중국에 은을 보내게 되었는데, 국제 관계상 중요한 일인 까닭으로 일을 정확히 하려고 아래 관리에게 맡기지 않고 김 공이 직접 맡아 봉인을 하게 되었다.

곁에 계산을 맡은 사람이 있었는데, 김 공이 다른 데로 잠시 눈을 돌리고 있는 틈을 타서 이 사람이 은 한 덩어리를 몰래 뽑아 가지고 뒷간에 가는 척하고 어딘지 감추어 두고는 다시 제자리에 돌아와 앉았다. 다른 사람은 이것을 모르고 있었지만 김 공만은 알고 있었다. 그러나 김 공은 모르는 척하고 곧 이렇게 말했다.

"지금 내가 냉병이 일어나 오래 앉았을 수가 없으니 그만 치워 두었다가 내일 하세."

그러더니 그 사람에게 일렀다.

"자네가 이 은을 방 안에 잘 치워 두고 지키고 있다가 내일 출근 시간을 기다려 나와 함께 봉하도록 하세."

이렇게 이르고 김 공은 나갔다. 그는 혼자 생각해 보았다.

'내일 아침 은 한 덩어리가 없는 것이 발견되면 죄는 내게 돌아올 것이 분명하지 않는가.'

할 수 없이 자기가 훔친 은 덩어리를 다시 갖다가 한데 두었다.

이튿날 아침 김 공이 다시 와서 봉인할 때 은 덩어리는 하나도 모자라지 않았다. 김 공은 그 죄를 적발하지 않고 십여 일 지나서 다른 일을 구실로 하여 소임을 교체하였다. 사람들이 모두 그의 아량에 감복하였다.

## 유정량의 기풍

선조 때 의빈시[1] 전창위로 있던 유정량柳廷亮은 도량이 크고 수완이 있는 사람이었다. 그는 일찍이 영관[2] 손 아무개의 딸을 첩으로 삼았다. 그러나 거기에는 이러저러한 사정이 있었고 그가 바란 것은 아니었다.

좌의정을 지낸 우리 돌아가신 아버지가 당시 대간으로 있었던 까닭에, 유정량이 첩을 들인 것을 논죄하였다. 유 공의 아들 참판 유심柳淰은 이에 반감을 가지고 우리 아버지를 만나게 되면 곧 피하여 상대하지 않았다.

하루는 우리 아버지가 유 공을 방문하였는데, 유 공은 아들 유심에게 나와서 만나 보라고 여러 번 명하였다.

유 공은 여러 번 재촉에 못 이겨 비로소 나온 아들에게 이렇게 일

1) 의빈시儀賓寺는 왕의 사위들을 우대하기 위한 기관. 전창위全昌尉는 임금의 사위에게 내린 칭호이다.

2) 영관伶官은 음악, 연극 등을 맡은 벼슬.

렸다.

"나는 실로 잘못을 범하였다. 정 공이 이것을 논박한 것은 당연한 일이니라. 정 공이 사사로운 감정으로 사람을 헐뜯은 것이 아니기 때문에, 나를 전과 조금도 다름없이 대한다. 우리가 유감으로 생각할 것은 아무것도 없다. 너는 오늘부터 정 공과 전과 같이 지내고 아무런 생각도 하지 말아야 한다."

이리하여 유 참판은 우리 아버지와 더불어 옛날과 같은 벗이 되었다. 사람들이 모두 유 공의 군자다운 기풍에 감복하였으며, 우리 아버지는 그를 더욱 존경하였다.

## 옳은 길에서 벗어남은 화의 근본

허적許積은 일찍이 영의정까지 지냈다. 어릴 적에는 집이 매우 가난하여 멀리서 친척이 찾아와도 밥조차 대접할 수 없었다.

그가 출세한 뒤에는 나라에서 받는 물건을 모두 친구들에게 주었으며 또 친구 중 병자가 있으면 몸소 위문하고 약을 보내 주었다. 그의 덕으로 밥을 먹는 자가 늘 여남은 명은 되었다. 사람들이 모두 그의 의기를 일컬었나니, 실로 이런 점에서는 남이 미치지 못했다.

그러나 영의정 이완은 허적이 하는 일을 보고 일찍이 우리 아버지에게 이렇게 말하였다.

"옛날 사람은 식록이 천 종[1]이면 열에 아홉은 밖에 있는 자에게 간다고 하였는데, 이것은 자기 녹을 남에게 나누어 주는 것을 의미한 것이니 대단히 아름다운 일입니다. 그러나 허적은 궁한 사람을 돌보고 자기 패거리를 사랑하는 것만 능사로 삼아 법도를 지키

1) 식록食祿은 관리에게 봉급으로 주는 곡식. 천 종은 육만 사천 말이다. 보통 천 종이라 함은 많은 양을 나타낸다.

지 못하니, 은혜는 친척에게 미치되 해는 자기에게 돌아오게 될 것입니다. 허적은 마지막에는 반드시 의기로 실패를 보리다."

허적은 경신년에 이르러 아들의 반역 음모 사건에 연좌되어 죽었다. 대체로 잡인들에게 관대하고 은혜 베풀기를 좋아하는 것은 옳지 않으니, 그것이 결국 패망의 근원으로 되었다. 이완의 말이 과연 여기 와서 증명되었다.

## 서로 장점을 사랑하는 벗

판추 조형趙珩은 청렴 검박하고 매우 부지런하였으며, 정승 남이웅南以雄은 호방하고 질탕하여 성격이 서로 같지 않았으나 교분은 퍽 친밀하였다.

어떤 사람이 조형에게 물었다.

"보통 사람들은 뜻이 서로 맞고 취미도 서로 비슷해야만 친해지고 우정이 변하지 않는 법인데, 공과 남 공은 뜻이 같지 않으면서도 교분이 그렇게 깊으니 무슨 까닭인가요?"

조형은 웃으면서 말하였다.

"나는 천성이 협애한 사람이어서 남 정승의 의기를 좋아하고, 남 정승은 호협하고 좀 난봉이 있기 때문에 내가 검박한 것을 좋아하는 것이니 당연하지 않겠나. 그래 서로 좋아하는 것이라네."

조 공은 현종 때 죽었다.

영의정 이경휘李慶徽는 판서 서필원徐必遠과 성격이 정반대인데도 우정이 지극하였다. 일을 논의할 때에는 가끔 견해가 다르면 서로 양보하기 싫어하고 싸웠다. 그러나 친구로서 정은 늘 변치 않았다. 이경휘가 죽었을 적에도 서필원은 몸소 묘지까지 보아 주었다 한다. 두 사람 다 현종 때 죽었다.

## 검박한 이시백

영의정 이시백李時白의 집안은 대대로 청렴과 검박을 지켜 왔다.

하루는 부인이 비단 방석을 만들어 놓았다는 말을 듣고 그는 크게 놀랐다. 곧 뜰아래 부들로 만든 자리를 펴게 한 뒤 부인에게 읍하고 부인과 같이 앉은 다음 나무랐다.

"이것이 우리가 옛날부터 깔던 자리가 아니오? 불안한 시국에 분에 넘치게 높은 벼슬자리에 올라앉은 나는 엎어질까 하여 늘 꺼리고 있는 터인데, 어찌 사치하고 화려한 생활을 본받아 자기 운명을 재촉할 수 있으리까. 부들자리도 불안하거든 하물며 비단자리라니 말이 되오?"

부인도 옳이 생각하고 곧 없앴다고 했다.

이 공은 현종 경자년에 팔십 고령으로 죽었다.

## 판결은 공정한 마음으로

어떤 재상이 완평 부원군 이원익李元翼에게 물었다.

"송사를 처결하는 좋은 방도가 있는가요?"

이 공이 말하였다.

"사람의 재능이란 각양각색이며, 사건도 다종다양한데, 어떻게 제삼자로서 미리 방법부터 말할 수야 있겠소. 다만 한 가지 말할 수 있는 것은 사실을 분석하고 결단할 때 마음을 지극히 공정하게 가져 천둥소리와 벼락이 내릴 때에라도 자신을 돌아보아 부끄럽고 두려울 바가 없도록 한다면 좋을 것입니다."

## 눈멀었다고 파혼이 될 말인가

판서 박서朴遾는 우리 아버지와 동갑 친구였다. 그가 아이 때 어떤 곳에 약혼만 하고 아직 잔치하기 전이었는데, 약혼한 처녀가 위독한 병을 앓다가 죽을 뻔하고 다시 살아났다. 그런데 어떤 자가 그 처녀는 병을 앓다가 두 눈이 멀었다고 소문을 퍼뜨렸다.

이때 박 공의 아버지는 이미 세상을 떠났고 형님이 있어 어머니에게 알리고는 파혼하고 다른 데로 구혼코저 하였다.

박 공은 이를 반대하여 말하였다.

"병으로 눈을 못 보게 된 것은 운명으로 돌릴 것이지, 그에게 무슨 죄가 있습니까? 눈먼 처도 같이 살 수 있습니다. 사람이 신의가 없으면 어떻게 세상에 나서리까? 파혼한단 말씀은 부당합니다."

형님은 그 말이 기특하여 동생의 뜻을 좇았다.

혼례식에 나온 신부를 보니 눈이 멀었다는 것은 멀쩡한 거짓말이었다. 원수진 집에서 꾸민 거짓이었다.

박 공은 효종 계사년에 쉰두 살로 세상을 떠났다.

## 김자점의 잔인함

좌의정을 지낸 심기원沈器遠이 인조 갑신년에 반역 음모를 꾸미다가 사형을 받았다. 당시 김자점金自點이 영의정으로 있으면서 감형도사[1]를 부르더니 말하였다.

"역적으로서 처단받는 자는 먼저 머리를 베고 다음에 팔과 다리를 베는 것이 지금까지의 예이지만, 심기원 이놈을 상례대로 처형해서는 안 된다. 먼저 팔을 베고 다음에 다리를 베고 나중에 머리를 베라."

이 말을 들은 연양공 이시백이 말하였다.

"역적에게 형을 집행하는 순서는 이미 임금의 선조 때부터 정한 법이 있는데 새로 이렇게 잔인한 법을 만든 자가 자기의 최후를 잘 마칠 수 있겠는가."

그 뒤 신묘년에 김자점이 과연 역적으로 흉한 죽음을 하였다.

김자점의 아들은 이시백의 사위였지만 공의 말이 그와 같았다.

---

1) 감형도사監刑都事는 형사 사건을 처리하는 벼슬.

## 뇌물로 벼슬을 구하는 길

조정에서 관리를 임명하는 법이, 결원이 있을 때마다 이조와 병조에서 수시로 평정하여 배치하게 되어 있다. 그러나 해마다 유월과 십이월은 각 기관 성원들과 지방의 방백 수령들, 변방의 장령들까지 한꺼번에 임기를 마쳐 모두 교체하게 되어 있는데, 이것을 '도목정사都目政事'라고 한다. 이 도목 때가 닥쳐오면 벼슬을 구하는 무리들이 서울 안에 구름 밀리듯 모여들어 높은 벼슬 구멍을 뚫으려고 백 가지 계책과 방법을 다 쓴다. 그런 형편이니 이조와 병조에서 평정할 때 관리들의 이러저러한 뒷공론이 자연히 드러나게 된다.

충청도 덕산군에 일찍부터 '구사계'[1]가 있었다고 한다. 계원들이 쌀을 내어 이것을 밑천으로 하여 일반에게 빌려 주었다가 이자를 붙여 거두어들이곤 하여 모은 재산이 막대하였다. 그리하여 해마다 도목 때가 되면 쌀 수백 석을 내어 계원 두 사람에게 줘서 벼슬을 구하게 한다. 두 사람은 이것을 가지고 서울에 올라가 높은 관리들에게

1) 구사계求仕契는 벼슬 구하는 것을 목적한 계.

뇌물을 먹이는 밑천을 삼는다. 이렇게 해서 그들은 목적을 이루지 못한 적이 없었다. 그러므로 계원이 도목 때마다 벼슬을 얻었으나 또한 만기가 되면 으레 자리를 옮기게 되었다.

그중 한 사람은 백사 이항복의 추천으로 벼슬을 얻었다. 그러다 보니 이항복은 결코 뇌물을 좋아하는 사람이 아니지만 사람들이 모두 의심하여 논박하는 여론이 돌았다.

이항복의 조카인 오산군鰲山君 이탁남李擢男이 덕산 현감으로 있을 적에 그 소문을 듣고 이항복에게 물었다.

"아무 데 사는 아무개가 숙부님을 어떻게 알아서 벼슬을 얻게 되었습니까?"

이항복이 말하였다.

"내가 그 사람을 아는 게 아니라, 한음이 알고 추천했느니라."

계원이 이항복에게는 뇌물 먹이는 수단을 쓸 수 없기 때문에, 한음 이덕형의 누이동생한테 뇌물을 주어 청을 대고, 이덕형은 이항복에게 추천하여 벼슬을 얻게 된 것이다. 이항복은 오직 이덕형이 자기를 속이지 않을 것을 믿었을 뿐이지, 이덕형이 누이동생에게 속은 줄은 몰랐다.

하여튼 간접으로 이리저리 굴러들어 서로 잘못을 범하게 됨이 이와 같으니 구사계 사람들의 술책이 얼마나 교묘한가를 알 수 있다. 뿐만 아니라 뇌물을 잘 쓰는 자들이 길을 뚫는 수법이 이렇게 보통 사람의 생각이 미치지 못할 정도라는 것을 알아야 한다.

이항복과 이덕형은 모두 선조 때 영의정이었다.

## 공로를 자랑하지 않는 이정암

임진년 난리가 온 나라를 휩쓸던 엄중한 때에 당시 사정으로 보아 적의 칼날에 항거한다는 것은 오로지 나라를 위한 영웅적 기개가 아니고는 어려운 일이었다. 그러나 김시민金時敏의 진주성 방어와 권율의 행주대첩이 모두 사람들의 의기를 크게 떨쳤다.

여기서 특별히 기록해야 할 것이 있다. 적병 삼천 명이 갑자기 연안을 쳐들어왔을 때, 전에 원이었던 이정암李廷馣이 마침 고립된 성에서 미약한 군사로 결사전을 펼쳐 적의 대군을 물리쳤으니, 그것은 큰 공훈이었다. 그러나 이 공이 승전을 통고한 보고에는 하나도 과장한 말이 없었으며, 다만 "적이 아무 날에 성 밑에 들어왔다가 아무 날에 풀려 갔으며, 관군은 사망자가 없다."고 썼을 뿐이다.

선비와 덕망이 높은 노인들은 이것을 평론하면서 말하였다.

"성을 지키고 적을 물리친 일은 할 수 있다 치더라도 공을 세우고도 자랑하지 않는 것은 누구나 하기 어려운 일이다. 전에 조국화가 남중에 사신으로 가서 나랏일을 훌륭히 처리한 뒤 복명한 말과 비슷하다."

## 남의 형편을 고려해야 한다

판서 김세렴金世濂이 정묘년 난리 때 체찰사의 종사관으로 호남 지방에 갔다. 군영에 있으면서 승중[1]으로 되는 할머니의 부고를 받고 역마를 타고 상을 치르러 달려갔던 일이 있었다.

그 뒤 김 공을 전랑으로 뽑자는 물망이 있었는데, 영의정 김육金堉은 그가 할머니 상사에 역마를 이용한 것을 허물 삼아 방해하였다.

판서 김시양金時讓은 이렇게 비평하였다.

"김세렴이 당시 왕명을 받들고 지방에 있어 자기 말을 갖지 못하였으니 역마를 타고 급히 집으로 달려간 것은 어쩔 수 없는 사정이 아니었겠습니까? 어찌 그리 아량이 없으십니까?"

그 뒤 김육은 우리 아버지에게 과거를 회상하면서 말하였다.

"내가 젊을 적에 아직 생각이 미숙하여 김세렴 공을 논박한 바 있었으니 지금까지도 후회합니다."

1) 승중承重은 부친이 사망한 후 조부모상을 당했을 때, 사망한 부친을 대행하는 상례 용어이다.

## 늙을수록 더 자기 수양

상국 이원익은 일찍이 한 원로 재상에게 말하였다.

"실없는 이야기지만 공도 또한 마음을 바꾸어 한번 소인이 되어 볼 생각은 없습니까?"

원로 재상이 답하였다.

"내가 비록 후세에 이름을 전하고 있는 옛사람에 미칠 수는 없다 해도 항상 옛사람으로 스승을 삼고 있는데, 어찌 만년에 소인이 되려는 생각을 가질 수 있겠소?"

이원익은 또 말을 이었다.

"그렇지 않습니다. 정인홍鄭仁弘은 본디 굳세고 엄정한 사람으로 세상에 그 짝이 드물다고 하지 않았습니까. 그가 그렇게 이름이 났을 때에야 누군들 그가 폐모론[1]에 참견하리라고 생각하였으리까? 그가 나이 늙고 뜻이 쇠하게 되자 벗들은 밖에서 흔들고 자손들은 안에서 추겨 마침내 대비의 폐위를 청하는 상소를 드리게까

1) 광해에게 어머니를 폐위시키고 내쫓게 하도록 한 당파의 논의.

지 되었습니다. 그리하여 아흔 살에 결국 네거리 바닥에서 극형을 당했으니 남의 일로만 생각되지 않습니다. 나는 항상 마음이 잘못되어 여생을 옳게 살지 못할까 하는 걱정이 풀리지 않습니다."

영의정을 지낸 백강白江 이경여李敬輿는 일찍이 이 공의 말을 듣고 이렇게 말하였다.

"이원익의 자기 수양이 늙어서 오히려 더욱 엄밀하니 그가 만년을 잘 마치리라."

## 비방받고 가질 태도

찬성 정종영鄭宗榮은 선조 때 이름 있는 재상이었다. 빙옥 같은 절개가 끝내 변하지 않아 청백리로 뽑히기까지 하였다.

그런데 병조 판서가 되어 큰길에 나갔더니 어린아이 수십 명이 앞에 우르르 나와 줄지어 서서 절하고 말하였다.

"저희는 곧 벌라 사업[1]입니다. 공의 은혜를 입었삽기에 삼가 사례를 드리옵니다."

가는 데마다 이렇게 하는 자들이 수십 군데에 나타났다.

정종영은 하도 괴상하여 친구들에게 널리 물어 그 까닭을 알아보았는데, 한 사람이 이런 말을 했다.

"세상에 이런 말이 돌고 있습니다. 공이 어떤 무인한테 뇌물로 벌라를 받고 사업 벼슬을 시켰다고요. 분명 이 말을 듣고 아이들이 놀렸을 것입니다."

정종영이 가만히 생각해 보니 무인에게 사업 벼슬을 임명한 것이

1) 뇌물을 주고 벼슬을 했다는 뜻. 벌라伐羅는 뇌물로 준 물건, 사업司業은 벼슬 이름이다.

사실인데, 실은 누이동생의 청에 따른 것이다. 누이동생 시집의 일가라 하여 어쩔 수 없이 들어준 것인데, 다시 알아보니 누이동생이 과연 무인에게 벌라를 받고 정종영을 속인 것이 드러났다.

세상에서 누가 누구의 뇌물을 받고 무슨 벼슬을 주었다고 하는 것이 반드시 다 그렇다고는 못 하겠지만, 또한 반드시 말에는 원인이 있는 것이다. 사람을 논평하는 자가 경솔하게 단안을 내릴 것도 아니지만 비방을 받은 자도 덮어놓고 자기를 무함한다고만 하지 말고 자세히 생각하고 세밀히 알아보아 반드시 정종영같이 해야 할 것이다. 어떤 원로대신이 나에게 말한 이야기가 이러하였다.

벌라란 것은 놋으로 만든 가마이다.

## 명예를 좋아하지 않는다

문혜공文惠公 동악東岳 이안눌李安訥은 청백리로 선출된 후 일찍이 이렇게 말하였다.

"내가 지방관으로 내려가서 정사를 할 때 어찌 허물이 없었겠소. 다만 우리 안해가 집안을 잘 다스리지 못하므로 우리 의복, 음식, 집, 일용품 등을 남 보기에 아름답게 하지 못하기 때문에 보는 사람들이 나를 청백하다고들 하게 되었으니, 나는 매우 부끄럽소."

선배가 명예를 좋아하지 않는 것이 대개 이와 같았다.

# 아깝구나, 권필의 기개

석주石洲 권필權韠이 일찍이 일갓집에 가서 술에 취하여 누워 있을 때였다. 그때 광해군의 처남 유희분이 마침 왔다. 주인은 권필을 정신 차려 일어나게 하려고 발로 차면서 말했다.

"문창공이 왔는데 일어나게나."

권필은 눈을 부릅뜨고 쏘아보다가 소리쳤다.

"네가 유희분이냐? 너는 부귀를 누리고 나랏일은 이 지경이 되었으니 나라가 망하면 네 집도 망할 것이다. 이놈아, 네 목이 성할 줄 아느냐!"

유희분은 겸연쩍어 말없이 가 버렸다.

사람들은 권필이 화를 입은 것이 오로지 그의 시 때문만이 아닐 것이라고 하였다.

권필은 나라 형편이 기울어지는 것을 보고 분개하여 시를 지어 풍자하였으며, 또 능히 권문세가들을 면전에서 욕보였으니, 강포한 권력을 두려워하지 않는 기개가 대체로 이러하였다.

그의 기골과 절의가 조정에서 단오[1] 아래 머리를 바술 만하건마는 도리어 방 안의 사소한 일로 화를 입어 죽기 마땅한 자리를 얻지 못하였으니 아깝구나!

1) 임금이 앉은 자리의 툇돌.

## 방울 차고 성격 개조

좌찬성 이상의李尙毅는 아이 적에 성질이 매우 가벼워 앉아서도 오래 견디지 못하고 말할 적마다 실수가 많았다. 부모는 그를 걱정하여 자주 꾸짖기도 하였다.

이 공 스스로도 경솔한 성질을 고치기에 고심한 끝에 몸에 작은 방울 하나를 차고 방울 소리가 들릴 적마다 정신을 가다듬어 자기를 경계하며 행동을 단속하였다. 나고 들 때, 앉았거나 누웠을 때 언제든지 방울을 놓지 않았다. 그 결과 그의 결함이 오늘 덜리고 내일 덜려 날마다 덜리더니 중년이 지나서는 아주 딴사람이 되어 오히려 너무 관대하고 완만하다는 말을 들을 정도였다. 그것이 꼭 타고난 천성과 같아서 노력으로 이루어진 티는 전혀 없었다.

경박한 자제를 교훈하는 사람들은 꼭 이상의를 들어 모범을 삼았다고 우리 아버지가 말씀하여 내가 얻어들었다.

## 친해도 규율은 엄수

만사晩沙 심지원沈之源은 홍주 목사가 되고, 판서 임담林墰은 본도 방백이 되었다. 임담은 심지원보다 나이가 세 살이 아래인데, 어려서부터 친하여 어깨를 겯고 함께 다니며 놀았다.

임담이 지방 순시로 홍주에 갔을 때 일이다. 심지원은 임담이 벗이라 하여 엄격한 규율을 지키지 않고 예의범절을 매우 간소하게 하였다.

임 공은 홍주 아전에게 매를 치는 태벌을 가하면서 말하였다.

"너희 목사가 나와 비록 개인 우의는 깊지만, 상하관의 체모는 엄격히 지켜야 할 터인데도 이 체모를 잃고 있으니, 네가 태벌을 대신 받아야 한다."

그 뒤 심지원은 늘 자제들에게 일렀다.

"내가 임 공에게 먼저 체모를 잃고, 또 임 공이 아전에게 태벌을 한 것은 거의 법을 무시한 것이다. 그래서 나는 잘못을 깨닫고 하관으로서 예의를 깍듯이 지켰으며 내 마음도 유쾌해졌다. 임 판서의 그때 조치는 실로 나에게 좋은 교훈이 되었다."

## 주는 것 아니면 갖지 말라

만사 심지원은 일찍이 자식들에게 이런 말을 일러 주었다.

"내가 홍문관 응교로 있을 때에 어떤 동료네 집에 갔더니 책상 위에 새로 나온 책력 백 부가 놓여 있었다. 나는 거기서 수십 부를 떼어 소매 속에 집어넣으면서 시골 일갓집에 좀 보내 주겠다고 하였더니, 친구는 갑자기 시뜻하여 얼굴까지 붉어져 어쩔 줄을 모르더구나. 도루 빼앗자니 안 되겠고 주자니 아까운 까닭이지. 나도 그때에 다시 내놓기도 어려웠고 가지기도 어려워서 주저하며 난처하였으니, 지금 생각해도 후회되는 일이다. 그 뒤부터 나는 남이 주지 않는 것은 결코 가지지 않았다. 너희들도 내 이 경험을 거울삼아야 한다."

## 잘못된 것은 곧 인정한다

나는 젊었을 적에 여러 늙은 어른들이 모여 앉은 자리에서 상국을 지낸 지천遲川 최명길崔鳴吉에 대한 이야기를 들었다.

최 상국이 추천하고 있는 사람에 대하여 누가 혹 비난하면, 상국은 언제나 따뜻한 얼굴로,

"나도 그의 부족한 점을 알면서도 정에 끌려 단점을 덮어 주고 그를 내세워 주려고만 하였구려. 공이 그를 그렇게 본 것이 과연 옳소. 내가 어찌 감히 그른 것을 옳다고 하겠소. 내 잘못이었소."

하며 미안한 빛을 보이고 사과하였다. 다른 사람으로는 미치기 어려운 미덕이다.

# 사심을 버리고

갑자년 이괄의 반란 때 일이다. 인조가 연평延平 부원군 이귀李貴에게 임진강 여울턱을 가서 살펴보고 철저한 수비 대책을 세워 빈틈없이 지키라 하였다. 그러나 공이 현지에 이르렀을 때에는 벌써 수비군이 쓰러지고 이괄이 임진강을 건너왔다. 관군이 졌다는 소식이 서울에 이르자 당시 옥당에 있던 계곡谿谷 장유張維는 사간 오숙吳䎘과 임금 앞에 나아가 이귀에게 군율을 행하여 목을 베기를 청하였다. 이귀의 잘못이 아닌 것을 알게 된 왕은 비준을 하지 않았다.

장유와 이귀의 아들 이시백은 동창으로서 정이 형제 같았는데, 사삿일에는 변함이 없었다.

이귀가 이시백을 불러 말하였다.

"내가 엄중한 기회를 잃고 대책을 세우지 못하였으니 군법에 응당 베임을 받아야 할 것이다. 장 공이 법에 따라 죄를 청한 것은 곧 그의 직책이니, 너희들은 그와 원수를 삼지 말아야 한다."

그러고는 장 공을 늘 불러다 만나게 하였으니, 시백 형제 또한 엄명을 어기지 않아 보통 때와 같이 오고 갔다 한다.

## 남의 의심을 사지 않게

상국 이완이 훈련대장이 되었을 적에 늘 막하의 군교와 이서[1]들에게 이렇게 일렀다.

"제기할 일이 있을 적마다 반드시 다른 사람을 데리고 같이 들어올 것이며 결코 혼자 나를 만나려고 하지 말아야 한다."

그리하여 이를 제도로 만들었다. 대개 소속 군교와 이서들이 혼자 드나들어 의심을 받거나 참소를 입을 수 있는 혐의의 근원을 미리 막으려는 치밀한 경각심에서 나온 것이었다.

공이 군대에 재임한 전 기간을 통하여 누구 하나 의심하는 마음이 없었다 한다.

이완 대장의 집이 동부 낙봉 아래 있었는데 인평 대군[2]의 집도 거기 있었다. 이 공이 대장으로 되자 매우 급히 안국방으로 이사하였는데, 그는 이렇게 말하였다.

---

1) 군교軍校는 군관, 이서吏胥는 문서를 다루는 벼슬아치.

2) 인평대군麟坪大君은 인조의 셋째 아들.

"군대의 장수 된 신하는 하루라도 왕자와 한 곁에 가까이 있어서는 안 된다."

듣는 사람이 모두 그 말에 깊이 감복하였다.

이완 대장이 현종 때 병조 판서로 임명되었으나 굳이 사양하고 받지 않았던 바로 그때였다. 친한 무관 하나가 황혼을 타서 집으로 좇아와 만나기를 청하였다.

이 대장은 그에게 이렇게 일렀다.

"내가 비록 병조 판서 벼슬을 받지 않기로 결심은 하고 있으나 병조 판서라는 이름이 아직 신상에 붙어 있지 않은가. 무관이 병판 집에 드나드는 것이 보통이라고는 하겠지만 낮에 만날 시간이 있는데도 지금 그대와 밤에 등불을 돋우고 이야기를 한다면 그대에게 좋지 않을 뿐 아니라 내게도 화근이 될 수 있으니 앞으로는 조심하여 새벽이나 저녁에는 아예 드나들 생각을 말아야 하네."

듣는 사람이 존경하지 않은 이가 없었다.

## 오랜 폐해를 없애기 위해

김응하 장군은 철원 사람이다. 젊었을 적에 양전감관[1]이 되어 농경지 조사 사업에 참가하였는데, 균전사[2]가 토지 등급을 높이 잡아 세액을 늘리려 하였다.

김응하 장군은 그를 반대하여 이렇게 말하였다.

"박한 땅에 높은 세납을 지워 놓으면 백성이 견디지 못합니다. 이는 다만 잠깐의 폐해로 될 뿐만 아니라 앞으로 만대의 원한으로 될 것입니다. 나는 이런 노릇을 차마 할 수 없소이다."

균전사는 자기 말을 듣지 않는다고 노하여 곤장을 쳤다. 그러나 김응하 장군은 굴하지 않고 정당한 주장을 끝내 고수하였다. 균전사도 결국 잘못을 뉘우치고 김응하 장군의 옳은 주장을 좇았다. 철원 백성들은 지금까지 그의 덕을 전하고 있다.

1) 양전감관量田監官은 논밭을 조사 측량하여 등급을 잡는 벼슬아치.

2) 균전사均田使는 조선 시대에 지세를 감독하던 벼슬아치.

현종 계묘년(1663)에 경기도 지방에 양전 사업이 벌어졌다. 원래 이 지방은 땅기운이 척박하여 좋은 땅은 없었다. 그런데 왕실과 그 일가들이 점유한 토지는 우리 나라 어디건 으레 세금을 면제받았다. 그리하여 문제가 생기게 되었다. 상부에서 양전 사업을 지도 나온 자가 왕실의 토지를 모두 높은 등급으로 올리라고 억눌러 명령하였는데, 그 까닭은 왕실의 토지는 세가 없으니 일등으로 올려 두어도 무방하다는 것이었다.

양전감관 김 아무개가 이를 반대하여 쟁론하였다.

"왕실의 토지는 세금을 면제하지만 점유 기간이 수십 년에 지나지 않습니다. 지금까지의 예로 보아 백 년까지 존속된 것이 어디 있습니까? 얼마 안 가서 이 땅은 다시 백성에게 돌아갈 것입니다. 앞날에 가서 그 땅이 농민들에게 돌아오면 메마른 밭의 소출로 일등 밭의 세액을 바칠 수 있겠습니까? 이는 기나긴 세월에 오랜 폐해를 만드는 것이니 백성을 생각하는 자가 어찌 이렇게 할 수 있겠습니까."

그가 강경히 주장하였으나 상사는 그 말을 듣지 않았다.

오늘에 이르러 김응하 장군의 말이 모두 맞아 백성들이 그 토지를 버리고 경작하지 않는다.

김응하 장군이 업적을 남긴 지방에서는 그를 추모하지 않는 이가 없다. 그가 양전감관으로 된 것은 선조 계묘년이라 한다.

# 정수리에 침 한 대

잠곡 김육이 시골 있을 때 곁집에 무관 한 사람이 있었는데, 눈으로는 글을 못 보고 말에는 조리가 없었다. 그러나 그는 목곧이로서 자기주장이 서 있고 겉을 꾸미는 일이 없으므로 김 공은 남달리 보았다.

나중에 김 공이 충청도 방백이 됐을 적이었다. 뜻밖에 그 무관이 와서 뵈이는 것이다. 김 공은 반기면서 물었다.

"자네가 어쩐 일로 이렇게 멀리 왔는가?"

무관이 답하였다.

"제 딴에 어디 태우지 않은 부귀를 한번 누려 볼까 하고 지나는 길에 여기를 들렀습니다."

"그게 무슨 소린가? 나는 도무지 알아들을 수가 없네그려."

"제 말씀을 더 들어 보십시오. 제 나이 일흔이 가까운데 안해를 잃고 자식도 없어 지금 충청도 지방에서 새장가를 들까 합니다. 다행히 좋은 안해를 얻어 그의 도움도 있고 아들도 낳아 혈통을 끊지 않으면 장차 저에게 큰 복이 될 것이옵고, 불행히 몹쓸 처를 만나고 아들도 못 낳으면 장차 저에게 큰 화가 될 것입니다. 저의 이 소원은 실로 나라에 죄를 지으며 부귀를 도모하는 자와 다름이 없습니다."

이것은 무관이 나라에 공훈이 있다는 자들 중에서 백성의 이해와 행복은 전혀 염두에 두지 않고 다만 제 한 몸의 부귀만을 꿈꾸는 자들을 보고 한심하여 이 말로 풍자한 것이다.

김 공은 느낀 바 있어 공신인 능성공綾城公 구굉具宏에게 무관의 말을 써서 글을 보냈는데, 이렇게 덧붙였다.

"이 말은 비록 깊은 의미가 없는 듯하나 기실 큰 뜻을 말해 주는 것이니, 서로 나랏일에 노력하고 격려하여 무식한 무관이 개탄하는 바가 되지 말아야 하겠소이다."

구굉은 이를 보고 감명을 받아,

"이 말은 우리에게 정문일침이다."

하고, 무관을 불러 벼슬도 주게 하였다.

## 눈 가리고 아옹

심기원이 역적으로 처형된 뒤, 한 고관이 우리 집 술자리에서 자기는 심기원의 집에 발을 끊은 지 오래고 또 평소 심기원과 교제하던 자까지 배척하여 왔노라고 아니꼬운 자랑을 하고 있었다. 이때 참판 벼슬을 하던 지암止庵 이행진李行進이 함께 자리에 있다가 너무도 그자의 꼴이 밉살스러워 말하였다.

"심기원이 망하기 바로 수십 일 전에 내가 공무로 그 집에 갔다가 자네가 심기원 옆에 앉아 웃어 가며 아첨하는 것을 보고 돌아와서 남에게 말한 일도 있는데, 지금 자네가 그 집에 오래 전부터 발을 끊었다니 그것이 대체 언제부터란 말인가?"

그 고관은 겸연쩍어 말이 없었다.

그 뒤 신묘년에 김자점이 역적으로 처형되었을 적에 그 고관이 또 자기는 김자점과 미리 절교하였는데 다른 사람은 그렇지 못하였다고 자랑하는 것이었다.

이 공은 보다 못하여 그 고관에게 말하였다.

"심기원과 김자점이 세상을 속이고 이름을 훔쳐 지위가 대신에 이르렀으니 당시 문무 여러 공들이 공사나 사사로 누가 그 문전에 출입하지 않았겠는가? 그와 미리 절교하지 못한 것은 진실로 사정이 그러했던 것이네. 그대가 심기원, 김자점 두 집과 친밀하였던 것은 세상이 다 아는 바일세. 이것은 그대의 견식이 밝지 못한 데 지나지 않을 뿐이고 역모에 참여한 것은 아니다. 다만 마땅히 자기가 밝지 못함을 반성하고 부끄러워할 줄 알아야 하며 앞으로 경계하면 그만이거늘, 부질없이 진실치 못한 말을 늘어놓아 한 손으로 남의 이목을 가리려 하니 사대부의 언행으로 어찌 이럴 수가 있겠는가?"

고관은 기가 질려 대답 못 하고 다만 억지로,

"영감은 취했어, 영감은 취했어……."

할 뿐이었다. 술자리지만 이 공의 통쾌한 발언이 여러 번 이러하였으나, 그 고관은 이 공에게 해를 끼치지는 못하였다고 한다.

## 잔인한 죄수 심문

판서 이경휘는 판서 김좌명金佐明과 더불어 일찍이 청사에 모여 앉아 죄수 문초에 관하여 이야기한 일이 있었다. 이경휘는 말했다.

"우리 나라의 국옥[1]에 대한 규례는 특히 엄혹하여 죄 없이 원통하게 죽는 자가 간혹 있습니다. 이것을 옳게 고친다면 앞으로 많은 사람을 억울한 죽음에서 살려 낼 수 있을 것인데 그것이 안 되고 있습니다."

김좌명이 물었다.

"무엇으로 그렇게 말할 수 있습니까?"

이경휘는 다시 말을 계속하였다.

"글 잘하는 사람이 일 없는 한가한 시간에 상소문을 기초하여 놓고는 며칠 동안 또 생각하여 초고를 여러 번 고쳐 썼다 해도 뜻을 다하지 못하거든 하물며 복잡한 옥사에 당황한 죄인이야 어떻게 간단히 사실을 밝힐 수 있겠습니까. 죄인이 고문을 받을 때에는

1) 국옥鞫獄은 죄인을 심문하여 처벌하는 것.

정신이 어지러워지고 의식이 흐려지게 되는데, 관원의 호령은 자백을 성화같이 재촉하니 이 서슬에 죄수는 겁이 나고 얼떨떨하여 앞뒤를 섞바꾸고 갈피를 못 잡는 것이 당연한 일이 아닐까요? 이런 무서운 환경에서 혼란을 일으킨 공술로 죄를 구성하여 왕에게 형신[2]을 청합니다. 일단 형신에 회부된 뒤에는 비록 나중에 원통한 사정을 따져 진술하더라도 심문에서 묻는 바가 아니라고 감히 입도 뻥끗 못 하게 하고 반드시 몽둥이로 볼기를 서른 번 치고는 전의 공술과 틀림없다 하여 또 계속 형신을 청합니다. 일차, 이차, 수십 차에 걸쳐 진행된 것이 모두 한 가지로 귀결되고 마니 한번 옥에 들어가면 살아 나오는 자가 없습니다.

옥사를 취급하는 사람이 그런 폐해를 모르는 것이 아니지만 감옥의 제도에 얽매여 고치지 못하고 그대로 본받고 있으니 저 죄 있는 자는 실로 안타까울 것이 없으나 고기 그물에 기러기가 걸리는 셈으로 죄 없는 자야 원통함이 어떠하겠습니까? 지금 법을 새로 정한다면, 비록 반역 음모 같은 큰 사건이 있어 한눈에 정범인 줄을 알았다 할지라도 만일 그가 나중에 더 할 말이 있다면 그 말을 모두 적게 하며 또 심문할 때에 비록 승인되지 않는 말이라 할지라도 진술한 말을 적어 갖추 왕에게 올림으로써 죄인의 입에서 나온 말은 하나도 남김없이 왕이 알도록 해야 합니다. 그렇게 해야 왕이 사건의 진상을 거울처럼 밝히 알아 죄의 유무를 알게 될 것이니 죄 없는 자를 불쌍히 여겨 풀어 주도록 할 것입니다."

김좌명이 이 말을 듣고 말하였다.

2) 악형을 가하여 심문하는 것.

"우리 아버지 문정공도 일찍이 이런 말씀을 하셨습니다."
이경휘가 죽은 뒤 우리 아버지가 나중에 이 말을 듣고 말하였다.
"이 공의 이 한마디 말을 들어 보아도 그가 어진 재상이 될 만한 인재인데 일찍 세상을 떠났으니 아깝다."

## 사람이 죽었어도 놀이만 즐겨

현종 때 종실인 어느 형제가 여러 공자와 더불어 한강에서 뱃놀이를 꾸몄다. 배 안에 성찬을 그득히 베풀고 가무와 음악을 질탕하게 하면서 사흘 동안 계속하였다.

그 잔치가 한창 벌어졌을 때 일 보는 하인 하나가 술병을 들고 뱃전으로 지나가다가 발이 미끄러져 물에 빠져 죽었다. 그러나 그들은 알은체 않고 여전히 즐기며 놀았다.

늙은 내시 정홍연鄭弘淵이 듣고 탄식하면서 말하였다.

"그들 형제는 장차 자기 최후를 잘하지 못하리라."

곁의 사람이 왜 그런가를 물었다. 내시는 계속하여 말하였다.

"광해 때에 유 국구가 새로 집을 짓고 준공 잔치를 베풀어 잔을 돌릴 적에 여자 종 하나가 다락 판자 위에서 발이 미끄러져 쓰러져 아래를 다쳐 바로 죽었다. 그러나 잔치를 끝까지 계속하였다. 사람들은 모두 송장을 놓고 즐긴다고 불길한 징조라고 하였는데, 정말 그가 망했다. 오늘 하고 있는 것이 바로 그와 비슷하다."

그 뒤 정말 그 말대로 그들도 망했다고 한다.

## 결의는 단행해야 한다

박홍구朴弘耇는 광해 때 재상이었다. 계해년 반정 이후 전직자들의 모역 사건이 줄을 이으므로 박홍구에게 인조가 사약을 내려 죽였다.

그의 안해 이 씨는 가끔 과거를 회상하면서 이렇게 말하였다.

"사대부로 중대한 시기를 맞아 자기 태도를 결정할 때 마땅히 제 뜻으로 용단할 것이요, 곁사람 말에 흔들리고 유혹되지 말아야 할 것이다. 일단 결의한 바가 있다면 자식이나 처첩의 말이라 할지라도 절대로 좇지 않아야 한다.

일찍이 조직趙溭이 광해에게 어머니를 내쫓는 것이 불가하다고 상소한 것이 죄로 되어 혹독한 심문을 당하고 억울한 형을 받게 되었을 때, 우리 영감이 국문하는 일을 맡게 되어 참석하였다가 끝나고 돌아올 적에 관을 벗어 땅바닥에 내던지면서 '눈으로 이 일을 보고서야 어찌 차마 이 자리에 앉아 있으랴. 떠나야 한다!' 고 비분강개하여 단연 물러날 뜻을 가졌다. 그러나 자식들이 모두 말리고 나도 시골에 돌아가면 생활이 곤란할 것을 걱정하여 영감의 결의에 찬동하지 않았을 뿐만 아니라 도리어 말려 마침내 화가 여기까지 이르렀다.

사대부의 벼슬살이나 일의 처결이 어찌 곁사람에게 흔들릴 수 있으랴. '마땅히 제 뜻으로 결정해야 한다.' 고 일러 오는 말이 진실로 옳은 말이다."

박홍구의 그 일은 바로 광해 을묘년 유월에 있었다.

## 원칙에서 벗어나면 망한다

옳은 일과 원칙을 어기고 부정한 수단으로 남의 일을 봐주고는 그것을 은혜라 하여 갚기를 요구하며 이것을 밑천 삼는 자는 결국 상대방에게 도리어 해를 받는다는 것을 알아야 한다.

어떤 재상이 과거에 시험관으로 친한 사람 몇 명의 부탁을 받고 교묘하게 그의 글을 뽑아다가 높은 등급에 넣어 주었다. 그리하여 그들은 과거에 오른 뒤 벼슬이 모두 높은 지위까지 이르렀다. 그 재상은 스스로 생각하였다.

'저 몇 사람은 내 힘을 입었으니 내 은혜를 느끼고 죽어도 내 일이라면 피하지 않으리라.'

그런데 그 뒤 믿었던 그 사람들이 남과 더불어 그 재상을 이렇게 비평하였다.

"그가 과거장에서 간교한 짓을 한 것으로 미루어 본다면 무슨 짓이든지 다 할 사람이다. 자기 이익을 위해서는 설사 아비를 죽이거나 임금을 죽이는 일까지도 사양치 않을 것이다."

마침 그 재상에게 아첨하는 자가 듣고 그 말을 전하였더니, 재상은 겸연쩍고 기가 질려서 입속말로 뇌까릴 뿐이었다.

"그자가 그러다니. 어찌 감히 내게……."

또 어떤 액정서 별감[1]은 같이 있는 후배들에게 이런 말을 했다.

"사대부로서 내시와 궁첩에게 연줄을 대어 자기 일을 꾀하려는 자는 반드시 먼저 우리를 사귀고야 깊은 길을 통할 수 있는 것이다. 그러므로 어떤 고관이 많은 뇌물로 나를 꼬였는데 일이 성공한 뒤에 가서는 그것이 새어 나갈까 두려워하여 도리어 나를 잡아 치워서 자취를 없애려고 하였다. 그래서 나는 별 수 없이 그에게 보복함으로써 해를 피할 수밖에 없었다. 서로 처음부터 부정한 일이 없었다면 무슨 뒤탈이 있겠는가. 너희들은 내 일을 거울삼아 충분히 조심하여 아예 염치없는 선비라면 가벼이 사귀지 말아야 한다."

또 어떤 늙은 역관이 자신이 본 두 가지 일을 나에게 말하였다.

"김자점이 백관으로 정사훈신[2]으로 등록되고 장상의 몸이 되었으며 부귀가 대단하거늘, 만족하지 못하고 아들을 과거에 장원시키려고 높은 벼슬에 앉아 뇌물을 넉넉히 먹이고 시골의 글 잘하는 자를 사서 대필시켜 아들이 과거에 뽑혔소. 그리하여 옥당에 오르고 전랑까지 되었으니 집안이 한층 빛났소. 그런데 또 손자 김세룡을 옹주에게 장가들이려고 점쟁이를 협박하여 손자의 운명을 거짓 찬양함으로써 왕을 속이고 왕실과 혼인을 맺어, 그의 위세

1) 액정서掖庭署는 후궁의 비빈妃嬪들이 있는 곳으로, 액정서 별감別監은 액정서에서 일 보는 내시의 감독자를 이른다.

2) 정사훈신靖社勳臣은 인조 때 공훈이 있는 신하에게 준 칭호.

앞에서는 꺾이지 않는 자가 없었소이다. 효종이 세자로 있을 때 세자는 김자점의 뜻을 거스를까 꺼릴 정도였지요. 이에 이르렀는데도 김자점은 부귀에만 눈이 어두워 깨달을 줄을 모르더니 마침내 몸은 극형을 당하고 집안엔 사람의 씨가 없어졌소. 화의 근원을 밝힌다면 모두 다 아들을 위하여 영화를 구하며 손자를 위하여 혼인을 꾀하기를 법을 어기고 기만한 것에 있지요."

옹주는 인조의 후궁 소생으로 효명孝明 옹주이다.

## 세도를 무시한 정담

윤원형尹元衡은 문정文定 대비의 동생이다. 그가 한창 세도를 부릴 적에 대비는 윤원형의 첩 정난정을 부인으로 봉하였다. 그래서 정난정이 첩으로서 정실부인으로 자처하는 것을 사람들은 아니꼬워하였으나 윤원형의 세도가 두려워 감히 말을 못 하였다.

윤원형의 일가붙이들은 대개 그의 세도에 등을 댔지만 정난정의 친오라비 정담鄭淡만은 윤원형이 반드시 망하리라는 것을 미리 알고 스스로 멀리하여 한 번도 청을 대러 오간 일이 없었다. 그리고 자기 집 대문 안에 오불꼬불 참대 담을 세워 마치 양의 창자처럼 굴곡이 많으니, 귀부인이 타는 가마가 들어오지 못하게 하자는 것이었다. 그래서 정난정이 가서 볼 수 없게 되었으니 내놓고 거절은 안 했다 해도 거절하는 방법은 매서웠다.

그 뒤 윤원형이 망하고 정난정이 죽었으나 정담에게는 조금도 누가 미치지 않았다.

정담은 호를 물재라 하였는데 글 잘하고 고금 사적에 밝고《주역》을 깊이 연구하였으며 겸손하고 진중하였다. 그래서 사람들이 모두 그를 높이 평가하였다.

정담은 무관인 청계군淸溪君 정윤겸鄭允謙의 서자이며, 찬성 정종영鄭宗榮의 서숙이다.

## 백금 삼십 냥이 사람을 망쳐

윤후길은 천인이었다. 일찍이 사헌부의 소유[1]가 되었다가 죄를 짓고 쫓겨난 뒤 관청의 종이 되었다.

더운 여름날, 그가 두 다리를 내놓고 있었는데, 앓은 허물이 얼기설기 엉겨 붙고 울퉁불퉁 험상스러우며 뼈는 부서지고 꺾였다가 다시 붙은 것이 틀림없었다. 그때 어린 나는 그 까닭을 세세히 물어보았는데 윤후길은 이렇게 말했다.

"사헌부에 있을 적에 사헌부 관리가 나더러 어떤 죄인을 체포하라 하였는데, 그 죄인이 뇌물로 나에게 백금 삼십 냥을 주는 것이었소. 나는 눈앞의 큰 이익을 보고 욕심이 잔뜩 나서 마침내 죄인과 더불어 도망쳤지요. 내 생각에 그까짓 것 천한 직업을 잃더라도 이것을 얻었으니 평생을 배부르고 등 덥게 지낼 수 있으리라 하였더니, 사헌부 관리가 샅샅이 수색하는 통에 마침내 체포되었소. 그래서 엄혹한 악형을 받았는데 상처가 워낙 깊었기 때문에 거의

1) 소유所由는 거리를 살피는 구실아치.

죽게 되었다가 몇 달 만에야 다시 살아났소. 백금 삼십 냥이 약값으로 다 들어갔소. 병은 나았으나 집이라고는 한갓 네 바람벽뿐이고 얻은 것은 다만 혹형뿐이었소."

이렇게 말하고는 서러워서 매 맞은 자리를 가리키면서 다시 말을 이었다.

"사람이 마음먹은 것이 한번 옳은 길을 잃으면 이익을 구하다가 도리어 해를 얻어 이런 지경에 이르니 어찌 다만 천인만 그렇겠소. 사대부도 그럴 것이오."

그의 뉘우침이 이와 같이 깊고 절실하였다.

## 윗물이 맑아야 아랫물이 맑다

조막동趙莫同이란 사람은 천인이었다. 그는 관가의 밥을 먹고 관가에서 몸을 마친 사람이었다. 그는 항상 이런 이야기를 했다.

"젊어서 오부[1] 사령이 되었는데 상관이 도로 수리를 감독하러 나갈 적에는 내가 반드시 좇아갔다. 도로 가까이 사는 사람에게 술과 먹을 것을 내놓으라 하여 실컷 취하고 배불리 먹는다. 그러고는 나머지를 두었다가 저녁녘에 관원들이 시장해할 때 내놓으면서 '마침 소찬을 준비하였사오니 좀 드세요.' 하면 관원들은 누구나 좋아하며 다 먹는다. 그 뒤에는 내가 비록 방자하게 법을 어기는 행동을 하더라도 부관이 감히 나무라지 못하였는데, 수십 년 동안에 내 미끼를 먹지 않는 자를 겨우 한둘 보았을 뿐이다."

이렇게 말하고는 그는 또 계속하였다.

"관직을 가지고는 반드시 먼저 자기를 규율로 단속하여 모범이 되

1) 조선 시대에 서울 중심부의 소송訴訟, 도로道路, 방화防火 등에 관한 사무를 맡아보던 다섯 관청.

어야 하나니, 그런 뒤에야 능히 아랫도리를 단속할 수 있는 것이다. 저들이 진실로 빙옥같이 깨끗하다면 우리가 어찌 감히 민간에 폐를 끼칠 수 있겠는가? 나와 술을 나누어 먹는 자들은 모두 다 골목길로 벼슬을 얻은 자다."

## 벼슬아치들의 더러운 꼴

늙어서 퇴직한 서리가 얼마 전에 친한 선비에게 말하였다.

"사대부들이 평소에는 호언장담을 늘어놓으며 나라를 위하여 죽는 것도 두렵지 않다고들 합니다. 그러나 이는 모두 진실한 말이 아닙니다."

선비가 물었다.

"어째서 그런가?"

퇴직 서리는 말을 이었다.

"정변이 자주 일어나 서로 맞선 세력들이 저편에서 들어오면 이편에서 쫓겨나고 이편에서 들어가면 저편에서 쫓겨나며 그때마다 반드시 살육이 따릅니다. 정변이 있을 때마다 세를 얻은 자들은 '오늘 일은 오로지 나라를 위한 것이니 설사 불행이 닥칠지라도 죽음이 있을 뿐이다. 내 무엇을 꺼리랴.' 고 말하지 않는 자가 없습니다. 그러나 그들이 다시 패할 때는 원수에게 매달려 구구히 애걸하며 조금이라도 연명하기를 바라지 않는 자가 적습니다.

그 마음이 진실로 나라를 위한 지성에서 출발하여 제 한 몸의 이해를 돌보지 않는다면 마땅히 운명에 부치고 죽어도 후회가 없어야 옳지 않겠습니까. 처음부터 그렇지 못한 까닭에 위급한 때에 와서는 죽음이 두렵고 화를 피하려는 구차한 생각을 갖게 되는 것입니다. 그럴 바에는 애초에 참견치 않았으면 죽음도 따르지 않을 것이 아니겠습니까? 원컨대 선비는 뒷날 조정에 서게 되거든 마땅히 나라를 위하여 자기 진퇴의 경중을 충분히 헤아려 결정함으로써 후회가 없기를 부탁합니다. 나는 하급 관리로 사대부 집의 일을 해 주며 그들이 허풍 떠는 것도 들었고 또 그들이 애걸하는 꼴도 보았기에 선비를 위하여 이런 말을 합니다."

## 석공들의 아름다운 풍습

상국을 지낸 우리 당숙이 일찍이 석공 이경립에게 사당 짓는 일을 맡겼다. 상국이 세상을 떠난 뒤 자손들은 이경립의 지난날 공로를 생각하여 삯을 넉넉히 주고 상국의 묘지에 세울 석물을 만들게 하였더니, 돌사람 두 개와 돌기둥 두 개가 모양과 제도가 서로 달랐다. 그래서 어쩔 수 없이 다른 석공 이명석을 불러 고쳐 손질케 하였더니 보기에 아주 딴판 좋아졌다. 자손들이 모두 칭찬하고 이명석에게도 품삯을 넉넉히 주었다.

석공 백천민은 관공官工으로 늙은 사람이다. 백여 명 되는 석공을 모아 놓고 이명석에게 엄중히 볼기 치는 벌을 주고 또 죄를 벗는 값으로 돈과 면포를 받아 냈다.

나는 이 소문을 듣고 놀라 백천민을 불러 꾸짖었다.

"이명석이 석물을 고쳐 쫀 것은 재상가의 명령을 받은 것이다. 네가 어찌 감히 그에게 벌을 준단 말이냐?"

백천민이 대답하였다.

"석물을 고쳐 쪼는 날 이명석은 마땅히 이경립과 더불어 가서 끝

마쳤어야 합니다. 그리하여 이경립이 고쳐 쪼았다고 고하여 그의 모자란 점을 덮어 주어야 할 것이온데, 이명석은 그렇게 하지 않고 홀로 자기 솜씨만을 자랑하였으니, 지금 우리가 이명석의 죄를 나무라는 것은 다만 석공들의 순후한 유풍을 유지하기 위한 것일 뿐 아니라 또한 사대부들이 남의 모자란 점을 드러냄으로 자기를 내세우려 하는 것을 부끄럽게 하자는 것입니다."

나는 할 말이 없어 사례하고 그를 돌려보냈다.

## 세상이 불안하니 일에도 불성실

서후행徐後行은 내시 중에서 부지런하고 재간 있고 공사 감독을 잘하는 사람이었는데, 매양 나라의 명령을 받아 왕자나 왕녀의 집을 짓게 되면 빨리 짓는 것만 중요하게 여겨 기초가 튼튼치 못하였다.

그는 그 까닭을 이렇게 말하였다.

"부귀란 것은 덧없는 것이어서 마치 여관에 드는 사람이 끊임없이 바뀌는 것과 같다. 장안 제일 좋은 집 가운데 그 자손에게 전한 집이 몇이나 되는가. 집이 아직 기울기 전에 주인이 먼저 바뀐다. 그렇지 않으면 관가에 빼앗겨 옮겨다가 다시 짓는다. 하필 소용없는 수고를 할 것이 있는가."

이렇게 세상이 불안하니 믿을 곳 없는 것을 개탄하였지만, 사람들은 그가 불성실한 것만 탓하였더니, 그 뒤 과연 그의 말이 맞았다.

## 자기를 내세우지 않는다

회재晦齋 이언적李彦迪은 이조 판서 손중돈孫仲暾의 조카다. 이언적은 시골에서 글을 읽었고 남이 알아주는 것을 구태여 바라지 않았으므로 세상에서 아는 자가 없었다. 그래서 과거는 했으나 사람들이 그를 볼 데 없는 한미한 사람이라 하여 교서관에 소속시켜 두었다.

어떤 사람이 손중돈에게 물었다.

"승문원의 여러 사람들이, 이언적이 공의 생질인 줄을 알면 누구보다도 먼저 추천을 받게 될 터인데 공은 끝내 입을 열어 밝혀 주지를 않으니 무슨 까닭이오?"

"조카의 뜻이 그렇게 구차하지 않다네. 내가 그를 추켜 내세운다면 그는 즐겨 벼슬하지 않을 것이니, 그래서 하지 않는 것일세."

손중돈의 대답이 이러하였다.

# 귀천을 가리지 않은 침술

## 이향견문록

《이향견문록里鄕見聞錄》은 조선 후기 중인 유재건(劉在建, 1793~1880)이 쓴 책이다. '이향견문록' 이라 한 것은 사대부가 아니면서 향리에 묻혀 있는 뛰어난 인사들의 행적을 발굴하려는 뜻이다. 308명이라는 방대한 인물들의 전기를 적었다. 19세기 이후 문학 운동을 중심으로 사회적 지위를 상승시켜 가던 중인층의 자신감이 표현된 것으로 본다.

## 애남의 지혜

애남愛男은 연원延原 이광정李光庭의 종이었다. 선조 임진년에 이광정이 사서司書로 대궐 안에서 숙직을 하고 있던 날이었다. 왜구의 침범이 급박하여 왕이 잠시 관서 지방으로 피난하게 되었는데, 이광정은 왕의 행차를 따라나서고, 애남은 이광정의 말고삐를 잡고 좇아갔다.

행차가 임진강 가에 이르렀다. 큰 강은 앞을 막고 밤은 먹물을 칠한 듯 캄캄한데, 나룻배 사공들은 벌써 다 도망쳤고, 배가 어디에 있는지 분간할 수가 없었다. 모든 호종관들은 겁이 나서 어쩔 줄 몰라 할 뿐 강을 건너갈 방법은 도무지 나오지 않았다.

이때 애남이 말고삐를 내던지고 빠른 걸음으로 어둠을 뚫고 어디로인지 달려갔다.

"일이 급박하니 애남도 나를 배반하고 갔구나."

이광정은 말 위에서 탄식하였다.

이윽고 불이 갈밭에서 일어나더니 불빛 점점 드세어지며 양쪽 언덕을 환하게 낮같이 비춰 주었다. 왕은 놀라며 까닭을 물었다. 처음에는 무슨 불인지 몰랐다. 이는 곧 애남이 부시를 쳐서 마른 갈밭에 불을 질러 언덕 위에 서 있던 빈집까지 불붙게 한 것이었다. 불을 놓고 돌아온 애남은 다시 주인의 말고삐를 조심스레 잡았다. 이 사유를 알게 된 좌우 시종들이 왕에게 고하니 왕은,

"기특하다, 애남이여."

하고 감탄하였고, 종관 군졸들도 모두 여기저기서 찬탄의 소리로 외쳤다.

"과연 슬기롭도다, 애남아!"

이리하여 나룻배가 언덕 한쪽에 돌아가 있는 것을 찾아내어 왕과 일행이 무사히 강을 건너갔다.

임진년 난리가 평정되고 왕이 궁으로 돌아온 뒤 왕은 공신들을 봉할 적에 이광정은 효절협책호성공신[1]으로 책봉하고 또 애남을 책봉하려 하였는데, 이광정이 말하였다.

"신이 이미 과분하옵게도 책봉을 받자와 황공하온데 종까지 어찌 조정에 같이 오르게 하오리까."

그리하여 왕은 책봉을 그만두었으나 특별히 애남에게 가선대부를 주었다. 왕은 늘 이광정을 대할 적마다 안부를 물었다.

"경의 애남이 잘 있는가?"

때로는 애남을 불러 차비문 밖까지 오게 하여 은으로 만든 큰 술잔에 술을 쳐 보내곤 하였다. 이광정은 애남의 종 문서를 불살라 버리고 집 한 채를 사서 따로 살게 하였다.

---

1) 효절협책호성공신効節協策扈聖功臣은 신하로서 절개와 충성을 다하고 비상 대책을 협력하고 왕을 호위한 공이 있는 신하라는 뜻이다.

## 삼천 정 은자를 서로 사양

한성에 오천 이씨라는, 여러 대를 잘살아 내려온 부잣집이 있었다. 증손, 현손의 대에 이르러서는 가세가 계속 기울어서 살던 집을 홍 씨에게 팔았다. 홍 씨는 그 집을 사서 살다가 대청 기둥 하나가 기울어 곧 집이 무너질 지경이므로 수리를 하다가 소정 은자 삼천 정[1]을 찾아냈다. 홍 씨는 은자가 이 씨 선조의 것이 틀림없다 하여, 이 씨를 불러 삼천 정 은자를 돌려주려 하였다. 그랬더니 이 씨가 말하였다.

"은이 내 선조의 것이라 치더라도 문서가 없고 또 집을 이미 그대에게 팔았는지라 은도 그대의 것이오."

그러고는 받지 않았다. 이렇게 서로 사양하기를 마지않더니 이 소문이 퍼져 관가에 들어가고, 관가에서는 조정에 알려 왕이 알게 되었다. 그리하여 왕은,

"우리 백성 중 이렇게 어진 이가 있으니 뉘 지금 사람이 옛날 사람

1) 옛날 금과 은을 화폐로 쓸 적에 중량에 일정한 표준이 있어 대정大錠은 열 냥, 소정小錠은 닷 냥이었다. 삼천 정은 1만 5천 냥으로, 당시로서는 막대한 재물이다.

만 못하다 하랴."

하고 칭찬하면서 분부를 내렸다.

"그 은자를 절반씩 나누라."

그리고 두 사람에게 다 벼슬을 주었다.

## 백금을 묻어 버린 임 씨 부인

정부인 임 씨는 김학성의 어머니이다. 그는 일찍 과부 되어 아직 어린 학성 형제를 데리고 남의 바느질을 하여 근근이 생활하며 학성 형제의 공부하는 뒤를 치러 주기에 힘썼다.

임 씨가 혼자 집에 있던 어느 날이었다. 비가 몹시 쏟아져 내려 낙숫물이 세게 떨어지고 있었는데 전과는 달리 툇마루 아래 낙숫물 떨어지는 자리에서 무슨 쇳소리 같은 이상한 소리가 들리는 것이었다. 소리 나는 데로 좇아 내려가서 살펴보니 낙숫물이 괸 땅속에 큰 솥 같은 것이 묻혀 있고 속에는 백금이 가득 들어 있었다. 임 씨는 이것을 흙으로 재빨리 메워 덮었다. 아무도 이를 아는 사람이 없었다. 그러고는 다른 날 오라버니에게 부탁하여 그 집을 팔고 작은 오막살이로 이사하여 살았다.

그 뒤 남편의 제사에 술을 장만하고 오라버니를 청하여 왔으며, 두 아들도 한자리에 모여 앉았다. 임 씨는 이를 기회로 얼굴에 감개한 빛을 띠고 말하는 것이었다.

"남편이 이 두 아이를 나에게 끼치고 돌아가셨으니, 나는 항상 어린것들이 자라서 성취를 못 하고 시부모님과 남편의 영혼을 주리시게 하지나 않을까 걱정하였더니 지금 내 귀밑이 이미 희었고, 두 아들이 능히 아버지 뜻을 이어 글공부에 힘을 써서 장차 성취할 전망을 보게 되었습니다. 내가 조만간 세상을 떠난다 해도 지하에 돌아가 남편을 뵈올 낯이 있게 되었으니 다행한 일입니다."

계속하여 전에 백금을 묻어 버린 일을 이야기하였더니, 그의 오라버니는 보화를 왜 그렇게 묻었는가 물었다.

임 씨는 말을 계속하였다.

"재물이라는 것은 곧 재앙을 불러오는 것입니다. 까닭 없이 큰 재물을 얻는 것은 상서로운 일이 아니오며 그것으로 해서 기이한 화가 생기지 않으면 반드시 죽는 수라도 있게 될 것입니다. 그리고 또 인생은 마땅히 궁핍을 겪어야 하는데, 아직 어린 두 아들이 생활의 안락함에만 무젖게 되면 학업에도 즐겨 노력하지 않게 될 것입니다. 빈곤한 처지에서 자라지 않고서야 어찌 재물을 얻는 길이 쉽지 않다는 것을 알 수 있으오리까. 그러므로 나는 이사를 하여 우선 내 생각에서 허욕을 끊어 버린 것입니다. 지금 우리 집에 조금 있는 저축은 모두 내 열 손가락을 놀려 나온 것이오니 아무 노력 없이 공으로 쉽게 생긴 것과는 마음에서나 귀중함에서나 견줄 바가 되오리까. 그때 용단이 있었던 까닭으로 나는 항상 마음이 편안합니다."

이 말을 들은 오라버니는 임 씨의 높은 식견에 탄복하였으며, 두 아들은 어머니의 부지런함과 성실하고 청렴함에 깊이 감복하였으며, 여러 일가붙이들은 듣고 서로 고무되어 부지런하고 검소하기에 힘쓰게 되었다.

임 씨는 장수를 누렸고 자손들이 번성하였는데, 사람들이 모두 임 씨의 아름다운 덕성이 흐르고 있기 때문이라고 하였다.

## 범의 안내를 받은 효부

안협 땅 한 농갓집 딸이 열일곱 살에 이천 농부에게 시집을 갔다. 그런데 불행히도 시집간 지 몇 달 만에 남편이 병으로 죽고, 시어머니 한 분조차 늙고 눈이 멀었으며, 다른 자녀가 없었다. 그래서 이 며느리가 남의 바느질을 하고 일품을 팔아 시어머니를 극진히 모셨다. 앞 못 보는 시어머니는 움직임과 음식을 모두 며느리에게 의존할 뿐이었는데, 불러서 응하지 않는 적이 없이 늘 곁을 떠나지 않아 오히려 남편이 살아 있을 때보다도 더 성실하였다.

친정 부모는 외롭고 잔약한 청상과부로 의지할 데 없이 고생하는 딸이 하도 불쌍하여 은근히 개가하라는 뜻으로 딸의 마음을 여러 번 떠보았으나, 딸은 조금도 흔들림이 없이 이렇게 말하여 왔다.

"사람은 모두 자기가 가진 뜻이 있사오니, 부모님도 이것을 억지로 굽히게 할 것이 못 됩니다. 내가 떠난다면 시어머님은 앞으로 어찌 하오리까. 불쌍하신 시어머님을 위하여 나는 희생할 각오이오니, 결정된 운명을 나는 구태여 탓하지 않습니다."

다른 날 친정에서 어머니의 병이 위독하다고 딸을 불렀다. 급보를 받은 딸은 안 갈 수 없어 시어머니에게 엎드려 고하였다.

"어머니, 앞마을에 푸닥거리하는 집에서 저를 청하는데 얼른 갔다가 곧 오겠습니다."

하고 시어머니의 손을 당기며,

"시장하시면 밥은 여기 있고 물은 저기 있으니 잡수세요."

하고 또렷이 만져 보게 하고는 급히 친정으로 갔다.

실은 딸을 시집보내려고 불렀을 뿐 친정어머니는 아무 탈도 없었다. 어머니는 딸이 애처로워 손을 붙잡더니 말했다.

"너는 시어머니만 알지 너를 낳은 어미는 도무지 모르는구나."

딸은 울면서 대답했다.

"어머니, 천만의 말씀입니다. 어찌 그럴 수 있사오리까. 어머니는 아들과 며느리가 있어 모시고 있사오나 시어머님은 내가 아니면 누구에게 기대어 여생을 마치오리까. 바라건대 어머니께서는 못난 이 딸자식을 생각 말아 주세요."

딸은 말을 마치고 돌아가려고 일어섰다.

"네 말이 진실로 기특하긴 하다. 그러나 너는 어찌하여 길러 낸 부모의 정을 그렇게도 모른단 말이냐?"

그러더니 삶은 닭과 개고기를 먹으라고 내놓았다. 딸은 수저를 들어 조금 먹고는 고기를 남겼다. 어머니는 웃으면서,

"너는 먹지 않고 시모 줄 생각만 하는구나. 뒤로 보내 줄 터이니 어서 먹으렴."

하며 딸을 정으로 끌려고 하였다. 딸은 이미 그 뜻을 알고 얼른 바깥을 내다보며 말했다.

"고향을 떠난 지 오래되어 마을이 모두 달라졌구먼요. 아이 적에

같이 놀던 동무들도 다들 잘 있는지요? 한번 만나 보겠어요."

그러고는 가만히 고기 몇 덩이를 싸 가지고 마침내 대문 밖을 빠져나와 달아났다.

길이 그리 익지도 못하고 산중에 해는 벌써 져서 어둠침침하였는데, 앞에서 어렴풋이 한 짐승이 얼씬거리는 것이었다. 여자는 집에서 기르는 삽살개가 마중 나온 것이라 생각하고 기뻐하면서 말하였다.

"고마워라, 우리 삽사리. 네가 나를 인도하러 마중 왔구나."

그러고는 그 짐승의 뒤를 좇아 걸었다. 걸음마다 가시덤불이요, 돌부리였다.

반득이는 별, 희미한 달을 머리 위에 이고 돌아오니 이미 밤중이었다. 기다리다 못하여 골이 나 있던 시어머니가 성난 소리로 말했다.

"무슨 일로 그렇게 늦었단 말이냐?"

며느리는 유순하고 정다운 말로 그럴듯하게 말하여 위로한 뒤 품속에서 고기를 내어 시어머니 앞에 벌여 놓고 등잔에 불을 켜고 부엌에 나가 물을 데우려 하니, 별안간 매우 모진 소리를 내며 범 한 마리가 뜰로 튀어 나갔다. 그제야 아까 앞을 인도하여 온 짐승이 삽사리가 아니라 범이었음을 깨달았다.

날이 샌 뒤에 곁집 사람들이 알고 모두 모여,

"효부로다, 이 며느리! 시어머니를 받드는 지극한 성품이 마침내 이런 놀라운 일까지 있게 하였구나."

하고 찬탄하기를 마지아니하며 현령에게 알려 그 집의 호역을 면제하게 했다.

## 어린 남편을 구한 의로운 안해

청풍의 한 시골집 딸이 같은 고을 사람에게 시집을 갔는데, 남편이 아직 어려 사내구실을 못하고 있었다.

하루는 남편과 함께 산골짜기 지름길을 가고 있었는데, 인적이 없고 호젓한 곳을 이르렀더니 갑자기 숲 속에서 도적놈이 나타나 몽둥이로 남편을 휘갈겼다. 남편은 길 아래로 거꾸로 떨어졌다. 그러나 여자는 본 체도 않고 말에 채찍을 더하여 달아났다.

이때 도적놈은 여자의 행방을 잃을까 봐 남편을 버리고 급히 여자를 쫓아 겨우 두세 간 거리까지 닥쳐왔다. 여자는 문득 타고 달아나던 말을 세우고 머리를 돌려 도적놈을 바라보며 입을 열었다.

"나를 쫓아오는 것은 말을 가지려 함인가, 나를 가지려 함인가?"

"너 때문이다."

도적이 말하였다.

여자는 곧 말에서 내려 방싯방싯 웃으면서 정답게 말하였다.

"그 아이를 당신도 보셨지요? 그것도 사람이라고 할까요. 내가 지금까지 겉으로는 남편이라 해도 마음으로는 저것을 남편으로 섬기기가 싫어서 기어코 버리려는 지가 이미 오랬으나 다만 틈을 타지 못하여 애쓰던 차였습니다. 오늘 다행히 기회를 얻게 되었으며 또 당신의 용모를 보니 나 또한 마음으로 따르지 않을 수 없습니다. 당신이 내게 뜻이 있다면 나야 무슨 사양을 하겠어요?"

도적놈은 너무 좋아 어쩔 줄을 모르고 곧 달려들어 짐승 같은 욕심을 채우려 하였다.

여자가 일렀다.

"이미 내 몸을 당신에게 맡겼으니 밤을 기다려 즐거운 꿈을 같이 함이 옳은데, 구태여 백 년을 해로할 사람에게 인사에 마땅치 않게 길에서 일을 조급히 치르려 하시니, 이는 장부가 할 일이 아닙니다."

도적놈을 길옆에 이끌어 앉히고는,

"내게 맛있는 술과 고기가 있으니 당신은 실컷 취하고 배부르도록 잡수세요."

하며, 얼른 행장을 끄르고 술병을 꺼내어 짐짓 기우듬한 땅에 놓았더니 술병이 넘어지면서 향기로운 냄새가 나며 술이 쏟아져 나왔다. 도적놈은 입맛이 돋아 술병을 재빨리 붙잡았다.

여자는,

"술 따를 그릇이 없으니 병째로 마시는 수밖에 없습니다."

하고, 도적놈이 차고 있는 칼을 청하여 가만가만 고기를 저몄다.

도적놈이 좋아라고 술을 마실 적에 병이 이미 절반이나 비어 두 손으로 술병을 잡고 한껏 기울이게 되니 얼굴은 부득불 뒤로 젖히게 되었다. 여자는 온 힘을 다하여 칼로 그놈의 목을 찔러 죽였다.

여자가 급히 남편에게 달려갔더니 혼절한 남편은 목 안에서 골골

소리가 나며 곧 목숨이 끊어질 지경이었다. 마침 지나가는 사람을 만나 싣고 돌아가서 보살핀 결과 살아났다.

군에서 이 일을 조정에 알려, 의부義婦로 복호[1]를 받았다.

1) 복호復戶는 집집마다 부과되는 세금과 부역을 면제하는 것.

## 한석봉의 글씨

석봉 한호는 송도 사람이다. 필법이 힘 있고 뛰어나 스스로 한 체를 이루었는데, 공사의 비, 갈[1], 병풍과 족자 등의 글씨가 그에게서 나온 것이면 사람들이 모두 보물처럼 소중히 여겼다.

선조가 글씨와 그림에 다 조예가 깊었는데 매양 한호의 필적을 볼 때마다 고금을 통하여 세상에 드문 뛰어난 예술가라고 찬탄하면서 이렇게 말하였다.

"우리 나라에서 이런 뛰어난 인재를 낳았으니 중국의 명가라도 한호의 글씨를 보고서는 경탄치 않을 이 없을 것이다."

또 그 글씨를 평하여 목마른 고래가 바다를 내닫는 기세라고 하였는데, 필세가 웅건하다는 뜻이다. 그러므로 중국 사람들이 그의 글씨를 다투어 구해 가니 한석봉이란 명성이 천하에 퍼졌다.

한호가 스스로 말하되 평생에 힘을 가장 많이 들인 것은 서화담

1) 모난 것을 '비碑'라 하고 둥근 것은 '갈碣'이라 하는데, 여러 가지 모양의 비를 다 일컫는 것이다.

비라고 하였다. 지금 그 인본을 보면 참으로 묘필이다.

글씨로 우리 나라 안평 대군 이후 제일인자로 되었으며 인품은 공손하고도 근엄하였다. 한미한 집 출신으로 글씨로 이름이 나게 되었으며, 벼슬은 군수를 지냈을 뿐이다.

# 김명국의 그림

화사畵師 김명국金鳴國은 인조 때 사람이었는데, 출신은 알 수 없으며 호를 연담蓮潭이라 하였다. 그의 그림은 옛날 화법을 그대로 따르지 않고 연구하여 새로운 그림으로 이름을 날렸다. 더욱이 인물과 경치를 잘 그렸는데 수묵과 담채를 사용하였으며, 그림이 생동하고 기품이 있는 것을 중요하게 여겼으니 세속에서 흔히 보는 바와 같이 단청이나 분칠로 곱게 꾸며 보통 사람의 이목을 끄는 속된 방법을 취하지 않았다.

그는 성격이 호방하였으며 해학을 잘하였고 술을 즐겨 한 번에 두어 말 술을 마셨다. 그림을 그릴 때는 반드시 크게 취하고 나서 붓을 잡았는데, 그래야만 필세가 더욱 펴지고 취할수록 붓끝이 마음대로 달리니 고상한 운치가 그림에 넘쳐흘렀다. 그의 명작은 대체로 취해서 그린 그림이라고 한다.

그러므로 사람들이 그에게 그림을 구하러 올 때는 반드시 술 항아리가 딸리며, 사대부가 청할 때면 반드시 술을 장만하여 놓고 양을 흡족케 해야만 비로소 즐겨 붓을 들었다. 그래서 세상에서 그를 '주광酒

狂' 이라 하나 식견이 있는 사람들은 더욱 그를 기이하게 여겼다.

일찍이 영남의 어떤 중이 큰 비단에 명사도[1]를 그려 달라고 청하며 가는베 수십 필을 예물로 가져왔다. 김명국은 그것을 기꺼이 집 사람에게 주어 그것으로 몇 달 동안 술을 실컷 대도록 하였다.

나중에 중이 그림을 찾으러 왔다. 김명국은 중에게 말하였다.

"가서 좀 더 기다리라. 내가 필흥이 일 적에 그려 주겠노라."

이렇게 하기를 서너 차례 하였다.

하루는 실컷 마시고 잔뜩 취하였는데 비단을 펼쳐 놓고 눈을 똑바로 뜨고 한참 동안 구상하다가 단번에 그려 냈다. 전우[2]의 위치와 귀신들의 형상과 색이 무섭도록 생동하여 죄인의 끄덩이를 잡고 나오는 놈, 끌어다가 벌주는 놈, 자르고 지지는 놈, 찧고 갈아 대는 놈 등을 모두 중의 모습으로 그렸다. 영남 중이 와서 이것을 보고 깜짝 놀라 당황한 소리로 탄식하였다.

"이를 어찌한단 말씀이오니까! 공은 우리 큰 사업을 다 그르쳤소이다."

김명국은 두 다리를 쭉 벌리고 걸터앉은 채로 웃으면서 말하였다.

"네 무리들은 일생 동안 악업으로 세상을 미혹하여 백성을 속이니 지옥에 들어갈 놈이 너희들이 아니면 누구겠는가?"

중은 눈살을 찌푸리고 말하였다.

"공은 이미 우리 큰일을 그르치셨사오니 원컨대 이 그림을 두시고 소승에게 가는베를 돌려주소서."

---

1) 명사도冥司圖는 절에 걸어 두기 위한 염라왕의 그림.

2) 전우殿宇는 신이나 부처를 모셔 둔 건물.

김명국은 여전히 웃으면서 말하였다.

"일을 잘되게 하려거든 술을 더 사 오너라. 내 다시 너를 위하여 고쳐 주겠노라."

이 말을 들은 중은 술을 사 왔다. 김명국은 다시 한 번 껄껄 웃고 받아 단숨에 기울이고 취한 김에 붓을 당겨 수염 깎은 놈은 수염을 달고 머리 깎은 놈은 머리털을 붙이고 검은 장삼 입은 놈은 색을 칠해 옷을 바꾸어 잠깐 사이에 고쳐 놓으니, 필치가 더욱 새로워 고친 흔적을 찾을 수 없었다. 김명국은 붓을 던지고 또 한번 껄껄 웃고 남은 술을 기울였다. 그림을 들여다본 중은,

"진실로 천하의 신필이옵니다."

하고 탄복하며 치사하고 돌아갔다. 그 그림이 지금도 불가의 보물로 보존되어 있다고 한다.

김명국이 죽은 뒤 그의 제자로 평양에 조세걸曺世杰이 있어 김명국이 남긴 화법을 받아 가지고 수묵으로 그리는 인물화를 사람들이 쳐주기는 하지마는 김명국이 남긴 오묘한 재주의 알맹이를 체득하지는 못하였다.

내 나이 열대여섯 되던 때 김명국의 제자라는 자에게 김명국에 대한 이야기를 들었고, 늙은이들한테 명사도의 전후 이야기를 들었으며, 또 그가 남긴 필적이 규모로나 수법으로나 몹시 뛰어난 것으로 보아 상상하기에 족하다고 생각한다.

## 단원 김홍도

김홍도金弘道는 자가 사능士能이고 호는 단원檀園이라 하였다. 그는 풍채가 아름답고 가슴속에는 한 점 티끌이 없어 세속의 사리와 공명에 끌리지 않으므로, 사람들이 그를 가리켜 신선 같은 사람이라고 하였다.

그는 그림을 잘하였는데 산수, 인물, 화초, 새와 짐승 등 어느 것이나 모두 예술의 극치에 들어갔다. 특히 신선도를 잘 그렸는데 주름살, 색조, 체구, 옷의 무늬 등이 옛사람의 형식을 그대로 좇지 않고 독자적인 수법을 발휘하여 그림에 신묘한 기상이 어렸다. 그리하여 보는 사람에게 평화롭고 즐거운 감정을 자아내었으니, 이는 예술의 이채였다.

정조 때 궁에서 일하게 되었는데, 그림 한 폭을 낼 적마다 정조의 마음에 들었다. 일찍이 대궐 안에 하얗게 꾸민 큰 벽에 '해상군선도'[1]를 그리라고 왕이 명령하였다. 김홍도는 내시에게 먹을 두어 되

1) '해상군선도海上群仙圖'는 바다 위에서 신선이 논다는 상상도.

진하게 갈게 하여 모자와 옷을 벗고 서서 마치 세찬 비바람이 휘몰아치듯이 붓을 휘두르니, 두어 시간도 못 되어 벽면에 물이 넘실거려 집을 무너뜨릴 듯하고, 사람이 너울거려 구름을 헤칠 듯한 형상이 나타나니, 옛날 대동전의 벽화라도 이보다 나을 수는 없을 것이었다. 왕은 또 그에게 금강 사군金剛四群의 산수를 그리라 하고 각 군에 명하여 그를 고관과 같이 우대하게 하였으니, 이는 특별한 예우였다.

그는 음관으로 연풍 현감이 되었으나, 집이 가난하여 끼니도 잘 에우지 못하였다.

하루는 어떤 사람이 퍽 기이하게 생긴 매화 한 분을 팔러 나왔다. 김홍도는 이를 사랑하여 가지고 싶었으나 돈이 없었다. 마침 그림을 부탁하는 사람이 있어 삼천 금을 가져왔다. 그래서 이천 금을 던져 매화를 사고 팔백 금으로 술 두어 말을 사 놓고는 친구들을 불러 매화놀이를 하였으니, 쌀과 나무 살 돈이라고는 이백 금을 남겼을 뿐으로 하루 지낼 거리밖에 안 되는 것이었다. 대개 그의 대범하고 시원스러움이 이와 같았다.

아들 김양기金良驥는 자를 천리千里라 하고 호를 긍원肯園이라 하였는데, 그도 전통을 이어받아 그림을 잘하였다. 산수를 잘하기로는 자기 아버지를 넘어선다고 한다.

# 붓으로 살아가는 최칠칠

최북崔北 '칠칠七七'이란 이는 세상에서 집안과 고향도 모른다. 이름 글자를 쪼개어 자를 '칠칠'이라고 하였다.

그림을 잘 그렸는데, 한쪽 눈이 짜긋하였기 때문에 일찍이 색안경을 쓰고 있었으며, 그림을 그릴 때에는 화첩을 비스듬히 대하였다. 본디 술을 즐기고 유람을 좋아하였다. 한번은 금강산 구룡연에 가서 즐겁게 놀며 몹시 취하여 울기도 하고 웃기도 하며 부르짖기도 하다가,

"천하 명인 최북이 마땅히 천하명산에서 죽으리라."

하고 크게 외치고, 마침내 몸을 뒤쳐 구룡연 바로 가녘까지 이르렀다. 못에 빠지려는 순간에 구원하는 자가 있어 그를 번쩍 들어다가 산 아래 반석 위에 놓았더니, 숨을 헐떡거리며 누웠다가 벌떡 일어나 길게 휘파람을 불었다. 그 소리 숲 속을 흔들어 새들이 모두 날개치며 날아났다.

칠칠은 하루에 술을 대엿 되 마시니 술집에서 술을 가지고 와서 책과 지필 따위를 모조리 가져가므로 생활은 더욱 어려웠다. 드디어

서경과 동래에 길손으로 떠돌아다니며 그림을 팔았는데 사람들이 능견과 생초를 가지고 그림을 받으러 오는 자가 그칠 새 없었다. 사람들이 산수를 그려 달라면 산만 그리고 물은 그리지 않았다. 괴이하여 물으면 칠칠은,

"허, 종이 밖은 모두 물인데……."

하고 붓을 던지고 일어났다.

그림은 잘되었는데 보수가 적은 때에는 곧 성을 내어 화폭을 찢어 버렸으며, 그림이 잘 안 되었는데도 지나친 보수를 주었을 때에는 껄껄 웃으며 그 사람을 꾹 지르고는 적당한 보수만 받고 나머지를 돌려주었는데, 혹시 문을 나갔을 때에는 다시 불러들여 웃으며 말했다.

"아따, 그 사람, 값도 모르는군."

그는 스스로 호생자[1]라고 호를 지었다.

칠칠은 성질이 아주 오만하여 남에게 굽히지 않았다. 하루는 서평공자西平公子와 백 금을 걸고 내기 바둑을 두는데, 칠칠이 이기게 되었을 즈음에 서평이 한 수만 물러 달라고 하였다. 그는 바둑알을 흩어 버리고 손을 거두고 앉으며 말하였다.

"바둑이란 장난인데 무르기로 한다면 일 년 가도 한 판을 끝내지 못할 것이오."

그러고는 다시는 서평과 바둑을 두지 않았다.

일찍이 어느 대갓집에 갔는데, 문지기가 주인에게 알리되 이름을 부르자니 미안하여 이렇게 고하였다.

"밖에 최 직장이 오셨습니다."

1) 호생자毫生子는 붓으로 살아간다는 뜻.

이 말을 들은 칠칠은 성을 내었다.

"어째서 최 성승이라 하지 않고 직장이라고 하느냐?"

문지기가 물었다.

"언제 정승을 하셨나이까?"

칠칠이 말하였다.

"내가 언제 직장을 하였단 말이냐? 기왕 직함을 빌려 나를 내세워 줄 바에는 어째서 정승을 버리고 직장이라고 한단 말이냐?"

그러더니 주인은 만나 보지도 않고 돌아가 버렸다.

칠칠의 산수화가 나날이 세상에 퍼졌다. 그리하여 최산수라고 일렀으나, 실은 화초, 새나 짐승, 괴석, 고목, 풍자화, 자유분방하게 날려 그린 그림 들을 더욱 잘 그렸다. 그것은 필묵가의 필치를 훨씬 뛰어나게 하였다.

남공철南公轍이 이전李佃을 통하여 칠칠을 알았는데, 일찍이 그와 함께 절간을 간 적이 있다. 촛불 앞에서 먹으로 대나무 그림을 몇 폭 그리고 나서 말하였다.

"나라에서 수군 수만 명을 둔 것은 장차 왜를 방비하자는 것이언만, 왜는 본디부터 해전을 익히고 있는데 우리는 해전을 익히지 않으니, 앞으로 왜가 쳐들어온다면 대응치 못하고 우리 해군은 질 것이다. 그렇게 되면 삼남 백성들이 불쌍하지 않은가."

말하고는 분을 못 이겨 다시 술을 마셔 가면서 서로 이야기가 오가는 동안에 날이 새었다.

세상에서는 칠칠을 술꾼이라거니 환쟁이라거니 심지어는 미치광이라고까지 하지만, 칠칠의 말은 때로는 심오하고 현실에 들어맞았다.

이전은 이렇게 말하였다.

"칠칠은 《서상기西廂記》와 《수호전水滸傳》 등을 읽기 좋아하였으며, 시를 지어도 기발하고 속되지 않아 전할 만한 것들도 있었으나, 남에게 내놓지 않았다."

그는 서울 여관에서 죽었는데, 그때 나이가 얼마였는지는 알 수 없다.

# 기인 임희지

임희지林熙之는 스스로 호를 수월도인水月道人이라 하였다. 그는 기개가 높고 의협심이 강하며 절개가 있는 사람이었다. 얼굴은 둥글고, 수염은 창날처럼 일어섰으며, 키는 후리후리하여 팔 척이나 되었는데, 비범한 풍신이 도인이나 신선같이 보였다.

그는 술을 즐겨, 어떤 때는 밥은 전혀 먹지 않고 술만 계속 마셔 노상 취해 있었다. 그는 참대와 난초를 잘 그렸는데, 참대는 표암豹庵 강세황姜世晃과 같은 수준에 이르렀고, 난초는 강세황보다 나았다. 그림을 그리고는 반드시 '수월' 두 자를 써 넣었으며, 그림 제목을 쓰게 되면 무슨 부록[1] 같아서 알기 힘들고, 자획도 기이하고 예스럽고 괴이하여 글자 같지 않았다. 또 그는 생황도 잘 불어 사람들이 그에게 많이 배웠다.

집이 가난하여 다른 것은 없었으나 거문고 하나, 칼 한 자루, 거울 하나, 벼루 한 개를 장만해 두었고, 특히 옛날 옥으로 만든 붓걸이는

1) 부록符籙은 도가道家에서 많이 쓰는, 전자체篆字體로 쓴 듯한 글씨.

칠천 금의 가치를 가진 것으로 그가 사는 집값에 비기면 배나 되었다. 또 그는 같이 사는 미인 하나를 알뜰히 사랑하면서 이렇게 말하였다.

"나는 꽃밭이 없으니 꽃을 기르지 못한다. 그러나 나는 이로써 한 떨기 명화로 삼노라."

집이라고는 두어 칸에 지나지 않고 뜰이라고는 반 두둑밖에 안 되었지만 몇 척짜리 못 하나를 팠다. 샘이 없으니 쌀뜨물을 대어 뿌옇게 흐려 있었다. 그는 매양 이 못가에 거닐며 휘파람 불고 노래하며 말하였다.

"아, 달이여, 수월의 뜻을 아느냐? 달은 물을 택하지 않고 비쳐 주누나!"

일찍이 배를 타고 강화도로 갈 적이었다. 바다 가운데 이르자 갑자기 폭풍우를 만났다. 산같이 일어나는 파도가 물벼락을 들씌우며 배를 금방이라도 삼킬 듯하였다. 정신이 아찔하여 쓰러진 뱃사람들은 모두 아우성을 치는 것이었다. 바로 이때 임희지는 문득 크게 웃으며 일어나 먹물같이 내려덮인 구름과 눈보라처럼 휘갈기며 거듭 몰아오는 파도 속에서 너울너울 춤을 추었다. 바람이 자고 파도가 멎었을 때 사람들이 물었다.

"어찌 그럴 수가 있었소?"

임희지는 대답하였다.

"죽음이란 예삿일이지만 바다 가운데서 풍우의 신기하고 굉장한 광경을 보기는 평생 얻기 어려운 일이니 어찌 춤을 안 추겠는가?"

거위 털을 엮어 옷을 만들어 두었다가 달 밝은 밤에 쌍상투 틀어 붙이고 맨발로 그 털옷을 입고 생황을 가로 불며 네거리를 걷고 있는 임희지를 사람들은 가끔 보았다. 한번은 살피며 돌아다니던 나졸들이 보고 귀신이라 하여 모두 달아났다고 한다. 그의 장난이 이와 같았다.

그는 일찍이 나에게 돌 하나를 그려 주었는데, 붓질 두어 번에 얼쑹덜쑹 울뚝불뚝 기괴한 형상과 그윽한 정취를 담고 있으니 실로 기이한 필치이다.

## 금강산을 두고 온 화가 김시

사포[1] 김시金禔는 조선의 이름난 화가이다. 그는 일찍이 금강산에서 놀다 내외 금강을 다 보고 그림 그리고 싶은 감흥이 가슴속에 넘쳐 올랐다. 그러나 안타깝게도 종이가 없어 그릴 수가 없었다. 돌아오는 길에 여관에 들렀더니 한 선비가 짐 꾸러미에 좋은 종이를 많이 가지고 있었다.

사포가 물었다.

"내가 그림을 좀 그릴 줄 아는데 지금 내외 금강을 다 보고 나서 한없이 감흥이 일고 있소. 허나 종이 없는 것이 한이니 몇 폭만 빌려 주면 앉은 자리에서 그려 줄 터이니 뜻이 어떠하오?"

선비는 이렇게 말하며 거절하였다.

"지금 이옥산李玉山한테 가서 글씨를 받으려고 종이를 가지고 오던 중인데 그대의 뜻을 좇을 수가 없소."

그 지방에 살고 있던 옥산은 율곡의 아우인 이우李瑀인데, 글씨

1) 사포司圃는 궁중의 채소밭이나 채소 따위에 관한 일을 맡아보는 정육품 벼슬.

잘 쓰기로 이름이 났던 것이다. 사포는 실망하여 섭섭히 돌아갔다.

선비는 옥산을 찾아보고 그 이야기를 하였다.

"선생의 글씨를 받으려고 종이를 많이 가지고 오던 차에 어떤 유산객이 스스로 칭하기를 그림을 잘 그린다고 하며 종이 달라는 것을 거절하였습니다. 참 우스운 꼴을 본걸요."

이 말을 들은 옥산은 탄식하면서 말했다.

"요새 김시가 금강산에 유람 왔단 말을 들었더니, 틀림없이 그가 구상이 가슴에 넘쳐 그 말을 한 것일세. 김시는 세상에 드문 화가인데, 명화를 만나기도 어렵거니와 산을 보고 그리고 싶은 구상이 떠오르는 것은 더욱 얻기 어려운 기회어늘, 그대가 이 기회를 만나고도 놓쳐 버렸으니 얼마나 아까운 일인가!"

그제야 선비는 크게 한탄하였다.

## 귀천을 가리지 않은 침술

태의太醫 백광현白光炫은 인조 때 태어났다. 사람이 너무 좋고 순박하여 고향에 있을 적에는 어리석은 사람같이 보였다. 몸은 크고 수염이 좋았고 눈에는 빛이 돌았다.

집이 본디 가난하여 늘 굵은베 옷을 입고 찢어진 헌 갓을 쓰고도 버젓이 장거리 바닥으로 다녔다. 궁한 까닭으로 남에게 가끔 돈을 빌려 달라고 하여 사람들이 싫어하였는데 밀치거나 차며 놀려 대는 젊은 사람들도 있었다. 그러나 백광현은 웃어 버릴 뿐 성내지 않았다.

그가 처음에는 오로지 침만 가지고 말의 병을 잘 고쳤다. 그의 침술은 어느 의서에 기초한 것이 아니었다. 시간이 갈수록 더욱더 솜씨가 능숙해져 사람의 종창에도 시험해 보았더니 이따금 기묘한 효과를 보게 되었다. 그래서 백광현은 사람의 몸 치료에 온 힘을 기울이게 되었다. 마을로 두루 다니며 사람의 종창을 많이 보고 치료하니 지식이 더욱더 정교해지고 침술이 갈수록 신묘하게 되었다.

대개 정저[1] 같은 악질 종창은 독이 성하여 부스럼 뿌리가 들어앉게 되면 옛날 약방문에는 치료법이 없었는데, 백광현은 이런 것을 만나면 반드시 큰 침으로 터뜨리고 째서 독을 헤치고 뿌리를 뽑는 방법으로 죽어 가는 사람을 살려 냈다. 처음 경험이 모자랄 적에는 침질이 너무 호되어 더러 사람을 죽이는 일도 있었다. 그러나 점차로 그 효력으로 살아난 사람이 많게 되니 병자가 날로 그의 문 앞을 메우게 되었다. 백광현 스스로도 고쳐 주기를 좋아하여 환자를 위하여 더욱더 성의와 노력을 다하니 이때부터 그의 이름이 크게 떨쳐 그를 신의라고 부르게 되었다.

숙종 초기에 백광현이 어의로 뽑힌 이래 공이 있을 적마다 벼슬이 오르고, 여러 벼슬을 거쳐 현감이 되니, 마을에서도 모두 영예로 삼았다. 그는 병자가 있다면 귀하고 천하고 가깝고 멀고 없이 부르는 대로 곧 갔으며 가면 반드시 성심과 기술을 다하여 효험을 보고야 말았다. 그가 늙고 귀해진 몸이라 하여 환자 보기를 거절하지 않는 것은 기능에서만 나온 것이 아니며 천성에서 우러나온 것이었다.

내가 열다섯 살 때, 외삼촌이 입술에 뿌리 깊은 부스럼을 앓아서 백 태의를 청하였다. 그가 보더니 이렇게 말하였다.

"때가 늦어 별수가 없구려. 이틀 전에 보지 못한 것이 한이로군. 어서 장례 치를 준비나 하시오. 밤에는 죽을 것이니."

밤에 이르니 과연 죽었다.

당시 백 태의는 이미 나이가 많았으나 정신과 식견이 온전하여 병이 낫고 못 낫는 것을 단정하여 조금도 틀림없었으니, 그가 한창인 시절에 어느 집에 가서 무슨 병을 치료하여 신효를 보고 죽음에서 살아났다는 말이 결코 헛소리가 아닐 것이다.

---

1) 정저疔疽는 악성 부스럼이다. 얼굴, 뒷덜미, 등 같은 데 난다.

백 태의가 죽은 뒤에 아들 백홍령白興齡이 부친의 업을 이어 상당히 소문이 있었고 제자 박순朴淳도 종기를 잘 고치기로 유명하였다.

지금 정저를 째는 법이 백 태의에서 시작된 것으로, 후학들이 경험방이라 하여 전하고 있다. 그러나 자손과 후학들로 백 태의에 미칠 자 없으니 고치기 어려운 종창을 앓는 자는 반드시 탄식하여 말하는 것이다.

"세상에 백광현이 없으니, 아, 죽을 따름이구나."

## 명의 이익성

이익성李益成은 정조 때 사람이다. 젊었을 적에 가난하여 어떤 벼슬아치 집에 객으로 가 있었는데, 주인이 병을 앓아 허조許照를 청해 보이고 있었다. 허조는 당시 이름난 의원이었다. 주인은 이익성에게, 허조에게 담배를 붙여 대접하라고 했다. 이익성은 노하여 듣지 않고 말하였다.

"내가 비록 별 볼일 없는 사람이지만 어찌 남의 종질을 한단 말이오?"

그러고는 그 집을 단연 떠났다. 그리하여 의술에 자극받은 그는 십 년 동안 의학을 공부한 결과 명의로 소문이 났다.

명문가의 사람이 양명경[1]에 병이 들었는데, 허조가 여러 날 동안 치료하였으나 차도를 보지 못하여 이익성을 청해 왔다. 자리에 먼저 앉아 있던 허조는 뒷방으로 피하고, 이익성이 병을 본 뒤 붓을 당겨 백호탕 방문을 써 냈다. 이를 안 허조가 얼른 나와 이익성의 손을 잡

1) 양명경陽明經은 《맥경》에서 이르는 십이 경락 가운데 두 가지 경락을 이른다.

고 흔들며 사례하는 것이었다.

"내가 허조요. 나도 이 방문을 생각하였으나 나는 늙은 사람이라 걱정이 많아 감히 그 약을 못 썼구려!"

허조가 소매 속에서 종이쪽지를 내어 보이니 과연 '백호탕'이었다. 허조는 말을 이었다.

"나는 마땅히 이 사람에게 윗자리를 사양해야 한다. 나는 이제부터 다시 의원 노릇을 하지 않으리라."

백호탕 한 번에 병은 곧 나았다.

어떤 집 아들이 나이 갓 스물인데 하룻밤 사이에 갑자기 벙어리가 되어 온갖 약이 소용이 없었다. 이익성이 가서 병을 보고 안마당을 지나다가 남쪽 처마 아래 구리 그릇 대여섯이 벌여 있는 것을 보았다. 그릇에는 모두 돈이 담겨 있었다. 이익성이 괴이하여 물었더니 환자의 아버지가 말하였다.

"내 안해가 아이 병을 근심하여 점쟁이에게 점을 치게 하였더니 귀신의 탈이라 하여 이것으로 귀신풀이를 할 것이라오."

이익성은 웃으면서,

"나는 의원 노릇뿐 아니라 귀신풀이도 할 줄 압니다. 멀리서 무당을 불러 올 것 없이 내 앞에 갖다 놓게 해 주시오."

하여, 거기서 작은 돈 하나를 집어 파두빈료 두어 개를 사오게 했다. 그리하여 파두를 환자의 콧구멍에 넣었더니 이윽고 환자가 재채기를 한 번 하고는 곧 말을 하는 것이었다. 환자의 아버지가 몹시 좋아하며 병의 원인을 물었더니, 간단히 설명하였다.

"소년이 밤에 피로가 과도하였던 결과 정욕의 불길이 위로 올라 폐를 범하여 벙어리 증상을 일으킨 것이었습니다. 파두는 성질이 열을 내는 것이니, 이는 불로 불을 끄는 방법입니다."

그의 의술이 정밀하고 기민함이 대체로 이와 같았다. 그는 기개와 지조가 있어서 가난하고 천한 사람에게도 정성과 기술을 다하여 치료하여 주었고, 고관대작일지라도 그의 뜻을 굽힐 수는 없었다.

## 바둑의 명수 김종귀

김종귀金鍾貴는 바둑으로 서울에서 제일이라고 이름을 날리다가 나이 아흔이 넘어서 죽었다. 김종귀의 후배로는 김한흥金漢興, 고동高同, 이학술李學述 세 사람이 아직 살아 있다.

김한흥은 김종귀와 더불어 바둑의 명수로 이름이 났는데, 그는 신진 기예로 스스로 자기 적수가 없다고 자부하였다.

일찍이 김한흥이 김종귀와 더불어 내기 바둑을 두게 되었는데, 명수의 싸움이라 하여 구경꾼이 가뜩 모여들었다. 김한흥은 정기 어린 눈으로 바둑판의 횡선, 종선과 앞뒤를 빈틈없이 뚫어지게 보고 있어 전법이 마치 빠른 말이 한길에 내닫듯, 주린 매가 밥을 보고 달려들듯 하였으며, 김종귀의 수법은 머뭇머뭇 말을 놓아 무겁기 그지없었다. 형세를 살펴보니 김종귀가 이미 반 판이나 지고 있었다.

구경꾼들은 서로 귀에 입을 대고 속삭였다.

"오늘 바둑은 김한흥이 우세할 수밖에 없어! 김종귀의 퇴세를 아무리 해도 돌이킬 도리는 없는걸."

김종귀는 바둑판을 밀면서 탄식하며 말하였다.

"늙고 눈이 흐리니 바둑도 못 두겠어. 자, 내일 아침 정신이 좀 맑아지거든 마치세."

구경꾼들은 지껄였다.

"예부터 바둑 명수가 한 판을 가지고 이틀에 마쳤다는 말을 누가 들어 보았나?"

조금 뒤에 김종귀는 눈을 비비고 나서 다시 바둑판을 당기고 앉아 판국을 한참 살펴보더니 문득 기발한 수법으로 새로운 경지를 열어 놓았다. 마치 흐르는 물갈래를 끊고 내달리듯, 관문을 지키는 장수를 베고 빠져나가듯 마침내 다 지게 생긴 판을 공세로 바꾸어 승리로 결말을 지으니 구경꾼들이 모두 "야!" 하고 환성을 올리며 탄복하였다.

이것이 이른바 "잘못을 하지 않는 사람은 두려울 게 없다. 잘못을 바로잡을 줄 아는 사람이 두렵다."는 것이다.

고금에 전해 오는 오락으로 가장 오랜 것이 바둑이다. 바둑은 두는 법이 열었다가는 닫고, 잡았다가는 놓으며, 혹은 나가다가 물러서기도 하고, 또 가졌다가 내버리기도 하며, 특수한 수단과 일반적 법칙을 형편 여하에 맞추어 재빨리 적응하며, 적과 나의 허실을 헤아려 공격과 수비를 옳게 취하는 등 변화무궁함이 진실로 군사 기술의 최고 형태에 비길 수 있는 것이다. 옛날에 바둑으로 유명한 혁추奕秋, 두부자杜夫子, 왕항王杭, 왕빈王霦, 왕적신王積薪, 활능滑能 등의 기술이 어떠하였던지는 모르지만, 옛날 전설로 전하고 있는 왕적신이 만나 보았다는 '고부姑婦'의 바둑 이야기는 황당하여 믿을 수 없으며, 지금에 그가 남긴 유보라 하여 대소철망大小鐵網, 권렴捲簾, 변금邊金, 정란井欄 등 백으로 셀 만한 방법이 전하고 있다. 그러나 이것은 다 따라하는 것으로, 그 기술의 진수를 얻을 수는 없다.

엄우嚴羽는 말하였다.

"시에는 딴 재주가 있는 것이니 학식과는 상관이 없다."

나는 바둑의 길 또한 그렇다고 생각한다.

## 거문고의 명수 김성기

금사[1] 김성기金聖基는 처음에는 상방에서 활 만드는 장인이었다. 당시 그는 공방에서 일하기를 좋아하지 않고 거문고를 배워 그 절묘한 수법을 터득하였다. 그리하여 그는 마침내 활을 내던지고 거문고만을 전공하였으며, 명성 있는 악사들이 모두 그에게서 배우게 되었다. 한편으로는 통소와 비파도 잘하여 다 묘기에 이르렀다. 새 곡을 많이 작곡하였는데 그의 곡을 배워 익혀 이름을 날린 자도 적지 않았다. 이리하여 서울 장안에서는 김성기의 새 곡이 나올 때는 절찬하였으며, 귀한 손님들이 모여 잔치나 놀이를 할 때 악사들이 장내에 많다 할지라도 김성기가 빠진다면 퍽 유감으로 여기게까지 되었다.

그런데 김성기는 집이 가난하였다. 놀이에만 불려 다니니[2] 처자가 굶주림을 면치 못하였다. 그래서 서호西湖 가에 셋집을 얻어 살면서 작은 낚싯거루 한 척을 사서 대삿갓을 쓰고 도롱이를 두르고

1) 금사琴師는 거문고를 잘 타는 사람에 대한 존칭.

2) 옛날에는 악사를 재인이라 하여 천대하였고, 잔치에 불려 가도 대우가 아주 보잘것없었다.

낚싯대를 들고 강을 오락가락하며 고기를 낚아 생계를 삼았다. 그리하여 그는 스스로 호를 조은[3]이라 하였다.

매양 바람이 고요하고 달이 밝으면 강 한복판에서 노를 저으며 퉁소를 서너 곡조 뽑아내곤 하였는데, 음조가 애달프고 청아하여 멀리 허공에 사무쳤다. 강기슭에서 듣는 자들은 걸음을 멈추고 갈 줄을 몰랐다.

당시는 궁노 호룡虎龍이란 자가 거짓을 꾸며 가지고 큰 옥사를 일으켜 많은 인재들을 참혹한 형벌에 몰아넣은 뒤 이른바 공신이 되어 세상을 흔들고 있을 때였다. 호룡이 제 패거리를 모아 놓고 즐겁게 놀이를 베풀고 사람에게 예물을 보내면서 김성기를 청하였다. 김성기는 병중이라 핑계하고 가지 않았다. 시중꾼이 몇 차례로 떼를 지어 왔다. 그러나 김성기는 방 안에 누워서 일어나지 않았다. 호룡은 성이 머리끝까지 나서 다시 시중꾼에게 전갈을 보냈다.

"오지 않으면 장차 큰 욕을 보이리라."

때마침 김성기는 손님과 더불어 비파를 즐기고 있다가 시중꾼에게서 이 말을 듣자 격분하여 비파를 들어 시중꾼 앞에 내던지면서 이렇게 소리쳐 꾸짖었다.

"돌아가 호룡에게 전하라. 내 나이도 일흔이다. 어찌 네 위협에 겁내랴. 사람을 잘 무함하니 나 또한 무함하여 죽이라."

호룡은 시중꾼의 전달을 듣고 낯빛이 변하였고 잔치는 끝나 버렸다.

이부터 김성기는 성안에 들어가지 않았으며 악사로 남에게 불려가지도 않았다. 뜻 맞는 이가 찾아오면 강 위에서 퉁소 두서너 곡을

3) 조은釣隱은 낚시질하며 숨어 산다는 뜻.

불어 즐겼을 뿐이었다.

나는 어릴 때부터 금사의 이름을 익히 들어 왔는데 일찍이 친구네 집에서 그를 만나 보았다. 머리는 희었고 어깨는 올라가고 뼈는 드러나고 숨은 헐떡거려 기침을 자주 하였다. 그러나 그는 간곡한 청에 못 이겨 비파를 쥐고 '영산곡靈山曲'을 변치음變徵音으로 한 곡조 탔는데, 자리에 있던 모든 사람이 슬퍼하여 눈물을 흘리지 않은 이가 없었다. 비록 늙어 죽을 날이 가까웠건만 그 수법은 여전히 절묘하여 사람들을 이처럼 감동케 하였으니, 하물며 젊었을 때의 재능이야 어떠하였으랴. 그는 인격이 맑고 깨끗하여 말도 적었고, 술도 좋아하지 않았으며, 드문 재주를 가지고도 세상의 어지러움에 물들지 않고 강가에서 늙어 장차 깨끗이 생을 마치려 하니 지조 없는 사람으로서는 감히 할 수 없는 일이다.

하물며 그는 당시 권세로 서슬이 퍼렇던 호룡 같은 흉악한 자의 위협에 조금도 굽히지 않았을 뿐 아니라 통렬하게 꾸짖기까지 한 것으로 보아 권세로도 범할 수 없는 기개와 절의를 가졌음을 알 수 있으니, 과연 그는 옛날 뇌해청[4] 같은 부류라 할 것이다.

사대부라는 이름을 가지고 자기 처지를 욕되게 하며 나아가서는 자신을 간악한 소인들에게 더럽히는 자들은 김 금사 보기에 부끄럽지 아니할까.

4) 뇌해청雷海淸은 당나라 현종 때 악공으로, 기개 있고 의협한 사람이다.

# 빈 서재를 지키다가

해동방어

《해동방어海東哤語》는 언제 누가 썼는지 알려진 것이 없다.

## 한명회와 현명한 좌수의 딸

한명회는 세조 때의 일등 공신이다. 왕의 총애와 신임이 지극하여 세조 때 신하로서 그 위에 나가는 자가 없었다. 한명회는 스스로 자기 공로를 믿고 세도와 호강을 마음대로 하여 온 세상을 휩쓸고 있었다. 비록 조정, 대각[1]이라도 그를 건드려 감히 왕에게 보고할 자는 하나도 없었다.

한명회가 관서 방백으로 있을 적에 법에 어긋난 행동을 더더욱 기탄없이 하였다. 조금이라도 자기 뜻에 거슬리기만 하면 곧 형벌과 살육을 감행하였으니 숱한 사람들이 삼대 쓰러지듯 그의 손에 죽었다. 그러므로 온 도 사람들이 범을 만난 듯이 덜덜 떨었다.

하루는 한명회가 선천 좌수 집에 어여쁜 처녀가 있단 말을 듣고 좌수를 순영에 불러다 놓고 직접 명령하였다.

"네게 고운 딸이 있다기에 내가 첩을 삼으려 하니 지방 순회하는 날 친히 네 집에 가서 데려올 작정이다. 그러니 그렇게 알고 기다

1) 대각臺閣은 사간원, 사헌부, 홍문관 등 언론 기관과 사법 기관.

려라."

좌수는 두려워서 겁결에 대답하였다.

"천한 딸이 볼품없사온데 곱다는 것은 잘못 전해진 말이옵니다. 그러하오나 존명이 이미 내리셨사오니 감히 명령을 어길 수야 있사오리까."

집으로 돌아온 좌수는 마음이 답답하여 얼굴에 수심이 가득하였다. 딸이 물었다.

"아버지, 순사또가 불러 무슨 일이 있었는지요? 근심스러운 기색이 얼굴 가득하시니 아마도 언짢은 일이 계신가 보군요. 무슨 걱정이 있으신지 말씀해 주세요."

좌수는 딸 앞에서 차마 입을 열지 못하고 있다가 거듭 굳이 묻는 말에 못 이겨 한숨을 한 번 내쉬고는 말하였다.

"우리가 참 난처한 일을 당하게 되었구나. 어찌하면 좋단 말이냐? 감사가 너를 첩으로 데려가겠다 하니 따르지 않으면 반드시 죽일 것이며, 그렇다고 해서 어쩔 수 없이 좇는다면 그래도 우리 지방에서 누구라고 하는 집 딸이 남의 첩이 되다니 될 말이냐. 이런 기막힌 일이 어디 있겠니."

딸은 듣고 웃으면서 말하였다.

"아이고 아버지도, 나는 무슨 일이라고요. 아버지는 왜 그렇게 생각을 못 하십니까? 대장부가 어찌 한낱 딸자식으로 목숨을 바꿀 수 있겠습니까. 이 일은 단지 딸 하나를 내버리면 그만입니다. 딸 하나를 버려 집안을 살리는 것이 낫지, 아무러면 딸을 위하여 죽음을 당하고 집안이 결딴나서야 되겠습니까. 아버지는 이 딸자식을 버린 셈 치시고 다시는 염려치 마세요. 수심과 한을 다 버리시고 마음을 편케 하시기를 바랍니다. 이 딸이 이렇게 되는 것도 운명으로 쳐야 할 것이오니 다만 사세에 순응하셔서 조금도 한스러운 생각을 마셔야 합니다. 제 뜻은 이러하오니 아버지도 이 딸의 뜻대로 선처하시기를 다시금 바랍니다."

좌수는 한숨을 다시 쉬고 말하였다.

"지금 네 말을 들으니 내 마음도 적이 풀리는 듯하다."

이때부터 온 집안이 다 수심과 탄식이언만 딸은 홀로 태연하여 보통 때와 같이 웃고 지내는 것이었다.

얼마 안 되어 감사가 선천에 이르렀다. 좌수를 불러 일렀다.

"네 딸을 단장시켜 미리 준비하고 기다려라."

좌수는 집에 돌아가 잔치를 차리게 되었는데, 딸은 좌수에게 이렇게 말하는 것이었다.

"아버지, 비록 첩 잔치라 하지만, 교배석과 동뢰상[2]을 모두 정식 혼례식 차림으로 해 주십시오."

좌수는 딸의 요구대로 준비하였다.

이튿날이 되었다. 좌수의 집에 온 한명회는 종립[3]과 평복으로 안방에 들어섰다.

좌수 딸이 나가 맞아 감사 앞에 서더니 두 손으로 푸른 안개가 도는 칼 하나를 들어 얼굴을 가리는 부채 대신으로 얼굴을 가리는 것이었다. 칼은 살기를 띠었으나 얼굴과 자태는 과연 절대가인이었다.

---

2) 교배석交拜席은 첫날 신랑, 신부가 서로 절을 하는 자리. 동뢰상同牢床은 첫날 신랑, 신부가 같이 받는 큰상.

3) 말갈기로 만든 갓.

한명회는 놀라며 칼 든 까닭을 물었다. 좌수 딸은 시중꾼에게 말을 전케 했다.

"소녀가 비록 시골 한미한 사람이오나 그래도 양반의 칭호를 잃지 않고 있사오며, 사또께서 비록 존중하신 재상이시오나 지금 저를 첩으로 데려가신다 하오니 또한 원통치 않사오리까. 사또께서 만일 저를 정실로 예를 갖추어 데려가신다면 마땅히 죽을 때까지 섬기겠사오나 첩으로 데려가신다면 장차 이 칼로 목을 찔러 죽을 뿐이옵니다. 이 칼을 든 까닭이 바로 여기 있사옵니다. 이 잔약한 여자의 목숨이 다만 사또의 한마디에 달렸사오니 원컨대 말씀을 듣고 결단코저 하나이다."

한명회는 본래 예를 돌보지 않고 여자만 데려가려 하였지만 벌써 여자의 아리따운 자색에 황홀하였고 하는 일이 또한 놀랍고 기이하여 마음이 끌려들고 말았다. 한명회는 마침내 대답하였다.

"여자의 뜻이 그러하니 내 마땅히 정실로 맞으리라."

좌수 딸이 말하였다.

"만일 그리하신다면 바라옵건대 다시 밖으로 나가시와 혼서와 납채, 전안[4] 등 예법을 갖추시고 관대를 차리신 뒤 들어오셔서 교배와 동뢰의 예를 행케 하여 주시옵소서."

한은 그 말대로 예식을 갖추고 장가들었다. 아름다운 인물과 현숙한 자질이 모두 세상에 보기 드문 여자였다. 한명회는 집으로 데려간 후 처첩을 다 소홀하게 대하고 이 여자를 지극히 사랑하여 침식

4) 납채는 약혼 후 신랑 집에서 신부 집에 보내는 예물. 전안奠雁은 혼인날 신랑이 신부 집에 기러기를 가지고 가서 절하는 예식.

을 같이하였다.

그 뒤 이 여자는 남편 한명회의 소행이 옳지 못하고 바르지 못한 것을 볼 적마다 부드러운 말로 충고하여 남편도 그를 좇게 되었다. 그리하여 사람들의 칭송이 자자하였다. 그러나 이 여자가 정실부인으로 자처하니 첫 부인이 점점 이 여자를 괄시하고 또한 온 가문이 정실로는 쳐주지 않았다.

세조가 미행으로 자주 한명회의 집에 오곤 하였다. 한명회는 그때마다 술과 안주를 내었는데 자리에 나와 인사하고 잔을 드린 것이 곧 이 여자였다. 그래서 친숙하게 된 세조는 매양 이 여자를 '아주머니' 라고 불렀다.

하루는 세조가 또 와서 술을 마시며 즐기고 있었는데, 여자가 문득 뜰아래 내려가 엎드렸다. 세조는 놀라며 의아하여 물었다.

"아주머니는 무슨 까닭에 이러는가?"

여자는 한명회가 강압으로 자기를 얻어 온 전말을 자세히 말한 뒤 울면서 하소연하였다.

"신녀가 비록 한미한 족속이오나 천인이 아니오며 남편이 이미 혼례를 갖추고 정실로 맹약하였사오니 응당 첩으로 돌릴 수 없사온데 다만 우리 나라에 처가 있는데도 또 처를 얻는 법이 없는 까닭으로 사람들이 모두 첩으로 이름 짓사오니 어찌 원통한 일이 아니오리까. 엎드려 비옵건대 성상께옵서 굽어 살피시사 밝히 처결하여 주시옵소서."

여자는 여러 번 절하고 간절히 호소하였다. 세조는 껄껄 웃으면서 말하였다.

"그는 당연한 일이오. 아주머니가 그렇게 땅에 엎드려 하소연하는

데까지 갈 것이 있겠소? 내 마땅히 해결해 줄 것이니 어서 빨리 올라오시오."

왕은 그 자리에서 친필로 글을 써 주었다.

"이 여자를 정실이 되게 하며 그 자손들도 모두 청관[5]이 될 수 있음을 허락하니 나중에 거리끼지 말라."

다 쓰고 왕이 도장을 찍어 주었다.

이부터 정실로 확인되어 첫 부인과 똑같이 부직[6]을 봉하니 감히 말하는 자가 없었다. 그 자손이 또한 과거에 올랐으며 곧바로 청현[7]의 길로 통하여 조금도 거리낌이 없었다고 한다.

---

5) 청관淸官은 이름을 날리는 좋은 벼슬.

6) 부직婦職이란 남편의 직품에 따라 부인에게도 나라에서 일정한 칭호를 주는 것을 이른다. 정경부인貞敬婦人, 정부인貞婦人, 숙부인淑婦人 등이 그것이다.

7) 청현淸顯은 세상에 알려진 좋은 벼슬길.

## 연산을 골탕 먹인 부인

연산의 음탕하고 난잡한 행동이 날이 갈수록 심하여 그 해괴망측한 짓은 예부터 없던 것이었다. 예를 하나 들면, 내시와 궁중 종들을 시켜 대신들 집의 안해를 찾아다니게 하여 얼굴이 고우면 재상이나 높은 벼슬아치의 안해일지라도 가리지 않고 모두 불러들였다. 연산의 눈에 들면 곧 짐승보다 못한 짓을 하였는데, 여자가 거부하더라도 힘으로 으르고 협박하여 더럽히고야 말았다. 그러므로 불려 들어가기만 하면 벗어날 도리가 없었다. 또 연산은 심지어,

"허리를 안고 좋다고 하면서 궁중에서 살고 싶어 한 여자는 늙은 재상 박순의의 안해다."

하고 추잡한 소리까지 하였다. 승정원이 그 패악을 알았고, 입에 담지도 못할 소문이 미치는 곳마다 놀라고 저주하였다. 남보다 좀 잘생긴 여자는 어느 때 부를지 몰라 불안과 공포를 느끼며 민심이 더욱더 소란해졌다. 임금의 실덕이 이에 이르렀으니 결국 중종반정의 정변이 일어나고야 말았다.

어떤 소년 명사의 안해가 몹시 아름다웠는데, 하루는 궐로 들어오

라는 명령이 내렸다. 다른 집 부녀들은 놀라 당황하며 울부짖어 마치 죽을 데로 가는 것 같았는데, 이 명사의 안해는 부름을 듣고도 태연하여 조금도 놀라고 당황하는 빛이 없었다. 여자는 단장도 곱게 하고 새 옷도 입고 대궐에 들어가 연산에게 보였다. 연산은 한눈에 반기며 앞으로 가까이 오라 하였다. 그런데 웬일인가. 그 예쁘고 깨끗한 여자가 가까이 오자 고약한 냄새가 물큰물큰 풍겨 나와 코를 싸쥐고도 배기는 수가 없었다. 연산은 부채로 코를 가리고 침을 뱉으며 좌우에 호령하였다.

"에, 더러워라, 이 계집. 가까이 못 할 계집이니 어서어서 빨리 물려라. 잠시도 두지 마라."

이리하여 여자는 위기에서 벗어나 몸을 더럽히지 않았다.

이 여자는 불려 들어갈 것을 미리 알아차리고 대응할 방책을 벌써 궁리하여 찾아낸 결과 소고기 두 근을 썩혀 두었다. 그리하여 대궐에 들어갈 때 두 겨드랑에 한 근씩 끼고 들어갔던 까닭으로 악취가 견딜 수 없이 퍼졌던 것이다.

친척들과 마을 사람들이 그의 기상천외한 묘책에 탄복하지 않는 이가 없었다.

## 승정원을 구경하다가

세종 때 영남 사람 우 아무개가 있었는데 이름은 잊었다. 명경과에 급제한 뒤 겨우 성균관 학유가 되었다가 예에 의하여 육품직 전적까지는 되었다. 시골의 한미한 선비 출신이므로 알아주는 자가 없어서 여러 해를 서울에서 지냈으나 벼슬이 올라가지 못하고 있었다. 앞으로 전망은 보이지 않고 객지 생활도 고달파 장차 벼슬길을 내버리고 고향으로 돌아갈 작정을 하였다. 그래서 평소에 친히 지내오던 승지 한 사람에게 작별 인사나 하려고 찾아갔다.

우 씨는 이야기 끝에 이런 말을 했다.

"내가 서울 와서 벼슬살이를 여러 해 하였지만 아직도 승정원 구경을 한 번도 못 한 것이 유감일세. 내가 떠나기 전에 공이 당직 들어가는 날 한번 구경시켜 줄 수 있겠나?"

"낮에는 동료들이 모이고 여러 관원들이 있어 복잡한데 허락 없이 들어올 수는 없는 일일세. 내가 내일은 숙직이니 자네가 저녁때를 타서 들어오면 조용히 구경하고 일지에 기록하지 않고 승정원에서 자고 나오도록 하여 줌세. 법으로는 안 되지만 하룻밤쯤이야 어떻겠나."

그러더니 승지는 속관을 불러 내일 저녁에 안내해 줄 것을 일러두었다.

이튿날 저녁에 우 씨는 그 말대로 하여 정원에 들어는 갔으나 승지가 마침 사고가 있어 들어오지 못하였다. 도로 나가자니 대궐 문이 벌써 닫혀 나갈 수도 없고 허둥거리며 어쩔 줄을 몰라 했더니 승지 방의 속관도 민망히 여겨 승정원의 빈구석에서 자도록 주선하여 주었다.

밤이 들어 달은 유난히도 밝고 관리들은 모두 잠이 들어 온 승정원이 괴괴하였다. 우 씨는 자연히 심란하여 잠을 이룰 수가 없었다. 그래서 구석에서 가만히 나와 한 걸음 한 걸음 발을 옮겨 이리 저윗 저리 저윗 전각들을 두루 구경하면서 슬금슬금 가는 줄 모르게 걸었다. 장마를 막 겪은 때라 비에 무너진 데를 미처 고쳐 쌓지 못한 담벽 앞에 이르렀다. 바로 경복궁이었다.

그 담이 무슨 담인지 또 그 담 안이 왕이 사는 곳인 줄을 모르는 우 씨는 무너진 담을 넘어서 들어갔다. 깊은 데로 들어갈수록 후원 숲이 더욱 무성하고 경치가 매우 아름다웠다. 이것이 뉘 집 후원이기에 이렇게 광활하고 경치가 몹시 빼어날까 하고 속으로 생각하면서 구경할 즈음이었다.

문득 한 사람이 사건 쓰고 여장[1] 짚고 소년을 뒤에 거느리고 한가히 걸어오고 있는 것이 보였다. 세종이 마침 달빛을 따라 내시 하나만 데리고 후원을 거니는 중이었던 것이다. 그들은 서로 만났다. 그러나 우 씨는 왕인 줄을 전혀 몰랐다. 우 씨를 본 왕은 물었다.

---

1) 사건은 왕이 보통 때 쓰는, 생사로 만든 모자, 여장은 명아줏대로 만든 지팡이.

"그대는 어떤 사람인데 여기를 들어왔는고?"

"나는 아무 관 아무개이옵니다."

우 씨는 대답한 후 이어 승지 아무와 약속이 있어 들어왔더니 마침 그가 입직을 못 하였고 또 대궐 문이 닫혀 나지도 들지도 못하게 된 사정과 청사 모퉁이에 누워 있던 중 달은 밝고 잠은 잘 수 없어 승정원 밖으로 나왔다가 담이 터진 것을 보고 우연히 넘어 들어온 사실을 낱낱이 말한 다음 이 집이 뉘 집인가를 물었다.

왕은,

"내가 곧 이 집 주인일세."

하고는, 어떤 널따란 반석 위에 우 씨를 마주 앉히고 조용히 이야기를 시작했다. 명경과에 등과했단 말을 듣고 왕은 다시 어찌하여 직위가 그렇게 낮은가를 물었다. 우 씨는 대답을 하였다.

"먼 시골 가난한 선비로 서울 올라와서 벼슬에 종사하온 지는 오래되었사오나 일찍이 권세 있는 자들을 쫓아다니며 아부하지 않았으며 또 재상 명사들 가운데 나를 아는 이 없사오니 누가 추천하여 출세의 기회를 열어 주오리까. 그래서 불우한 신세로 있사오니 이제는 벼슬을 단념하고 고향에 돌아가 늙을 작정을 하였사옵니다."

"이미 명경과를 하였다니 그러면 《주역》을 풀 수 있겠는가?"

"비록 심오한 큰 뜻은 밝혀내지 못할지언정 대강은 통할 수 있겠사옵니다."

이렇게 말을 주고 받은 뒤 왕은 내시에게 《주역》을 가져오게 하였다. 왕이 당시 주역을 연구하고 있던 까닭이었다. 달 아래 《주역》을 펴놓고 왕은 일찍이 의문을 두고 풀지 못한 곳을 손으로 짚어 가며 물었더니, 우 씨는 차근차근 조리 있게 논증 해석하여 환하게 밝혀 주었다. 왕은 크게 기뻐하고 기특히 여기면서 밤이 깊도록 서로 토론하였다.

헤어질 적에 왕은 못내 안타까워하였다.

"그대가 이런 재주와 학식을 가지고도 크게 쓰이지 못하고 있으니 어찌 아까운 일이 아닌가."

우 씨가 말하였다.

"여기서 탈 없이 나가서 처소로 돌아가야겠사온데 매우 걱정되옵니다."

왕이 말하였다.

"밤이 이미 자정이 지나 순찰하는 경비가 두려우니 승정원으로 돌아가 있다가 밝기를 기다려 나가는 것이 좋겠네."

우 씨는 물러 나와 왕의 말대로 다시 무너진 담을 넘어 승정원 모퉁이로 나와 있다가 대궐 문이 열리자 돌아왔다.

이튿날 왕은 특명으로 우 씨를 홍문관 수찬으로 임명했다. 대계[2]가 곧 올라왔다. 우 씨에게 높은 벼슬을 주는 것은 외람되며 합당치 않으니 임명을 물러 달라고 청하는 것이었다. 왕은 곧 청을 허락하고 발령을 되돌렸다. 이튿날에 왕은 다시 우 씨에게 교리[3]를 제수하였다. 반대하는 대계가 또 올라왔다. 왕은 또 물렀다. 이튿날은 다시 응교[4]를 제수하였다. 대계가 또 나왔다. 또 들어주고 이튿날은 특히

2) 대계臺啓는 언론 기관인 사간원에서 왕에게 올리는 글.

3) 수찬의 윗자리 벼슬.

4) 교리의 윗자리.

부제학[5]을 제수하였더니, 대시[6]들이 회의를 열고 논의한 결과 결론은 이랬다.

"왕의 뜻이 어디 있는지를 알 수 없다. 이대로 간다면 장차 대제학으로 이조 판서로 어디까지 갈는지 모르겠으니 아직 묻지 말고 좀 기다리자."

마침내 대계는 더 나오지 않게 되었다.

그 뒤 경연에 육조의 대신들과 옥당 양사[7]가 함께 들어가서 왕을 모셨을 때 한 대신이 아뢰었다.

"우 아무개는 문벌과 인품이 다 높은 벼슬에는 합당치 않사온데 특별히 옥당을 제수하시고 거듭 규례와 위계를 뛰어넘어 벼슬을 주시니 물의가 분분하옵고 대계를 여러 번 드렸사오나 아뢰올 적마다 곧 들어주옵시고는 또 매양 올려 제수하옵시니 신들은 아무리 생각하와도 성상께옵서 이 사람에게서 무엇을 보시사 이까지 이르시온지 알지 못하겠사옵니다."

왕은 대답 없이 내시를 불러 《주역》을 가져왔다. 친히 주역을 펴놓고 풀기 어려운 데를 손으로 짚으며 신하들에게 해석하여 고하라 하였다. 대신에서 대시에 이르기까지 한 사람도 제대로 푸는 자가 없었다. 계속하여 아래로 내려가며 네다섯 곳을 더 물어보았으나 다 그러했다.

왕은 일렀다.

---

5) 부제학副題學은 홍문관의 부책임자.

6) 대시臺侍는 사간원, 사헌부의 벼슬아치 가운데서 왕의 곁에 있는 사람.

7) 옥당은 홍문관, 양사는 사헌부와 사간원을 말한다.

"나는 요새 《주역》을 좋아하여 읽고 있소. 이것은 성인의 경서 중에서도 첫째가는 것이니 그 뜻을 밝히는 자는 보통의 재주와 지식이 아니리라는 것은 경들도 수긍할 줄로 나는 생각하오. 그런데 지금 경들은 《주역》을 다 모르지만 우 아무는 홀로 이것을 환히 알고 있구려! 어찌 가상치 않겠소. 이 사람의 학식이 바로 옥당에 알맞은데 경들은 무엇이 불가하다는 거요? 나는 앞으로 이 사람을 더욱 중하게 쓰려 하니 다시는 논란치 않는 것이 옳을까 하오."

신하들은 모두 황송하여 감히 항변을 못하고 물러 나갔다.

우 씨는 오랫동안 옥당에 있었고 경연에 들어가 항상 《주역》을 강의하였으며, 그 뒤에도 여러 번 뽑혀 승정원의 장으로, 이조 판서, 병조 판서로 고관 현직을 안 지낸 것이 없었고 마침내 팔좌[8]에 이르렀다.

8) 여덟 가지 중요한 벼슬자리, 곧 육조 판서와 승정원, 승문원의 장관을 이른다.

# 빈 서재를 지키다가

세조 때 반궁[1]에 들어가 공부하던 생원, 진사 등 여러 선비들이 때마침 청명의 좋은 절일을 맞았는데 봄빛이 또한 한창 무르녹는지라 너나없이 아름다운 경치를 찾아 하루 즐겁게 놀고 싶은 홍치가 일어났다. 그래서 선비들이 서로 이끌고 성균관 북쪽 멀리 강가로 놀이를 나갔다. 모처럼 꾸민 기회라 온종일 즐기자고 술과 안주도 많이 준비해 가지고 모두들 흥겨워 나가게 되었으니 서재는 텅 빌 수밖에 없었다.

그중에서 시골서 올라온 선비 하나가, 사람이 허술해 보여 그를 끄는 사람도 없었지만, 그는 서재 지킬 사람이 하나도 없어서는 안 되겠다고 생각하고 가고 싶은 놀이에도 가지 못하고 홀로 서재에 남아 있었다.

이날에 세조는 내시 한 사람을 시켜 반궁에 가서 유생 몇 명이 서재를 지키고 있는가 살펴보고 오라 하였다. 돌아온 대답이, 유생들

1) 반궁泮宮은 성균관을 이른다.

은 모두 멀리 강가에 나가서 즐겁게 놀고 있는데 홀로 한 시골 선비만이 서재를 지키고 있다는 것이었다. 왕은 곧 그 선비에게 명하여 평복에 갈건만 쓰고 왕 앞에 알현케 하였다.

왕은 선비에게 물었다.

"꽃이 한창인 때 강변에 모여 노는 것을 누가 즐거워하지 않겠느냐. 그런데 그대는 어째서 홀로 가지를 않았는고?"

선비가 대답하였다.

"천생도 그것이 한때 즐거운 일인 줄 모르옵지는 않사오나 신성한 반궁이 비어서는 안 되겠사옵기에 가지 못하고 홀로 남아 있었사옵니다."

왕은 칭찬하고 또 물었다.

"그대는 시를 지을 줄 아느냐?"

"겨우 글자나 모을 줄 아옵니다."

하고 선비가 대답하였더니 왕은,

"내가 시 한 구를 얻었다. '비 뒤의 산이여, 멱 감은 듯하여라.〔雨後山如沐〕' 그대가 여기에 대구를 놓아 보겠느냐?"

선비는 곧 대를 놓았다.

> 바람 앞의 풀이여
> 취한 듯하여라.
> 風前草似酣

왕은 크게 칭찬하고 이어 특명으로 급제를 주었다. 그리하여 곧 홍패와 어사화를 하사하였으며, 알성과의 예에 의하여 복두와 푸른 도포, 안장을 갖춘 말과 곱게 차려입은 어린아이 등을 갖추어 광대를 딸리고 악공까지 내세워 모든 것을 빠짐없이 차려 주게 한 뒤 먼저 반궁의 선비들이 놀고 있는 강변부터 가서 영예를 한바탕 자랑케 하였다.

강변에서 놀던 선비들이 멀리서 울려오는 광대의 휘파람 소리와 말 앞의 음악 소리를 듣더니 눈이 둥글하여 소리 나는 방향으로 모두 머리를 돌렸다. 문득 신래[2]가 보였다. 머리에는 어사화를 꽂고 어린아이 한 쌍을 거느리고 오는 그는 다른 사람이 아니라 곧 서재를 지키던 시골뜨기 선비였다. 그날 왕이 그를 불러 보고 급제를 특별히 내린 줄 알게 된 선비들은 놀라지 않을 수 없어 허둥지둥 서로 부질없이 마음만 바빠 반궁으로 돌아왔다.

반궁에 딸린 여러 하인들과 재지기와 동복들까지 모조리 놀이에 나가고 다만 재지기네 어린것 두엇이 남아 있었을 뿐으로 왕이 선비를 불렀을 때 강변에 나간 선비들에게는 알려 줄 사람이 없었던 것이었다.

이미 급제로 뽑힌 시골 선비는 그 뒤 계속 출세하였다.

2) 새로 과거한 사람을 이른다.

## 발가벗은 '궤 제독'

몇 해 전에 문관 출신으로 경주의 제독관[1]이 된 자가 있었다. 본부에 올 적마다 기생들을 보고는 꼭 담뱃대로 기생의 머리를 뚜드리며 교만을 부렸다.

"요것이 간사하게 생겨났을까, 요사하게 생겨났을까? 그런데 사람으로야 어떻게 요런 요망한 물건을 가까이 한담. 나는 암만 생각해도 그럴 수 없겠는데. 요런 것한테 반해 가지고 좋아하는 자들은 사람의 자식이 아니야……."

그것이 한두 번이 아니니 여러 기생들만 분개할 뿐 아니라 부윤도 아니꼽살스러워 속으로 그를 미워하였다.

그 꼴을 보다 못해 하루는 부윤이 여러 기생들에게 영을 내렸다.

"너희들 중에서 꾀를 내어 이 제독을 골리는 자가 있으면 내가 큰 상을 주리라."

나이 젊고 어여쁜 기생 하나가 나섰다. 제독은 향교의 방 하나를

1) 제독관提督官은 지방 무관의 벼슬.

사처로 정하고 혼자서 통인 아이 하나를 데리고 있었다. 기생은 촌 여자 꼴로 허술하게 차리고 향교로 나아가서 대문간에 비켜서서 통인 아이를 부르면서 몸을 슬쩍 감추기도 하고 슬며시 드러내기도 하며, 혹은 반신 혹은 전신으로 제독의 시선을 끌었다. 통인 아이가 나오면 방긋이 웃으며 소곤거렸다. 하루 한 번도 오고 두 번도 왔다. 며칠 동안 계속 그리하였다.

제독은 통인에게 물었다.

"야, 저것이 어떤 여자냐? 날마다 와서 너를 부르니."

"그는 소인의 누이옵니다. 남편은 장사하러 나가서 일 년이 되었어도 돌아오지 않고 집안에 사람이 없는 까닭에 날마다 소인을 불러내어 볼일이 좀 있어 외출하겠으니 잠시만 집을 보아 달라는 것이옵니다."

통인 아이가 대답하였다.

하루는 저녁녘이 거의 되었는데 통인은 나가 없고 제독 홀로 빈방에 있던 때였다. 그 여자가 또 와서 대문짝에 기대어 통인 아이를 부르는 것이었다. 제독은 마침내 여자를 들어오라고 불렀다. 여자는 거짓 부끄러움을 머금고 머뭇머뭇하며 들어와서 제독 앞에 섰다.

제독이 말을 붙였다.

"아이는 마침 없고 내가 담배를 피워야겠으니 네가 화로를 좀 갖다 주렴."

여자가 화로를 가져왔다. 제독이 말하였다.

"너도 이리로 올라앉아 한 대 피워 보렴."

"소녀가 어찌 감히 그렇게 할 수 있사오리까?"

"마침 볼 사람도 없는데 무슨 상관 있느냐? 자, 어서 올라오너라."

거듭 명하자 못 이기는 척하고 여자는 올라앉았다. 제독의 강권에 담배도 억지로 한 대 피웠다.

제독은 드디어 정답게 말했다.

"내가 일찍이 미인도 많이 보았지만 너같이 고운 여자는 처음 보았구나. 너를 한번 본 뒤로는 침식을 다 잊고 생각하게 되었으니 어쩌면 좋단 말이냐? 네가 밤을 타서 가만히 와 주면 오죽이나 좋겠니. 내가 홀로 빈방에서 자고 있으니 누구 하나 알 사람도 없다."

여자는 짐짓 놀라며 말하였다.

"관장께서는 존귀하신 양반이옵고 첩은 천인으로 용모조차 못생겼사온데 관장께옵서 어찌 천녀를 향하여 그런 생각을 하시오리까. 농담도 너무하십니다."

"아니다, 아니야. 내가 진정으로 말한 것인데 농담이라니 무슨 소리냐?"

제독은 초조하여 맹세까지 하였다.

"진실로 그러하옵시다면 첩도 실로 감격하오며, 또 명령을 거역할 수도 없사옵고……."

여자의 말에 제독은 몹시도 좋아서 말하였다.

"내가 너를 만난 것이 실로 기이한 연분이로구나!"

"그런데 다만 한 가지 사정이 있사옵니다. 첩이 일찍이 듣건대 향교의 방은 지극히 존중한 데로서 삼가야 한다 하옵던데, 여자를 끼고 주무신다는 것은 예법에서 금할 바라 생각하옵니다. 첩은 다만 이것을 꺼리옵니다."

이 말 들은 제독은 무릎을 치면서 말하였다.

"야, 너는 촌 여자가 어찌 그리 영리하단 말이냐. 네 말이 진실로 옳다. 그러면 어찌하면 좋겠느냐?"

"관장께옵서 이미 첩에게 뜻을 두셨사오나, 첩은 마땅히 관장을 받드는 성의로 한 방책을 드리겠사옵니다. 첩의 집이 바로 향교 문밖 두어 걸음 나가 있사옵니다. 첩이 혼자 살아 아무도 없사오니 관장께옵서 깊은 밤 알 사람이 없을 적에 가만히 찾아오시면 쉽게 만날 수 있사옵니다. 첩이 뒤로 작은 동생 편에 전립[2]과 갖저고리를 보내 드리겠사오니 그것을 입고 쓰시고 오시면 밤 사람이 혹 본다 해도 모를 것입니다."

"나를 위한 꾀가 어찌도 그리 기묘한지 참 기특하구나! 네 말대로만 할 테니 언약을 어기지 말아 다오."

제독은 거듭 다지고 여자를 보냈다.

기생은 향교 문밖에 오막살이 하나를 내고 있었다. 밤을 타서 통인 아이에게 전립과 갖저고리를 들여보냈다. 제독은 언약대로 밤에 변복하고 여자를 찾아갔다. 여자는 나와 맞아들이고 촛불을 밝힌 뒤 술과 안주를 차려다 놓고 둘이 마주 앉아 술잔을 오락가락하며 서로 희롱도 하였다. 제독은 옷을 벗고 이불 속에 먼저 들어가 누웠다. 그러고는 여자더러 들어오라고 재촉하였다. 여자는 짐짓 시간을 끌고 있었다.

문득 사립문 밖에서 무엇이 중얼거리더니 큰소리로 부르고 호통하는 것이었다. 여자가 귀를 기울이고 듣다가 깜짝 놀라 말하였다.

"아, 큰일 났습니다. 저놈은 첩의 전 남편으로 관노질을 한 철호란 놈입니다. 첩이 불행하여 일찍이 저놈과 살았는데 천지간 다시없

---

2) 조선 시대 무관이 쓰던 모자.

는 몹쓸 놈이옵니다. 살인도 여러 번 한 놈입니다. 수삼 년 전에 가까스로 그놈을 떼고 다른 남편을 얻었는데, 오늘 뜻밖에 온 것은 웬일인지 그 소리로 보아 취했을 게 분명하오니 그저 계시다가는 저놈에게 반드시 봉변하실 것이옵니다. 이를 장차 어쩔까요."

그러더니 여자는 곧 일어나면서 밖을 향하여 말하였다.

"누군데 아닌 밤중에 사람을 부르며 이 야단이란 말이냐?"

문 앞에서 버럭 소리를 질렀다.

"이년! 내 소리를 모를 리가 없는데 왜 빨리 문을 안 여는 게야!"

"네가 누구냐? 내가 너와 떨어진 지 벌써 오랬는데 어째 밤중에 와서 야료를 하느냐?"

여자의 말에 철호는 왈칵 성이 나서,

"네 이년, 나를 버리고 딴 서방을 하였지? 내 마음이 늘 분해서 오늘 너와 할 말이 있기에 왔다."

하며 사립짝을 차 번지고 들어오는 것이었다.

여자는 허둥지둥 뛰어 들어와서 제독에게 말했다.

"관장께옵서 어쩔 수 없이 피하셔야겠는데, 됫박만 한 방 안에서 숨을 데는 없고 저 빈 궤짝이 있사오니 얼른 들어가 피하셔야겠사옵니다. 사세가 위급하오니 어서 들어가십시오."

여자가 궤짝 문을 열어 놓고 들어가기를 서둘렀다. 제독은 겁이 나서 발가벗은 알몸으로 궤 속에 들어갔다. 여자는 궤짝 뚜껑을 얼른 덮고 곧 쇠를 잠갔다.

철호는 취한 소리로 게걸거리며 들어오더니 여자와 한바탕 싸움이 벌어졌다.

"삼 년 전 서로 헤졌는데 무슨 일로 또 와서 들크정거리는 게야?"

이것은 여자의 소리다.

"네가 이미 나를 배반하고 딴 서방을 한 바에야 전날 내가 해 준 네 옷이며 기물들은 내가 다 찾아가야 할 것 아니냐?"

철호란 놈의 말에 여자는 옷가지를 내던져 주면서 말하였다.

"옜다, 다 가져가라."

그놈이 또 말하는 것이었다.

"저 궤짝도 내 것이야. 지금 내가 가져가겠다."

여자가 말하였다.

"그것이 어째 네 물건이냐? 내가 무명 두 필을 주고 산 건데."

"무명 한 필은 내가 준 거다. 이년, 이 판국에 내가 남겨 두고 갈 수는 없다."

"네가 비록 나를 버렸지만 그래 어찌 무명 한 필로 궤짝을 빼앗겠단 말이냐? 죽어도 궤짝은 주지 못하겠다."

이렇게 둘이서 궤짝 하나를 가지고 다투다가 철호가 을러멨다.

"이 궤를 주지 않겠다니 결국 관가에 가서 송사할 수밖에 없다."

이윽고 날이 새었다. 철호는 냉큼 궤를 지고 관가로 들어갔다. 여자도 따라 들어가 부윤한테 서로 송사하였다.

부윤이 동헌에 나와 앉아 두 사람의 쟁론을 다 듣고 이런 명령을 내렸다.

"남녀가 똑같이 무명 한 필씩 내어 공동으로 궤 한 짝을 샀으니 절반으로 나누는 것이 맞다."

그러더니 곧 큰 톱으로 절반을 자르라 하였다. 나졸들은 명령을 듣고 곧 큰 톱을 갖다가 궤짝 위에 걸고 두 사람이 양쪽에서 써걱써걱 당겼다. 톱 소리가 나자 궤 속에서 갑자기 급한 소리로 외치는 것이었다.

"사람 살려라! 사람 살려라!"

부윤은 짐짓 놀라며 일렀다.

"궤 속에서 웬 사람의 소리냐? 빨리 문짝을 열고 내놓아라."

나졸들이 자물쇠를 쳐 깨치고 급히 궤를 열어젖히니 발가벗은 사람이 튀어나와 마당 한복판에 섰다. 그는 다른 사람이 아니라 제독관이니 부중 상하가 더욱 놀라 떠들며 그 해괴망측한 꼴을 차마 못 보아 입을 가리고 웃었다. 뭇사람들은 모두,

"다른 사람도 아닌 제독관 나리가 어째 발가벗고 궤 속에 있었을까? 참 굉장하군!"

하였다.

부윤은 발가숭이 제독을 올라와 앉으라 하였다. 제독은 두 손으로 아래를 가리고 허리를 꾸부리고 섬돌 위로 올라갔다. 돗자리 위에 앉아 머리를 축 늘어뜨린 제독은 정신 빠진 사람처럼 풀기가 없었다. 부윤과 온 부중이 한참 웃었다.

부윤은 옷을 갖다 주라고 명하였다. 기생들은 평소에 미웠던 까닭으로 짐짓 여자의 장옷을 갖다 주었다. 제독은 다만 장옷만 입고 맨 상투, 맨발 바람으로 향교로 달아나, 그날로 도망치고 말았다.

경주부에서 그를 '궤 제독'이라 하여 웃음거리로 전하고 있다.

# 폭포는 돼지가 다 먹었지요

## 견첩록

《견첩록見睫錄》은 조선 시대의 문물, 제도, 사회, 풍속 등을 모두 66개의 항목으로 나누어 기록한 책으로, 여러 자료를 참고해서 쓴 책이다. 지은이든 엮은이든 알 수 없고, 연대도 알 수 없다. 고조선, 신라, 부여, 탐라, 가락국 등의 전설이 일부 있고, 나머지는 모두 조선 시대에 관한 내용으로 유교 윤리관에 따라 쓰였다. 인물 중심의 글이 많다. 조선 사회를 알 수 있는 좋은 자료이다.

## 단종의 시

단종이 세조에게 폐위되어 강원도 영월의 깊은 산중에 갇혀서 불안한 날을 보낼 적에 다음과 같은 시를 지었다.

고개턱에 선 나무
하늘 닿게 늙었구나.
시내에 내리는 물
돌을 차고 소리치네.

산이 깊어 자욱하니
호랑이도 씨글거려
저녁도 되기 전에
사립문 닫았어라.
嶺樹參天老　溪流得石喧
山深多虎豹　不夕掩柴門

자기 신세를 눈앞에 보이는 풍물에 부쳐 읊은 것으로 그 뜻이 몹시 슬프고 처량하다.[1)]

또 자규 우는 소리를 듣고 이렇게 읊었다.

애달프구나 자규 너도
날과 같이 자리를 잃고
외로운 네 신세를
산중에 부쳤구나.

사로잠 밤밤마다
자려야 잘 수 없고
섧은 한 해해마다
한한들 끝 있으리.

울음 그친 새벽 산에
달빛만 밝아 있고

---

1) 숙부 세조에게 왕위를 빼앗기고 갇힌 단종에 대하여는 조야朝野의 깊은 동정과 함께 그의 복위를 꾀한 많은 인물들이 죽은 불안한 환경이 조성되었다. 그래서 당시 단종의 최후 운명이 아침저녁으로 절박하였으니 원한과 고독과 공포로 애를 태우는 그의 정서를 시로 표현한 것이다.

첫 편은 정계의 소란함과 자기 불안한 환경을 보여 주며 둘째, 셋째 편은 자기 신세가 마치도 자규(두견새)와 같다 하여 그 소리를 남달리 슬퍼하였다. 그것은 중국 전설에 촉나라 임금 두우가 신하 개명에게 왕위를 내주고 서산에 숨어 있다가 죽었는데, 그 혼이 두견새가 되어 해마다 봄이 되면 촉나라에 다시 못 간 것을 한하여 피나게 운다는 데서 단종은 특히 두견새 소리에 뜻을 부친 것이다.

피 흘린 봄날에는
낙화가 붉었구나.

하늘이여 귀먹었는가.
이 애달픈 소리 못 듣는가.
어찌타 유인[2]만이
홀로 듣게 하단 말가.
一自冤禽出帝宮　孤身隻影碧山中
假眠夜夜眠不暇　窮恨年年恨不窮
聲斷曉岑山月白　血流春空落花紅
天聾尙未聞哀訴　胡乃幽人耳獨聽

또 참대로 지은 다락에 올라 사람을 시켜 저를 불게 하였더니 그 소리 구슬피 멀리 마을까지 들렸다. 이때 단종은 걷잡을 수 없는 마음을 또한 시에 실었다.

달 밝은 밤
촉혼[3]은 운다.
수심을 하 못 이겨
다락에 기댔더니

2) 갇힌 사람.
3) 자규와 같다.

네 소리 구슬프니
내 마음 아프구나.
네 소리 없더라면
내 수심 이러하랴.

세상에 수심 많은 이들이여
나는 진정 부탁한다.
춘삼월 자규 우는 다락엘랑
아예 오르지 말라고.

月白夜　蜀魂啾
含愁情　倚樓頭
爾聲苦　我心憂
無爾聲　無我愁
寄語世上勞苦人
愼莫登春三月子規樓

## 정곡을 찌른 시 한 수

윤효손尹孝孫의 자는 유경有慶이며 본은 남원, 벼슬은 좌참찬까지 이르렀고, 시호는 문효文孝다.

윤효손이 어릴 적 일이다. 그의 아버지가 의정부 녹사로 새벽에 영의정의 문 앞에 가서 명함을 보이고 만나기를 청하였더니, 문지기가 상국이 아직 자고 있다고 들여 주지 아니하여 해가 한나절이나 되도록 문 앞에서 기다리다가 시장하여 집으로 돌아와서 아들에게 일렀다.

"나는 사람이 못나서 남의 문전에 가서 이렇게 욕을 보았구나. 너는 글공부를 부지런히 하여 네 아비처럼 되지 말아야 한다."

이 말을 들은 효손은 아버지가 접어 둔 명함 끝에 시 한 수를 지어 써 놓았다.

상국의 깊은 잠에
해가 정히 높아지고
객의 손에 든 명함 위엔

털이 이미 일었구나.

행여나 꿈속에서
주공을 만나걸랑
삼토포 삼악발을
물어봄이 어떠하리.[1)]
相國酣眠日正高　門前刺紙已生毛
夢中若見周公聖　順問當年吐握勞

이튿날 아침에 효손의 아버지는 명함을 다시 살펴보지 않고 상국의 집에 가서 명함을 들였다.

상국은 명함에 쓰여 있는 시를 보고 곧 불러들여 물었다.

"이 시를 그대가 쓴 것인가?"

효손의 아버지는 놀랍고 두려워 어쩔 줄 모르면서 글씨를 보니 곧 효손의 필적이었다. 하는 수 없이 실토를 하였다.

상국이 효손을 불러 보니 나이는 겨우 십여 세이지만 총명하고 영리하기 짝이 없었다. 상국은 딸이 있어 마침 사위를 얻으려던 때라 기뻐하며 안으로 들어가서 부인에게 말하였다.

"여보 부인, 오늘 좋은 사위를 얻었소."

그러더니 앞뒤 이야기를 하였다.

1) 주공周公은 옛날 중국 주나라의 제도와 문물을 확립한 정치가인데, 그는 방문객을 환영하여 밥을 먹다가 손님이 오면 먹던 것을 뱉고서 손님을 맞이하고, 머리 빗다가 손님이 오면 빗던 머리를 쥐어잡고 손님을 맞아들였다고 하여 '삼토포三吐哺', '삼악발三握髮' 이라는 말이 유명하게 전해졌다. 원문에 '토악吐握' 이란 것은 곧 그것을 줄인 말이다.

부인이 말하였다.

"안 될 말씀입니다. 우리 딸을 어찌 녹사의 아이와 혼인시킨단 말입니까."

상국은 부인을 설득하고 마침내 혼인시켰다.

상국은 곧 문헌공文憲公 박원형朴元亨이다. 윤효손은 중종 때 해서 관찰사를 지냈다.

## 성담수의 시 한 편

성담수成聃壽는 단종 때 사람이다. 시국을 개탄하여 벼슬하지 않고 낚시질로 즐거움을 삼았는데, 그의 시에 이렇게 읊은 것이 있다.

낚대 들고 종일토록
다니다니 강변이라
창파에 낚시 넣고
곤한 잠 깊었구나.

꿈속에 백구 함께
만 리를 날던 이 몸
깨고 나니 석양에
고스란히 누워 있네.
把竿終日趁江邊　垂釣滄波困一眠
夢與白鷗飛萬里　覺來身在夕陽天

이 시는 감상하는 사람에게 성담수의 인품을 눈앞에 보듯이 만든다.

# 여자 시인의 시 몇 편

송도의 황진이는 인물과 재주가 다 뛰어났다. 그가 지은 시에서 반달을 읊은 시가 있다.

곤산옥 다듬어서
직녀 빗 뉘 만든고.
견우와 이별 후에
단장은 해 무엇 하리.
허공에 내던졌더니
반달인가 하노라.
誰斲崑山玉　裁成織女梳
牽牛離別後　謾擲碧空虛

관서 기생 추향의 벽암정碧巖亭 시는 이러하다.

맑은 강 어귀에서 배를 젓고 있었더니

자던 백구 떨쳐 날아 사람을 놀래누나.
산빛이 붉었으니 가을 자취 분명하고
모래톱이 새하야니 달빛을 모를레라.
移棹淸江口　驚人宿翻邊
山紅秋有跡　沙白月無痕

기생 취선은 호를 설죽雪竹이라 했는데, 그의 백마강 회고시는 이러하다.

석양이 넘어갈 제 고란사에 배 대고
서풍도 쓸쓸한데 혼자 누에 올랐도다.
용이 없으되 만고에 구름만 유유하고
꽃은 떨어졌건만 천추에 달빛이 의연쿠나.
晩泊皐蘭寺　西風獨倚樓
龍亡雲萬古　花落月千秋

## 율곡의 선견지명

선조 계미년에 율곡이 왕에게 아뢰었다.

"미리 십만 명의 군대를 양성하여 위급한 때를 대비해야 하리라고 신은 생각하옵니다. 그렇지 않으면 십 년을 가지 못하여 반드시 나라에 위급한 화가 있을까 걱정되옵나이다."

그랬더니 서애 유성룡이,

"일없이 군대를 기르는 것은 화를 기르는 것입니다."

하여 미끄러뜨리고 말았다.

율곡은 경연에서 나와 유성룡에게 일렀다.

"나라 형편이 위태하기가 달걀을 쌓아 놓은 것과 같은데 시속 선비들은 시사에 밝지 못하니 다른 사람은 모르거니와 그대가 그런 말을 할 수 있는가? 지금 미리 군사를 기르지 않으면 뒷날에는 반드시 크게 후회할 것일세."

말을 마치고 처량하게 탄식하였다.

그 뒤 임진년에 뜻하지 않은 난리를 당하여 유성룡은 조정에서 여러 재상들에게 이렇게 말하였다.

"율곡이 지난날 군사를 길러야 한다고 말할 적에 나는 그것이 민심을 어지럽힐 뿐이라고 생각하여 비난하였더니, 지금에 와서 보니 율곡은 진실로 성인이었소. 만일 그 말을 받아들였다면 나랏일이 어찌 이 지경이 되리오! 또 그의 상소문 중에 제기한 정책들을 사람들은 대체로 비방하였지만 오늘까지 모두 다 착착 들어맞으니 율곡이 만일 살아 있다면 반드시 기여하는 바 있을 것을……."

## 이계맹의 후진 격려

묵암墨巖 이계맹李繼孟의 자는 희순希醇이다. 천성이 너그럽고 덕이 많으며 활달하였다. 중종 때 그는 평안 감사가 되고 사재 김정국은 헌납이 되었는데, 이 공을 중상하는 자가 이렇게 말하였다.

"이계맹이 큰 누각을 덕암 위에 짓고 있는데, 백성들의 원망이 여간 아니다."

김정국은 이 말을 믿고 조정에서 논박하여 왕에게 아뢰었다.

"평양은 노는 곳이 많기로 전국에서 으뜸이오니 누각을 더 지을 필요는 없사옵니다. 세월은 흉년 들고 백성은 어려운데 어찌 불필요한 일을 하게 하오리까."

하여 마침내 이 공은 평안 감사를 그만두게 되었다.

나중에 들으니 다만 관속들 가운데 노는 인력을 이용하여 두어 칸 되는 정자를 바위 위에 세웠는데 열흘도 못 되어 마친 것이었다.

얼마 안 되어 이 공은 참찬이 되고 김정국은 검상이 되었는데, 김정국이 인사 겸 이 공을 방문하고 가벼이 논박한 자기 잘못을 사죄하였다. 이 공은 술과 안주를 내어 권하며 흉금을 열고 쾌활하게 웃음을 섞어 가면서 말하였다.

“주로 나를 논박한 사람이 너더구나. 네가 듣기를 잘못한 것이니 탓할 것이 있겠느냐. 나는 일찍이 너희 형제의 지조를 가상히 여겨 왔다. 너희들은 뜻을 더욱 갈고닦아 나랏일에 충실하여라.”

그러고는 계속 김정국을 선배들 사이에 칭찬해 주었다. 이처럼 이 공은 흉금이 활달하여 후진의 발전을 위하여 성의를 다하였고 사사로운 일로 티끌만 한 사혐도 두지 않았을 뿐만 아니라 공석에서 용감하게 발언하는 선비를 격려하여 주었다.

## 장세호의 의협심

회재 이언적은 본디 청렴한 사람이었다. 을사사화가 일어났을 적에 강계에 귀양 가 있었는데 때마침 매섭게 추운 겨울에 입은 옷은 홑것 한 벌뿐이었다.

동지 장세호張世豪가 중국에 사행으로 갔다가 돌아오던 길에 이것을 알고,

"이 사람이 비록 조정에 죄를 지었으나 어찌 얼어 죽게 하랴."

하고 자기가 입었던 여우 털 옷을 벗어 주었다. 이언적은 사양하지 않고 받아 입었다.

이언적의 죄가 정치범인 까닭에 친구들도 위문을 못 하였는데, 장세호는 이언적과 길이 다른 무관이며 친분도 없거늘 성인도 하기 어려운 일을 행하였으니, 이언적도 장세호의 의협에 감동되어 사양치 않고 받음으로써 그 미덕을 세상에 보여 준 것이다.

## 조헌의 비석과 석공

중봉重峯 조헌의 문인 김약이 조헌의 사적을 후세에 전하기 위하여 비석을 세우기로 하였다. 석공 이춘복에게 비석을 부탁하면서 값이 얼마나 되겠는가를 물었더니, 석공이 말하였다.

"무명 칠십 필은 들어야 합니다. 그런데 그렇게 큰 비용을 들여 누구의 비를 세우렵니까?"

"저 임진년 난리에서 장렬히 전사하신 스승 조헌 공의 비를 세울 작정이오."

김약의 대답을 들은 석공은 곧 감격하여 말하였다.

"그렇다면 내가 어찌 값을 말하겠소. 내가 마땅히 조 공을 위하여 바치겠소."

그러더니 정성껏 다듬어서 보내 주고 값은 받지 않았다.

석공 이춘복이 참으로 의로운 사람이어니와, 조 공의 충의가 세상을 뜬 뒤에도 그처럼 사람을 감동시키고 있음을 볼 수 있다.

## 남의 어려움을 자기 일처럼

진주에 사는 하 아무개는 집안 형편이 꽤 넉넉하였다. 하동 지방에 장가들고 다시 처가에 가던 길이었다. 어떤 사람이 부모상을 당한 모양으로 걸어가고 있는데, 열 걸음에 아홉 번은 넘어졌다. 하 아무개는 마음이 몹시 답답하여 말에서 내려 물었더니, 그 하인의 말이 이러하였다.

"우리 주인님은 용인에 삽니다. 볼일이 있어 여기 왔다가 부모상을 당하여 급히 돌아가던 길인데 타고 가던, 야위고 병든 말 하나조차 어제 객줏집에서 죽어 버렸으니 천 리 길을 걸어서 저렇게 절뚝거려 딱한 사정입니다."

하 아무개는 곧 자기 말을 내주면서 말하였다.

"이 말을 타고 가시게 해라. 상갓집이 넉넉지 않은 것 같구나. 이 말은 값이 많이 갈 것이니 팔아서 장례 비용으로 쓰도록 해라."

이 말을 들은 상주는,

"이 지경에 처하여 말을 빌려 타는 것은 사양치 못하오나 어찌 팔아 쓸 수야 있으리까. 마땅히 말은 돌려드리겠습니다."

하고 감격하여 울며 사례하고 갔다.

하 아무개는 객줏집으로 돌아가 소를 세내 타고 처가에 갔더니, 장인이 그 사실을 물어 알고 몹시 감동하여 흔연히 사위의 손을 쥐고,

"장하다, 우리 사위. 이런 쾌장부가 또 있을까!"

하며 극구 칭찬하고 좋은 말 한 필을 사서 상으로 주었다. 그러고는 편지 한 장을 써서 하 아무개의 아버지에게 어진 아들을 둔 치하를 하였더니 그의 아버지도 몹시 기뻐 답서를 곧 써 보내었다.

"내 아들이지만 이런 일을 하리라고 뜻하지 못하였습니다."

수십 일이 지난 뒤였다. 그 상주가 말을 돌려보냈는데, 아들은 아직 처가에서 돌아오지 않았다. 하 아무개의 아버지가 말을 끌고 온 하인에게 다시 주었더니, 자기 주인의 명령이라고 말을 도로 끌고 갈 수는 없다고 굳이 사절하였다. 그러나 하 아무개의 아버지는 내 아들의 뜻대로 해야겠다고 하여 사람 두 명에게 돈 칠십 꿰미[1]를 지워 보냈다. 칠십 꿰미면 좋은 말을 살 수 있었던 것이다.

1) 한 꿰미는 천 닢, 곧 백 냥이다.

## 아버지와 아들

낙정樂靜 조석윤趙錫胤은 경기도 금천에 살았다. 일찍이 마을 사람과 더불어 서울에 갔다가 돌아오는 길이었다. 노량진에 이르러 배를 타야겠는데 건너갈 사람은 많고 배는 작아서 한 배에는 탈 수가 없었다. 그래서 두 사람이 서로 갈려 딴 배를 탔는데, 조석윤이 탔던 배가 가운데서 엎어졌다. 곁 배에 타고 가던 마을 사람은 이것을 보고 조석윤이 죽었다고 놀랍고 참혹함을 견디지 못하여 집에 돌아간 길로 곧 조 씨 집에 갔다.

바로 이때 조석윤의 아버지인 대사간 조정호趙挺虎는 객과 바둑을 두고 있었다. 마을 사람은 차마 아들의 불행한 소식을 전할 수가 없어서 오랫동안 망설거리다가 할 수 없이 알려 주었다. 그러나 조 공은 여전히 바둑을 놓으면서 말하였다.

"우리 아이가 어찌 썩은 배에야 탔겠는가. 모를 소리로군."

마을 사람은 자기가 본 사실을 다시 똑똑히 말하였다.

공은 바둑판을 밀면서 아직도 믿지는 않고 태연히 말하였다.

"우리 아들은 결코 그럴 리가 없는데 자네가 분명 잘못 봤을 걸세."

마을 사람은 어이가 없어 어쩔 수 없이 인사하고 나가려 할 즈음 뜻밖에 조석윤이 들어오는 것을 보고 놀랐다.

조석윤은 웃으면서 말하였다.

"나는 그 배가 위험하다고 여겨 곧바로 배꼬리에서 뛰어내렸다네. 자네가 나를 죽었다고 생각한 것이야 당연하지."

이 일이야말로 옛날 증자의 어머니가 아들이 사람을 죽였다는 남의 말을 믿지 않고 여전히 베를 짜고 있는 것과 견줄 만한 아름다운 일이 아니겠는가. 진실로 보통 때 매사에 치밀하고 근신하여 아버지에게 온전한 신임을 받는 사람이 아니라면 어찌 이럴 수 있으랴.

## 꿀은 민가에, 잣은 산 위에

신당新堂 정붕鄭鵬은 연산조에서 시사를 논하다가 형장을 맞고 귀양을 갔다. 정국[1] 후에 중종이 불렀으나 사양하고 조정에 나오지 않으므로 중종은 특별히 청송 부사를 주었는데, 그는 항상 맑고 조촐한 생활로 스스로를 단속하였다.

영의정 성희안成希顔은 정붕과 본디 절친한 터라 글을 보내어 잣과 꿀을 구하였더니 정 공이 말하였다.

"꿀은 민가 벌통 속에 있고 잣은 높은 산꼭대기에 있으니 부사가 어떻게 구하겠습니까?"

그리하여 성희안은 자기 잘못을 뉘우치고 사과하였다.

1) 정국靖國은 중종이 새로 왕위에 올라 연산의 악정을 바로잡고 나라를 안정시킨 것을 의미한다.

## 의심받을 일은 말아야지

상공 정재숭鄭載嵩은 일찍이 안해를 잃고 과천 선산에 안장할 적에 찍어 낸 재목이 꽤 많았다. 집에 본디 사랑방이 없었으므로 그 재목을 실어다가 사랑방을 지으려 할 즈음에, 마침 호조 판서로 발령을 받았다. 재목을 집 뒤에 쌓아둔 채 끝내 집 지을 생각을 하지 않았더니, 어떤 사람이 집을 왜 안 짓느냐고 물었다.

상공의 대답은 이러하였다.

"호조 판서가 되자마자 문득 번듯한 집을 세워 놓으면 누가 내 뜻을 알겠는가. 의심받을 일은 말아야지."

그러다가 또 영의정으로 들어가니 죽을 때까지 사랑방을 세우지 않고 말았다. 그의 빈틈없는 신중함이 이와 같았다.

# 폭포는 돼지가 다 먹었지요

진양에 수령으로 갔던 어떤 자가 다스림이 가혹하고 가렴주구가 심하였다. 산에 서 있는 나무거나 밭과 들의 과실, 소채 같은 것까지도 자기 이익을 위하여는 무엇 하나 남김없이 요구하였으니 그 폐해가 절간까지 미치고 있었다.

하루는 운문사 중이 보이러 왔다. 수령이 우연히 물었다.

"너희 절이 지금쯤은 폭포가 보기 좋겠구나."

하도 내라는 것이 많아 질색해 오던 중은 얼결에 폭포라는 무슨 물건을 또 달라나 보다 생각하고 말하였다.

"절의 폭포는 올여름에 멧돼지가 다 먹어 버렸습니다."

강릉의 한송정은 관동의 명승으로 이름이 났기 때문에 놀러 오는 관리들의 수레가 쉼 없이 모여들어 음식 준비, 선물 준비 등 여러 비용과 잡역에 견뎌 낼 수가 없었다. 하여 고을 사람들은 화가 난 끝에 욕설까지 하게 되었다.

"저놈의 한송정은 어느 날에나 범이 와서 잡아갈까."

그래서 백성들의 입에서 흘러나온 이 원망의 소리는 어느덧 시로 되었다.

폭포는 올해
돼지가 다 먹었건만
한송정은 어느 날에
범이 와서 잡아갈까.
瀑布今年猪喫盡　寒松何日虎將歸

## 양반 정치의 부패상

근세에 여염집에 유파라는 늙수그레한 여자가 있었는데, 집에 큰 재산을 쌓아 두고 이름난 재상과 병권을 잡고 있는 자들의 처첩 등 부녀를 사귀어 모두 자기 심복을 삼았다. 그리하여 높은 벼슬아치들에게 신임받는 자, 존경받는 자들이 누구누구인 것과 그들 간의 관계와 사정을 속속들이 파고 캐어 모르는 것이 없었다. 이것을 이용하여 지름길을 밟아 뇌물을 먹이고 인형 놀리듯이 조종하는 줄을 이리저리 당겼다 놓았다 하면 뜻대로 이루지 못할 일이라고는 없었다. 그는 항상 이렇게 말했다.

"뇌물을 가지고 벼슬을 얻지 못하는 것은 뇌물을 잘 쓰지 못했기 때문이니 재능이 없다는 것을 알 수 있다. 그렇게 무능하고야 다행히 벼슬을 얻어 한다기로 장차 무엇에 쓰리오!"

유파는 조정 보기를 동무네 집과 같이 알았다 한다. 때는 숙종 을해년이었다.

## 실무에 어두우면 식자가 우환

뇌계濡溪 유호인兪好仁은 천성이 순박하고 근엄하였는데, 특히 문장을 잘하였다. 그래서 성종이 그를 달리 보아 교리로 뽑혔다가 그가 요구하여 고을 수령으로 나가 있던 때였다. 솥을 도둑맞은 산골 농민이 고소장을 들여왔다. 유호인이 온종일 고심하여 비로소 나온 판결문은 이러하였다.

"무릇 솥이란 것은 하루도 없어서는 안 되는 것이니라. 죽도 여기 끓이고 밥도 여기 지어 이것을 수단으로 하여 살아 나가는 것이니 도둑이여, 도둑이여! 어찌 그 임자에게 돌려주지 않는고."

어떤 사람이 말하였다.

"공문은 그렇게 번다해서는 안 됩니다. 간명하게 요약해서 써야 합니다."

그랬더니 유호인도 그리하겠다고 수긍하였다.

또 어떤 사람의 고소장이 들어왔다.

유호인은 그만두라는 판결문으로 '말 무毋' 자 한 자만을 썼다. 이 무 자는 어미 모母 자와 혼동되기 때문에 아전은 그 사람의 어머니를 잡아다가 대령하였다.

유호인은 놀라면서 말하였다.

"말 무 자는 그만두라는 뜻인데 너는 글자 뜻도 모르고 그 어머니는 왜 잡아왔단 말이냐?"

글만 알고 실무에 이렇게 어둡고야 되겠는가.

## 한 사람을 없애 여섯 도적을 제거하다

이세정은 경서와 사기에는 정통하였으나 물정에 어둡고 재능이 없어 나이 예순에 과거도 못 하였다. 좌상 이장곤李長坤, 참판 성몽정成夢井, 동지 김세필金世弼, 홍우해 형제 등 여러 공이 다 그에게 배워 출세하였다.

이 사람들이 함께 힘써 천거하여 준 덕에 이세정은 금오랑[1]으로 제수되어서 청양 고을에 수령으로 나갔다. 그때 새로 호서 감사로 제수되어 내려가는 최숙정崔淑精에게 여러 공들이 이세정을 잘 돌보아 주라고 부탁하면서 말하였다.

"그분은 우리 스승인데 학문도 깊고 지조가 깨끗한 어른이니 사업을 평정할 때 고려하여 주시오."

그러나 최숙정은 부임 초에 이세정을 파직시켰다. 최숙정이 소환되어 돌아왔을 때 여러 공들이 최숙정을 나무랐다.

"여보, 그게 무슨 일이오? 그래 한 도에 백성을 못 견디게 구는 교

1) 금오랑金吾郎은 의금부의 속관.

활한 도적놈이 다른 데는 없어서 홀로 정치에 좀 서투르다고 쫓아 낸단 말이오?"

최숙정의 대답은 이러했다.

"다른 고을의 수령들이야 횡포하다 해도 도적은 한 놈뿐인데, 청양은 비록 청렴하다 하나 도적놈 여섯을 밑에 두고 있으며 또 그의 뱃속이 공허하니 어찌 수령으로 둘 수 있겠소?"

도둑놈 여섯은 육방 관속을 가리킨 말이다. 홍우해가 말하였다.

"이 선생의 뱃속에는 큰 경서가 잔뜩 들어 있는데 어찌 공허하다 하오?"

최숙정은 말하였다.

"공들이 이 선생의 뱃속에서 육경을 나누어 자기 뱃속에 채웠으니 이 선생의 배가 큰들 하나나 남아 있을 것이 무에 있겠소?"

그리하여 좌중이 크게 웃었다.

## 중의 머리끄덩이를 끌다

백사 이항복은 해학과 농담을 좋아하였다.

일찍이 비국[1] 회의가 있어 여러 재상들이 다 모였는데 공이 홀로 늦게 왔다. 어떤 이가 물었다.

"어찌하여 공은 그렇게 늦었소?"

"마침 여럿이 싸우는 것을 구경하기에 정신이 팔려 늦는 줄도 몰랐구려."

"그래 누구들이 싸웁디까?"

"고자 녀석은 중놈의 끄덩이를 끌고 중놈은 고자 녀석 아래 것을 잡고 서로 어우러져 큰 길바닥에서 싸우고 있습디다그려."

여러 재상들은 허리가 끊어지게 웃었다.

웃음거리 재담이지만, 공이 매양 당시 일들을 보면 모두 허위만을 숭상하고 있어 하도 딱하므로 간단한 우화로 풍자한 것이었다.

---

1) 비국備局은 비변사를 줄여 부른 이름으로, 여기서 군 관련 일과 나랏일을 토의 결정하였다.

## 아이들 장난도 반역죄

중종 때 동몽교관[1] 아무개가 제자를 거느리고 반역 음모한다고 고변한 자가 있었다. 왕명으로 열 살에서 스무남은 살까지 백여 명을 체포하였는데, 금부의 옥이 가득 차 다 수용할 수 없었고, 족쇄도 모자라 새끼로 목을 얽어 종루 아래까지 앉혀 두었다. 당시 임당 정유길도 나이 열 살로 그중에 들어 있었다. 그의 할아버지 문익공 정광필은 손자 때문에 또한 대명[2]하였다.

사실을 밝혀 보니 여러 아이들이 남산 위에서 옷을 벗어 기라 하고 나뭇가지로 창을 만들어 진치기 놀음을 한 것 말고는 아무것도 없었다. 고변한 사람이 도리어 무고죄로 걸렸다. 그 반좌된 자는 연산 때의 버릇이 남아 그랬던 것이다.

1) 동몽교관童蒙教官은 양반의 아이들을 교육하는 관원.

2) 죄인으로 자처하고 왕명을 기다리는 것.

## 김대인의 용맹과 죽음

의병 대장 김대인金大仁은 순천에 살았는데, 본디 대대로 천인이었다. 젊었을 적에 중이 되었다가 중년에 그만두었으며 그 뒤 무과에 올랐다.

임진년 난리 초기에 김대인이 석보촌에 있었고, 이순신이 새로 통제사가 되어 삼남에 위세를 떨칠 적이었다. 이순신 막하에 속한 하인이 마을에 와서 닭과 개를 모조리 때려잡는 것이었다. 이를 본 김대인은 노하여 그자를 큰 몽둥이로 쳐서 거의 사경에 이르렀다.

통제사가, 그의 기개가 장하다고 막하에 두었더니, 그는 여러 번 전공을 세웠다.

정유년 한산이 궤멸할 때 김대인은 바다에 뛰어들어 자맥질과 헤엄으로 사흘 동안을 물속에서 헤매면서 거의 죽게 되었는데도 오히려 큰 칼을 손에 굳게 틀어쥐고 마침내 도망쳐 집으로 돌아왔다.

그러고는 남원에 머물면서 병사들을 모아 왜적을 무찌르고 있었다. 하루는 밤중에 적의 진영에 몰래 들어가 왜적을 닥치는 대로 무찌르고 나오다가, 넓적다리에 탄환을 맞았다. 김대인은 돌아와서 즉시 칼로 살을 후벼 탄환을 꺼냈다. 유혈이 자리에 흥건하니 사람들은 그의 용맹함에 경탄하였다.

당시 광양 현령 이희간은 자기 비겁함이 부끄럽고 또 김대인의 공을 시기하여 조정에 무함하였더니, 순찰사 황신黃愼이 김대인의 공과 허물이 비긴다고 조정에 다시 글을 올려 결국 무사하였다.

난이 평정된 뒤 임치 첨사가 되었다가 그만두고 집에 돌아가 있을 적이었다. 수군절도사 이유직의 욕심 사나움을 보고 김대인은 술자리에서 크게 꾸짖고 빰을 쳤다. 이유직은 미움을 품고 나무 베기를 금한 구역에서 생솔을 찍었다고 없는 사실을 꾸며 김대인을 옥에 가둔 뒤 사람을 시켜 김대인이 이유직에게 항복만 하면 놓아준다고 하였다. 김대인은,

"내 머리가 떨어질지언정 맹세코 이유직에게 굽히지는 않겠다."

고 크게 꾸짖었다.

이유직은 크게 앙심을 먹고 조정에 보고하여 금부에 잡혀가서 갇히니 김대인은 분기가 북받쳐 피를 토하고 죽었다. 듣는 사람마다 비통함을 금치 못하였다.

## 권필의 필화

쫓겨난 광해 때 유씨네 어중이떠중이들이 세도를 믿고 거들먹거리는 판에 한때 조정의 이른바 양반들이 모두 다 아첨하고 빌붙는 가련한 꼴들을 보이고 있었다.

이러한 환경에서 지평 임숙영任叔英은 당시 과거에 응시한 선비로서 그가 쓴 대책[1]이 시의에 저촉된 바 많아 삭과[2]될 뻔하다가 다행히 중지되었다.

석주 권필은 당시 사정을 시로 풍자하였다.

궁중에 풀 성하니
꾀꼬리 떼 날아들고
온 장안 행세꾼들
봄볕에 아양 핀다.

---

1) 대책對策은 시국에 대한 문제를 논하는 답안.

2) 삭과削科는 과거에 합격된 것을 삭제하는 것.

조정의 재상님들
태평가만 부를 적에
뉘라서 뜻했으리
서생의 따끔한 말.
宮草青青鸎亂飛　滿城冠蓋媚春輝
朝廷共賀昇平樂　誰遣危言出布衣

그 뒤 별과가 있었는데 박자홍이 과거에 올랐다. 박자홍의 아버지인 박승종의 장인 이이첨李爾瞻이 시험관이 되어 박자홍을 불법으로 급제시켰지만, 사람들은 감히 그 부정을 논의하지 못하였다. 그러나 당시 허봉이 시험관으로서 조카를 합격시켰다 하여 죄를 씌워 멀리 귀양 보냈다. 이를 보고 석주는 또 시를 지었다.

이를테면 과거에서
사정을 두었대도
아들, 사위, 아우보다
조카는 가볍거늘

홀로 저 허봉만이
이 죄에 걸리니
세상의 공도란 것
과연 행키 어려운가.
設令科第有私情　子婿弟中姪最輕
獨使許篈當此罪　世間公道果難行

광해가 반역 사건을 친히 국문할 적에 이 두 편의 시가 죄인의 문서 중에서 나왔다. 그래서 석주는 시안[3]으로 죄가 되어 형을 받고 죽었다.

---

3) 시안詩案은 시의 내용이 문제로 된 필화 사건.

## 강진흔의 의연한 죽음

병자년 난리가 시작된 이듬해 수군절도사 강진흔姜晉昕이 전투 지휘를 잘못한 까닭으로 적병이 바다를 건넌 것이라 하여 처음에는 먼 곳에 귀양을 보내었다.

그런데 나라의 큰 사건을 다루는 사헌부가 제의하여 다시 잡아다가 목을 베어 달아 놓는 형을 집행하기로 되었다. 충청 수영의 군관들부터 하급 졸병들까지 대궐 앞에 나가 비변사에 글을 올려 억울함을 하소연하였으나 결국 사형을 면치 못하게 되었다.

강진흔이 김경징金慶徵과 함께 금부에 있었는데, 사형 집행 명령이 내렸다는 소식을 듣고 김경징은 부르짖어 울며 야단을 부렸으나 강진흔은 웃으면서, 운다고 면할 것인가 하며 태연자약하여 음식도 여전히 먹었다. 형장으로 나갈 적에 강진흔은 자기 보검을 목을 베는 자에게 주면서 말하였다.

"이 검으로 내 머리를 빨리 잘라 가지고 가거라."

처음 강화 해상 전투에서 강진흔은 실로 어려운 조건에서 고생스럽게 싸웠으나 마침내 죽기에 이르렀으며, 또 그 죽음에 임하여 태연함이 이 같으니 진실로 사내다운 기개와 절의가 있었다. 사람마다 그를 안타까워했으며 더욱이 수영 사람들은 일가붙이의 일같이 슬퍼하였다.

## 원숭이를 잡은 매의 지혜

효종이 심양에서 돌아올 때 청나라 조정에서 준 원숭이 암수 두 마리를 받아 왔다. 효종이 등극한 뒤, 암컷은 죽고 수컷은 살아 있어 사람을 해코지하는 버릇이 있으므로 곧 죽여 없애려 했더니, 원숭이가 기미를 알아채고 도망하여 대사동 탑 속에 숨어 있었다.

군대의 포수와 사수들을 내보내 죽이라 했는데, 원숭이는 포가 날아오면 숨어 피했다가 화살이 날아오면 문득 받아 꺾으니 어찌할 수가 없었다. 그래서 매를 놓아 움켜 죽이게 했더니 원숭이는 도리어 매를 움켜 찢어 죽였다. 이 노릇에 이름난 매를 무수히 죽였다.

이때 한 종실 재상집에 매 두 마리가 있었는데, 하나는 또 원숭이에게 죽었다. 이것을 본 다른 매 한 놈이 몸을 소스라쳐 날아갔다. 매를 받고 있던 자는 슬피 통곡하였다.

이윽고 매는 다시 와서 원숭이 위의 두어 자 높이에서 별불같이 날아돌았다. 원숭이는 머리를 들고 치려고 노리고 있었다. 매는 어느덧 어디선지 먼지를 움켜 가지고 와서 원숭이의 두 눈에 확 뿌렸다. 그러자 원숭이가 갑자기 머리를 숙이고 눈을 못 뜨니, 매가 번개

같이 내려와서 원숭이를 움켜 죽였다.

새가 비록 미물이지만 이런 지혜를 가진 놈도 있었다.

## 범에게 이용된 표범의 죽음

단양군의 아전이 공문을 가지고 감영으로 가던 차에 충주 가는 길가에서 범의 새끼 세 마리를 보고 지팡이로 모두 때려 죽였다. 조금 뒤에 어미 범이 붉은 입을 벌리고 울며 달려오니, 아전은 이 위급한 순간에 피할 데도 없어 허둥지둥 높은 나무 위로 올라갔다. 범은 나무 밑에서 쳐다보다가 사라지더니 표범 하나를 데려왔다. 표범은 작고 재빠른지라 나무를 타올라 거의 아전의 몸에 가까이 왔다.

이것을 내려다보며 겁이 난 아전은 급히 잠방이를 벗어 두 다리로 표범에게 씌우고 재빨리 힘껏 찼다. 표범은 땅바닥에 떨어졌다. 나무 아래 있던 범은 사람인 줄 알고 성이 나서 곧 물어 죽였는데, 그것이 사람이 아니라 표범인 줄을 알게 되자, 범은 다시 나무 둘레를 돌며 한참 동안 으르렁거리며 울다가 산속으로 들어가 버렸다.

그제야 아전은 숨을 내쉬고 나무에서 내려와 표범의 가죽을 벗겨 가지고 감영에 들어가 바쳤더니 방백은 법[1]에 어긋난다고 장차 죄

1) 옛날에는 범을 산중의 왕이라 하여 관가의 허가 없이는 잡지 못하였다.

를 지우려 하였다. 아전은 사연을 고하고 그 가죽을 증거로 하여 죄를 면하였다.

최립은 이것을 자료로 하여 표범 이야기를 지었다. 표범이 자기 재능만을 자부하고 범에게 이용되어 마침내 범에게 죽었으니, 이는 곧 스스로가 취한 화일 뿐이다.

## 제주 판관의 구렁이 처단

제주 산속에 있는 큰 바위에는 깊이 뚫린 구멍이 있고, 그 구멍 속에는 요괴스러운 구렁이가 들어 있는데, 비바람을 일으킨다고 하여 전부터 관민이 신으로 알고 제사를 지내 왔다.

해마다 봄가을로 구멍 앞에 큰 소반을 놓고, 그 위에 열다섯 살 된 처녀를 앉힌 뒤 음악을 울리면, 구렁이가 슬며시 머리를 내밀고 처녀를 물어 가는 것이었다. 이것이 곧 구렁이를 위하여 처녀를 제물로 삼은 제사였다. 그렇게 하지 않으면 비바람으로 농사에 해를 준다 하여, 관가에서 백성의 딸들을 등록하고 딸의 나이를 따져 차례로 바치게 하였다.

중종 때 서린徐隣이 나이 열아홉에 제주 판관이 되었다. 그는 구렁이에게 제사할 때가 되었을 적에 몸을 떨쳐나섰다. 큰 도끼를 가지고 가서 힘장사와 더불어 구멍 좌우에 갈라서고 음악을 울리게 하였다. 구렁이가 전과 같이 음악 소리를 듣고 역시 머리를 들고 나올 적에 판관은 그 아가리를 찍어 죽였다. 이래서 그 구렁이로 말미암은 미신의 폐해가 근절되었다.

## 평지에서 나온 연꽃

지봉芝峯 이수광李睟光이 안변 부사가 되었을 적에 평지에서 연꽃 한 포기가 나서 잘 피어 있었다.

이수광은 노인에게 물었다.

"연꽃이 아무것도 없는 평지에서 절로 날 수도 있느냐?"

노인이 대답하였다.

"봉래蓬萊 양사언楊士彦이 부사로 왔을 때 못을 파고 연을 심었는데, 없앤 지 지금 수십 년에 지나지 않으니 그때 떨어진 씨가 나온 것입니다. 세속에 일러 오는 말이 연 씨는 백 년이 지나도 썩지 않고 연뿌리는 땅에서도 죽지 않는다 합니다. 그러므로 강릉에도 연못이라는 데가 있어 해거리로 연이 나온다고 하지 않습니까."

## 문익점과 면화

고려 문익점文益漸은 자가 일신日新이고 단성 사람이다. 나라에서 그의 공로를 보아 강성군江城君을 봉하고 부민후富民侯라는 작호까지 주었다.

일찍이 사신으로 중국에 들어갔다가 마침 가을인데 길가 밭에 눈처럼 흰 꽃이 가득 피어 있는 것을 보고 씨앗을 붓대 속에 감추어 가지고 돌아왔다.

처음에는 시험으로 화단에 심었는데 나중에 농촌까지 널리 퍼져서 백성들에게 크게 이익을 주게 되었나니, 이것이 곧 면화이다.

처음에는 씨 뽑는 방법이 고안되지 않아 씨를 손으로 뽑았는데 중국에서 들어온 장 아무개라는 중이 씨 뽑는 도구를 전하였고, 문익점의 후손 문래라는 이가 실 뽑는 도구를 만들어 보급했다. 그래서 그 이름을 '문래'라 하였다.

《지봉유설芝峯類說》에는 다음과 같이 쓰여 있다.

"우리 나라에 옛날에는 목면이 없었고 오직 칡의 섬유로 베를 짜 입었는데, 고려 말기에 문익점이란 이가 중국에서 목면 종자를 얻어다가 보급한 결과 비로소 면포를 짜서 백성들이 이용하게 되어 커다란 이익이 되었으며, 또 이것이 돈 노릇을 하기까지 발전하게 되었다."

대체로 면은 세 종류가 있으니,

첫째, 사면絲綿, 이것은 누에고치를 삶아서 실을 만든 것이며,

둘째, 목면木綿, 이것은 교지, 광동, 광서 지방에서 나는 것으로, 이름을 반지화斑枝花라 하는데 나무의 크기가 아름이 차고 꽃은 붉어 산다화 같고 열매는 술잔과 같으며,

셋째, 초면草綿, 이것은 삼사월에 씨를 뿌리는데 누런 꽃이 피었다가 열매를 맺는 것이니, 곧 지금 면화가 그것이다.

구준丘濬이 말하기는 그 종자가 중국에 처음 들어온 것이 원나라 때라고 한다.

## 우리 나라의 담배 재배

광해 임술년에 우리 나라에 담배가 처음으로 들어왔다. 담배 씨앗이 일본에서 들어왔는데, 처음에는 남도 지방에서 길러 중국에 내다 팔아 이득이 대단하더니, 그 뒤 상인들이 씨앗을 중국에 전한 것이 담배를 천하에 보급한 계기로 되었다.

# 첫날밤의 약속

## 금계필담

《금계필담錦溪筆談》은 조선 고종 때 서유영(徐有英, 1801~1874)이 쓴 책이다. 단종 때부터 순조 때까지 왕비, 문인, 이인, 반갓집 여인, 기생, 하층 여인, 무인의 순서로 이들에 얽힌 이야기와 풍속에 관한 잡다한 이야기 141편을 묶었다. 다른 야담집과 달리 다른 문헌을 참고하지 않고, 저자가 직접 들은 이야기만 담았다.

# 힘장사들 이야기

영조 때 사람 이병식李秉軾은 아이 적부터 힘이 세기로 이름났다. 판서 구윤명具允明의 집에 말 한 필이 있었는데, 어찌나 사나웠던지 길들이기는커녕 마부를 차고 물어 죽였다. 무서워서 누구 하나 가까이 가지 못했다. 구 판서는 뒤탈을 없애기 위하여 이병식을 불러 말을 죽이도록 하였다.

이병식이 말 앞에 나서자 말은 이병식을 보더니 덤벼들어 날뛰면서 차고 물려고 하였다. 이병식은 팔에 힘을 잔뜩 주더니 말 앞에 쑥 나가 어느덧 꼬리를 잡아 쥐고 뜰 한복판에 끌어내어 두세 바퀴 휘두르다가 번쩍 메어 땅에 내려쳤다. 말은 그 자리에서 죽고 말았다.

그 용맹이 장하다 하여 구 판서가 조정에 천거하였더니, 무과에 뽑혀 금군에 편입되었다. 그리하여 이병식은 대궐 뜰에 들어가 번을 서고 있었다. 때마침 깊은 겨울이었는데 늙은 전나무 하나가 큰 바람에 통째로 뽑혀 길을 가로막고 넘어져 있었다. 금군 수백 명이 길을 틔우려고 굵은 밧줄로 넘어진 전나무를 동쳐 가지고 힘을 합하여 끌어 보았으나 땅뗌도 할 수 없었다. 모두들 이병식에게 도움을 구하였다. 이병식은 거절할 수 없게 되었으며, 여러 사람이 술을 권하여 잠뿍 취하였다.

이병식은 비로소 벌떡 일어나 나갔다. 누워 자빠진 전나무를 바짝 껴안더니 부쩍 일어섰다. 전나무의 아래 절반은 얼음이 쌓여 땅에 붙어 떨어지지 않고 위쪽 절반만 들려 일어나면서 중턱이 꺾어지는 바람에 갑자기 벼락 치는 소리가 났다. 모였던 사람들이 깜짝 놀랐으며 상상을 뛰어넘은 비상한 용력에 모두들 혀를 내두르며 탄복하였다.

이병식의 집은 인천에 있었다. 하루는 번을 마치고 집으로 돌아가는 길에 양화진 나루턱에 이르니 사공이 막 배를 저어 벌써 수십 걸음쯤 떠나갔다. 배 안에서 험상궂고 왈패스러운 중놈 하나가 웬 부인이 들어앉은 가마 옆에 바싹 다가앉아 발을 걷어들고 희롱하고 있었다. 배 안의 여러 사람들은 중놈의 꼴이 아니꼬웠지만 봉변을 당할까 무서워서 모두 낯빛을 잃고 누구 하나 말하는 사람이 없었다. 나루턱에서 이것을 본 이병식은 참을 수 없는 의분이 왈칵 일어나 눈시울이 찢어질 듯하였다. 마침내 몸을 날려 뱃머리에 뛰어든 이병식은 중놈을 주먹으로 한 번 치고 발길로 차서 물밑에 처넣었다. 보던 사람들이 누구나 숨을 내쉬고 시원해하였다.

집에 돌아온 지 달포나 되어 이병식이 한창 밭을 갈고 있던 때였다. 길 가던 중 하나가 몸집이 매우 장대하고 생김새가 더할 수 없이 흉악스러워 보이는데 손에는 쇠 지팡이를 들고 밭둑에 선뜻 올라서더니 이병식에게 물었다.

"이병식이 이 마을에 산다는데, 집이 어디요?"

이병식은 마음이 섬뜩하여 연장을 놓고 대답하였다.

"이병식이 며칠 전에 어디 가서 아직 돌아오지 않았습니다. 그런데 대사가 병식을 보실 일은 무엇인가요?"

"들으니 병식이 놈이 우리 제자를 죽였다니 그놈과 꼭 힘도 겨뤄 보고 원수도 갚아야겠소."

이병식은 손을 들어 멀리 가리키면서 말하였다.

"대사, 저기 저 서쪽에 절벽이 있지요? 거기에는 높은 벼랑이 솟아 있고 그 밑은 바로 큰 바닷물이 들어와 있다우. 이병식은 늘 그 벼랑 위에 걸터앉아 두 다리를 밖으로 쭉 뻗고 힘센 장정더러 뒤에서 힘껏 차 보라는데, 누구나 차 보았지만 한 번도 흔들려 본 적이 없으니 대사도 과연 그럴 수 있겠소?"

"아, 그래? 나도 어디 시험해 보지. 자, 그러면 그대가 나와 함께 거기를 가야지?"

이병식은 '옳다, 이놈.' 하고 속으로 좋아하면서 중을 데리고 벼랑 위에 올라갔다. 중은 바위 끝 아슬아슬한 머리빼기에 걸터앉아 두 다리를 밖으로 쭉 내뻗고는 이병식을 돌아보며 말하였다.

"자, 이만하면 어떤가? 자네가 뒤에서 어데 힘껏 차 보게나그려."

이병식은 젖먹던 힘을 다하여 두 번, 세 번 연거푸 찼다. 그러나 마치도 잠자리가 기둥을 받는 셈이었다. 쇳덩이가 녹아 붙은 듯이 꼼짝달싹도 안 했다.

중은 힐끔 이병식을 돌아보면서 말하였다.

"지금 자네가 찬 것이 좀 어떠구러하니, 자네도 힘은 있는 편일세."

이어 옷을 툭툭 털고 일어나서 말하였다.

"이병식이가 집에 돌아오거든 다시 오겠네."

중은 쇠 지팡이를 끌며 어실렁어실렁 가고 있었다.

혼이 나고 기가 질린 이병식이 중의 뒤를 바라보며 돌아오던 때였다. 저쪽에서 자그마한 서생 하나가 작은 나귀를 타고 오는데, 얼굴이 마르고 노르족족하였다. 중과 서로 밭 사이의 좁은 길에서 만나게 되었다. 심술 사나운 중은 서생이 탄 나귀를 쇠 지팡이로 후려쳐서 밀뜨렸다. 사람과 나귀가 허공잡이로 깊은 도랑창 속에 쓰러 박혔다. 중놈은 쇠 지팡이를 메고 그대로 가고 있었다. 이것을 본 이병식은 의분이 치밀었으나 섣불리 손댈 수도 없어 다만 도랑창을 굽어보며 얼른 서생을 구해 내려고 하였더니, 서생은 벌써 언덕을 부여잡고 기어올랐다. 나귀는 이미 죽고 말았다.

서생은 머리를 숙이고 무엇을 생각하다가 문득 혼잣말을 하였다.

"내 평소 사람의 생명을 해쳐서는 안 된다고 하여 왔지만, 이 중놈을 없애지 않는다면 그놈이 반드시 많은 사람을 해칠 것이다."

그러고는 중을 바라보았다. 중은 벌써 멀리 갔다. 서생은 급히 의관을 정제하고 얼른 일어나 쫓아 걸었다. 빠르기가 살 같아서 순식간에 벌써 중한테 갔다. 서생은 중의 등 뒤에서 한 길이나 솟아오르더니 두 손으로 중의 두 어깨를 꽉 내리눌러 놓고는 다시 오던 길로 가 버렸다. 중은 나무 장승을 파 세운 듯 선 채로 꼼짝도 하지 않았다. 처음에 이병식의 생각에는 서생이 저러다가 중한테 죽을 게 틀림없다고 몹시 마음을 조이며 걱정하다가 이 광경을 보고야 비로소 숨을 내쉬었으나, 무슨 영문인지를 몰랐다.

길 가던 사람들이 모두 중을 피하여 길을 에돌아 지나가면서 이병식에게 물었다.

"아까 저 중놈에게 무슨 천벌이 내렸던가요? 저 중놈이 길 복판에 섰는데 하반신은 땅속에 박히고 두 눈알은 툭 삐어져 나왔고 입은 딱 벌리고 혀는 빼고 죽었으니 그 험악한 꼴을 볼 수가 없구려."

이 말을 들은 이병식은 비로소 맘 놓고 가까이 가서 보니 중은 이미 죽었다.

이병식은 길게 탄식하며 말하였다.

"아, 내가 젊었을 적부터 하찮은 용맹을 믿고 천하에 겨룰 자 없다고 자만하면서, 세상에 신통한 힘을 가진 사람이 많은 줄을 몰랐구나. 이야말로 우물 안의 개구리였구나."

그 뒤부터 이병식은 가끔 이 사실을 이야기하며 감히 힘을 자랑하지 못하였다.

## 겸손을 배운 힘장사

병마절도사 우하형禹夏亨은 평산 사람이다. 몸집이 작고 가냘파 누구든지 담력이 있으리라고는 보지 않았다.

일찍이 동무 예닐곱 명과 더불어 절에 가서 글을 읽고 있었다. 마을에 있는 불량배들이 작당해서 일부러 서생들에게 행패하기 위하여 절에 올라왔다. 밤낮으로 거처하는 방에 와서 요란스럽게 굴었다. 취한 척하며 욕설도 지껄여 대고 관을 찢어 땅바닥에 내던지기도 하여 백 가지로 해를 끼치니 서생들이 점점 더 견딜 수 없어 차차 빠져나가고 말았다. 오직 우하형 혼자 남아 여전히 글공부를 하고 있는데 불량배들이 그의 책을 빼앗아 불속에 던지는 것이었다.

우하형이 말하였다.

"이것이 성현의 글인데 그대들은 어찌하여 이렇게 함부로 모독하는 짓을 하는가?"

불량배가 말하였다.

"성현이란 대체 어떤 사람이야?"

"공자와 맹자를 모르는가?"

우하형은 분을 참고 마음을 척 눙치고서 말을 이었다.

"여보게들, 자네들이 공맹을 모른다니 그런 의미로 이 종이에 자네들의 성명을 써 주게나그려."

불량배들은 시시닥거리며 모여들더니,

"뭐, 그것도 재미있겠네. 써 보자꾸나."

하면서, 장난삼아 공맹도 나를 모르니 나 또한 공맹을 모른다고 쓰고 이름을 죽 늘어 썼다. 우하형은 그 종이를 받아 소매 속에 집어넣고 일어서서 말하였다.

"자네들이 공맹을 모른다고 이름까지 써 놓았으니 이게야 짐승이지 무언가? 사람이라고는 할 수 없네."

불량배들은 성이 벌컥 나서 와짝 고아대며 저마끔 앞으로 달려들어 주먹을 불끈 쥐고 우하형을 치려고 하였다. 우하형은 한 놈의 다리를 잡아들고 휘둘러 쳐서 한꺼번에 여남은 명을 꺼꾸러뜨렸다.

불량배들은 모두 대강이를 싸쥐고 달아나서 관가에 고소했다. 관가에서 나가 보니 죽은 자만 여남은 명이며 남은 자들도 모두 중상을 입어 겨우 숨만 쉴 뿐이었다. 부사는 크게 놀라 우하형을 잡아 가두고 사유를 갖추어 감영에 보고하고, 감영에서는 사건이 큰지라 조정에 보고하였다. 영조는 관찰사에게 명하여 우하형을 압송하였다.

법관이 친히 궁정에서 국문하여 사정을 알고 그 용맹을 아껴 특히 살인죄를 용서하였다. 그러고는 선전관을 임명하고 관례대로 변방 방위의 직책을 주어 동관[1]에 나가 있게 하였다.

우하형이 임기가 다 차서 동관에서 돌아올 때였다. 마천령에 올라

---

1) 동관潼關은 함경북도에 있다.

와 길가에 앉아 잠시 쉬고 있는데, 조그마한 소년 하나가 고운 색시를 데리고 와 길 왼쪽에서 쉬었다. 그 색시야말로 참으로 미인이었다. 그러자 문득 총각 하나가 올라오고 있었다. 생김새가 매우 흉악하고 독살스러워 보였다. 말에 십여 바리를 몰고 마루에 올라왔는데 모두 값진 천이었다. 총각이 미인을 연방 돌아보며 수상한 눈초리를 보내더니, 소년 앞으로 가서 물었다.

"저 미인은 누구요?"

소년이 대답하였다.

"내 안해일세. 왜 그러나?"

"내가 그대의 안해를 빼앗는다면 장부의 일이 아니니 청컨대 나와 씨름을 합시다. 그대가 나를 이기면 마땅히 이 말과 실은 물건을 다 그대에게 넘겨줄 것이고, 내가 이기면 그대의 안해를 내게 주기로 합시다."

"함부로 잘난 용맹을 믿고 남의 안해를 빼앗고저 하는구나. 에끼, 이 못된 놈!"

소년이 말했다. 이 말을 들은 총각은 선웃음을 치면서 말하였다.

"하룻송아지 죽을지 살지를 모르고, 요놈! 어찌 감히 나를 모욕한단 말이냐!"

그러더니 곧 왼발로 소년에게 발길질을 하였다. 소년은 몸을 날려 사뿐 뛰어 바른쪽으로 피해 앉았다. 총각은 또 바른쪽 다리로 소년을 바라보며 찼다. 소년은 또 몸을 살짝 돌려 왼쪽으로 피해 앉았다. 총각은 더욱 성이 나서 소년을 집어삼킬 듯이 두 주먹을 휘두르며 달려들었다. 소년은 두어 길씩 뛰어오르며 날래기가 원숭이같이 이리저리 막아 가면서 위아래로 차곤 하였다.

우하형은 이 광경을 보면서 들먹거리는 분을 참지 못하여 홱 일어나 소년을 도와주고 싶었으나, 총각 놈의 용맹에 겁을 먹고 기회를 보며 머뭇머뭇하고 있는데, 소년은 자주 우하형을 돌아보다가 문득 큰소리 한 번 치며 두 손으로 총각 놈을 들어 땅바닥에 메쳤다. 총각은 그대로 죽었다.

소년은 두 바리를 가지고 와서 우하형에게 사례하였다.

"공이 아니었던들 나는 죽었을 것입니다. 이 선물이 보잘것없기는 하지만 감히 정성을 표하오니 받아 주시기 바랍니다."

우하형은 허둥지둥 말하였다.

"나는 담이 작고 힘이 약하여 아무 도움도 주지 못하였는데 무슨 치하를 받겠소?"

"저 총각 놈은 정말 장사입니다. 내가 힘을 겨뤄서야 어디 그놈을 이겨 낼 수 있습니까. 공이 곁에 있어서 노기가 털끝까지 오르시고 더러 공의 몸이 땅에서 한 자씩이나 들먹거리는 것을 나는 보았습니다. 공도 장사인 줄을 알았으며 또 공이 곁에 있으니 반드시 나를 도울 것이라고 확신했기 때문에 내 담력이 더욱 커져서 비로소 놈을 쳐 눕힐 수 있었습니다. 이것이 공의 큰 은혜가 아니고 무엇이겠습니까."

말을 마치고 소년은 미인과 더불어 말을 몰고 갔다. 이부터 우하형은 항상 겸허하고 자중하여 감히 힘으로 남을 대하지 않았다.

## 영조 때의 금주령

영조 때 금주령이 몹시 엄하여 밀주한 자가 적발되기만 하면 예외 없이 사형이었다. 윤구연尹九淵은 병마절도사로서 밀주한 죄로 사형을 당하였는데, 그때 왕이 친히 숭례문에 나가 사형을 집행케 하고 머리를 베어 높이 달아매 두고 백성들에게 보여 경고가 되도록 하였다. 그러므로 관이나 민간에서나 무서워 떨며 감히 어기는 자가 별로 없었다.

당시 한 무관이 선전관으로 대궐 안에 들어가서 숙직을 하고 있었는데, 영조가 상방의 칼을 내주면서 엄명을 내렸다.

"내가 동촌 양반집 중에 밀주하는 자가 있다는 소문을 들었으니, 이 칼을 가지고 나가서 사흘 안에 머리를 잘라 오지 않으면 마땅히 이 칼로 네 머리를 베게 하리라."

엎드려 고개 숙이고 듣고 있던 무관은 등에 찬땀이 흘렀다.

그는 물러나와 아무리 궁리하여도 범인을 알아낼 실마리를 얻을 수가 없었다. 혼자 걱정하던 끝에 문득 묘한 생각이 떠올랐다. 좋아하는 기생 하나가 동촌 이화정 근처에 사는데, 거기 가서 알아보면 무슨 단서가 잡히겠지 하고 밤을 타서 기생집을 찾아갔다. 기생에게 우선 돈을 넉넉히 주었더니 좋아했다.

다음 날 밤이 되어 무관은 일부러 몸이 불편한 듯이 누워 짐짓 앓는 소리를 하기 시작하였다. 점점 고통이 심한 듯이 자리를 붙이지 못하고 팔짓, 다릿짓을 어지러이 하며 헛소리도 하고 고함도 질렀다. 기생은 놀라 병세가 크게 위급하다고 생각하고 어찌 된 일이냐고 물었다. 무관은 간신히 숨을 돌려 가며 말하였다.

"내 본래 담적[1]을 앓던 사람인데 가끔 이 병이 발작하게 되면 이렇게 위급하니 아무래도 나는 이 병으로 죽을 거야……."

"약을 써도 듣지 않나요?"

"다른 약은 별로 듣지 않고 오직 한 가지 약이 있어. 약주를 조금만 마시면 곧 멎곤 했는데 지금 어느 때라고 그것을 구할 수도 없고……. 에구, 죽겠구나……."

"좀 진정하세요. 제가 잠깐 나가 구해 볼게요."

이렇게 말하고 기생은 작은 병 하나를 치마 속에 감추어 가지고 나갔다. 무관은 가만히 일어나 칼을 몸에 감추어 차고 뒤를 밟아 쫓아 나섰다. 기생은 산기슭에 있는 한 오막살이로 가 거적문을 들치고 들어가더니, 잠시 있다가 술을 사 들고 나오는 것이었다. 무관은 쏜살같이 내달아 술병을 빼앗아 가지고 곧 그 집 바깥방으로 갔다. 한 소년 서생이 책상을 앞에 놓고 글을 읽고 있었다.

이때 무관은 급히 뛰어 들어가서 칼을 빼어 들었다.

"상감께서 몸소 내리신 엄명을 받들고 금주령을 어긴 그대의 머리

---

1) 가슴에 담이 몰려 생긴 병.

를 베러 왔노라."

소년은 놀라서 일어나 애걸하였다.

"집에 늙으신 어머니가 있는데 굶주림을 이기지 못하여 국법을 범하였으니, 어찌 감히 죄를 피하오리까? 다만 노모를 한 번 뵈옵고 죽으면 여한이 없겠소이다."

무관은 그 뜻이 가엾어서 허락하였다. 소년은 급히 안으로 들어갔다. 이윽고 곡소리가 울리더니 노부인과 며느리가 방문을 열고 들어왔다.

무관에게 인사한 후 노부인이 말하였다.

"밀주한 사실은 자식이 알 바 아니오며 오직 이 늙은것이 저지른 죄이오니 내 머리를 베어 주소서."

며느리도 울면서 나섰다.

"술은 제가 빚었으니 제 머리를 베소서."

또 소년은 자기 머리를 베라고 하여 세 사람이 한데 어울려 서로 머리를 내대며 죽기를 다투었다.

이 광경을 본 무관은 문득 술병을 쳐 깨치고 일어나면서 말하였다.

"내가 차라리 이 칼 아래 죽을지언정 어찌 차마 의로운 사람들을 죽이랴!"

그러고는 문을 열고 가 버렸다.

기약한 사흘이 다 되었다. 죽을 것을 각오한 무관은 대궐에 들어가 왕 앞에 아뢰었다.

"신이 동촌에 나가 곳곳이 밀탐하였사오나 법을 어긴 자 없사옵기에 이 칼을 돌려드리오니 황공하오나 신은 죽기를 청하옵나이다."

왕은 이를 불문에 부치고 말았다.

그 뒤 무관은 미관말직으로 벼슬살이를 하다가 십여 년 뒤에 비로소 백령도를 지키는 첨사 벼슬을 얻어 내려갔다. 때는 흉년이 든 까닭으로 술을 더욱 엄밀히 금하였다. 당시 황해 감사는 판서 이익보李益輔였다. 우연히 감영에 들른 무관에게 감사는 이런 말을 했다.

"귀 고을에 밀주하는 사람은 없는가요?"

무관은 그 대답으로 자기 체험을 말하게 되었다.

"이익이 있는데 어찌 밀주하는 자가 없을 수 있겠습니까. 저는 일찍이 십 년 전, 곧 병마절도사 윤구연이 밀주 사건으로 사형을 당한 직후에 선전관으로 숙직을 하고 있었습니다. 그때 상감의 엄명을 받들고 상방 칼을 가지고 동촌으로 나가 한 양반집에서 밀주한 증거를 잡아 쥐었습니다. 그러고는 곧 그 집 바깥방으로 들어가 보니 어떤 미소년이 한창 글을 읽고 있는 중이었습니다. 제가 칼을 빼어 베고저 하였더니 그 서생은 마지막으로 늙은 어머니를 뵙고 죽겠노라 애걸하기에 허락하였는데, 안에서 어머니와 안해가 쫓아 나왔습니다. 세 사람이 통곡하며 서로 제치고 자기 목을 내대면서 저마끔 자기 죄라고 죽기를 다투니 차마 어찌할 수가 있어야지요. 저는 단연 제가 죽기로 각오하고 돌아 나오고 말았습니다. 그러고는 상감께 밀주한 자가 없다는 뜻으로 아뢰었더니 하늘이 도와 처형을 면했습니다."

말이 채 끝나기도 전에 갑자기 감사의 얼굴에는 흥분하는 빛이 움직이더니 서기를 불러 귓속말을 하였다. 서기가 들어간 지 얼마 안 되어 안채에서 곁에 있는 사람들을 물려 달라는 전달이 나왔다. 무관도 사람들을 따라 일어나려 하자 감사가 말하였다.

"그대는 아직 좀 앉아 있으오."

이윽고 한 노부인이 중년 부인을 데리고 무관 앞에 나오더니 느껴 울며 말하는 것이었다.

"우리 모자와 며느리가 다 죽지 않고 오늘까지 살아온 것은 모두 당신 덕분입니다. 크신 은혜 갚을 길 없더니 어찌 오늘 여기서 서로 만날 줄 알았으리까."

무관은 그제야 비로소 이 댁이 십여 년 전 동촌 살던 그 댁인 줄을 깨달았다.

이부터 감사는 무관과 한집안처럼 지내고 우대하였으며 조정에 돌아간 뒤 힘껏 주선하여 무관의 벼슬이 통제사에 이르렀다.

# 첫날밤의 약속

참판 고유高庾는 제봉霽峯 고경명高敬命의 후손인데 대대로 광주光州에서 살아왔다. 그는 어려서 부모를 여의고 고향을 떠나 다니다가 고령현에 가서 어떤 시골집에서 고용살이를 하고 있었다. 일에 부지런하고 성실하므로 이웃들이 그를 사랑하여 이름을 부르지 않고 고 도령이라고 정답게 불렀다.

근처에 가난하게 사는 좌수 박 씨가 있었다. 그에게는 다만 딸 하나가 있었는데 딸이 매우 어질고 사리에 밝고 사람도 잘 알아보는 안목이 있었다. 그러나 집이 가난한 탓으로 나이가 차도록 혼인하자는 사람이 없었다.

하루는 고 도령이 좌수 박 씨와 더불어 바둑을 두게 되었는데, 고 도령이 박 좌수에게 은근히 말을 건넸다.

"좌수님, 우리 내기 장기를 두십시다."

좌수는 동의했다.

"그것 좋은 말이다."

"그러면 이렇게 합시다. 제가 지면 삯전 없이 좌수님네 일을 일 년 동안 해 드리고요, 좌수님이 지면 저를 사위 삼아 주시기로 합시다, 네?"

도령이 이렇게 말하였더니, 좌수는 벌컥 골을 내며 장기판을 탁 밀뜨리고 일어났다.

"에끼 이놈, 무슨 당치 않은 소리야! 원 당치도 않는 소리를……."

그러더니 화가 잔뜩 나서 가 버렸다. 고 도령도 겸연쩍어 가 버렸다. 이 광경을 보고 있던 좌수의 딸이 좌수가 안에 들어와 앉기를 기다려 공손히 물었다.

"아버지, 무슨 불편하신 일이 계셨기에 거듭 당찮다는 말씀을 하셨습니까?"

좌수는 허허 웃으며 말하였다.

"아, 저 고 도령 좀 봐라. 나더러 저를 사위 삼아 달라고 하니 당찮은 소리가 아니고 무어냐?"

"아버지, 고 도령이 지금은 천한 일을 하고 있지만, 사람이 매우 진실하여 모두들 칭찬하지 않습니까. 뒷날에는 잘될 사람입니다. 그를 불러 사위를 삼으신다면 우리 집에 다행한 일인데 무슨 당치 않을 것이 있습니까?"

좌수는 또 골이 몹시 나서 아무 말도 않고 나갔다. 마을에서 그 일을 알고 여럿이 술을 사 가지고 찾아와서 고 도령과 혼인하기를 극력 권고하였다. 좌수는 권고에 못 이겨 마침내 허락하였다.

혼인 첫날밤에 여자가 고 도령에게 간곡히 말하였다.

"제가 당신의 얼굴을 보오니 오래 고생은 안 하실 줄 생각됩니다. 하물며 당신은 선비의 자손이 아니십니까? 지금 머리가 이렇게 크신 분이 눈으로 글자 한 자 못 보시고 선조의 명망을 떨어뜨리고 계시오니, 청컨대 당신과 더불어 십 년을 기한으로 약속을 합시다. 저는 지금부터 날마다 무명을 낳아 살림을 장만하겠으니, 당신은 지금부터 집을 떠나 글공부를 부지런히 하여 과거에 급제한 뒤 다시 만나기로 서로 마음에 굳게 새깁시다. 그 기간을 십 년은 잡아야 할 것이오니, 십 년 안에는 서로 만나지 말기로 굳게 맹약하는 것이 어떨까요?"

여자의 말에 감동한 고 도령이 말하였다.

"그대의 말이 진실로 훌륭하오. 그러나 일의 성공 여부야 어떻게 속단하겠소?"

"아닙니다. 뜻을 세운 자 반드시 성공한다는 옛말을 기억하십시오. 진실로 성심을 다해 십 년을 하루같이 노력한다면 이루지 못할 것이 있으리까."

여자는 고 도령에게 용기를 북돋워 주었다. 고 도령은 안해의 격려에 감동받았다.

"그렇소. 그러나 맨 두 주먹뿐 학비가 없으니 어데 가서 공부를 하겠소? 그것이 막연하구려."

"첩이 이미 짜 둔 베 두어 필이 있으니 내다 팔면 우선 공부할 밑천이 될 수 있을 것입니다. 닭 울기를 기다려 지체 말고 빨리 떠나십시오."

안해는 말을 마치고는 옷을 주섬주섬 입고 일어나더니, 궤짝 문을 열고 베 두 필을 꺼내 주었다. 고 도령은 마침내 안해와 이별하고 결연히 떠났다. 아직 날이 새기 전이었다. 저자에서 베를 판 돈이 수십 냥이 되었다.

두루 이곳저곳 들러 서당을 찾았다. 합천 땅에 이르러 멀리 한 마을을 바라보니, 주변이 모두 깨끗하고 맑은 시내가 둘렀으며 늘어진 버들이 줄 지어 섰는데, 글 읽는 소리가 들려왔다. 고유는 매우 반가워하며 글 소리 나는 집을 찾아 들어갔다. 노인 한 분이 어린아이 너덧 명을 데리고 글을 가르치고 있었다. 고유는 곧 옷깃을 여미고 엎드려 절한 뒤 말하였다.

"소생은 어려서 부모를 여의고 자라서는 배움을 잃었사오니, 원컨대 선생님을 모셔 글을 배우고저 하나이다."

노인은 고유를 익히 보더니 물었다.

"그러면 일찍이 읽은 것은 무슨 책이었던고?"

"원래 읽은 것이 도무지 없나이다."

노인은 《천자문》을 내놓으며 말하였다.

"이것이 처음으로 글자를 배우는 책이니 우선 이것을 읽으라."

고유는 일어나 고쳐 인사하고 다시 꿇어앉아 가졌던 베 판 돈을 노인에게 드리면서 말하였다.

"약소하오나 이것으로 소생의 밥값으로 하여 주십시오."

노인은 말하였다.

"내가 밥을 파는 사람이 아니니 밥값은 걱정할 것 없거니와 앞으로 그대의 옷값으로 쓰는 것이 좋을 것이다."

이리하여 고유는 그 집에 머물러 살면서 《천자문》을 밤낮으로 부지런히 읽기 시작하였다. 여러 아이들은 머리통 큰 것이 《천자문》을 읽고 있다고 손가락질하며 웃었다. 그러나 고유는 알은체도 않고 계속 읽었다. 노인은 또한 고유의 열성을 가상히 여겨 성심으로 가르쳐 주었다.

고유는 침식을 잊고 밤으로 낮을 이어 오직 공부에만 힘쓴 결과 학업이 날로 늘어나서 오륙 년이 지났을 적에는 벌써 문장과 사색이 매우 깊어졌다. 노인은 기뻐하여 한편으로 과거 공부도 시켰다. 다시 몇 년 지나자 과거에 응시하기 위한 여러 가지 문체에도 모두 정통하여 비록 노숙한 스승과 선비라도 그를 따를 수 없었다. 노인은 만족한 웃음을 띠면서 말하였다.

"그대의 문장과 재주가 이렇듯 발전하였으니 이젠 과거에 응시할 실력이 넉넉하다고 생각하네."

그러나 고유는 자만하지 않고 혼자 이렇게 생각했다.

'내 공부는 아직도 부족하다. 지금 더 몇 년간 독서를 계속한다면 그때는 비로소 과거장에 나가 한 번에 장원할 자신이 설 것이다. 십 년이 되려면 아직도 몇 해가 남지 않았는가. 늦지 않았으니 더 공부하자!'

그리고 노인께 사례하고 해인사에 들어가서 여러 중에게 간청하였다. 자기는 가난한 선비인데 절의 방 한 칸을 빌려 몇 년간 책을 읽고 싶다는 것과 양식 준비가 없으니 매우 염치없는 일이지만 특별히 자비를 베풀어 십시일반으로 날마다 밥 한술씩만 먹여 주기를 바란다고 하였더니 여러 중들이 허락하였다.

고유는 그날부터 공부에 얼마나 열중하였던지 공부하다가 졸음이 오면 머리를 들보에 달아매고 다리를 송곳으로 찌르곤 하였다.

그리하여 처와 약속한 십 년 기한도 거의 차게 되었다. 때마침 숙종 대왕이 알성과를 베풀었다. 고유는 이제야말로 자기의 넓은 학문과 세련된 문장이 족히 문단에서 첫자리를 차지할 수 있으리라 자신하면서 과거장에 나갔더니 과연 병과에 합격하였다.

왕은 고유를 불러 보고 칭찬하며 물었다.

"그대는 누구의 후손인가?"

고유는 엎드려 고개 숙이고 아뢰었다.

"고 충신 고경명의 후손으로 아뢰나이다."

"제봉에게 손이 있었구나! 부모는 있느냐?"

"신은 일찍 부모를 여의고 이리저리 고향을 떠나 떠돌다가 영남에 가 있었사옵니다."

"가정을 이루었는가?"

왕이 다시 물었을 때 고유가 첫날밤 안해와 더불어 십 년간의 맹약으로 이별한 연유를 갖추 고하였더니, 왕이 물었다.

"집을 떠난 지 이미 십 년이나 되었는데 소식은 듣고 있었던가?"

"맹약이 있은 뒤부터 소식을 알려고 하지도 않았삽고 듣지도 못하였사옵니다."

왕은 감탄하여 마지않았다. 특별히 고령 현감으로 임명하고 말고삐를 끌 하인을 갖춰 주어 금의환향의 영예를 보이게 하였다.

고유는 왕께 은혜를 사례한 후 부임 도중에 따르는 사람들을 관사에 머물게 하고 해진 도포와 헌 갓으로 걸인 행색을 차리고 박 좌수의 집을 찾아갔다. 집은 이미 황폐하여 사는 사람이 없으며 마을의 집들도 몇 채 안 남았고 지난날 알던 사람은 하나도 없었다. 어떤 곁집 사람을 찾아 물어, 박 좌수는 이미 세상을 떠났고, 좌수의 외딸은 고 도령과 혼인한 첫날밤에 고 도령이 말없이 나가 십 년이 지나도록 생사를 알지 못한다고 하였다. 또 고 도령의 부인은 어질고 정숙하여 제힘으로 지금 수많은 재부를 모았으며, 이 산 뒤에 백여 집이 모여 사는 마을이 다 그 부인의 힘으로 되었다고 하였다. 그 부인을 고 도령댁이라고 하며 고 도령의 유복자가 지금 열 살인데 선생을 모셔다가 글공부를 시키고 있으며, 또 방금 걸인 잔치를 베풀어 고 도령의 소식을 널리 알아보고 있으니, 그곳에 간다면 반드시 술과 밥에 배도 불릴 것이고 노자까지 얻을 것이라는 말을 들었다.

고유는 안해의 지략에 깊이 탄복하면서 본현 관속들과 미리 약속하여 고 씨 집 근처에 모여 있다가 피리 소리가 들리거든 고 씨 집 앞에 일제히 와서 대령하라고 지시하였다.

고유는 고 씨 마을을 찾아갔다. 과연 집들이 즐비한데 그중에는 곡식 더미가 산처럼 쌓여 있는 백여 칸 기와집이 나무숲 사이로 어슴푸레하게 보였다. 고유는 '이 집이로구나.' 하고는 일부러 걸인인 척하며 그 집에 이르렀다. 걸인들이 넓은 마당에 그득 찼다. 고유는 곧바로 대청 위에 선뜻 올라섰다. 거기에는 늙은 훈장이 관을 쓰고 앉았으며 곁에는 책을 가진 어린아이 하나가 있었다.

고유가 말하였다.

"지나가던 걸인이 밥 한 끼 신세지기를 원합니다."

아이는 고유 앞으로 나와 공손히 절하고 말하였다.

"높으신 성함을 듣기 원합니다."

"내 성은 고가다."

고유가 대답하였더니 아이는 바삐 안으로 들어갔다가 다시 나와 말하였다.

"황송하오나 손님 처가의 성씨를 알려 주시기 바랍니다."

"우리 장인은 곧 박 좌수다."

이때에 부인이 문틈으로 내다보니 과연 고 도령이었다. 급히 아이를 불러 안으로 맞아들여 부부가 서로 붙들고 기쁨에 느껴 통곡하였다. 한참 만에 고유가 입을 열었다.

"내가 그때 집을 떠나 정처 없이 가다가 도둑을 만나 노잣돈을 빼앗기고 빈손으로 두루 서당을 찾아다녔으나 사람마다 머리를 흔드니 별 도리 없이 떠돌아다니며 이 모양대로 문전걸식을 했을 뿐이구려! 창피하지만 그래도 약속한 십 년이 되었으니 이 꼴을 하고라도 돌아왔지 어찌하겠소. 그러나 부인은 약속한 대로 성공을 했는데, 나는 걸객으로 굴러다니니 어찌 차마 얼굴을 들겠소."

부인은 웃으면서 말하였다.

"무릇 사람의 일이란 마음대로 되는 것이 아닙니다. 내 지금 쌓인 곡식이 수천 석 있으니 이만하면 평생의 의식이 족합니다. 이 밖에 또 무엇을 더 구하오리까. 아무 염려 마세요."

이어 술상을 드리니 고유가 말하였다.

"나와 함께 온 사람들이 밖에서 기다리고 있을 텐데 이것을 내보내 주면 좋겠소."

부인은 일 보는 사람을 시켜 다시 한 상을 잘 차려 내보내 주었다. 곁에서 보는 사람들이 입을 막고 서로 마주 보며 웃었다.

고유가 관속들과 미리 약속하고 대기시켜 두었던 터라 술상이 나가자 피리 소리가 들리더니 관속들이 일제히 모여들어 고유와 부인에게 문안을 드렸다. 온 마을 사람들이 까닭을 몰라 떠들며 법석댔다. 부인은 웃음을 띠면서 말하였다.

"공이 성공하고 돌아오신 줄 내 이미 알았는데 무슨 까닭으로 걸인 행색을 하셔서 속이고 있었습니까?"

고유는 껄껄 웃으며 관복을 갈아입고 사랑에 나가 앉아 관속들의 문안 인사를 일일이 받았다. 다음 날 소 잡고 술 빚어 멀고 가까운 곳의 남녀노소를 모두 불러 큰 잔치를 차렸다. 자리에서 부인은 일어나 이렇게 말했다.

"사람이 원하는 바를 하늘이 들어주어 우리 부부가 저마끔 옛날의 맹약을 이루고 십 년 뒤 오늘에 다시 모여 단란케 되었습니다. 공은 이미 출세하셨고 저도 부자가 되었습니다. 여기에는 물론 멀고 가까운 여러 분께 힘입은 바가 큽니다. 지금 제가 재물을 쌓아 두고 헤칠 줄 모른다면 이는 사람의 도리라고 할 수 없습니다. 어찌 우리 지방의 가난한 사람들을 위하여 헤치기를 아끼오리까."

고유는 부인의 말에 무릎을 치고 감탄하면서 말하였다.

"부인의 말이 진실로 옳소이다. 내 어찌 찬동하지 않으오리까."

이리하여 뜰 한복판에 돈과 곡식을 산같이 내다 쌓아 놓고 그 자리에서 가난한 사람들에게 나누어 주었다. 남녀노소가 즐겁고 기뻐 춤추고 뛰놀며 칭송이 우레와 같이 장내를 흔들었다.

고유는 부인과 더불어 부임한 지 얼마 안 되어 정치를 잘함으로써 조정에 알려져 경상 감사로 벼슬이 올랐다가 뒤에 참판에 이르렀다. 영남 사람들은 지금까지 미담으로 전하고 있다.

## 열부의 한을 풀다

인조 때 한 이름 있는 선비가 있었다. 안해가 매우 어질고 사리에 밝으며 지조가 있었다. 부부가 매우 정다웠으며 아들 하나를 낳았는데 또한 총명하였다.

병자년 난리를 당하여 부부가 아들을 이끌고 황망히 샛문을 빠져나와 성 밑을 따라 달아나던 차에 길을 막고 달려드는 적병에게 결국 붙잡혔다. 적병은 안해를 빼앗고 선비와 아이는 그 자리에서 죽이려 했다. 이 위급한 순간에 두 생명을 구하기 위하여 안해는 두 손길을 곧추 모아 들고 수없이 애걸하였다. 그리하여 적병은 안해만 말에 실어가고 선비는 아이를 업고 달아났다.

그 뒤 선비는 벼슬이 재상에 이르렀으나, 늘 그 안해가 적병한테 가서 절개를 잃었다고 생각하여 아들을 몹시 박대하고 있었다.

같이 재상 자리에 있는 친구가 하루는 자리에 함께 앉아 있다가 재상이 아들 학대하는 것을 보고 까닭을 물었다. 재상은 병자년의 일을 이야기하고 안해가 절개 잃은 것을 탄식하였다.

친구는 이야기를 듣고 놀라면서 물었다.

"공이 그날 적병을 만난 것이 성 서쪽 비각 아래였지요?"

"그랬소."

재상이 대답했다. 친구는 탄식하면서 말하였다.

"아! 그렇게 열렬한 열부를 지금까지 공이 의심해 왔단 말씀인가요? 만일 내가 이 일을 보지 않았다면 그 절개를 지킨 행실이 사라져 전할 이가 없을 것이니 지하에서 영원히 풀지 못할 한이 될 뻔하였구려! 나도 그날 피난하여 모화관까지 가서 대청마루 밑에 엎드려 공이 당한 일의 자초지종을 다 보고 있었소. 공이 아들을 업고 도망갈 적에 거리가 좀 멀어지자 공의 부인은 별안간 적병을 뿌리치고 스스로 말에서 떨어졌다우. 성이 왈칵 난 적병은 칼로 공의 부인을 사뭇 찔러 참혹히 죽이고 가 버렸소. 나는 그 절개를 경탄하여 적병이 멀리 간 뒤 그 시체를 업어다가 곁에 있던 마른 우물 속에 넣고 흙과 돌로 덮었습니다. 이미 서너 해가 지난 오늘 공의 말을 듣고 생각하니 비로소 공네 일인 줄 깨닫게 되었소그려! 아마 부인의 시체가 아직 그 마른 우물 속에 있을 것입니다."

재상은 듣고 깜짝 놀랐다. 급히 모화관 마른 우물 자리로 달려갔다. 흙과 돌을 파내고 보니 처는 온몸이 피투성이로 되었으나 얼굴은 살아 있는 듯하였다. 재상은 시체를 어루만지며 통곡했다. 관과 옷을 갖추어 안장했다.

그 뒤부터 아들을 안해가 살아 있을 때와 마찬가지로 사랑하였다.

## 유복자의 상봉

인조 병자년 섣달에 있던 일이다. 서울에 한 재상의 아들이 혼인한 첫날밤이었는데, 적병이 갑자기 쳐들어왔다. 위급한 정세는 신혼부부에게 단꿈을 용허하지 않았다. 신랑은 뒷날 신표로 삼으려고, 찼던 패옥을 꺾어 신부와 한 조각씩 나누어 가지고 황급히 흩어졌다. 신랑은 대문 밖에 나서자 피할 사이도 없이 적병에게 붙잡혀 마침내 적국으로 끌려가서 포로 생활을 하게 되었다.

그는 수십 년 만에 비로소 포로 생활에서 도망하여 중으로 변장하고 고국으로 돌아왔다. 그러나 살던 옛집은 빈터만 남아 있고 집안의 일은 물어도 아는 사람이 없었다. 중으로 차린 그는 발걸음을 돌려 선조의 산소를 찾아갔다. 거기에는 전에 없었던 새 무덤 하나가 있고 옆에 세운 비석에는 이렇게 쓰여 있었다.

"병자년 난리를 당하여 부부가 서로 헤어진 지 이미 여러 해 지났으나 남편의 존망을 알 수 없다. 유복자가 있어 이미 과거하고 벼슬이 재상에 이르렀다. 아들은 아버지의 의복과 신발을 묻고 아버지를 추모한다."

이것을 본 중은 가슴에 감동이 북받쳐 울음을 터뜨렸다. 묘지기가 울음소리를 듣고 이상히 생각하여 급히 달려와서 까닭을 물었다.

중이 말하였다.

"나도 젊었을 때 지내온 일이 대략 이와 같아서 이 비문을 보니 슬픔을 참을 수가 없구려. 이 무덤의 주인댁은 지금 어디 있는가요?"

묘지기가 대답하였다.

"이 무덤의 주인공은 난리 중에 부인과 흩어진 뒤 적병에게 붙잡혀 적국으로 갔다는데 수십 년이 지나도록 소식을 알 수 없고, 다만 전하는 말이 적병에게 죽었으리라 합니다. 부인은 천행으로 유복자가 있어 그이가 소년에 등과하고 지금 전라 감사가 되었다오. 부인의 춘추가 벌써 오십이 가까운데 아직도 건재하시지요. 이 무덤은 적병한테 잡혀간 양반을 위하여 얼마 전에 헛무덤을 짓고 비를 저렇게 세운 것이랍니다."

중은 이 말을 들으면서 다시금 감회에 젖어 눈물을 주르르 흘리곤 하였다. 이렇게 자기 집 사정을 대강 알게 된 중은 호남으로 내려가 전주 감영에 들어가서 감사에게 진정서를 들였다.

"소승 아무개는 본디 양반의 후손으로 서울 아무 곳에 살았사오며 열여섯 살 때, 곧 병자년 섣달 아무 동 아무 씨에게 장가들었나이다. 바로 첫날밤에 적병이 쳐들어와 안해와 헤어진 뒤 적병에게 붙잡혀 갔다가, 지금에야 도망하여 돌아왔나이다. 듣삽건대 안해가 아직 건재하오며 유복자가 호남에 있다 하오니 굽어 살피시사 이미 잃었던 가정에 다시 단란함을 찾아 주시옵기를 엎드려 울며 천만 번 바라옵니다."

감사는 이 글을 다 보고는 가슴이 뭉클하고 슬퍼서 급히 중을 불러 가까이 보았다. 흰 얼굴, 후리후리한 골격, 점잖은 기풍에 조금도 천박한 티가 없었다. 감사는 문득 마음에 느껴지는 게 있어 물었다.

"대사가 잃은 부인은 나이가 지금 얼마이겠습니까?"

중은 점점 가슴이 미어지며 눈물이 비 오듯 하였다. 감사의 얼굴을 유심히 쳐다보면서 대답하였다.

"소승과 동갑이지요."

"원컨대 대사의 집안 내력을 듣고저 합니다."

감사가 말하자 중은 주머니 하나를 품에서 꺼내어 감사에게 주면서 말하였다.

"이목이 번다하오니 여기서 말할 수는 없소이다. 소승이 아이 적에 족보를 적은 것이 여기 들어 있사오니 이것을 드리나이다."

감사가 받아 보니 중은 곧 죽은 줄 알았던 자기 아버지였다. 그러나 더 알아보지 않고서는 아직도 믿을 수 없어서 중을 따로 뒷방에 머물게 하고 접대를 잘하였다.

그 뒤부터 감사는 침식이 달지 않고 얼굴이 야위었다. 어머니는 걱정되어 물었다.

"내가 병자년 난리에 죽지 않고 지금까지 살아온 것은 오로지 너 때문이다. 지금 네가 무슨 말 못 할 걱정이 있기에 침식을 전폐하고 모습이 이렇게 야윈단 말이냐?"

감사는 슬픔이 먼저 가슴에 북받쳐 말을 못 하다가 비로소 중의 진정서 사연과 족보를 낱낱이 고하였다. 어머니는 하염없이 눈물을 흘리며 말하였다.

"이 중이 어찌 네 부친이 아니겠느냐. 내가 그를 직접 보면 한마디로 의혹을 풀 수 있으니 빨리 보게 해다오."

감사는 마침내 중을 청해 들였다. 감사의 어머니는 주렴을 늘이고 안에 앉았고 중은 주렴 밖에 앉았다.

"대사의 진정서와 족보를 보고 모두 의심할 게 없다고는 생각하오나 대사께서도 지금 늙으셔서 옛날 모습이 아니시니 얼른 믿기도 곤란합니다. 대사께서 안해와 더불어 이별하실 때 뒷날 증거가 될 만한 물건이 없었으리까?"

부인의 말이 채 끝나기도 바쁘게 중은 주머니 속에서 패옥 반쪽을 꺼내어 부인에게 주면서 말하였다.

"이것이 안해와 이별할 때 나누어 가진 바로 그 신표입니다."

부인이 또 발 안에서 자기가 지니고 있던 패옥 반쪽을 내어 맞춰 보니 조금도 틀림이 없었다. 부인은 눈물을 뿌리면서 말하였다.

"이것도 맞습니다. 이 밖에 또 다른 믿을 만한 일이 없으신지요?"

중은 한참 생각하더니 말하였다.

"예, 있습니다. 지금에야 비로소 생각납니다. 첫날밤 처와 함께 누웠을 때 처에게 콩알만 한 검은 사마귀가 있기에 소승이 여자로서 검정 사마귀가 있으면 반드시 귀한 아들을 낳는다고……."

말을 마치기도 전에 부인은 와락 일어나 발을 제치고 뛰어나오며 통곡하면서 말하였다.

"이분이 바로 네 아버지다, 아버지!"

이리하여 감사는 중에게 절하고 울며 온 집안이 울었다.

감사는 왕에게 상소를 올려 난리 중에 잃었던 아버지가 살아 돌아온 사실을 아뢰었더니, 왕이 매우 신기하게 여기고 중에게 특별히 가선대부를 주었다. 그리하여 그는 부인과 더불어 삼십 년간 해로하였으며 아들도 하나 더 낳았다.

## 논개와 그를 읊은 시

임진년 난리 때 진주성이 포위되었다. 이 성을 목숨 걸고 지키고자 결의를 다진 장수 박진朴晉과 김시민金時敏의 힘찬 항전으로 여러 번 패한 왜군은 분이 털끝까지 올라 날뛰었다. 적은 이번에는 한 번에 쓸어버리려고 대병을 더욱더 집중 투입하여 맹렬히 공격하였다. 고립된 성은 마침내 함락되었다. 최경회崔慶會, 김천일金千鎰 등 여러 장령들이 죽었으며 그날 죽거나 다친 자가 무려 칠만 명이나 되었다.

이때 기생 논개論介는 홀로 짙은 화장에 화려한 의상을 차려입고 촉석루 아래 깎아지른 듯한 바위 위에 오뚝 서 있었다. 누에서 내려다보면 천 길이나 되는 벼랑이었다. 왜군 졸병들은 감히 다가갈 생각도 못 하였다. 왜장 중에서 가장 용맹하다는 놈 하나가 벼랑 바위 틈에 붙어 밟아 내려갔다. 논개는 거짓 웃음을 띠고 반겼다. 왜장은 논개를 희롱하였다. 논개는 이때를 타서 왜장의 허리를 바싹 껴안고 강에 떨어져 죽었다.

나중에 사람들이 논개를 생각하여 그 바위를 '의로운 바위〔義巖〕'

라 하였다. 조정에서는 그 옆에 사당을 세우고 해마다 유월 그믐 성이 함락된 날에 목숨 바친 여러 장수들과 아울러 제사를 지낸다.

내가 남쪽 고을에 있을 때 그 제삿날 진주에 갔다. 촉석루에 올라 붙은 현판을 하나하나 둘러보았으나 거기에 의로운 바위 사적을 읊은 사람의 것은 하나도 없었다. 나는 매우 슬펐는데, 이날 밤 꿈에 한 여자가 나타나 의로운 바위 위에서 놀았다. 나는 더욱 논개를 생각하면서 '의로운 바위 노래'로 칠언 장편을 지어 촉석루 벽에 걸었다.

시는 이러하다.

의로운 여자 바위 높고 높아
강 언덕에 우뚝 섰네.
위에는 백 척 누각이 날고
아래는 천 길 강물이 흐른다.

옛날 임진 구월의
왜란을 잊을쏘냐.
진주성 포위되어
지구전 장렬터니

뭇 왜놈 몰아들어
포화가 터져 날고
고립무원 혈전 끝에
결국 함락되었구나.

골목골목 쌓인 시체
피 흘러 냇물인데
칠만 명 열사 중에
세 사람 일컫지만

의롭고 매운 이로
창기 출신 또 있으니
그 이름 논개로서
얼굴은 꽃 같았네.

구차히 살자 하면
더러운 욕 부끄럽고
이미 죽을 작정이면
적의 칼에 왜 죽으리.

치마를 걷어잡고
남강 위에 곧바로 가
벼랑 위에 홀로 서니
누가 감히 범할쏘냐.

곱게 곱게 차린 맵시
물에 비쳐 아리땁고
비단 소매 나풀나풀
바람에 풍기누나.

촉석루 담에 붙어
굽어보던 왜적들이
모두 다 혼을 잃고
부질없이 애만 태우네.

그중에 왜장 한 놈
날쌔기로 유명하니
바위틈 붙어 내려
빠르기 다람쥐라.

그놈이 앞에 오니
짐짓 웃어 반기다가
허리 안고 빙글 돌아
강에 뒤척 떨어졌다.

군사 한 명 수고 없이
적의 괴수 죽이기를
한 기생 능히 할 줄
뉘라서 알았으리.

여자로서 이러하니
죽었어도 영화로다.
꽃다운 그 이름이
청사에 남아 있네.

사당에 자리하고
제사도 베푸나니
화류 세계 빛을 날려
교훈 될 일이 떨쳤더라.

그대들은 모르는가
송나라 의기 모석석을.
나라 위해 죽음 바쳐
적의 간담 떨우니라.

기개를 가진 사람
귀천이 왜 있으리.
하물며 논개 그는
여인 중 걸출이라.

내 이제 그를 아껴
촉석루에 올랐더니
온종일 풍류 소리
객의 수심 돋우누나.

아직도 꽃다운 넋
바위 가에 서 있는 듯
만고에 산은 푸르고
의연히 강은 흐른다.

義娘巖今高復高　石臺如盤面江皐

上聳百尺之飛閣　下臨千尋之層濤

憶昔龍年値陽九　晉陽被圍相持久

羣倭蝟集皺火飛　肉薄登城恣蹂躪

積死塡巷血流津　七萬人中穪三人

是時英烈出娼家　其名論介顔如花

偸生還耻遭汚辱　引頸寧俟賊刃加

褰裳直到南江上　獨立峭岩誰與抗

紅粧艶治照水姸　翠袂婹娜隨風颺

緣崖粉堞俯澄湖　賊皆環視空踟躕

中有倭酋號驍勇　躡下層梯捷如樾

方其來前佯歡喜　抱腰回旋飜投水

殲厥巨魁不勞兵　豈知一妓能辦此

蛾眉到此死有榮　至今汗靑留芳名

廟門綽楔仍且豆　教坊生色揚風聲

君不見宋朝義娼毛惜惜　爲國效死奮罵賊

正氣鍾人無貴賤　又況介娘超巾幗

今我試登矗石樓　盡日絲管添客愁

尙想芳魂遊巖畔　萬古山靑江自流

## 남이와 강순의 죽음

남이南怡는 세조 때 사람으로 뛰어나게 용맹하여 무과로 출세하였는데 세조가 그 용맹을 사랑하여 병조 판서로 삼았다.

이시애의 반란이 있을 때였다. 남이가 밤에 총부[1]에 앉았다가 말하였다.

"별의 변화가 있으니 이는 앞으로 낡은 것이 제거되어 새것으로 바뀌는 일이 있을 상징인가 보다."

이것을 들은 간신 유자광柳子光은 본래 남이를 꺼리던 판이라 이 말을 왜곡하여 당시 세자였던 예종에게 반란을 꾀한다고 거짓으로 고발하였다. 예종도 남이를 좋아하지 않던 까닭에 곧 옥에 가두고 장차 국문하게 하였다.

남이는 옥중에 들어앉아 혼자 생각했다.

'내가 지금 이 용맹을 가지고 하필 원통히 죽을 게 있는가?'

그가 마침내 큰 칼과 족쇄를 벗어던지고 몸을 솟구쳐 지붕에 올라

1) 총부摠府는 병조의 청사.

도주코저 할 즈음이었다. 문득 뒤에서 어떤 사람이 남이의 옷을 꽉 밟고 서서 말하였다.

"공은 어디로 달아나려오? 비록 천 리라도 내 응당 쫓아가서 붙잡을걸요!"

남이는 말하였다.

"내가 너와 평소에 아무 원수진 일이 없는데 어찌하여 급한 나를 붙잡는단 말이냐?"

"나는 옥졸입니다. 내 용력이 공의 수십 배나 되지만 아직도 옥졸로 묻혀 있거늘, 공이 망령되게 하찮은 용력을 믿고 이 세상에 나와서 벼슬을 하고 있으니 어찌 화를 면할 수 있으리까."

이렇게 말하는 옥졸의 말에 남이는 벗어나지 못할 줄을 알고 다시 옥중에 들어가 갇혔다.

예종은 친히 국문을 하였다.

"누구와 더불어 공모했느냐."

남이는 대답하였다.

"영상 강순康純과 공모하였나이다."

강순은 대신으로 국문에 참가하였던 그 자리에서 체포되어 남이와 함께 수레에 실려 사형 집행장인 서시로 나가게 되었다.

강순은 남이를 돌아보며 말하였다.

"너는 왜 나를 무고해서 생사람을 죽인단 말이냐?"

남이는 웃으면서 말하였다.

"너는 영상의 몸이 되어 내가 죄 없음을 알면서도 구해 주지 않으니 너도 억울한 죽음을 하는 것이 마땅치 않느냐?"

강순은 말이 없었다. 둘이 함께 사형을 받았다.

순조 경진년 상국 남공철이 상소하여 그해에 비로소 억울한 죄를 벗기고 아울러 시호를 주고 관직도 회복시켰다.

# 용산강의 낚시꾼

## 청구야담

《청구야담靑丘野談》은 작자와 연대를 알 수 없으나, 19세기 중반쯤으로 짐작한다. 하층민이 겪는 사회적 갈등에 깊은 관심을 보였으며, 양반의 사건과 행동을 다룰 때도 하층민을 다룰 때와 다르지 않다. 내용이 풍부하고 세태 묘사가 자세하며 수법이 탁월해 소설의 경지에 다가갔다.

# 산삼 캐러 간 세 사람

경기도 영평에 산삼 캐기로 업을 삼는 김 아무개가 살고 있었다.

하루는 그가 산삼을 캐는 두 동무와 함께 백운산 가장 깊은 곳에 들어갔다. 높은 벼랑에 올라 아래를 굽어보니 암벽은 사면으로 깎아지른 듯하여 마치 말을 젖혀 놓은 모양이었는데, 그 가운데 산삼이 더북더북 수두룩이 퍼져서 자라나 있는 것이 퍽 아름다웠다. 세 사람은 한편 놀랍고 한편 기뻐하였으나 발붙일 곳 없는 높은 절벽을 내려갈 수가 없었다.

그들은 궁리한 나머지 마침내 지혜를 내었다. 칡을 끊어 사람이 들어앉을 만치 큼직한 둥구미를 얽고 거기에 칡으로 꼰 줄을 달아 김 아무개가 그 안에 들어앉고, 두 사람은 위에서 줄을 드리워 절벽 아래로 내려가게 하였다. 김 아무개는 그 탐스러운 산삼 숫밭에서 산삼을 마음대로 캐어 여남은 단을 묶어 둥구미 안에 담아 넣고는 위에 있는 두 사람에게 끌어올리게 하였다. 위에 있는 두 사람은 산삼만 끌어올리고는 둥구미를 내던지고 가 버렸다.

김 아무개는 다시금 사방을 돌아보았으나 깎아 세운 듯한 천 길

절벽을 나는 새가 아니고는 나갈 수가 없었다. 게다가 먹을 것도 없으니 남은 산삼만을 캐 먹을 뿐인데 간혹 팔뚝만큼 굵은 것도 있었다. 익은 음식은 먹지 못하고 날 산삼만 먹고 지낸 지가 이미 예닐곱 날이나 되었으나, 기운만은 매우 든든하였다. 밤에는 바위 밑에서 자면서 백 가지로 생각해 보았으나 도무지 나갈 방법은 없었다.

하루는 바위 위를 바라보노라니 큰 구렁이 한 마리가, 김 아무개가 누워 있는 데로 내려오고 있었다. 김 아무개는 이제는 별수 없이 구렁이 밥이 되는구나 하였다. 그랬는데 구렁이는 자기 앞으로 그대로 지나가더니 둥구미 줄이 드리웠던 석벽으로 올라가 꼬리를 김 아무개 앞에 내려뜨리는 것이었다. 길이가 십여 장이나 되었다. 구렁이는 이상하게도 그의 앞에 닿는 제 꼬리로 계속 툭툭 쳤다. 그는 생각하였다.

'이 구렁이가 사람을 보고 물지도 않고 움직임이 수상하니 아마 나를 구해 주려는 게 아닐까?'

그리하여 구렁이에게 죽을 셈 치고 그는 마침내 허리띠를 풀어 자기 몸을 구렁이의 꼬리에 든든히 비끄러매었다. 그제야 구렁이가 제 꼬리를 힘 있게 한 번 휘둘러 올리니 어느덧 김 아무개의 몸을 벌써 절벽 위에 올려놓았다. 구렁이는 스스로 숲 속으로 사라져 버렸다.

김 아무개는 그것이 신령스러운 것으로 알고 감격하면서 길을 찾아 내려가는데, 동무 두 놈이 다 같이 큰 나무 아래에 쭈그리고 앉아 있는 것이 멀리서 보였다. 김 아무개는 그들에게 외쳤다.

"너희는 아직도 여기 있느냐?"

그러나 그들은 아무 대답이 없었다. 가까이 가 보았더니 그들은 이미 죽은 지 오래였고 산삼은 하나도 없어지지 않고 두 사람 옆에 고스란히 남아 있었다. 죽은 까닭을 알 수 없으나 김 아무개는 산에서 급히 내려와 두 사람의 집으로 찾아갔다.

"두 사람과 더불어 삼을 캐어 가지고 함께 내려오다가 두 사람이 모두 구토 설사로 죽었으니 아마도 음식을 잘못 먹은 게 아닌가 생각합니다. 캔 삼은 비록 세 사람이 고루 나누어야 할 것이지만 어찌 나누어 받겠습니까. 두 집에서 나누어 장례비에나 보태 쓰십시오."

이렇게 그 집 사람들에게 말하고 산삼을 한 뿌리도 가지지 않았을 뿐만 아니라 두 사람이 저지른 못된 짓은 입 밖에 내지 않았다. 두 집에서는 모두 김 아무개를 믿는 터라 의심치 않고 장사를 잘 치렀다.

그 뒤 김 아무개는 나이 아흔이 되도록 건강하기가 젊은이와 같았고 아들 다섯을 낳아 모두 부유해졌으며 후손들이 번성하였다. 김 아무개는 백 살 가까이까지 병을 모르다가 죽었는데, 죽을 때 비로소 산삼 캐던 일을 아들들에게 말하면서 유언하였다.

"무릇 사람이 죽고 사는 것과 부귀는 의리에 어긋남이 없게 해야 하나니 너희들은 결코 나쁜 생각을 내어 의리에 어그러짐으로써 두 사람처럼 되는 일이 없게 하라."

# 세 시체를 묻어 준 무인

호남에 한 무인이 있었는데, 그는 어려서 과거를 보아 일찍이 급제도 하였고 집안 재산도 적이 넉넉하였다. 그는 벼슬길을 구하기 위하여 해마다 서울 왕래를 하였다. 그럴 때마다 옷도 잘 차려입고 수렛짐 장사도 잘하였다. 그래서 번 돈과 귀중한 물건들을 한 바리씩 싣고 가서 양반집과 건달배들에게 뇌물과 비용으로 쓴 것이 실로 막대하였다. 그러나 언제나 헛구멍만 뚫고 아무 실효를 보지 못하고 한 해 또 한 해 그러는 동안에 가산을 탕진하였다.

그리하여 벼슬 구하기를 단념하고 농사에 마음을 기울이려고 하였다. 그러나 집안사람들은 원망하고 마을 사람들은 비웃었다. 천금을 탕진하고도 한낱 말단 벼슬도 얻어 하지 못하니 남의 손가락질에 나다닐 면목도 없었다.

그는 부끄럽고 원통하기도 하였다. 고민한 끝에 마침내 마지막 결심을 다지고 조금 남은 논밭을 마저 팔아 수백 꿰미의 돈을 마련하여 가지고 다시 서울로 올라가 기필코 벼슬을 구하기로 하고 기운차게 길을 떠났다.

충청도 지방에 이르렀을 때였다. 날은 저물어 가고 앞에 주막은 먼데, 한 조각 검은 구름이 일어나더니, 삽시간에 하늘을 덮고 폭우가 쏟아지며 천둥 번개가 심하여 어찌할 바를 모를 즈음에, 멀리 한 마을이 나무숲 새로 보였다. 길을 간신히 찾아서 말을 급히 몰아 그 마을 어떤 집에 가서 하룻밤을 머물게 해 달라고 청하여 사랑에 들어가게 되었다.

저녁밥을 먹고 나서 주인과 더불어 이런 이야기 저런 이야기로 밤이 가는 줄을 몰랐다. 그런데 문득 멀리서 여자의 울음소리가 들려왔는데 매우 처량하였다. 무인은 놀라 주인에게 물었다.

"밤중에 웬 여자의 울음소리가 저리도 처량합니까?"

주인이 대답하였다.

"여기서 한 마장쯤 떨어진 곳에 몇 년 전에 한 양반이 와서 살고 있었는데, 늙은 부부와 아직 혼인하지 않은 아들딸 네 식구였습니다. 집안이 퍽 가난하여 영감이 품팔이로 그날그날 연명하여 오다가 얼마 전에 그 늙은 부부와 아들이 한꺼번에 다 죽고 어린 딸만 남았습니다. 친척도 없고 재산도 없어 송장 셋을 어찌할 도리가 없게 되었으니, 이는 그 처녀의 곡소리일 것이외다."

이 말을 들은 무인은 참혹한 정경이 눈앞에 선하여 밤이 늦도록 잠을 이루지 못하다가 날 밝기를 기다려 처녀의 집을 찾아갔다. 그 집은 찬바람이 휘돌며 고요하였다. 무인이 주인을 찾자 안에서 가느다란 여자의 목소리로,

"이렇게 가난하고 구차한 사람을 어떤 어른이 찾으시오니까?"

하고 간신히 대답하면서 슬픔에 지친 처녀가 나와 그를 맞았다. 처녀는 비록 주림과 슬픔에 지치고 풀어헤친 머리, 땟국이 흐르는 얼

굴, 해진 옷이 몸을 가리지 못하였으나 타고난 자질이 맑고 아름다워서 눈앞의 험악한 불행도 그것을 빼앗지는 못하였다.

무인은 그 집 형편을 자세히 들은 뒤 행장에서 돈을 꺼내어 자기 하인을 시켜 장례에 쓸 천과 관을 사서 염습하고, 그 집 뒤뜰에 시체 셋을 차례로 묻게 해 주었다. 그리고 무인은 외로운 처녀가 의탁할 데를 찾아 주기 위하여 친척이 있는지 물었다.

처녀는 대답하였다.

"외삼촌이 있사온대 성명은 아무개요, 아무 고을 아무 데 산다 하오나 혈혈단신 어린 몸으로 먼 길에 갈 수도 없삽고, 지금 대인의 은덕으로 부모 동생의 시체를 묻었사오니 제 망극한 통한은 끝났사오이다. 다시 무슨 한이 있사오리까. 다만 죽음이 있을 뿐이오며 다른 길은 없사오이다."

무인이 좋은 말로 위로하고 곧 가마를 세내고 가마꾼을 얻어서 처녀를 태워 호남 외삼촌 집으로 데려다 주었다. 그러고 나니 떠날 때 수백 꿰미던 노자가 십여 꿰미 남았을 뿐이었다.

모자라는 노자를 보태기 위하여 어쩔 수 없이 말을 오륙십 냥에 팔고 걸어서 구차하게 서울로 올라갔다. 여관을 정하고 지난날 친지들을 찾으니 궁한 행색을 본 그들은 모두 냉대할 뿐 누구도 즐겨 벼슬길을 주선해 주는 사람이 없었다. 정사[1] 때를 맞아도 활과 살을 준비할 힘조차 없으니 시험에 참가할 수도 없고, 힘 있는 연줄도 없었다. 그래서 생각다 못해 병조 판서에게 한번 진정이나 해 보려고 기회를 엿보았다. 그러나 그것도 쉽지 않았다.

1) 각급 관청에서 결원을 보충하는 때.

이리하여 이렁저렁 번뇌와 수모 속에서 벌써 오륙 년 세월이 흘러갔다. 이렇게 되고 보니 여비 떨어진 지는 이미 오래되었다. 외상 밥을 먹으며 당하는 수모란 이루 말할 수 없거니와 옷을 지어 입을 길도 없었다. 시골로 돌아가자니 면목이 없을 뿐 아니라 노자가 없어서도 갈 수가 없었다. 과연 진퇴유곡의 궁지에 빠졌다. 막다른 골목에 선 그는 마지막으로 한번 병조 판서를 직접 만나기로 결심하였다. 그리하여 그는 몇 번이나 거듭 병조 판서 집 앞을 가 보았으나 손님이 있다 하여 또는 사고가 있다 하여 명함도 받아 주지 않았다.

소문을 들어 보니 병조 판서의 아버지 동지 공이 나이 여든이 지났으나 기력이 아직 왕성하며 뒷사랑에 거처하고 있다는 것이었다. 그래서 그는 그 노인이라도 만나 보면 혹시 무슨 수가 생길까 하고 가 보았으나 단속이 지극히 엄한 데다가 달리 들어갈 도리도 없었다.

그 집 문 앞에서 온종일 방황하다가 마침내 어둡기를 기다려 뒤뜰이 조용하고 사람이 없는 틈을 타서 얼핏 대문 안에 들어가 재빨리 빈 행랑에 숨어 가만히 집 구조를 살피면서 눈짐작을 해 보았다. 대문 안의 뜰이 깊고 복잡하여 확실히 알 수는 없으나 그리 높지 않게 새로 쌓은 담 하나가 있어 그 저편이 아마도 동지 공이 있는 처소일 것만 같았다.

"에라, 쏜 살을 거둘 수는 없으니 목숨 걸고 넘어가 보리라."

이렇게 비상한 각오로 담을 넘어 들어가 가만히 엿보니, 거기가 과연 뒷사랑인 듯하며 방 안에는 촛불이 환하게 켜 있고 고요하여 인기척이 없었다. 이윽고 방문이 잠깐 열리며 누가 나왔다. 밤은 삼경, 달빛은 한 마당 가득 찼는데 무인이 으슥한 곳에 깊숙이 숨어 살펴보노라니 풍신 좋은 백발노인이 지팡이를 짚고 뜰에 내려 어슬렁거리는 것이었다.

'이 노인이 필시 동지 공이로구나!'

무인은 이렇게 생각하고 얼른 나와 노인 앞에 엎드렸다. 뜻밖의 일이라 노인은 깜짝 놀라며 물었다.

"너는 어떤 사람인데 어찌하여 여기 들어왔느냐? 담벽을 뚫는 도적이 아니고야 들어올 수 없을 것이어든."

"소인은 전라도 아무 고을에 사는 사람이옵니다. 과거한 지 여러 해가 되었사오나 아직 아무 벼슬도 받지 못하옵고 서울을 오르내리다가 가산을 탕진했사옵니다. 위로 부모를 섬기며 아래로 처자를 기르는 사람의 도리를 다할 수 없사와, 어버이를 떠나고 고향을 버린 지 이미 여러 해 되옵나이다. 지금 형편으로는 고향으로 돌아가려 해도 노자 없삽고 여관에서 걸식하고 있사오니 고초가 이만저만이 아니옵나이다. 판서 대감께 한번 진정코저 하였사오나 대문 단속이 지극히 엄하옵고 명함을 통할 길이 없사와 부질없이 명함만 품고 방황하옵기 무릇 몇 번이온지 헤아릴 수 없삽나이다. 지금 소인의 처지 절박하와 만 번 죽어 마땅하오나 어리석은 꾀로 감히 담을 넘는 짓을 하였사오니 죽고 사는 것은 높으신 분부를 기다릴 뿐이옵나이다."

무인은 차근차근 이렇게 말하였다. 이 말을 들은 노인은 비로소 안심하고 웃음을 띠며 말하였다.

"그대는 내 자식을 보려는 것 같으나 오늘은 이미 밤이 깊었고 또 나갈 수도 없으니 나를 따라 올라오라."

그러더니 방으로 들어갔다. 무인은 우선 노인이 웃는 것을 보고 안심하여 기대를 가지고 노인을 따라 방으로 들어갔다.

노인은 원래 잠이 없는 법이라 밤마다 남들은 다 자고 있는데 홀로 앉아 말동무도 없이 밤을 보내는 것이 매우 갑갑하던 터에 무인을 만나 그의 말을 듣고 위인을 보니 괄시할 생각은 없었다. 내력과 문벌 등을 묻고 한바탕 이야기를 더 듣고는 말동무도 될 수 있다 하여 술과 안주를 내어 먹으면서 날이 새는 줄을 몰랐다.

날이 벌써 훤히 밝아오는지라 무인이 말하였다.

"날이 밝았사오니 소인은 물러가겠나이다. 종종 들어와 모실 수 있사오면 천만다행이겠사오나 출입이 매우 어려워 정성을 이룰 길이 없나이다."

그랬더니 노인이 말렸다.

"꼭 나갈 것이 무엇인고. 또 이렇게 외딴 뒷사랑에 홀로 종일 가도 말동무 없거늘 나를 동무하여 줌이 좋으리로다."

무인은 은근히 기뻤으나 겉으로는 불안하고 거북한 척하니 노인은 굳이 붙잡았다.

이때부터 무인은 거기서 자고 먹고 장기도 두고 바둑도 두었다. 판서가 올라올 때에는 노인이 무인을 잠시 옆방에 피하게 하는 외에는 밤낮으로 노인과 고금의 이야기들을 주고받았다.

하루는 동지 노인이 청하였다.

"그대는 서울에 자주 오갔으니 경험한 게 많을 터라 눈으로 본 일 귀로 들은 것들을 들려주게."

무인은 좋은 기회라고 생각하고, 자기가 과거한 뒤 벼슬을 한자리 해 보겠다고 논밭을 팔아 가지고 서울살이를 시작한 것부터 마지막 논밭을 팔아 가지고 올라오다가 세 사람의 시체를 묻어 주고 처녀를 구한 일까지 앞뒤 사실들을 이야기하였다. 동지 노인은 처음부터 끝까지 들어 가면서 점점 더 흥미를 느낄 뿐만 아니라 자못 이상히 여기는 빛을 보였다.

그 뒤부터 웬일인지 아침저녁 식사가 더욱 달라졌고 이튿날 판서가 올라왔을 때도 노인은 전과 달리 무인을 불러내어 병조 판서에게 인사시켰다. 판서는 특히 세 주검을 묻어 준 일을 자세히 묻고 또 요사이 자기가 건강이 예사롭지 못하여 많은 사람들의 면회를 사절해 왔던 터라 무인에게도 그의 뜻을 말할 기회를 주지 못하게 되어 매우 미안하다는 것과 처음 알기는 하였으나 오랫동안 친해 온 사람 같으니 지금부터 어려워 말고 자기를 만나 달라는 뜻을 간곡히 말하는 것이었다.

며칠 뒤에 동지 노인이 앞장서서 따라오라고 하여 무인은 무슨 일인지 몰랐으나 따라나섰다. 처마 밑을 휘돌아 섬돌을 지나서 복도를 이리저리 돌다가 아담하게 꾸민 한 방으로 들어가더니 자리를 정하고 앉았다. 무인은 영문을 몰라 당황하였다. 이윽고 계집종이 방문을 열자 단아한 젊은 부인이 조심스러운 걸음걸이로 방으로 들어왔다. 무인은 더욱 놀랍고 의아하여 어쩔 줄을 모르고 머뭇머뭇 물러나려고 하는데, 동지 노인이 말하였다.

"불안할 것 없으니 그대로 앉아 있게."

무인은 까닭 모를 이 일에 어찌할 바를 모르고 그저 무거워진 머리만 푹 숙이고 불안스럽게 앉아 있노라니, 그 부인은 무인을 향하여 공손히 절을 하였다. 더욱 놀랍고 의아한 무인은 황망히 일어나 답례하였으나 혹시 실수하지 않을까 하여 감히 눈을 들어 부인을 바라보지도 못하였다.

부인은 입을 열어 조용히 말하였다.

“대인은 소녀를 모르시나이까? 대인께서 높고 깊으신 은혜를 베푸시와 제 부모와 동생의 세 시체를 안장해 주시고 또 죽을 운명에 놓여 있던 혈혈단신 어린 저를 멀리 호남 외가까지 데려다 주신 덕택으로 소녀는 다시 살 수 있었사오니 소녀의 오늘 행복이 오로지 대인께서 주신 바이옵니다.

그때 제가 어린 데다 슬픔에 싸였삽고 또 사려가 부족하와 대인이 사시는 곳과 성함을 물어 두지 못하였사옵니다. 은혜를 보답하려는 생각이 자나 깨나 맺혀 있었사오나 기회를 얻지 못하여 한탄하옵더니 이 얼마나 희한한 일이오니까. 천행으로 일이 바로 되어 이렇게 기이하게 만나 뵈옵게 되어 소녀가 평생의 소원을 풀게 되었사오니 죽어도 눈을 감겠사옵니다.”

무인은 그제야 비로소 그 부인이 자기가 구원해 준 바로 그 처녀임을 깨달았다.

병조 판서가 작년에 안해를 잃고 그 처녀를 후처로 맞아들였는데, 처녀는 판서에게 자기 과거를 이야기하고 항상 은인인 그 무인을 찾을 수 없는 것을 한탄하고 있었다. 동지 노인과 판서도 무인의 의로운 일을 감탄하고 있던 차에 바로 그 무인을 만나 그의 말이 부인의 말과 서로 들어맞으므로 이것을 부인에게 전하고는 부인에게 나와서 절하게 하고 은인으로 대접하도록 한 것이었다.

이때부터 판서는 무인을 위하여 담을 사이에 둔 집 한 채를 사서 무인의 가족들을 호남에서 데려다가 단란한 생활을 하도록 하고 무인을 곧 선전관으로 썼다.

또 판서가 사람을 대할 적마다 무인의 특출한 의협심과 아름다운 행동을 이야기하여 조정의 모든 정승들이 감탄하고 서로 찬양하여 무인은 벼슬이 아장[2]까지 승진하였다.

2) 아장亞將은 대장 다음인 부대장.

# 여자한테 종아리 맞은 홍우원

상서 홍우원洪宇遠이 아직 과거하기 전에 어떤 시골에 가게 되었다. 날은 이미 저물고 주막은 멀어서 길가 두어 집 있는 마을로 들어갔다. 한 집을 찾아 사정을 말하고 하룻밤을 자게 해 달라고 청하였더니, 집주인이 승낙하였다. 그 집 식구는 늙은이 내외와 젊은 며느리 단 셋이었다. 저녁을 먹은 뒤 주인 노인이 홍우원에게 부탁하였다.

"오늘밤 마침 일갓집 제사가 있어서 우리 내외가 함께 가니 매우 죄송하나 젊은 며느리가 혼자 있게 되었습니다. 집을 잘 보아 주기 바랍니다."

그리고 며느리에게 말하였다.

"우리가 없는 동안 손님을 잘 대접하여라."

그러고는 노파와 함께 떠나갔다.

며느리는 시부모를 배웅하고 문을 걸고 들어와서 단칸방에서 손님과 자리를 나누어 손님은 아랫목에 눕게 하고 자기는 윗목에 앉아 등불 앞에서 물레질을 하고 있었다. 홍우원은 여자가 비록 시골 여자이나 얼굴이 매우 어여쁘고 또 시부모는 나가 단칸방에서 단 둘이 자게 되었으니 은근히 딴생각이 이는 것을 참을 수가 없었다. 그리하여, '제 또한 청춘이어든……' 하고 여자의 마음을 떠보려 하였다. 잠이 든 척하고 여자의 곁으로 굴러가 다리 하나를 여자의 무릎 위에 얹었다. 여자는 손님이 먼 길에 시달려 잠이 곤히 든 때문이라 생각하고 조심하여 두 손으로 가만히 손님의 다리를 자기 무릎에서 내려놓았다. 조금 있다가 그는 또다시 다리를 얹었다. 여자는 여전히 내려놓았다. 아직도 그 여자의 뜻을 옳게 깨닫지 못한 홍우원은, 심하게 거절하지는 않는다고만 생각하고 또다시 다리를 얹었다. 그제야 여자는 비로소 손이 자기에게 야심을 둔 줄을 깨닫고 정색하고 그를 깨웠다. 홍우원은 잠이 깊이 든 척하다가 여러 번 깨우므로 비로소 기지개를 펴면서 잠에 취한 듯한 대답을 하였다. 여자는 홍우원을 일으켜 앉히고는 준절히 꾸짖었다.

"양반은 글을 읽어 의리를 아니 어찌 남녀의 분별이 있음을 모르오리까. 시부모께서 나가실 적에 손님을 양반이라고 믿으시고 집을 지켜 달라고 부탁까지 하였거늘 깊은 밤중에 남몰래 추잡한 마음을 품으시고 추태를 부리오니 양반의 행실이 어찌 이러하오리까. 모름지기 종아리를 맞으셔야 할 일이오니 밖에 나가셔서 회초리를 구해 오소서."

홍우원은 이 말을 듣고 부끄러움을 이기지 못하여 얼굴이 붉어졌다. 거듭되는 여자의 정중하고 엄정한 말에 위압을 느끼면서 어쩔 수 없이 밖에 나가 회초리를 구해 왔다.

여자는 정색하고 명령하였다.

"종아리를 걷고 나서십시오."

홍우원은 어쩔 수 없이 시키는 대로 할 뿐이었다. 여자는 홍우원의 종아리를 수십 번 치고 나서 일장 훈계를 한 뒤,

"내일 시부모께서 돌아오시면 마땅히 세세히 말씀드리겠사오니 망령된 생각은 다시 내지 마시고 평안히 주무시옵소서."

하고는 다시 여전히 물레질을 계속하였다.

이튿날 늙은 내외가 돌아와 홍우원에게 인사를 하였다.

"손님, 편안히 쉬셨소?"

그러나 홍우원은 대답할 길이 없었다. 그래서 묵묵히 앉았으려니 며느리가 간밤에 일어난 일을 고하였다. 주인 노인은 며느리를 나무랐다.

"내가 네 성품을 알기 때문에 젊은 너를 혼자 두고 손님을 대접케 한 것이거니와 젊은 남자가 젊은 여자를 보고 마음이 흔들리는 것도 괴상한 일이 아니니라. 간곡한 말로 안 된다고 일러 주었으면 그만이지 네 어찌 감히 손님을 회초리를 쳤는고."

그러더니 며느리에게 종아리를 걷고 나서라 하여 홍우원을 친 회초리로 수십 번 친 뒤에 홍우원에게 말하는 것이었다.

"시골 여자가 무식한 탓으로 손님을 욕보시게 하였으니 황송함을 이길 수 없소이다."

홍우원은 부끄러움을 금치 못하여 사과하고 떠났다.

홍우원은 그날 또 몇십 리 가다가 날이 저물어 한 시골집을 찾아들어 자게 되었다. 그 집에는 젊은 부부 내외만 사는 집이었다. 저녁밥을 먹고 나더니 주인 남자가 홍우원에게 말하였다.

"소인이 마침 긴급한 일이 있어 한 십 리 되는 곳에 나갔다가 내일 아침 일찍이 돌아오겠사오니 손님은 편안히 주무시기 바랍니다."

그러더니 안해에게 손님 대접을 잘하라고 부탁하고 나가 버렸다.

방은 아래위 칸으로 되었는데, 중간은 장지로 막아 놓았다. 주인 여자는 아랫간에서 홍우원은 윗간에서 자게 되었다. 홍우원은 어젯밤 일에 톡톡히 혼이 난지라 다시는 딴생각이 날 수가 없었다. 밤이 이슥하자 여자가 홍우원을 불러 이렇게 권하는 것이었다.

"손님, 윗간은 매우 허술하고 차오니 아랫간으로 내려오셔서 주무시사이다."

홍우원은 차지 않다고 하며 여자가 두세 번 청하는 것을 끝내 듣지 않았다. 여자의 동정을 보건대 꼭 장지문을 열고 올라올 것만 같아서 홍우원은 누운 채로 등을 장지문에 꼭 대어 밀고 열지 못하도록 하였다. 여자는 부스럭부스럭 하더니 과연 정욕을 참지 못하고 문지방까지 올라와서 갖은 유혹을 하다가 마침내 장지문을 밀어 열려고 하였다. 그러나 저쪽에서 장지를 굳게 막고 있어서 열 수 없음을 안 여자는 바짝 애가 달았다.

"홍, 사내가 어찌 저 모양일까! 어쩌면 저렇게도 못생겼어?"

하고 비꼬며 종알거리더니 드디어,

"홍, 저 아니면 사람이 없을까."

하고는 앞문을 차고 밖으로 나가는 것이었다. 이윽고 계집은 어떤 녀석을 데리고 들어오는 모양이더니 한바탕 난잡한 행동이 시작되었다. 그런 뒤에 그들은 곧 코를 골고 잠들었다.

조금 뒤에 남편이 돌아왔다. 바로 제 방으로 들어가더니 한칼로 그 남녀를 죽이고 곧 나와 홍우원이 자는 방 밖에 서서 나직한 음성으로 홍우원을 불렀다.

"손님 주무시나이까?"

"거 누구요?"

"소인은 이 집 주인이옵니다. 청컨대 방문을 열어 주소서."

홍우원은 그자가 살인한 것을 알므로 겁이 더럭 났으나 자기는 아무 허물이 없는지라 문을 열어 주었다. 남자는 들어오더니 홍우원에게 여러 번 절하여 칭송하며 말하였다.

"손님은 진실로 대인이옵니다. 무릇 젊은 사람들로서 깊은 밤 밀실에서 젊은 여자와 더불어 장지 하나를 사이에 두고 더욱이 계집이 유혹하거늘 유혹에 빠지지 않을 자 몇 사람이나 있사오리까. 제가 일찍부터 여러 번 저년의 행실에 의심을 품은 바 있어 언제고 한번 현장을 잡으려고 벼르던 중이외다.

그러던 중 어제 손님이 오셨는데 풍채가 뛰어나시니 반드시 저 계집이 흠모하리라고 생각하였사오이다. 그래서 제가 거짓으로 나간다고 말하옵고는 창밖에 숨어서 엿들었사옵니다. 과연 저년이 갖은 유혹을 다 하건만 손님은 조금도 흔들림이 없으시므로 저 계집이 마침내 정욕을 이기지 못하여 곁집 총각을 불러다가 자는 것을 보게 된 저는 분기가 터져 두 연놈을 한칼로 찔러 죽였사옵니다. 손님이 저 계집의 유혹에 걸리셨다면 황송한 말씀이오나 제 칼을 면치 못하였을 것이옵니다. 저도 사람을 많이 겪어 보았사오나 손님 같으신 의롭고 바른 어른은 처음 뵈왔사옵니다. 지금은 여기 계실 수 없게 되었사오니 날이 밝기 전에 저와 더불어 속히 떠나가사이다."

홍우원은 드디어 그 자를 따라나섰다. 그자는 몇 걸음 걸어 나가다가 말하였다.

"제가 한 가지 잊은 일이 있사오니 집을 불 지르고 오겠나이다. 청컨대 손님은 좀 기다려 주소서."

곧 몸을 돌려 제 집으로 들어갔다. 홍우원은 그자를 기다릴 필요도 없고 해서 혼자 얼마쯤 가다가 뒤를 돌아보니 멀리 불빛이 하늘에 닿아 있었다.

홍우원이 그 뒤 과거하고 강원도 감사가 되어 부임하는 도중, 길 닦는 백성들 속에서 비를 들고 서 있는 그자를 만나 옛일을 이야기하고 부임 뒤 그에게 선물을 넉넉히 보내 주었다.

## 다섯 처녀를 중매한 이광정

이광정李光庭은 연안 사람으로, 자는 덕휘德輝, 호는 해고海皐라 하였다. 선조 계유년에 진사가 되고 경인년에 문과에 급제하였다.

그가 경기도 양주 목사가 되었을 때 매 한 마리를 길러 매사냥꾼에게 날마다 꿩 사냥을 하게 하였다.

한번은 매사냥꾼이 사냥을 나갔다가 하룻밤을 자고서 이튿날 다리를 절면서 돌아왔다. 공이 이상하게 여겨 다리 저는 까닭을 물었더니, 사냥꾼은 웃으면서 이야기를 하였다.

"어제 매를 놓아 꿩 사냥을 하다가 꿩도 잃고 매도 도망하였습니다. 사방으로 찾아다니다가 매가 어느 마을 이 좌수라는 이의 집 대문 밖에 서 있는 큰 나무 위에 앉아 있는 것을 발견하였습니다. 매를 불러 간신히 팔에 받고 막 돌아서려고 할 즈음에 문득 그 집 울타리 안에서 왁자지껄 떠드는 소리가 들리옵기로 울타리 새로 엿보았더니 호걸스럽고 건장하기가 말 같은 처녀 다섯이 마치 남자 장정들처럼 서로 엇겯고 소인 있는 쪽으로 달려오옵는데, 그 기세가 퍽 씩씩하였습니다. 소인은 그 처녀들한테 혹시 매를 맞지나 않을까 두렵사와 급히 몸을 피하다가 그만 미끄러져서 돌을 차고 발을 다쳤습니다. 해는 져서 날은 어두워지고 마음은 초조하였사오나 호기심에 끌려 울타리 아래 나무숲 속에 몸을 숨기고서 안을 엿보고 있었사온데, 그 처녀 다섯 명이 서로 이렇게 말을 하는 것이었습니다.

'마침 심심하니 우리 또 태수 놀이나 해 볼까?'

모두들 좋다고 하였습니다. 그중에서 머리가 길어 땅까지 늘어지고 얼굴은 크고 늙수그레한 나이 삼십여 세나 되어 보이는 처녀는 태수가 되어 돌 위에 높이 앉아 있고 그 아래 처녀들은 각각 좌수, 형방, 급창[1] 사령 들을 맡아 태수 처녀 앞에 서 있었습니다. 이윽고 태수 처녀가 영을 내렸사옵니다.

'좌수를 잡아들이라.'

영이 내리자 형방 처녀는 급창 처녀를 불러 분부를 전하고, 급창 처녀는 사령 처녀를 불러 분부를 전하여, 사령 처녀가 좌수 처녀를 잡아 내려 뜰아래에 꿇어앉히더니 태수 처녀가 큰소리로 좌수의 죄를 엮어 내리는 것이었습니다.

'무릇 혼인이란 인간의 대사이다. 네 막내딸의 나이가 이미 이십여 세나 된 것으로 보아 그 위 딸들의 나이도 짐작할 수 있다. 너는 어찌하여 네 딸 다섯 형제를 부질없이 골방에서 늙게 하여 모두 폐인을 만들려 하는고? 네 죄 죽어 마땅하리로다.'

이와 같이 엄숙히 논죄하니 좌수는 엎디어,

'이 백성인들 어찌 윤리가 중한 줄 모르오리까만 백성의 살림

1) 급창級唱은 태수의 명령에 따른 형방의 분부를 복창하여 사령에게 전달하는 벼슬아치.

가난하와 혼사를 준비할 도리 없사오므로 그렇게 되었나이다.'
하고 아뢰자, 태수가 꾸짖었습니다.

'혼인 비용이란 형편에 알맞게 하면 그만이다. 의복으로 말할진대 빌려 입어도 상관없고 냉수 한 그릇 떠 놓고 잔치를 하여도 예의에는 상관이 없나니 네 말은 실정과 맞지 않는 공허한 말이로다.'

좌수는 더욱 변명하였습니다.

'백성이 딸이 한둘이 아니오니 신랑감을 또한 구할 수가 없나이다.'

태수는 그 말이 부당하다고 호령하였습니다.

'네가 성심으로 널리 구혼하였다면 어찌 신랑감이 없을쏘냐. 진실로 성의를 가졌다면 지금 신랑감이 있으니 네 딸 다섯 명에게 다 배필을 정해 줄 수 있다. 소문을 듣자니 아무 마을 송 좌수, 오 별감, 최 창감[2], 아무 마을 안 좌수, 아무 마을 김 별감에 다 신랑 재목이 있다 하니 네 딸 다섯의 배필로 될 수 있도다. 지체가 너와 걸맞으니 안 될 이유는 없을 것이로다.'

이렇게 일러 주었습니다. 그리하여 좌수는 할 수 없이 이리 말하였습니다.

'삼가 분부대로 통혼하여 보겠사오나 그들은 분명 저희 집이 가난하다고 잘 들어주지 않을까 합니다.'

'너는 마땅히 노력해야 할 것이다. 네 죄 마땅히 태형을 가할 것이로되 정상을 참작하여 용서하는 터이니 빨리 정혼하고 예식을 치

2) 창고 책임자.

르라. 만일 그리 않는다면 뒤에 엄벌이 있을지로다.'

이렇게 호령하고 좌수를 내보내라고 명령하옵더이다. 그러고는 처녀 다섯 명이 서로 한바탕 크게 웃었사온데, 그들이 하는 짓이 실로 볼만하였습니다. 태수 놀이를 끝까지 구경하옵는 동안 밤이 이미 늦었사와 여관에 들어 묵고 지금에야 돌아왔나이다."

사냥꾼의 이야기를 다 들은 이광정은 크게 웃고, 마을의 소임을 불러 이 좌수의 내력과 집안 형편과 딸의 수를 물어보았다.

"이 좌수는 이 고을의 머리 되는 사람이옵지요. 살림은 매우 어렵고 아들은 없고 딸 다섯만 두었사온데 가난한 탓으로 모두 나이가 지나도록 아직 출가를 시키지 못하고 있나이다."

공은 곧 예방 아전을 보내어 이 좌수를 불러왔다. 공은 이 좌수를 보자 말하였다.

"그대는 일찍 마을 소임을 지내 온 경험이 있기로 내가 상의할 일이 있어 청했노라."

그러더니 그에게 자녀가 몇인지 물었다. 좌수는 대답하였다.

"백성은 팔자가 사나워 아직 아들 놈 하나 없이 다만 쓸데없는 딸년 다섯이 있을 뿐이옵나이다."

"모두 출가를 시켰는가?"

"하나도 못 보냈나이다."

"나이는 각각 몇 살씩 되는고?"

"끝의 것도 이미 때가 지났나이다."

이광정은 계속하여 아까 들은 태수 놀이에서 나온 말로 일일이 물어보니 과연 좌수 노릇하던 처녀의 대답과 같았다. 공은 이에 어느 어느 촌 무슨 좌수, 무슨 별감, 무슨 창감 집을 일일이 꼽아 나가며 물었다.

"왜 그 집들과 통혼하지 않는가?"

"그이들은 이 백성의 집이 가난하므로 혼인을 원치 않을 것이옵니다."

좌수는 대답하였다.

"내가 중매할 것이니 시집을 보내라."

공은 이렇게 말하고는 곧 다섯 마을 소임을 청하여 물어보았다.

"그대 집에 모두 장가보낼 아들이 있다 하니 그런가?"

"과연 있소이다."

"정혼하였는가?"

"아직 정혼한 데는 없나이다."

이에 공은 말하였다.

"내가 듣건대 아무 촌 이 좌수 집에 딸 다섯이 있다 하는데, 그 집과 그대네 집들과 문벌과 지위가 모두 걸맞다고 생각되거늘 어찌 통혼하지 않는고? 내가 중매도 하겠고 또 혼사도 맡아 할 터이니 그대들의 뜻이 어떠한가?"

다섯 사람은 주저주저하며 바로 응하지 않았다. 공은 정색하여 말하였다.

"저 마을 이 마을이 문호가 서로 적합하거늘 그대들이 혼인하려 하지 않는 것은 다만 빈부가 다른 때문이로다. 그렇다면 가난한 집 딸은 머리 땋은 채로 늙어 죽어야 하는가? 내가 이미 말하였거늘 그대들은 어찌 감히 좇지를 않는가?"

이에 종이 다섯 폭을 내어 다섯 사람 앞에 놓고는 엄숙히 말하였다.

"제가끔 사주를 써 들이라."

다섯 사람은,

"삼가 분부를 받들겠나이다."

하고 엎디어 각각 사주를 써 들였다. 이리하여 공은 신랑들의 나이가 많고 적음으로 처녀의 차례를 배정하고, 계속 술상을 차리게 하고는 다시 분부하였다.

"이 좌수 집 혼수는 모두 신랑 집에서 준비하고 이 좌수 집에서 염려하지 말게 하라."

그러고는 열흘 남짓 앞두고 잔칫날을 정하게 하였다.

이렇게 하여 천과 돈과 쌀을 각각 신랑 집에서 신부 집으로 넉넉히 보내어 혼수를 갖추게 하고 잔칫날 공이 이 좌수 집에 직접 나가 병풍을 둘러치고, 식장을 꾸미는 모든 도구를 관가에서 빌려 쓰게 하였다. 마당에 상 다섯 개를 차려 놓고 다섯 쌍 신랑 신부가 한꺼번에 예를 행케 하였더니, 주위에는 구경꾼들로 담을 이루었으며 공의 주선을 감복하여 칭송치 않는 이가 없었다.

공의 후손들이 번성하고 출세함은 다 공이 평생에 좋은 일을 많이 한 까닭이라고 당시 사람들은 말하였다. 공은 청백리로 등록되었고 이조 판서로 기사[3]의 한 성원이 되었다.

3) 기사耆社은 벼슬살이한 공로 있는 고령자를 모아서 우대하는 기관.

## 되돌아온 홍순언의 선행

역관 홍순언이 선조 병술년에서 정해년 사이에 중국 가는 사신을 따라 연경에 들어갔을 때의 일이었다.

어느 날 새로 생긴 기생집에 들른 적이 있었는데, 그 문 위에 현판이 붙어 있었다. 거기에는 "은 천 냥을 내지 않으면 들어올 수 없노라."고 쓰여 있었다. 중국에 방탕한 젊은이들이 많았지만 값이 많은 까닭으로 감히 그 청루에는 들어갈 생각을 못하였다.

이 말을 들은 홍순언은 값도 많고 소문도 자자한 것으로 보아 반드시 절색일 것이니 어디 한번 구경해 보리라 생각하고 그 청루에 들어가서 안내자에게 우선 그 여자의 자세한 내력을 들어 보았다. 여자는 기생 노릇할 사람이 아니고, 어떤 벼슬아치의 딸이었다. 시랑을 지낸 아버지가 공금 여러 만 냥을 축내고 옥에 갇혀 있는데 집안 재산을 전부 밀어 넣고 친척에게 변상시키고도 아직 삼천 금이 부족하였다.

시랑에게는 딸 하나가 있을 뿐이었는데 얼굴과 자질이 빼어났고 효성도 지극하였다. 딸은 아버지를 구출할 다른 길은 없으므로 자기를 희생하여 청루에 나와 몸을 팔기로 한 것이었다. 이 사연을 들은 홍순언은 여자가 몹시 불쌍했다. 그리하여 그는 여자를 보려고도 하지 않고 곧 돌아 나와서 일행들이 갖고 있는 돈을 모두어 그 청루에 보내 주었다. 그 뒤 홍순언은 사신 행차를 따라 귀국하였다.

여자는 몸도 더럽히지 않고 홍순언이 보내 준 돈으로 공금을 변상해 준 뒤 옥에 갇힌 아버지를 구출하였으며, 청루를 나와 집으로 돌아가게 되었다. 그리하여 여자는 홍순언의 은덕을 가슴속 깊이 새기고 감사하였다.

그 뒤 여자는 상서 석성石星의 후취로 들어갔다. 그때부터 여자는 홍순언을 위하여 따로 비단을 짰는데, 그 금단에는 필마다 보은이란 두 글자를 수놓았다. 이것을 조선 나오는 인편에 부탁하여 해마다 홍순언에게 내보내곤 하였다.

그 뒤 임진년 난리에 선조가 용만으로 피난하여 있으면서 명나라 조정에 구원병을 청하기 위하여 특사를 보낼 적에 홍순언이 역관으로 따라가게 되었다. 석 상서는 당시 병부 상서였다.

일찍이 부인에게서 홍 역관의 높은 덕의를 익히 들었던 석 상서는 구원병을 요청하는 특사 일행에 홍 역관이 함께 들어왔고 또 그의 일이 잘되도록 주선해 달라는 부인의 간곡한 청도 있고 하여, 위로는 황제에게 고하고 아래로는 조정에 부탁하여, 이여송 제독이 장수 삼십여 명과 병마 수만을 이끌고 조선에 나오게 되었다.

물론 이것이 당시 신종 황제의 특지이지만 사람들이 말하길 석 상서 부인이 홍 역관에게 은혜를 갚으려는 지성에서 나온 노력이 명나라 조신들을 움직이는 데 숨은 힘으로 되었다고 한다.

# 왕을 감동시킨 아이 김규

김규金虯는 광주 사람으로, 자는 몽서夢瑞이다. 명종 병오년에 문과에 오르고 벼슬은 전한에 이르렀다.

김규가 아이 적 일이다. 가물이 심하여 성종이 친히 경회루에 나와 비를 빌고 있었는데, 어디선지 문득 풍악 소리가 들려오는 것이었다. 성종이 좌우 신하들에게 풍악 소리가 나는 곳을 물었더니 궁 곁에 있는 방주감찰 집에서 방금 잔치가 있어 음악 소리가 나는 것이라고 대답하였다. 이 말을 들은 왕은 명령하였다.

"하늘이 비를 주지 않아 백성들의 생활이 어려움에 빠진지라 내가 지금 음식을 주리고 음악도 폐하고 길에 나와 이렇게 비를 빌고 있는 이때, 나라의 녹을 먹는 무리들이 어찌 감히 음악을 베풀고 질탕하게 논단 말인가? 그들을 몽땅 잡아 가둔 뒤 내게 알려라."

그리하여 방주감찰 집에서 같이 앉아 놀던 열세 명이 한꺼번에 갇혔으니, 그 집에서는 자제들에게 진정서를 올려 아비들의 석방을 애걸케 하였다. 자제들의 상소를 본 왕은 더욱 노하여 엄명이 내렸다.

"저 무리들이 체통 없이 죄를 짓고 어린 자식들에게 상소로 애걸케 하니 더욱 괘씸한 일이다. 그 아이놈들마저 잡아들이라."

그리하여 진정서에 연명한 아이들은 모두 무서워 흩어져 도망쳤다. 그러나 김규는 홀로 남아 있다가 잡혀 들어갔다. 왕은 김규에게 물었다.

"너는 어린아이로서 다른 아이들은 다 가 버렸는데 어찌 홀로 남아 있었느냐?"

"신은 아비를 구하려고 왔사오니 차라리 죄를 받자올지언정 어찌 도망갈 수 있사오리까."

김규가 대답하였다.

"이 진정서를 누가 지었는가?"

"신이 지었사옵니다."

"쓰기는 누가 썼는고?"

"신이 썼사옵니다."

"네 나이는 몇 살인고?"

"열세 살이옵니다."

왕은 다시 따져 물었다.

"그러면 네가 진정서를 짓기도 하고 쓰기도 하였단 말이지? 거짓이라면 응당 목을 벨 것이다."

"짓고 쓴 것이 모두 신의 손으로 된 것이오니 원컨대 한번 시험하여 주시기 바라옵니다."

규는 똑똑히 대답하였다.

이리하여 가물을 걱정하는 뜻으로 글을 지으라는 왕명을 받아 규는 그 자리에서 곧 썼는데, 다음과 같은 문구로 맺었다.

"……동해 과부의 원한[1]도 오히려 삼 년에 걸친 가물을 가져왔고,

은나라 임금 성탕[2]의 성덕은 천 리에 비를 내리게 하였사오니, 성상께옵서는 깊이 생각하시기를 바라옵니다."

이를 본 왕은 크게 기특히 여겨 물었다.

"네 아비는 누군고?"

규가 대답하였다.

"방주감찰 김세우로 아뢰나이다."

"네 이름은 무어라 하는고?"

"규이옵니다."

규에게 감동된 왕은 곧 붓을 들어 이렇게 썼다.

"네가 글도 잘하고 글씨도 잘 쓰니 네 글을 보아 네 아비를 놓아주며, 너를 보아 네 아비의 동료들까지 놓아주노라. 네 효성을 나라 위한 충성에 옮길지어다."

그러고는 내시를 불러 의금부에 전하여 모두 석방케 하였다.

---

1) 옛날 동해 바닷가에 늙은 시어머니를 모시고 사는 젊은 과부가 있었다. 시어머니는 애처로워 개가하기를 늘 권하였으나 효부라 시어머니를 위하여 늙기로 작정하고 수절하였다. 시어머니는, 자기가 없으면 며느리가 시집가 고생살이를 면할 수 있으리라 생각하고 자살하였다. 세상에서는 며느리가 시어머니를 죽였다고 떠들었고, 태수도 며느리를 살인죄로 다루는 것이었다. 과부는 마침내 원한을 품고 죽었다. 그 뒤부터 삼 년간 큰 가물이 들었다는 전설이 있다.

2) 은나라 왕 성탕成湯은 매우 어질었다. 칠 년간 계속 큰 가물이 들어 기우제를 지내게 되었는데, 사람을 잡아서 하늘에 제사해야 한다고 사람들은 말하였다. 성탕은 "내가 비를 비는 것은 백성을 위한 것이니 어찌 백성을 잡아 제물로 하랴. 내 몸을 바치리라." 하고, 상림이라는 들판에 나가 자기를 자책하여 하늘에 고할 적에 말이 채 끝나기도 전에 큰 비가 수천 리에 내렸다는 전설이 있다.

## 김굉의 평안 감사 탄핵

경주 사람 김굉金宏은 자가 대숙이요, 호는 독관재이다. 그는 영조 을묘년에 문과에 오르고, 벼슬은 필선에 이르렀다. 성질이 강직하고 패기 있어 바른말도 잘하므로 사람들이 그를 철공鐵公이라고 하였다.

송순명宋淳明이 평안 감사로 발령을 받고 부임하러 길을 떠나 서문 밖을 나갔을 때, 배웅 나간 사람들이 있어 술상이 넉넉히 나왔는데, 김굉도 마침 자리에 있어 술을 마시고 있었다. 아직 상도 치우기 전에 송순명은 가까이 사는 고모한테 잠시 다녀오겠으니 좀 기다려 달라고 좌중에게 말을 하고 나가더니 얼마 안 되어 돌아와서는 선길로 곧 떠나려고 하였다. 그래서 좌객들은 모두 일어나 나와서 작별을 하였다.

이때 김굉이 정색하고 송순명에게 말하였다.

"공은 가지 말고 잠깐만 기다리시오."

송순명은 무슨 까닭인가를 물었다.

김굉은 말을 이었다.

"공이 주인으로서 좌객에게는 인사도 없이 떠나려 하니 이는 예의를 크게 잃은 것이며, 음식을 아랫사람에게 내주자 곧바로 문을 나서니 아랫사람들이 어느 겨를에 남은 음식일망정 그것을 입에 대 볼 수나 있겠소? 이것은 아랫사람들의 사정을 생각지 못하는 것이라고 나는 생각하오. 예절을 모르며 아랫사람들의 사정을 모르고야 어떻게 감사의 책임을 지고 군현을 다스릴 수 있겠소? 나는 지금 돌아가는 길로 공을 탄핵할 작정이오."

그러더니 돌아갔다. 송순명은 다만 농담으로만 생각하고 길을 떠났다.

김굉은 상소를 하여 송순명을 탄핵하였다.

"신이 신임 평안 감사를 배웅하는 자리에 참석하여 한두 가지 일을 본 바 있사온데 그는 체모와 예의를 크게 잃고 아랫사람들의 사정을 모르옵고 또 일러 주어도 반성할 줄을 모르옵더이다. 그러므로 신은 그를 감사의 직위에 둠이 불가하다고 생각하오니 교체하시옵기를 청하옵니다."

왕도 그의 말이 옳다고 비준하여 송순명이 겨우 고양에 이르렀을 때 교체하였다.

옛날에도 관리에 대한 비판이 이렇게 엄정하였다.

# 용산강의 낚시꾼

이종성李宗城은 경주 사람인데, 자는 자고子固이며 호는 오천梧川이다. 영조 정미년에 문과에 오르고 임신년에 영의정이 되었다.

영조 만년에 왕은 행여나 뒤를 이을 아들을 볼까 하는 간절한 희망으로 잉태할 수 있다는 약이란 약은 모두 지어 정순 왕후에게 바치게 하였다. 그러나 어진 품성을 가진 왕후는 자기가 임신을 하면 세손이 왕의 사랑을 잃을까 하여 약을 남모르게 버리고 먹지 않았다. 물론 왕도 이것은 몰랐다.

왕이 후궁 문씨녀를 가까이하고 있었는데, 문씨녀는 암암리에 왕의 총애를 독차지할 꾀로 옷을 배에 불룩이 덧대어 잉태한 것같이 꾸미고 태기가 있다고 말하여 왔다. 그러다가 해산할 때가 가까웠다고 할 만한 때에 가서는 몰래 친정에 부탁하여 민간의 갓난아이를 궁중에 들여다가 자기가 낳았다고 감쪽같이 속일 음흉한 꾀를 짜 놓고 있었다.

이때 이종성은 마침 그 기미를 알아채고는 사립 쓰고 도롱이 두르고 날마다 용산강에서 낚시질을 하고 있었다. 하루는 저녁 무렵이 되어 시골 어떤 무관이 지나다가 공이 낚시질하는 것을 보고 곁에서 다리를 쉬고 있었다.

공은 물었다.

"그대는 어떤 사람인고?"

"저는 시골 사람인데 무관 출신 십 년에 아직도 출세할 길이 없어 서울에 올라가 벼슬을 구해 보려 합니다."

시골 무관이 대답하였다. 공은 또 이렇게 말했다.

"듣건대 저동 이 정승은 나라를 위하여 충의를 다할 뿐 아니라 사람을 잘 출세시켜 주는 아량이 있다 하니 이 길로 바로 그 댁을 찾아가서 용산강에서 낚시질하는 늙은이가 보내더라고 하면 반드시 그대를 묵게 해 줄 것이고 또 출세할 길도 있을 것일세."

이 말을 들은 무관은 기뻐서 사례하고 곧 저동으로 들어가 그 집을 찾아 그 말대로 전하였더니 늙은이의 말과 같았다. 날이 저문 뒤에 돌아온 공은 무관을 불러 보았다. 무관은 비로소 낮에 본 낚시꾼이 정승임을 알고 황공하여 엎디었다. 공은 좋은 말로 위로하고 며칠을 묵게 한 뒤 통화문 수문장을 시켰다.

하루는 공이 수문장을 불러 일렀다.

"오늘 밤 성문 북소리가 울고 문이 열리면 반드시 어떤 궁비가 붉은 보로 싼 함지를 음식을 담은 것처럼 하고 머리에 이고 들어갈 터이니 너는 여러 말 하지 말고 그것을 헤쳐 보아라. 안에 필시 갓난아이가 있을 것이다. 너는 이때 모진 마음으로 얼른 그것을 한 칼로 두 동강을 내야 한다. 그렇게 못하면 네가 죽을 것이니 단단히 알아차려야 하렷다."

이렇게 다짐하였다.

무관은 그날 밤에 통화문을 지키며 명심하고 기다렸더니 과연 공의 말과 같은지라 곧 칼을 뽑아 찍어 죽였다. 궁중이 온통 놀라 소동하였다.

이튿날 아침 궁정에서 신문한 결과 드디어 문 씨의 간악한 꾀가 발각되어 공모한 문가 족속들은 처단되고 세손의 자리는 확보케 되었다.

공이 죽은 뒤 제문에는 다음과 같은 구절이 쓰여 있었다.

"낚실랑은 강물에 드리우고 기다린 건 누구인고……. 오월의 강가에서 누굴 위해 머뭇던고……."

# 안질로 눈을 씻다가 사형

소한세설 외

《지봉유설芝峰類說》은 조선 광해군 때 이수광李睟光이 쓴 백과사전적 문헌이고, 《기언記言》은 숙종 때 허목許穆이 쓴 시문집이다. 《창의록倡義錄》은 곽재우의 후손인 곽원갑郭元甲이 임진왜란 때 의병으로 활약한 곽재우와 여러 의병들, 농민들의 이야기를 담았으며, 《계서잡록溪西雜錄》은 이희평李羲平이 쓴 문헌 설화집이다. 《연려실기술燃藜室記述》은 조선 후기 이긍익李肯翊이 쓴 야사 총서이다. 《소한세설消閑細說》, 《민로봉집閔老峰集》, 《상산세고商山世稿》, 《당원록黨源錄》에 관해서는 알려진 것이 없고, 《국조명신록國朝名臣錄》은 북의 학자가 옮긴 것이 누구의 어느 책에서 글을 골랐는지 정확하지 않다.

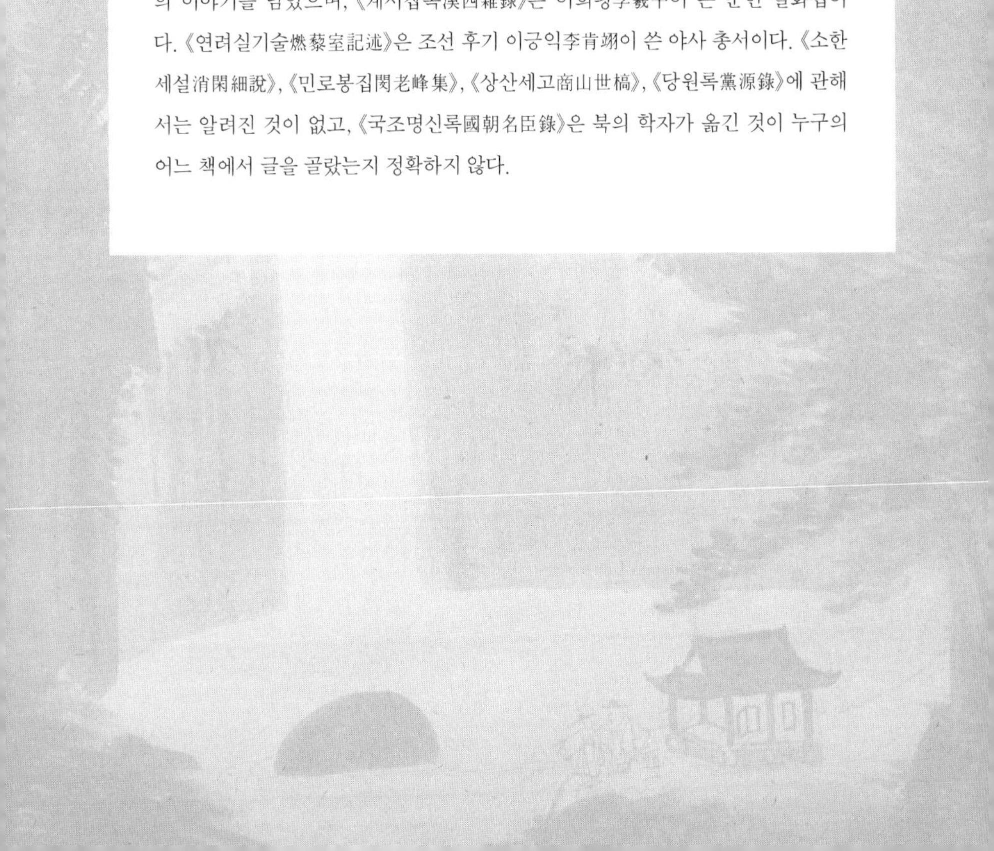

## 효녀와 두꺼비

강주에 오랜 당집이 있었는데, 어느 때 지었는지 집이 헐고 담벽이 무너져 비바람을 가릴 수 없이 퇴락하였다. 뒤뜰은 풀과 나무 그늘로 덮였고 앞뜰은 짐승과 새 발자국들로 어지러웠으며 당 안은 어둠침침하여 음산한 것이 당장에 무엇이 나올 것 같고 무슨 기괴한 일이 일어날 것도 같아서 무시무시하였다.

혹 대낮에 깊은 안개가 끼거나 맑은 하늘에서 마른 우레가 요란스럽거나 열병 같은 것이 유행하거나 흉년이 들기라도 할 때면 이 지방 늙은이들이 걱정하고 아낙네들이 또한 근심하여 경내가 온통 떠들썩했다. 까닭을 알 수 없어 용하다는 무당에게 물어보기 일쑤인데, 그럴 때면 무당은 은방울을 흔들며 주문을 외우다가 몸을 흔들면서 두 손을 모두고 이렇게 외었다.

"나는 용신이다. 미욱한 백성들이 불손하기 짝이 없구나. 그 벌을 어찌 다 피할 수 있으랴. 재앙을 면하려거든 어여쁜 처녀를 내게 시집보내야 하느니라."

듣는 사람들이 그럴듯하게 여겨 마침내 처녀 하나를 사서 길일을 택하여 단장을 시키고 옷을 차려입혀 그 당에 넣어 두었더니 처녀는 간 곳이 없어졌다. 그 뒤부터 마침 풍년도 지고 병도 돌지 않게 되자 사람들이 모두 신이 영험하다고 믿게 되었다. 그리하여 이렇게 하는 것이 이미 몇 년째 연중행사로 되어 왔다.

마을에 한 처녀가 있었다. 일찍 부친을 여의고 형제도 없었으며 늙은 어머니 한 분을 모시고 살아왔다. 집은 가난하였지만 처녀는 본디 효성이 지극하여 능히 끼니를 이어 감으로 어머니 마음을 항상 즐겁게 하였다.

그런데 어디서 왔는지 부엌에 작은 두꺼비 한 마리가 와 있었다. 매양 밥을 지어 놓으면 때를 찾아 두꺼비가 나오곤 했다. 마음씨 고운 처녀는 이를 기특히 여겨 아침저녁으로 밥 한술씩 나누어 주었다. 그러기를 거의 십 년이나 계속하였다. 그러니 두꺼비는 점점 크고 자라서 큰 말[斗]만 하였다.

슬프다, 나무가 고요코저 하나 바람이 멎지 않고 자식이 효양코저 하나 부모가 기다리지 않는다고 옛적 효자가 탄식한 바도 있거니와 서산에 지는 해를 매어 놓을 끈이 없고 늙어 병든 어머니를 소생시킬 약이 없어 하늘이 이미 무너졌거니 땅이 또한 꺼졌구나. 누구를 의지하며 누구를 믿고 살리. 가슴은 미어지고 눈물은 피가 되어 한바탕 슬피 울부짖은 끝에 정신을 잃고 쓰러졌다가 한참 만에 다시 깨어난 처녀는 이렇게 생각했다.

'내 한 몸은 곧 죽어 어머니를 따르고 싶으나 장차 누가 있어 어머니의 유해를 염습하며 또 누가 묻어 주리오. 살아 계실 때 기름진 것으로 봉양하지 못하고 돌아가신 뒤에 또한 관곽을 갖출 수 없으니 이 일을 어찌하리.'

마침 이때는 마을에서 당집 신에게 시집보낼 처녀를 구하던 때라 처녀는 몸을 팔아 어머니 장례를 할 수밖에 없다고 결심하고 마을 사람들에게 자청하였더니 마을이 효성에 감복하였다. 그래서 몸값으로 전례보다 넉넉한 값을 주었다. 처녀는 마침내 어머니를 장사한 뒤 당집 신에게 시집가는 날 부엌에 들어가 두꺼비를 보고 울면서 마치 사람 대하듯이 말하였다.

"네 비록 미물이지만 너와 서로 정든 지 이미 오래다. 나는 몸이 팔려 오늘 당집 신에게 시집간단다. 영원히 너와 헤어지게 되었으니 너는 다른 집에 가서 편히 있을 데를 얻어라."

두꺼비는 머리를 들고 익히 처녀를 보다가 치마 앞으로 뛰어들었다. 털어도 옷을 물고 떨어지지 않았다. 처녀는 이상하고 기특하여 몰래 치마폭에 싸안고 가마에 올라 당집에 이르렀다. 마을 사람들은 당집 신에게 술을 드리고 축사한 뒤 처녀를 당집 안에 앉히고 흩어져 버렸다.

처녀는 홀로 앉아 있었다. 이윽고 들보에서 티끌이 우수수 떨어지더니 문득 머리는 항아리 같고 눈은 돌절구 같은 구렁이가 두 갈래 날카로운 혀끝을 너불거리면서 징그러운 몸뚱이를 드러내기 시작하였다.

바로 이때 두꺼비가 치마 속에서 뛰어나와 구렁이를 쏘아보고 입으로 파란 안개를 토하여 구렁이 쪽으로 올려 쏘니 구렁이도 안개 같은 기운을 토하여 두꺼비 쪽으로 내뿜는 것이었다. 마치 향을 피우는 연기처럼 위아래서 솔솔 풀려나오는 안개 줄기가 서로 꾀고 얽히고 또 동그라미를 그리며 서리기를 한 식경이나 계속하더니 구렁이가 마침내 땅바닥에 떨어졌다. 두 귀가 손바닥 같고 길이가 열 발이나 되는 흉악한 괴물이었다. 두꺼비도 기운이 다했는지라 구렁이와 함께 죽었다.

처녀는 놀라 당에서 뛰어나와 마을로 달려가 마을 사람들에게 연유를 말하였다. 마을 사람들은 당집으로 급히 달려갔다. 과연 처녀의 말과 같았다.

두꺼비는 은혜로 은혜를 갚고 구렁이는 요괴로 요괴에 죽으니 이 어찌 그 처녀가 효행한 결과가 아니겠는가. 처녀는 귀한 가문으로 시집가서 자손이 번성하여 대대로 그 효행이 전해졌다.

—《소한세설》

## 이 태조와 박순의 죽음

박순朴淳은 음성 사람이었다.

이 태조가 함흥 옛집에 가 있을 적에 아들 태종이 잇달아 보내는 문안사問安使를 가는 대로 죽여 돌아오지 못하였다. 그러나 태종은 그렇다고 해서 문안사를 아니 보낼 수는 없었다. 여러 신하를 모아 놓고 누가 가겠는가를 물어도 감히 응하는 자가 없는데 박순이 가겠노라고 나섰다.

박순은 수레를 쓰지 않고 새끼 딸린 말을 타고 혼자서 함흥을 들어가다가 행재소[1]를 바라보면서 일부러 망아지는 나무에 매어 두고 어미 말만 타고 몰았다. 그러자니 망아지는 어미를 찾으며 야단을 하고 어미 말은 뒷걸음을 치며 가지 않으려고 발버둥을 치는 것이었다. 박순은 말에 채찍질을 하여 간신히 행재소에 들어가서 태조를 만났다.

멀리서 이 광경을 바라본 태조가 물었다.

1) 왕이 임시로 나가 있는 곳.

"왜 새끼를 떼어 두었는가?"

"길에 방해가 되옵기에 새끼를 나무에 매었사온데 새끼와 어미가 차마 서로 떨어지지 못하여 야단을 부리오니 비록 미물이옵지만 지극한 정리가 있사옵나이다."

박순은 이렇게 대답하였다. 이 말을 들은 태조는 얼굴빛을 흐렸다. 그러고는 박순을 창업 전의 벗이라 하여 머물게 하였다.

하루는 태조가 박순과 더불어 바둑을 두었는데, 때마침 새끼 안은 쥐가 처마 끝에서 떨어지더니 죽을 때까지 새끼를 안고 놓지 않는 것이었다. 박순은 바둑판을 밀어 놓고 태조 앞에 엎디어 울면서 비유로 간곡히 간하였다. 태조는 이에 감동되어 환궁하기를 허락하였다.

이리하여 돌아갈 채비를 하라는 특명을 받은 박순은 기뻐하며 곧 떠났다. 그런데 행재소의 신하들은 이를 반대하여 박순을 죽여야 한다고 태조에게 힘껏 주장하였다.

태조는 마음으로 허락되지 않았으나 신하들의 주장도 무시할 형편이 못 되어 박순이 용흥강을 이미 건넜으리라 생각될 즈음에 신하의 청을 들어 사자에게 칼을 주면서 일렀다.

"박순이 이미 강을 건너갔거든 쫓아가지 말라."

그런데 박순은 길을 가다가 갑자기 병을 얻어 도중에서 조금 지체하였다. 그리하여 그가 겨우 용흥강에 이르러 막 배를 타고 채 건너기 전에 사자가 쫓아온 것이었다. 마침내 사자는 박순의 허리를 베었다. 후인의 시에 다음과 같은 한 구절이 있다.

절반은 강물에 있고
절반은 배에 있구나.

半在江上半在船

태조는 이 사실을 듣고 크게 놀라 슬퍼하였다.

"박순은 좋은 벗이었다. 내 어찌 그에게 이미 허락하고 빈말할 수 있으랴."

그리하여 그는 마침내 환궁하였다. 태종은 박순의 죽음을 듣고 화공에게 그의 반신을 그려 들이게 하였다.

박순의 안해 임 씨는 남편이 죽었다는 소식을 듣고 자결하였다.

—《민로봉집》

# 윤회와 거위

윤회尹淮는 무송茂松 사람으로, 자는 청경淸卿이요, 호는 청향당淸香堂이다.

젊었을 때 시골에 여행하다가 날이 저물어 여관에 찾아들어 갔더니 주인은 방이 없다 하여 숙박을 허락하지 않았다. 해는 지고 길은 더 갈 수도 없고 하여 마당에 앉아 있는데, 주인집 아이가 큰 진주 한 개를 가지고 나와 놀다가 뜰에 떨어뜨렸다. 그러자 곁에 있던 거위가 먹을 것인 줄 알고 쪼아 삼키는 것이었다. 이윽고 주인이 쫓아 나와 진주를 찾다가 없으므로 윤회가 가졌다 하여 그를 묶어 놓고는 이튿날 아침에 관가에 고소한다고 을러대는 것이었다. 윤회는 조금도 낯색을 변치 않고 또 아무런 변명도 하지 않고 다만 이렇게 부탁할 뿐이었다.

"거위도 내 곁에 매어 두시오."

이튿날 아침에 진주가 거위 똥에 섞여 나왔다. 이것을 본 주인은 부끄러워 사죄하며 물었다.

"어제 거위가 진주를 먹었다고 왜 말하지 않았소?"

윤회가 대답하였다.

"그 말을 한다면 주인은 필시 거위를 잡아 배를 가르고 진주를 찾고야 말았을 것이오. 그러므로 욕을 참고 기다렸소."

윤회의 도량은 이러하였다. 그는 뒷날에 병조 판서가 되었다.

—《국조명신록》

## 성삼문

성삼문은 창녕 사람인데, 자는 근보謹甫요, 호는 매죽헌梅竹軒이다. 그가 태어날 때 공중에서 세 번을 거듭하여 "태어났는가?" 하고 묻는 소리가 있었다 하여 삼문이라고 이름 지었다 한다. 세종 무오년에 문과에 급제하고, 정묘년에 장원하였다.

문종이 아직 세자로 동궁에 있을 적에 오직 학문에 열중하여 매양 달 밝고 조용하면 책을 들고 집현전 숙직실로 가서 학자들과 풀기 어려운 문제들을 제기하여 토론하였다. 그러므로 성삼문은 밤에도 관대를 감히 풀지 못하였다.

어느 날 밤중에 성삼문이 의관을 벗고 누우려고 할 즈음에 문득 방문 밖에서 신소리가 들리며 성삼문을 찾았다. 성삼문은 당황하여 나아가 그를 맞았다. 이렇듯 문종은 학문을 좋아하였다.

을해년에 단종이 수양대군에게 양위할 때 예조 승지로 있던 성삼문은 왕의 도장을 안고 통곡하였다.

성삼문 등은 왕위를 다시 단종에게 회복시킬 기회를 엿보다가 병자년에 마침 명나라 사신을 위하여 세조가 연회를 베푸는 기회를 이용하여 정권을 뒤집어 놓으려고 일을 꾸몄다.

그런데 성삼문과 일을 함께 꾸민 유응부가 세조의 호위로 들어가려던 것이 호위를 철폐케 되어 거사가 곤란하게 되었다. 그날 거사 못 할 것을 본 김질은 밀모가 탄로날까 두려워 변절하여 성삼문 등과 밀모한 내용을 자수하였다.

그리하여 세조는 성삼문을 잡아다 따져 물었다. 일이 이미 탄로된 지라 성삼문은 웃으면서 밀모를 시인하였다. 세조가 물었다.

"너희들이 어찌하여 나를 배반하느냐?"

삼문은 큰소리로 항변하였다.

"왕위를 회복하기 위함이거늘 어찌하여 배반이라 하오! 누가 자기 임금을 섬기지 아니할 자 있으리오. 내 진실로 죽을 것을 각오하였지만 그저 죽기는 무익하므로 참고 오늘에 이른 것이오."

"내가 주는 녹봉을 먹고 나를 배반하니 이게 앞뒤가 다른 자가 아닌가."

"단종이 계시거늘 어찌 나를 신하로 여기는고? 나는 대군이 주는 녹을 하나도 먹지 않았으니 내 집을 뒤져 보면 알 것이요."

세조는 벼락같이 성을 내어 성삼문에게 쇠를 불에 달구어 몸을 지지는 혹독한 형벌을 가하게 하였다. 성삼문은 낯빛을 변치 않고 신숙주를 돌아보며 꾸짖었다.

"처음 너와 더불어 집현전에 있을 때에 세종께서 단종을 안으시고 마당을 거니시며 학문하는 신하들에게 부탁하시되 '과인이 죽은 뒤 경들은 모름지기 이 손자를 보호하라.' 하신 말씀이 지금도 귀에 쟁쟁하거늘 너는 홀로 잊었느냐?"

신숙주는 말이 없었다.

제학 강희안姜希顔도 연루자로 의심을 받았으나 세조가,

"강희안도 공모하였느냐?"

고 물었을 때 성삼문은,

"강희안은 관계없노라. 선비를 다 죽이지 말고 남겨 두고 쓰라."

하여, 강희안은 면제되었다 한다.

성삼문이 고문을 받을 적에 얼굴빛이 태연자약하여 사람들을 돌아보면서 말하였다.

"너희는 너희 주인을 도와 천하를 태평케 하라. 나는 지하에 돌아가 옛 임금을 뵈오리라."

성삼문이 죽은 뒤 그 집을 몰수하였는데 을해년부터 받은 녹봉을 방 한 칸에 따로 두고 세세히 어느 날 녹이라고 기록하여 두었으며 집에 여유 재산이라고는 전혀 없었고 다만 침방에 거적자리가 있었을 뿐이었다.

성삼문의 절명시는 다음과 같다.

둥둥둥 북을 울려
내 목숨 재촉하네.
서풍은 불어오고
해는 낮이 기울었네.

황천길에
무슨 객점 있으리.
오늘 밤엔
뉘 집에서 잔단 말고.

擊鼓催人命　西風日欲斜
黃泉無客店　今夜宿誰家

공이 일찍이 연경에 갔을 때였다. 어떤 중국 사람이, 공이 시를 잘 한다는 말을 듣고 그의 시 재주를 시험하기 위하여 백로를 그린 화폭에 그림 제목으로 쓸 시를 청하면서 그림은 내보이지 않았다.

공은 서슴없이 붓을 들어 흰 백로를 묘사한 시 두 구를 써 놓았다. 그제야 비로소 그림을 펴 놓으니 그것은 흰 백로가 아니라 물먹으로 그린 검은 백로였다. 공은 먼저 쓴 시에 잇달아 아래의 시구로 재미있게 검은 백로로 바꾸었다.

눈 같은 의상이요
옥 같은 발이로다.
갈대 아래 저윗거려
물고기 엿보는가.

무심히 날아날아
산음[1] 고을 지나다가
왕희지 벼루 씻은
그 못 속에 빠졌구나.
雪作衣裳玉作趾　窺魚蘆渚幾多時
偶然飛過山陰縣　誤落羲之洗硯池

1) 옛날 중국 진나라의 유명한 명필 왕희지가 살던 지방.

공을 시험하려던 중국 사람은 이 시를 보고 그의 뛰어난 재능에 경탄하였다.

공이 젊었을 때 이인異人을 태백산에서 만나 본 뒤 항상 그를 깊이 믿고 존경하였다. 단종이 왕위에서 물러나 영월에 갇히니 공이 박팽년 등 여러 공과 더불어 복위하기를 밀모할 적에 공의 아버지 성승이 사람을 태백산에 보내어 그 이인에게 일의 성패를 물어보게 하였다.

그러나 그 이인은 이미 간 곳을 모르겠고 다만 벽 위에 다음과 같은 글귀가 쓰여 있었다.

> 피는 천추에 흐르고
> 이름은 만고에 전하리라.
> 내게 또 무엇을 물으리.
> 血傳千秋　名傳萬古　何問於我

갔던 사람이 이 글귀를 적어다가 성승에게 보였다. 성승은 이 또한 운명이라 하고 끝내 거사하다가 아들과 함께 죽었다.

매월당 김시습과 추강秋江 남효온南孝溫이 밤을 타서 성삼문 등 사육신의 시체를 져다가 남모르게 노량진 아래 아차 고개 남쪽 산 밑에 묻었다.

성삼문이 일찍이 중국에 갈 적에 백이숙제의 사당을 지나다가 이렇게 시를 지어 읊었다.

말 머리[2] 굳이 잡고
주 무왕을 간할 적에
그 충의 당당하여
햇살처럼 빛났거니

주의 곡식 마다하고
고사리는 왜 먹은고.
초목도 주의 것인 줄
그대 어찌 몰랐던가.
當年叩馬敢言非　忠義堂堂白日輝
草木亦霑周雨露　愧君猶食首陽薇

그랬더니 비석이 땀을 흘렸다고 한다.
—《지봉유설》

2) 백이숙제가 은나라 주왕을 치려는 주나라 무왕의 말 머리를 붙잡고 말리던 일을 풍자했다.

# 김렴의 은퇴

김렴金濂은 상산 사람으로, 자는 달원達源이요 호는 삼휴당三休堂이라 하였다. 명종 때 진사가 되고 문과에 급제하여 한림에 뽑혔다가 권세 있는 자의 뜻을 거슬러 한산 군수로 내려가게 되었다. 그때 한산에는 전염병이 돌고 있었다. 그 군에 내려가면 전염병에 걸려 곧 죽는다고 사람들은 걱정하였다. 공은 웃으면서 말하였다.

"죽고 사는 것이 그렇게 허술할 수 있겠는가. 한산에 전염병이 돈다기로 사람이 다 죽을 리는 없다."

이렇게 믿음 있게 말하고는 결연히 부임하였다.

그는 재직 중 항상 청렴결백하였으며 오직 나라와 백성에게 봉사하기 위한 충의로 일관되어 집안 살림은 돌보지 않았다.

당시 어떤 권세 있는 자가 물고기와 산나물을 구해 보내라고 요구하여 왔다. 김렴은 편지로 이렇게 대답하며 요구를 단번에 거절하였다.

"고기는 넓고 깊은 물 밑으로 다니고 산채는 깊은 산중에 있나니, 관리 된 자 고기 잡는 어부도 아니며 나물 캐는 여자도 아니거니 어찌 그것을 얻으리오."

그러고는 곧 벼슬을 내던지고 말을 타고 떠나오다가 천령 고개에 이르러 말 위에서 시 한 수를 읊었다.

말은 미끄러졌구나
벼슬길에서.
비는 돌아가누나
청산 구름으로.
馬滑紅塵路 雨還碧峀雲

이때 어떤 호미 멘 농부가 나타나더니 김령의 시에 곧 화답을 보내는 것이었다.

초야만 못할세라
험악한 벼슬길.
청컨대 그대여
백운을 짝할지어다.
草野勝朝著 請君伴白雲

이리하여 그는 마침내 벼슬을 단념하였다.

—《상산세고》

## 진주 신을 보고 눈물 흘린 이원익

이원익은 종실 익녕군益寧君 이치李錙의 현손으로, 자는 공려公勵요, 호는 오리梧里라 하였다.

그는 갑자년에 생원이 되고 기사년에 문과에 합격하고 을미년에 영의정이 되었다가 광해군의 어머니 폐위를 반대한 까닭으로 여주에 귀양 가 있었다.

폭군 광해의 왕권이 무너지고 인조가 새로 즉위한 계해년(1623) 일이다. 귀양 가 있는 이원익을 인조가 다시 영의정으로 불러들였다. 폭군 광해를 도와 죄악을 범한 권신들을 죽이느냐 살리느냐 하는 조치를 이원익의 입궐을 기다려 결정하기로 하였다.

이때 광해조 권신 중 한 사람이 자기 애첩이 신던 진주로 장식한 신 한 켤레를 이원익의 안해에게 뇌물로 몰래 보내면서 자기 목숨을 구해 달라고 빌었다. 안해는 이것을 이원익에게 보이고 그 사유를 말하였다.

진주 신을 본 이원익은 눈물을 흘려 탄식하였다.

"신하에게 이런 물건을 가지게 하였으니 그 임금이 어찌 망하지 않을 수 있으며, 애첩에게 이런 물건을 신게 하였으니 그 사람이 어찌 죽지 않을 수 있으랴."

그러고는 마침내 용서하지 않았다.

이원익은 정계에 나온 지 사십 년이나 되었건만 오직 초가집 두어 칸이 있을 뿐이었다.

—《기언》

## 이덕형의 풍격

이덕형은 경기도 광주 사람으로, 자는 명보요, 호는 한음이었다.

그는 경진년에 문과에 급제하였는데 그때 나이가 스물하나였다. 신묘년에는 대제학에 승진하였으니 서른한 살이었다. 그는 임진년 난리를 겪은 뒤 영의정으로 있으면서 나랏일에 바빠서 집에 가 밥 먹을 틈이 없었다.

때는 창덕궁 수리가 한창이라 선조가 갑자기 부르기도 하거니와 나라 안팎의 일이 번거롭게 많아 잠시도 궐을 떠날 수 없었다. 집에 가지 못하니 대궐문 밖에 작은 집 한 채를 마련하여 첩을 데려다 두고 음식을 내도록 하였다.

하루는 날이 너무 덥고 왕 앞에서 아뢰는 일이 오랜 시간 계속되었다. 피로 끝에 목이 매우 마른 그는 궐문 밖 첩의 집으로 나와 말도 못 하고 손만 내밀었다. 첩은 그가 목마를 것을 미리 생각하고 준비하여 두었던 약재에 꿀을 타 끓인 시원한 음료를 내놓는 것이었다.

이덕형은 받기는 하였으나 마시지 않고 무엇을 생각하는지 한참 첩을 바라보다가 말하였다.

"내가 지금부터 너를 버릴 터이니 너는 이제부터 갈 데로 가거라."

그러더니 기어이 돌아보지도 않고 나가 버렸다.

첩은 까닭을 알 수 없었다. 온밤을 울어 새운 첩은 공과 가장 친한 백사 이항복을 생각해 내고 그를 찾아가서 호소하였다. 이항복도 의아해하면서 대답하였다.

"상공이 그대를 퍽 사랑하거늘 어찌 그렇게 가벼이 버릴 수 있으리오. 내 물어보리라."

마침 이덕형이 이항복의 집에 왔다.

"그대가 사랑하던 사람을 하루아침에 죄 없이 버리다니 무슨 까닭인가?"

이항복이 물었더니, 이덕형은 웃으면서 대답하였다.

"죄야 무슨 죄 있으리오. 내가 전날 일을 하다가 날이 퍽 덥고 목이 마르고 피로하여 말도 하지 않고 손만 내밀었더니 제가 벌써 미리 준비하였던 제호탕을 주는 것이라. 영리하고 총명함이 하도 사랑스러워서 한참 바라보노라니 백 가지 태도가 보통 날보다도 알뜰히 예쁘게만 보였네. 그 순간 이런 생각이 들었네. '국란이 아직 평정되지 못하여 나라의 장래를 알 수 없는 오늘 이 몸이 영의정의 중임을 띠고 여자에게 연연한다면 반드시 나랏일에 방해될 것이라.' 그러므로 정을 베고 사랑을 끊어 나랏일에 전념하기를 결의한 것뿐이네. 그가 무슨 죄 있어 그리한 것이 아니로다."

이항복은 절절히 감탄하였다.

"그대는 참으로 열렬한 장부로다. 내 미칠 바 아니로다!"

광해가 어머니를 폐위할 당시 이덕형이 왕에게 간하여도 듣지 않았다. 왕의 학정과 실덕이 날로 심해져서 그것으로 병이 되어, 그는 벼슬에서 물러나 광주 용진촌으로 돌아가 있다가 그곳에서 죽으니 나이 쉰셋이었다.

이덕형이 일찍이 봉래 양사언과 더불어 산수 좋은 곳에 가서 놀다가 시를 지었는데, 양사언의 시구에 화답한 시에는 이런 것이 있었다.

들이 활짝 열렸는데
저녁노을 어리었고
시냇물 환히 맑아
산 그림자 유난쿠나.
野闊暮色薄　水明山影多

양사언은 깊이 탄복하였다.
이덕형이 죽었을 적에 이항복은 만사를 썼다.

빈산에 물러나와
품은 근심 말 못 한 채
영원히 가단 말가.
생각사록 기막혀라.

쉽은 말 쓰자 해도
분명히는 못 적겠네.

시속 인심 남을 엿봐
사설하기 좋아하니.
淪落空山舌自捫　聞君長逝倍銷魂
哀詞不敢分明語　薄俗窺人喜造言

앞일을 내다본다는 어떤 이는 일찍이 이덕형에게 이런 시를 지어 보냈다.

광릉강 서쪽
그대 집이 거기로다.

국화야 애처롭다,
철 늦게 왜 피었나.
낙엽은 우수수
바람 더욱 설레는데

창밖에 우는 두견
돌아가기 재촉하니
수심 많은 사람의
고향 생각 알았던가.
家在廣陵江水西
黃花冉冉節何晩　落葉蕭蕭風更淒
牕外杜鵑催歸去　似識幽人戀舊棲

그는 서른여덟 살에 우의정이 되었으며, 벼슬이 영의정에 이르렀다. 시호는 문익공이다.

—《당원록》

## 원호의 청렴

원호元豪는 자가 중영仲英이며, 원주 사람이다. 정묘년에 무과에 합격하고 목사가 되었다.

일찍이 단천 군수로 있을 때 사랑하는 첩이 은가락지를 샀다. 이것을 본 원호는 엄숙한 태도로 일렀다.

"단천은 은의 산지이다. 내가 은 산지에 군수로 있으면서 가족에게 은을 가지게 해서야 되겠는가."

그러고는 기어이 그 은가락지를 없애 버렸다. 그의 청백함이 대체로 이러하였다.

그는 임진왜란에 금화에서 전사하였는데, 조정에서 병조 판서를 추증하였다.

—《국조명신록》

## 어린 삼 형제의 효성과 용감함

안광윤安光胤은 순흥 사람이다. 처음 이름은 몽윤이며, 자는 술보요, 호는 죽정이다.

광윤은 열한 살 되던 해에 임진년 난리를 당하였는데, 열다섯 살 된 형 몽량夢良과 일곱 살 된 아우 몽구夢丘와 함께 어머니를 받들고 의령에 피난할 적의 일이다. 왜적이 어머니에게 만행을 하려 하니 어머니는 통곡하면서 말하였다.

"원수에게 몸을 더럽히며 구차히 사느니 떳떳이 죽는 것만 못하다."

그러고는 마침내 자결하여 죽었다.

왜적의 잔인함은 아직도 모자라 창으로 시체를 꿰려고 덤벼들었다. 시체를 창에 꿰어 들고 춤추어 만용을 보이자는 것이었다. 어린 삼 형제는 어머니 시체를 굳이 안고 서로 죽기를 다투었다. 막돼먹은 적도 의로운 어린애들에게 감동이 되었는지 시체를 놓고 가 버렸다.

삼 형제는 시체를 지고 산에 들어가 묻은 뒤 손가락을 깨물어 피를 뿌리며 맹세하였다.

"우리가 비록 성인은 못 되었으나 인간의 윤리는 알고 있사오니 어찌 적과 더불어 한 하늘 아래에서 살 수 있으리까."

세 소년들은 이를 갈고 주먹을 부르쥐었다.

그리하여 정유년에 삼 형제는 의병 대장 곽재우를 좇아 왜적과 싸웠는데, 전투가 벌어질 적마다 앞장서서 몸을 날려 적진에 내달아 맹렬히 싸우다가 몽량은 전사하고 광윤과 몽구는 끝내 힘을 합쳐 적을 수많이 무찔렀다.

선조는 감탄하였다.

"한집의 어린 삼 형제가 모두 전란 중에서 충효와 우애가 극진하니, 옛날 중국 노나라 왕기의 장렬한 고사도 이에 미치지 못할 것이로다."

뒷날 광윤에게 공조 좌랑을 추증하였다.

—《창의록》

## 예술의 천재 최경창

최경창崔慶昌은 해주 사람인데, 자는 가운嘉運이요, 호는 고죽孤竹이다. 명종 신유년에 진사가 되고, 선조 무진년에 문과에 올랐으며, 벼슬은 부사를 하였을 뿐이다.

그를 대해 본 이는 호방하고 시원스러운 인품에 끌려 신선 같은 사람이라고 감탄하였다. 나이 아직 스물도 되기 전부터 이이, 송익필, 최립 등 여러 재주 있는 사람들과 무이동에서 시를 주고받아 많은 명작들을 내었으므로, 세상에서 그들을 팔문장이라고 이름 하였다. 또 그 뒤 정철, 서익 등 여러 명사들과 함께 삼청동에서 시문을 지으며 놀았더니, 사람들은 또 이십팔수라고 하였다.

최경창은 시에만 천재일 뿐 아니라 활도 명수였다. 왕이 일찍이 문관들을 모아 재주를 시험할 적에 어떤 활의 능수가 최경창을 매우 꺼렸다. 이를 안 최경창은 웃으면서 말하였다.

"그대는 걱정하지 말지어다. 내 오늘은 몸이 괴로워 활을 잘 쏠 수 없으니."

그러더니 한 살을 일부러 헛쏘아 그에게 양보하였다.

또 거문고와 저에도 명수였다. 젊어서 영암에 잠시 살고 있다가 임진년 난리를 만났다. 왜적이 졸지에 쳐들어와, 배를 타고 피하려 했으나 이미 적의 포위 속에 들었다. 때마침 달빛이 맑았다. 최경창은 가지고 있던 옥퉁소를 꺼내어 건드러지게 불었더니 왜적들이 듣고 모두 고향을 그리워하는 하염없는 심회에 잠겨 서로 감탄하면서 말하였다.

"아, 이 포위된 사람들 속에 틀림없이 신선이 있는 것이로구나."

이 기회에 한쪽 피할 곳을 얻어 최경창은 도망칠 수 있었다.

명나라 학사 주지번朱之蕃 등이 최경창의 시를 얻어 보고 거듭 감탄하면서 이렇게 말하였다.

"내 마땅히 강남에 돌아가서 이 시로 귀국에 인물이 번성함을 알리리라."

—《해주최씨족보海州崔氏族譜 행장行狀》

## 양사언의 어머니

봉래 양사언의 아버지가 음관으로 영암 군수로 있을 때 휴가를 받고 서울에 올라갔다가 임지로 다시 돌아오던 길이었다. 영암을 하룻길쯤 앞둔 곳에서 자고 새벽 일찍이 떠나오다가 아직 주막 있는 데까지는 못 갔으나 여러 날 길에 시달린 탓에 사람도 말도 피곤하여 길가의 여염집을 찾아 들어가 점심을 부탁하려고 생각하였다. 그러나 마침 농사에 바쁜 때가 되어 사람들이 모두 들에 나가 일을 하기 때문에 마을마다 집들이 비어 있었다.

그래서 하인을 시켜 이집 저집 기웃거려 보니 어떤 집에 계집애만 하나 있는데 나이는 겨우 열한두 살쯤 되어 보였다. 아이가 하인에게 말하였다.

"내가 진지를 지어 행차를 대접할 터이니 잠깐 우리 집에 들어와 앉으시게 해라."

"어린 네가 어떻게 밥을 지어 행차께 드린단 말이냐?"

하인이 믿지 못하자 아이가 말하였다.

"그것은 염려 말고 행차를 모시고 들어오라."

그래서 일행은 기특히 여기고 믿음직하지는 않으나 다른 집에는 사람이 없고 하여 우선 그 집에 들어가게 되었다.

아이는 방 안을 깨끗이 치우고 자리를 새것으로 펴고 맞아들이면서 하인더러 말하였다.

"행차께 올릴 진지는 우리 집 쌀로 짓겠으니 하인들의 양식만 주면 좋겠다."

아이가 하도 영리하여 양 군수는 아이의 얼굴을 자세히 살펴보았다. 얼굴과 몸매는 단정하고도 아름답고, 말소리는 맑고도 명랑하여 조금도 시골 계집애의 태가 없어서 퍽 이상히 여겼다.

점심이 들어왔는데 정결하고 소담함이 보통이 아니었다. 위아래 사람들이 모두 거듭 칭찬하기를 마지않았다.

양 군수는 아이를 앞에 가까이 불러 물었다.

"네 나이가 몇 살인가?"

"열두 살이옵니다."

"네 아버지는 무엇을 하시느냐?"

"본읍의 장교로서 오늘 아침에 어머니와 함께 들에 나가 김을 매옵나이다."

이렇게 묻고 대답하다가 양 군수는 아이가 영특하고 몹시 사랑스러워 행리 중에서 청색, 홍색 부채를 각각 한 자루씩 꺼내어 아이에게 주면서 농담으로 말하였다.

"이것은 내가 네게 납채하는 것이니 잘 받아야 한다."

아이는 그 말을 듣고 곧 안방에 들어가서 궤 속에서 빨간 보를 꺼내다가 양 군수 앞에 펴놓고 말하였다.

"부채를 이 보 위에 놓아 주소서."

양 군수는 까닭을 물었다. 아이는 정숙히 말하였다.

"폐백으로 주시는 지극히 소중한 예물을 어찌 손으로 받자오리까."

일행 위아래는 아이의 기특함을 다시금 감탄하였다. 양 군수는 길을 재촉하여 본군으로 돌아갔다.

그 뒤 몇 년이 흘렀다. 어린애와 잠깐 농담하던 그때 일을 양 군수는 잊어버렸다. 어느 날 문간 수위가 들어와서 말하였다.

"이웃 마을 아무개 장교가 성주님께 뵈옵겠다고 명함을 드리옵나이다."

양 군수가 불러들여 만나니 전혀 모르는 사람이었다.

"성명은 무엇이며 무슨 일로 왔는가?"

하고 물었더니, 그 사람은 엎디어 이렇게 말하는 것이었다.

"소인은 아무 고을의 장교이옵니다. 군수님께옵서 몇 해 전 서울서 돌아오시던 길에 소인 집에서 점심참 하신 일과 당시 한 계집애가 진지를 지어 접대한 일을 기억하시나이까?"

"그렇다."

양 군수가 대답하였다.

"그때 군수님께서 그 계집애에게 혹 예장을 주신 일이 있나이까?"

"예장이 아니라 내가 그 애의 영리함을 기특히 여겨 색 부채로 상을 준 일이 있었노라."

"그 애는 소인의 딸년이온데 올해 열다섯 살이옵니다. 얼마 전에 시집을 보내려 하였삽더니 딸년이 '나는 영암 군수께 예장을 받았으니 죽어도 다른 데는 갈 수 없다.' 고 하므로 소인은 '잠깐 농담하신 것을 너는 어떻게 믿느냐.' 고 만 가지로 달래고 타이르며 억지로라도 출가시키려 하였으나 죽기를 자처하여 끝내 마음을 돌릴 수 없사옵기에 부득이 와서 사정을 말씀드리나이다."

양 군수는 웃으면서 대답하였다.

"그대 딸의 호의를 내가 어찌 차마 저버리겠는가. 그대는 모름지기 잔칫날을 받아오면 내 마땅히 맞아 오리라."

그리하여 양 군수는 날을 잡아 예를 갖추어 맞아다가 소실을 삼았다. 때마침 양 군수는 상처를 하였으므로 그 여자를 본처의 방에 오게 하여 음식을 맡게 하였는데 극히 총명하여 군수의 뜻에 맞지 않는 것이 없었다.

그 뒤 양 군수가 벼슬을 그만두고 본집으로 돌아갔다. 여자는 본실의 몸에서 낳은 아들, 딸 들을 자기가 낳은 것같이 사랑하며 비복들을 잘 거느리고 주부로서 예절과 도리를 극진히 할 뿐 아니라 일가친척에 이르기까지 화목하여 그에 대한 호감과 칭찬이 상하 내외에 넘쳐흘렀다.

아들 하나를 낳았는데 그가 곧 양사언이다. 양사언은 풍채가 좋고, 눈과 눈썹이 맑고, 진실로 신선의 풍모이며, 도인의 골격이었다.

몇 해 뒤에 양 군수가 죽었다. 성복날에 일가친척들이 모두 모였다. 슬픔에 싸인 양사언의 어머니는 울면서 자리에 나와 이렇게 말을 시작하였다.

"여러분이 모이고 여러 상주들이 한자리에 있는 오늘 제가 부탁할 일 하나가 있으니 들어주실 수 있을는지요."

이 말 들은 상주가 대답하였다.

"현숙하신 서모가 부탁하시는 바 있으면 우리가 어찌 좇지 않을 리가 있으리까."

여러 사람들의 대답도 같았다. 양사언의 어머니는 말을 계속하였다.

"내 소생이 사람됨이 어리석지는 않습니다. 그러나 우리 나라 풍속에 예부터 지금까지 첩의 소생은 천대를 하여 왔습니다. 저 애가 비록 어른이 될지라도 장차 어디에 쓰이리까. 여러 공자들은 지금 이 애에게 은정으로 사랑하여 사이가 없지만 장차 내가 죽은 뒤에는 공자들이 서모의 상복을 입게 될 것입니다. 그때에 가서는 적서가 뚜렷하게 드러날 것입니다. 그렇게 되면 이 애가 어떻게 행세할 수 있으리까. 첩은 마땅히 오늘 자결하여 이번 상사에 같이 미봉하면 복을 입음에 적서의 구별이 없게 될 것입니다.[1] 바라건대 여러분은 나의 간곡한 정을 살피시고 장차 나 죽은 뒤에 지하에서 한이 없게 하여 주소서."

"이 일은 앞으로 좋은 도리를 강구하여 흔적이 없도록 할 터인데 어찌하여 죽음의 길을 취하시려 하나이까."

이렇게 여러 사람들은 위로하였다.

"여러분들의 뜻에 감격하는 바이나 죽는 것보다 나은 도리는 없습니다."

부인은 말을 마치자 품속에서 칼을 꺼내어 양 군수의 관 앞에서 자결하였다. 모든 사람들은 크게 놀라 황급히 몰려들어 구하려 하였으나 때는 이미 늦었다. 사람마다 슬퍼하고 안타까워하면서,

"현숙한 이 부인이 죽음으로 우리에게 부탁한 바를 저버릴 수 없다."

하고 서로 맹세하였다.

1) 옛날에는 이중으로 상복을 입게 될 때는 주가 되는 복만 입고 다음 복은 따로 입지 않았다.

본처의 아들들이 양사언을 친형제와 꼭 같이 사랑하여 조금도 적서의 구별이 없으니 양사언이 장성한 뒤 사대부의 직위에 이르고 이름을 나라에 떨쳤으되 사람들이 그가 첩의 소생인 줄을 알지 못하였다.

—《계서잡록》

## 안질로 눈을 씻다가 사형

김빙金憑은 강원도 통천 사람이다. 그는 선조 경진년에 문과에 급제하여 좌랑이 되었다.

선조 기축년에 정여립鄭汝立이 왕권을 뒤엎으려는 역모를 하다가 죽었는데, 정여립의 시체를 서울에 올려다가 군기시[1] 앞에서 시체에 추형[2]을 행하게 되었다. 여기에 모든 벼슬아치가 직급 순서대로 서서 참관하게 되었는데, 그 가운데 김빙도 있었다.

김빙은 전부터 바람을 쐬면 눈물이 흐르는 안질을 앓고 있었다. 이날 오랫동안 바람을 쏘이면서 서 있게 된 그는 흐르는 눈물을 가끔 씻지 않을 수 없었다.

이것을 본 대간은 역적 정여립의 시체를 동정하여 울었다고 논죄하여 결국 사형을 당하였다.

—《연려실기술》

1) 병기를 맡은 기관.

2) 죽은 시체에 가하는 형벌.

## 참대가 네 것이면 송아지는 내 것이다

주진 고촌에 운수 선생이라는 괴벽한 사람이 살고 있었다. 초가 두어 칸을 지어 놓고 도잠을 따라서 국화를 심었으며, 연못에는 주돈이가 하던 대로 연꽃을 가꾸었다. 그는 풍월을 희롱하고 산림을 즐기면서 파초 잎을 뜯어 사슴을 먹이고 솔 씨를 주어다가 학을 길들였다. 때로는 한가히 누워서 《장자》의 '양생편' 도 보며 중장통의 '낙지론'[1]을 외우기도 하였다. 아침에는 뒤뜰에서 맑은 바람을 쏘이고, 저녁에는 산봉우리 아래서 석양을 즐겼다.

한 폭의 갈건[2]을 썼으니
은사일지 분명하고
백 잔의 봄 술로 곤드레 취하니

---

1) 중장통仲長統은 후한 때의 학자로, 그가 쓴 '낙지론樂志論' 은 취미 생활을 논한 유명한 산문이다.

2) 도잠이 칡으로 두건을 만들어 썼다. 그 뒤 은사들은 그것을 흔히 따라하였다.

술 가운데 신선이러라.

골 하늘 밝은 달에
한 쌍 학이 맴돌고
시냇가 벽도수[3]에
가지마다 꽃이러라.
一幅葛巾林下客　百壺春酒飮中仙
洞天明月一雙鶴　澗水碧桃千樹花

이 시에 표현된 것처럼 실로 속세를 떠난 딴 세상이 바로 여기였다.

그는 기이한 참대를 하나 구하여 심었는데, 마디마디 울퉁불퉁하고 줄기마다 쭉쭉 뻗은 것이 진실로 기욱[4]에서 나온 것이 아니면 틀림없이 공산의 종자일 것이었다. 그는 이 참대를 뒤뜰에 심어 놓고 거름을 주고 북을 돋우고 밤낮으로 보고 사랑하였다.

맑은 밤에 살랑거려
잎 소리 깨끗하고
무더운 여름에 선들거려
떨기 빛이 시원쿠나.
淸宵槭槭葉聲乾　盛夏脩脩叢色寒

3) 하늘 위, 곧 선경에 있다는 복숭아나무. 여기서는 자기 복숭아나무를 미화한 것이다.
4) 기욱淇澳은 유명한 참대 산지.

이 풍경이 어떠하뇨, 하루인들 이 벗 없이 어쩌리!

고기 없으면
사람이 여위고
참대 없으면
사람이 속되니라.

사람이 여윈 건
살찌게 할 수 있어도
사람이 속된 건
고치기 어렵도다.
無肉令人瘦　無竹令人俗
人瘦尙可肥　人俗難可醫

임보가 매화를 사랑하듯, 이 씨가 기암을 사랑하듯 하였다.

그런데 그 참대 뿌리가 동쪽 집 담 안으로 뻗어 나가 그 집 마당을 뚫고 죽순이 나기 시작하더니 점점 크게 자라 오히려 운수 선생네 참대보다 크게 되었다. 운수 선생은 본디 옹졸한 사람이라 이것을 여간 시기하지 않더니 기어이 동쪽 집에 말을 걸었다.

"종자가 내 종자인데 참대가 어찌 그대의 참대인가."

이렇게 트집을 잡고는 참대를 베어 가려 하였다. 동쪽 집 늙은이가 말하였다.

"종자는 그대의 종자이나 내 집에 났으니 내 참대 아니고 누구의 참대란 말인가?"

이렇게 서로 다투어 옛날 중국의 오나라와 조나라가 국경에 서 있는 뽕나무를 다투듯, 우와 예가 경계에 있는 밭이랑을 다투듯, 그 실정을 분간하기 어려우니 다툼을 누가 풀 것인가. 방휼[5]의 싸움과 같아서 서로 맞서서 반나절 동안이나 싸우다가 끝장을 못 보고 운수 선생은 밤을 타서 참대를 베어 오고 말았다.

그 뒤 일 년쯤 지나 동쪽 집 황소와 서쪽 집 운수 선생의 암소가 붙어 송아지를 낳았다. 동쪽 집 늙은이가 달려와서 곧 송아지를 안아 가니 서쪽 집 운수는 노발대발하여 나무랐다.

"무슨 까닭으로 대낮에 남의 송아지를 가져갔느냐?"

동쪽 집 늙은이가 대답했다.

"작년의 참대는 그대의 종자이니 그대가 베어감이 옳았고, 오늘의 송아지는 원래 내 집의 종자이니 내가 안아 오는 것이 또한 옳지 않은가? 뉘 옳고 뉘 그르며, 어느 것이 참이요 어느 것이 거짓인지 그대는 알 만하지 않은가?"

이러한 연유로 관가에 송사하였더니 관장은 이렇게 말하였다.

"물건이 각기 주인이 있나니 각기 그 주인에게 돌리면 그만이다. 참대는 이미 주인에게 돌아갔고 송아지도 주인에게 돌아갔거늘 무슨 송사할 이유가 있는가. 우스운 일도 있도다."

그러더니 한바탕 웃었다.

—《소한세설》

5) '방蚌' 은 큰 조개. '휼鷸' 은 물새. 조개가 해변에서 입을 벌리고 있을 때 새가 쪼니 조개는 꽉 물어 서로 먼저 놓으라고 다투다가 결국 어부에게 잡혔다는 이야기.

# 부록

패설 문학에 관하여 — 정홍교

# 패설 문학에 관하여

정홍교

문학과 예술은 민족 생활을 바탕으로 하여 발생하고 발전한다. 문학과 예술에는 그것을 창조하고 발전시킨 민족의 고유한 특성과 대를 물려 가며 계승되고 심화되는 민족의 지향과 사상 감정이 구현되어 있다. 그 나라의 문학과 예술이 내용과 형식 그리고 창조 발전의 역사가 비슷하면서도 서로 다르고 각기 자기의 고유한 특성을 가지게 되는 것은 바로 문학과 예술이 민족과 동떨어진 것이 아니라 민족의 역사와 뗄 수 없이 연관되어 있기 때문이다.

유구한 역사의 찬란한 문화 전통을 가진 우리 인민은 먼 옛날부터 자연을 개조하고 사회를 변혁하면서 생활을 개척하고 역사를 전진시키는 과정에 쌓은 체험과 지향을 우리 나라 사람의 기호와 감정에 맞는 다양한 형식의 이야기로 꾸며 표현하였고 그것을 글로 써서 후세에 남겼다.

패설은 지나간 역사적 시대에 우리 민족이 창조하고 발전시켜 온 산문 문학의 형태들을 표현하는 문학사적 개념이다. 이 개념 속에 포괄되는 모든 작품들은 비록 그것이 창조된 시대와 관련된 본질적인 제한성을 가지고 있지만 민족 발전의 역사를 전하여 주며 예술적 산문의 발전 과정을 보여 주는 문학의 귀중한 유산으로 된다.

패설이란 말은 원래 곡식 가운데서 가장 쓸모가 없는 곡식인 돌피와 같이 보잘것없고 가치 없는 이야기 또는 그러한 글이라는 뜻이다.

봉건 시기 통치배들과 양반 사대부들은《삼국사기》,《고려사》등 정사체의 역사 산문들과 찬, 기, 설, 전 등을 비롯한 이른바 '정통파 문학'의 얼마 안 되는 도식적인 문체들만을 숭상하면서 그 밖에 인간 생활의 다양한 내용과 사회적 문제들을 격식 없이 자유롭게 서술한 글들을 천대하고 멸시하였으며 이로부터 그러한 글들을 돌피에 비겨 그렇게 불렀던 것이다.

고려 말기의 이름 있는 학자이며 패설 작가인 이제현은 자기의 패설 작품집인《역옹패설》에서 책 이름을 '패설'이라고 붙인 까닭을 밝히면서 이렇게 썼다.

"'패'의 뜻을 따지면 '돌피'라는 말이다. 함부로 적어 놓은 글들을 기쁘게 뒤적거려 보니 아무 맺힌 것, 속살 있는 것이 없어서 그 하찮은 바가 돌피와 다를 것이 없었다. 그래서 이 기록들을 한데 묶어 '패설'이라고 이름을 붙였다."

패설은 봉건 시기에 이처럼 봉건 통치배들 양반 사대부들에게서 멸시와 천대를 받아 왔지만 실제로는 중세 예술적 산문의 더없이 풍부한 원천이었으며, 지나간 시대를 산 사람들의 곡절 많은 생활과 사상 감정, 당대 사회의 정치와 경제, 문화와 풍습, 도덕과 인정세태 등 시대와 생활의 진면모를 다양한 측면에서 생동하게 보여 주는 사료의 총서라고 할 수 있다.

하기에 패설을 보잘것없고 하찮은 글이라고 천시한 양반 선비들 자신이 패설에 깊은 관심을 돌렸고 또한 스스로 패설에 속하는 글들을 썼던 것이다. 이것은 패설이야말로 사람들에게 민족의 역사와 변천하는 시대의 방향을 알려 주고 생활의 교훈을 체득케 한 중세 산문 문학의 뗄 수 없는 중요한 구성 부분이었다는 것을 말해 준다.

예술적 산문의 풍부한 원천으로서 패설이 갖는 문학사적 가치는 바로 산문 문학의 중추라고 할 수 있는 소설 형식이 패설에서 갈라져 나오고 여행기, 수필, 실화, 사화, 야담, 시화, 시평 등 산문 문학의 다른 모든 형식들도 모두 중세기에 패설이란 이름으로 불렸다는 사실만 가지고도 알 수 있다.

패설은 또한 역사의 갈피 속에 묻혀 있는 사건과 사실들, 여러 계층에 속하는 인물들의 내력과 일화, 선조들이 이룩한 문화와 예술의 유산들과 유물 유적들,

시대와 정치, 경제와 풍물, 인간과 생활의 세부 내용들을 짤막하고 격식 없이 자유롭고 생동하게 서술한 점에서 특색을 가지며 여기에 사료의 총서로서 패설의 문헌사적 가치가 있다.

패설의 발전 역사는 시대와 함께 창조되고 변모되는 생활의 세태적인 내용들을 수집하여 재미나는 이야기로 엮고 글로 써서 표현한 때부터 시작되었다고 할 수 있으나 문헌적 근거로 될 만한 자료들이 전하는 것이 없고 다만 옛 책들에 실린 여러 설화 유산들을 통하여 그 오랜 연원을 짐작할 수 있을 뿐이다.

그러나 우리 나라에서 패설이란 말이 처음으로 쓰여진 것은 문헌 기록으로 볼 때 고려 후반기 이제현의《역옹패설》이며 이보다 앞서 고려 중엽에 이규보가 패설이라는 말과 같은 뜻에서 '소설'이란 표현을 썼다. 이것은 결국 고려 중엽 이후 시기부터 앞선 시대의 성과와 경험에 토대하고 당대 사회 현실의 요구를 반영하여 패설이 더 활발히 창작되고 자기의 풍만하고 다양한 형태적 특성을 뚜렷이 나타내기 시작하였다는 것을 의미한다.

이인로의《파한집》, 최자의《보한집》, 이규보의《백운소설》은 이제현의《역옹패설》과 함께 고려 후반기에 쓰여진 대표적인 패설집들이다.

고려 중엽에 이인로가 편찬한《파한집》세 권은 현재 전하고 있는 패설집들 가운데서 가장 오래된 것이다. 책에는 제목 없이 이야기 식으로 엮어 내려간 다양한 주제와 형식의 작품 삼백여 편이 실렸다.

그 가운데서 중심을 이룬 것은 시의 창작과 관련된 이야기이다. 책에서 이인로는 이지심, 김연, 김황원, 정지상 등 고려 전반기에 활동한 수십 명의 시인 문인들의 우수한 시 작품들 그리고 시가 창작의 가치 있는 자료들과 일화, 전설들을 소개하고 그에 대한 자신의 평가와 미학적 견해도 제기하였다. 책에는 또한 민요 '불볕에 등을 쪼이며'와 '무애춤', '무애사'에 대한 기록을 비롯하여 구전문학과 국어 가요 연구에 도움을 주는 자료들도 실려 있다.

《파한집》의 뒤를 이어 이규보의《백운소설》이 나왔고 또 그 뒤를 이어 1254년에 최자의《보한집》이 나왔는데《보한집》은《파한집》의 속편으로 편찬되었다.

《보한집》세 권은《파한집》의 체제와 서술 방법을 거의 그대로 이어받고 있지만 내용은 그보다 두 배나 더 많고 이야기도 더욱 구체적으로 전개되어 있다.

거기에는 후기 신라 말기의 최치원에서 이인로, 임춘, 오세재吳世才 등 고려 중엽 '해좌칠현'의 문인들에 이르기까지 수십 명에 이르는 시인 문인들의 작품들과 함께 강감찬을 비롯한 애국 명장들과 이름난 역사적 인물들에 대한 일화와 전설, 대동강과 금강산 등 명승고적들과 그와 관련되어 있는 시 작품들 그리고 '주인을 살린 개', '범의 뉘우침'을 비롯한 설화 작품들도 실려 있다. 그러나 역시 주된 내용을 이룬 것은 시평과 시론이다. 최자는 작품집에 실린 시평과 시론을 통해 시에서의 뜻과 형식에 관한 문제, 시의 기백에 대한 문제를 비롯한 일련의 진보적인 미학 견해들을 제기하였다.

14세기에 편찬된 《역옹패설》은 전후편 각각 2권, 모두 4권으로 되어 있는데, 전편에는 주로 역사적 사실과 인물들에 대한 이야기가 실리고, 후편에는 인정세태, 문물제도, 시 창작과 관련한 일화, 시평들이 실렸다.

《역옹패설》은 주제와 형식, 창작 경향에서 앞선 시기의 패설집들과 일련의 공통성을 가지고 있으면서도 그와 구별되는 새로운 특성을 보이고 있다. 그것은 우선 주제와 대상에 따라 이야기들을 분류하여 싣고 있는 점이며 또한 시와 시평보다 해학적인 이야기들을 많이 싣고 있다는 점에서 이전의 패설집들과 구별되고 있다.

이 책에서 이제현은 같은 역사적 사실들과 일화, 인정세태, 구전 문학의 유산들을 싣는 경우에도 이전의 기록들보다 좀 더 자유롭게 이야기를 꾸미고 다양한 수법으로 재미나게 전개시키고 있다. 그 가운데서 특별히 중요한 의의를 가지는 것은 통치배들의 부정부패를 풍자 비판한 '흑책黑冊'을 비롯한 참요와 민요 작품들, '은혜 갚은 사슴', '박세통과 거북' 같은 구전 실화 작품들, 외래 침략자들을 반대하여 용감하게 싸운 사람들과 의리 있고 강직한 사람들의 사적들에 대한 이야기들이다. 《역옹패설》은 이러한 특성들로 하여 고려 시기 패설 문학의 발전 면모를 보여 주는 동시에 문학사와 역사, 민속 연구에 중요한 자료이다.

패설 문학은 15~16세기에 이르러 더욱 활발히 창작되었고 그 발전의 전성기를 이루었다. 이 시기에 창작된 패설들은 소재 범위와 주제 분야가 사회 제도와 정치 생활, 경제 생활, 인간 생활 풍습과 인정세계 들을 포괄하여 더없이 넓어졌고 형식과 서술 방법도 그만큼 다양해졌다.

앞선 시대에 창작된 패설에 견주어 볼 때 이 시기 패설의 중요한 특징은 사화, 시평보다 이야기체 형식의 산문 작품들이 중심을 이룬 것인데, 내용과 형식에 따라 크게 네 가지 부류로 나누어 볼 수 있다.

첫째 부류는 문학과 예술의 개별적인 작품들과 함께 작가, 예술인들의 창작 경향과 특성을 밝힌 문예 평론 성격의 글들이다. 이러한 패설들은 문학과 예술의 유산들을 전해 주며 특히 양반이 되지 못한 탓으로 개별적인 시문집을 편찬하지 못한 어무적을 비롯한 노비 출신의 시인들, 서민 출신 문인들의 시적 재능과 창작 활동을 연구하는 데 도움을 준다.

둘째 부류는 민간에 전해지는 구전 문학의 유산들을 수집하여 기록하였으나 저자가 직접 보고 들은 사실들과 이야기들을 소재로 하여 창작한 작품들이다. 이러한 작품들은 신화, 전설, 민담을 비롯한 구전 설화의 풍부하고 다양한 원천을 전해 줄 뿐 아니라 소설 문학의 생활적 바탕과 그 발생의 합법칙적 과정을 구체적인 사료를 통해 보여 준다.

셋째 부류는 널리 알려진 역사적 사실들과 사건들의 진상과 그와 관련한 여러 계층의 견해와 일화, 당대 사회의 현실 생활과 문물제도, 민속 등과 관련한 이야기들이다. 이러한 글들은 진실과 허위, 전횡과 순종, 기쁨과 증오, 찬양과 조소 등이 뒤얽힌 당대 사회의 복잡한 내막과 그에 대한 사람들의 서로 다른 견해와 미묘한 내면세계를 이해할 수 있게 해 준다.

넷째 부류는 곡절 많은 생활 노정과 외국 방문을 비롯한 여행 과정에서 보고 듣고 느낀 체험을 소재로 하여 쓴 글들이다. 이러한 작품들은 역사와 문화, 지리와 생활 풍조에 대한 견식을 넓혀 주며 특히 당시 우리 나라와 다른 나라와의 관계를 이해할 수 있게 하는 점에서 특색을 가진다.

이 네 가지 부류에 속하는 패설집들로서 옛 문헌 기록을 통해 이미 세상에 널리 알려진 것만 해도 성현의 《용재총화》, 김시습의 《금오신화》, 유몽인의 《어우야담》, 서거정의 《동인시화》, 《태평한화》, 《필원잡기》, 강희맹의 《촌담해이》, 어숙권의《패관잡기》, 이륙의《청파극담》, 남효온의《추강냉화》, 김안로의《용천담적기》, 조신의《소문쇄록》, 이제신의《청강쇄록》, 조위의《매계총화》, 최부의《표해록》, 김정의《제주풍토기》, 차천로의《오산설림》 등을 비롯하여 수십 종에 이른다.

그 가운데 김시습의《금오신화》는 고전 소설의 형태적 특성을 뚜렷이 보여 준 우리 나라 중세기의 첫 단편 소설집으로 다루어지고 있으며, 서거정의《동인시화》 역시 시평, 시론을 집성한 첫 시 평론집으로 다루어지고 있다. 이것은 패설에서 기원한 소설 문학이 패설 창작의 풍부한 경험을 바탕으로 하여 15세기 이후 자기 발전의 독자적 길을 개척하였다는 것을 의미하며 또한 이 시기를 전후하여 중세 평론 문학이 새로운 발전 단계에 들어섰다는 것을 말해 준다.

문학사적 견지에서 볼 때 15~16세기에 나온 패설집들 가운데서 가장 내용이 풍부하고 형식이 다양하여 가치 있는 것은 성현의《용재총화》와 어숙권의《패관잡기》이다.

성현(1439~1504)의《용재총화》(10권)는 중세 패설 문학의 특성과 사료적 가치를 집약하여 보여 주는 대표적인 작품집이다.《용재총화》의 문학사적 가치는 무엇보다 먼저 거기에 우리 민족의 예술적 재능과 창조적 기질, 우리 나라 중세의 문학과 예술의 발전 면모를 보여 주는 자료들이 많이 실려 있다는 데 있다.

성현은 이 책에서 최치원, 정지상, 이인로, 이규보 등 고려의 이전 시기 대표적인 시인들의 창작 재능과 특성을 밝혔고 안견, 박연을 비롯해 널리 알려진 화가, 음악가, 명필 들의 재능을 소개하였다. 그 가운데서도 눈에 띄는 것은 김생, 이마지 등 남다른 재능을 가지고도 신분이 천한 탓으로 널리 알려지지 못한 예술가들을 소개하고 높이 평가한 것이다.

작품집에는 또한 '풍산수의 계산법', '신 씨의 허풍', '숟가락보다 사발이 더 좋다', '스님 속인 상좌' 들을 비롯하여 봉건 관료들과 양반들, 중들의 부패와 저속한 생활 풍조를 야유한 풍자적 성격의 이야기들과 함께 '왜적을 물리친 이옥'을 비롯하여 외래 침략자들을 반대하여 용감히 싸운 사람들에 관한 이야기들이 적지 않게 실렸다. 이러한 실화들은 구전 문학의 우수한 작품들로 당대 사회 현실에 대한 인민들의 태도와 비판적 경향을 실감 있게 보여 준다.

특히 봉건적 질곡에서 비극적 운명을 겪게 되는 남녀 주인공들의 형상을 통해 자유로운 사랑에 대한 바람을 표현한 '안생의 사랑'과 같은 작품은 구성 조직과 예술적 묘사 수법이 소설에 가깝다고 할 수 있으며 따라서 패설과 소설의 관계를 밝히는 데 중요한 자료이다.

16세기에 나온 어숙권의 《패관잡기》는 구성 체계와 창작 경향에서 《용재총화》와 비슷한 점이 많지만 내용이 풍부하고 형식과 서술 방법이 다양한 것으로 두드러진다.

《패관잡기》에서 특징적인 것은 당대 사회 현실의 부정 면을 드러내어 풍자하고 비판한 수필 형식의 글이 많이 실린 것이다. '적서의 차별은 부당하다', '서울 장사치의 송악산 굿', '욕심 사나운 원의 죽음을 시로 읊다' 등이 그러한 내용의 우수한 작품들이다. 또한 '미신에 빠지지 않는 강직한 인물들', '자비심 모르는 멧돼지' 등과 같이 종교와 미신의 허황성을 보여 준 것도 있다.

《패관잡기》의 문학사적 가치는 특히 '광대놀음도 이로운 것', '우리 나라 여자 예술가들', '노비 출신 화가인 이상좌 부자', '어무적의 매화부' 등을 비롯하여 천대받고 억압당하는 사람들 속에서 배출된 뛰어난 예술가들과 그들이 당하는 설움과 고충을 보여 주는 자료들을 많이 싣고 있는 데 있다.

《패관잡기》는 이처럼 가치 있고 의의 있는 자료들을 풍부히 싣고 있을 뿐 아니라 형식과 표현 수법이 다양하고 세련되어 있어서 《용재총화》와 함께 15~16세기를 대표하는 패설 작품집으로 널리 알려졌다.

17세기 이후 패설 문학은 대체로 이수광李睟光의 《지봉유설》, 이익李瀷의 《성호사설星湖僿說》, 유형원柳馨遠의 《반계수록磻溪隨錄》 등과 같이 내용과 서술 방법에서 문학적인 것과 기록적인 것, 역사적인 것과 과학적인 것이 배합되어 종합적 성격을 가진 글로 쓰였으며 총서 형식으로 편찬되었다. 동시에 이전 시대에 나온 각양각색의 패설집들을 수집 정리하여 집대성하는 사업이 활발히 벌어졌다.

이미 세상에 널리 알려진 《대동야승大東野乘》, 《광사廣史》 등은 17세기 이후에 역대 패설작품집들을 집성한 패설 총서의 대표적 문헌 유산들이다.

《대동야승》과 《광사》는 이러한 특성으로 하여 패설과 소설을 비롯한 예술적 산문의 호상 관계와 발전 면모를 전체로 보여 줄 뿐 아니라 민족사와 민족 문화의 발전 역사를 밝히는 데 귀중한 사료 원천으로 되고 있다.

옮긴이 김찬순

북의 국문학자로, 〈조선고전문학선집〉 가운데 《표해록》《간양록》《해유록》을 비롯 기행문을 우리 말로 옮겼다.

겨레고전문학선집 19

# 폭포는 돼지가 다 먹었지요

2006년 7월 25일 1판 1쇄 펴냄 | 2011년 10월 28일 1판 3쇄 펴냄 | **글쓴이** 유몽인, 정재륜 외 | **옮긴이** 김찬순 | **편집부** 김성재, 남우희, 하선영 | **감수** 정출헌 | **디자인** 비마인bemine | **영업** 박꽃님, 백봉현, 안명선, 안중찬, 윤정하, 조병범, 최민용, 최정식 | **홍보** 김가연, 김누리 | **경영 지원** 유이분, 전범준, 한선희 | **제작** 심준엽, 이옥한 | **인쇄** (주)미르인쇄 | **제본** (주)상지사 | **펴낸이** 윤구병 | **펴낸곳** (주)도서출판 보리 | **출판 등록** 1991년 8월 6일 제 9-279호 | **주소** 경기도 파주시 교하읍 문발리 파주출판도시 498-11 우편 번호 413-756 | **전화** 영업 (031) 955-3535 홍보 (031) 955-3673 편집 (031) 955-3678 | **전송** (031) 955-3533 | **홈페이지** www.boribook.com | **전자 우편** classics@boribook.com



ISBN 89-8428-241-3 04810
89-8428-185-9 04810(세트)

이 책의 국립중앙도서관 출판시도서목록(CIP)은 e-CIP 홈페이지 (http://www.nl.go.kr/cip.php)에서 볼 수 있습니다. (CIP 제어 번호: CIP2006001303)

이 책은 한국문화예술위원회의 문예진흥기금 지원을 받았습니다.